MAXI

Papel certificado por el Forest Stewardship Council®

MIXTO
Papel procedente de
fuentes responsables
FSC® C117695

Penguin
Random House
Grupo Editorial

Primera edición en B de Bolsillo: mayo de 2021
Segunda reimpresión: junio de 2023

© 2020, Antonio Pérez Henares
© 2020, 2021, Penguin Random House Grupo Editorial, S. A. U.
Travessera de Gràcia, 47-49. 08021 Barcelona
© 2020, Ricardo Sánchez Rodríguez, por el mapa
Diseño de la cubierta: Penguin Random House Grupo Editorial
Imagen de la cubierta: © Ferrer Dalmau

Printed in Spain – Impreso en España

ISBN: 978-84-1314-268-5
Depósito legal: B-4.762-2021

Impreso en Prodigitalk, S. L.

BB 4 2 6 8 A

Cabeza de Vaca

Antonio Pérez Henares

MAXI

Dedicado, in memoriam, *a Miguel de la Quadra Salcedo, mi maestro y amigo, quien me enseñó que uno no es español del todo si no conoce y ama a Hispanoamérica, y con quien seguí, por el sur de Estados Unidos y México, los pasos de Cabeza de Vaca en una de las siete Rutas Quetzal en las que caminé a su lado*

PRIMERA PARTE

El largo camino hacia las Indias

1

Como las huertas de Valencia en primavera

Hallé temperancia suavísima, y las tierras y
árboles muy verdes y tan hermosos como
en abril en las huertas de Valencia.

CRISTÓBAL COLÓN, tercer viaje

No era ya un hombre joven pero su mirada se preñó de
sueños al divisar por vez primera las costas de aquellas
nuevas tierras. Álvar Núñez Cabeza de Vaca, hidalgo de
Jerez de la Frontera, alguacil mayor de la flota que comandaba don Pánfilo de Narváez, frisaba los cuarenta,
aunque lo desmentía el vivo ardor de sus ojos clavados
allá donde el mar, intensamente azul junto a la nave y luego transmutado en esmeralda al acercarse hacia la orilla,
iba a dar en relucientes y blancas espumas sobre un horizonte de un verdor intenso, vibrante, inabarcable y profundo que no parecía dejar siquiera espacio para la tierra
bajo sus ramas. Tan solo en las ensenadas y las calas, los
arenales blancos y las erguidas palmeras rompían el he-
chizo completo de la selva que todo lo ocupaba y trepaba

por las laderas hasta cubrir los picos mismos de las montañas.

—Como las huertas de Valencia en primavera. Siempre como las huertas más verdes, siempre en primavera —musitó recordando la frase del gran Almirante que había podido leer por deferencia de Hernando Colón, el hijo más pequeño del Almirante, que había acompañado a su padre en su cuarto y último viaje antes de regresar a morir a España.

El sol brillaba en un cielo limpio pero su luz y su calidez, a las que desde niño estaba acostumbrado, contenían unos tonos diferentes que le provocaban sensaciones extrañas y que incluso le hacían aspirar el aire en busca también de unos olores distintos, que creía percibir por debajo del olor a océano y al salitre marino que le traían una mínima brisa y el golpear de la proa de la nave contra las aguas.

Pensaba en Hernando, de su misma edad y con el que había trabado amistad, y en lo que le había contado y mostrado. En lo que él mismo había vivido y escrito y en lo que había copiado de las cartas de anteriores viajes del Almirante. A Álvar se le habían quedado grabadas algunas frases de cuando en el tercero descubrió una isla que llamaron Trinidad por sus tres picos divisados desde el mar, unas bocas, la una del Dragón y la otra de la Sierpe, por la que penetraron a un golfo donde el agua dulce prevalecía sobre la salada porque allí vertía un inmenso río que no podía sino provenir del mismísimo Paraíso Terrenal.

«Las Sagradas Escrituras testifican que Nuestro Señor hizo el Paraíso Terrenal y en él puso el árbol de la vida y de él brota una fuente de donde resultan los cuatros ríos principales: el Ganges en la India, el Tigris, el Éufrates y el Nilo, que nace en Etiopía y va a la mar en Alejandría. Yo no hallo ni he hallado jamás escritura de latinos ni de griegos que certificadamente diga el sitio en este mundo del Paraíso Terrenal, ni lo he visto situado en ningún mapamundi con autoridad de argumento.»

Refutaba luego a quienes habían pretendido ubicar el lugar en las fuentes del dicho Nilo o en las mismas Afortunadas, que ya eran de la Corona de Castilla y eran las Canarias, en donde las flotas solían hacer aguada y reponer bastimentos, su armada así lo había hecho, cuando se dirigían a las Indias, y muy decididamente había escrito a los reyes afirmando que aquel lugar muy bien podía serlo, pues todo se lo indicaba y cumplía además la condición de estar en el Oriente y en el hemisferio austral.

«Grandes indicios son estos del Paraíso Terrenal porque el sitio es conforme a la opinión de los santos y sanos teólogos y asimismo las señales son muy conformes, que yo jamás leí ni oí que tanta cantidad de agua dulce fuese dentro y vecina con la salada. Y en ello ayuda asimismo la suavísima temperancia y si de allí del paraíso no sale, parece aún mayor maravilla porque no creo que se sepa en el mundo de río tan grande y tan hondo.»[1]

Sonrió Álvar sin dejar de mirar a la costa, cada vez más cercana. Tal vez el paraíso no estuviera allí ni resultaran ser aquellas tierras las Indias, pero, y en ello Colón había acertado, sí una mayor maravilla, porque había arribado a un

---

1. Trinidad, golfo de Paria, desembocadura del Orinoco, costa de Macuro (Venezuela), donde Colón tocó tierra firme del continente por vez primera.

nuevo mundo, que tenía detrás un nuevo océano, el Mar del Sur, descubierto hacía ya muchos años por Vasco Núñez de Balboa, y por el que apenas un lustro atrás Juan Sebastián Elcano había navegado para enlazar con el Índico y de nuevo con el Atlántico para regresar al lugar de donde había partido y lograr dar por los mares la completa vuelta al mundo. Más que de Colón se hablaba en Sevilla de aquello, de cómo habían salido, con el portugués al servicio de Castilla, Fernando de Magallanes, al mando de la flota; de cómo había logrado encontrar un estrecho paso por el frío sur de la tierra descubierta y navegando por aquellas aguas infinitas dio, entonces sí, con la ansiada y por aquella ruta muy lejana especiería a la que los lusos habían ya llegado y con ello se enriquecían bordeando África. A Magallanes lo habían muerto en aquellas islas y Elcano, en vez de regresar y acosado y perseguido por los portugueses que dominaban aquellas aguas y no querían intrusos, había seguido adelante y culminado la gesta ya con una sola nao, la *Victoria*, doblando el cabo de Buena Esperanza y África arriba, con tan solo diecisiete compañeros. Así pudo volver a casa.

De ello se hablaba en Sevilla, pero tampoco era ya lo que estaba en la boca de todos; ahora eran Cortés y las ciudades, los imperios y el oro, sobre todo el oro, que había conquistado lo que poblaba los sueños y los deseos de las gentes. América, ya se comenzaba a conocerla por ese nombre, no eran las Indias ni allí estaba la especiería y sus riquezas, en ello los portugueses habían ganado la carrera, pero los castellanos habían encontrado algo todavía más valioso, más inmenso y más virgen y donde asentarse, conquistar, poblar y crear nuevas Castillas, nuevas Andalucías, nuevas Galicias, nuevas Españas a imagen y semejanza de las propias, llevando allí la fe en Cristo, consiguiendo tierras y súbditos para el rey y para cada cual que lo lograra, fortuna, fama, plata y oro.

A cada arribada de una nao a Sevilla se sumaba un nuevo lugar, un nuevo descubrimiento, una nueva maravilla a cuál más extraordinaria que la anterior, y las gentes llegaban en tropel y con ansia para embarcarse hacia ellos. Porque al otro lado era donde se hallaba la fama y la fortuna, el oro y la gloria, y de ello y no de los que perecían y jamás regresaban era de lo que, en las tabernas y en las ventas, en los campos de labranza y en las majadas, en las lumbres de los soldados y en las cocinas de los frailes, en las casas de adobe y en los palacios de piedra hablaban todos y cada cual, y más aún los más bravos o los más necesitados, o los que más fe profesaban o ninguna en la vida les quedaba cavilaban la forma de alcanzarla.

Ahora Álvar Núñez Cabeza de Vaca estaba acercándose a sus costas y recordaba oír leer a Hernando las cartas de su padre, el gran Almirante.

«Hallé temperancia suavísima, y las tierras y árboles muy verdes y tan hermosos como en abril en las huertas de Valencia. Y la gente de allí de muy linda estatura y blancos, más que otros que haya visto en las Indias con los cabellos muy largos y llanos, astutos y de mayor ingenio y nada cobardes, muchos de los cuales traían piezas de oro al pescuezo y algunos, atadas a los brazos, ristras de perlas.»

Aunque lo del oro y las perlas se lo habían contado, algunos indios sí había visto Cabeza de Vaca por Sevilla, pero no eran sus semblantes alegres, sino que tenían la tez mortecina y los ojos tristes de los cautivos. Algunas naos los traían, Colón los había traído en el primer viaje para mostrárselos a los reyes y luego a cientos, pero no aguantaban apenas y muchos morían muy pronto. La reina Isabel había prohibido hacerlos esclavos, pues los consideraba sus súbditos y ninguno podía tener tal condición, y hasta algunos habían sido devueltos a sus tierras, pero seguían llegando, pues la prohibición de herrarlos no alcanzaba a los que eran hostiles y se levantaban contra los españoles. A ellos podía ponérseles cadenas y esclavizarlos y ello levantaba gran polémica entre los clérigos, enviados por la Corona para hacer cumplir sus leyes, y los conquistadores que los daban a todos por alzados para cautivarlos y enriquecerse con su comercio. Aun así, el número había bajado bastante, pues no eran buenos para el trabajo y resultaba que para cultivar la caña y las minas lo que había que llevar ahora hacia el otro lado eran negros: más sufridos y resistentes, ya que los indios se morían mucho, y sobre los cuales al no ser súbditos del reino ni cristianos, y aunque se hicieran luego, no había ley que lo prohibiera. Así que, a la postre, se llevaban hacia allá más esclavos de los que se traía.

La escuadra de Pánfilo de Narváez no tenía la pretensión de llegar a aquellas costas que a Colón le habían parecido el paraíso, aunque no era la empresa apenas menos ambiciosa. El destino era la Tierra Florida, allí donde las selvas eran tan hermosas y los bosques tan vigorosos y exuberantes que se decía que en algún lugar de ellos debía hallarse la Fuente de la Eterna Juventud, pese a que quien bautizó con tan magnífico nombre a aquellas tierras, Ponce de

León, hubiera encontrado la muerte en ellas. Pero era ahora todo un ejército bien pertrechado el que iba al descubrimiento y la conquista. Ellos lo conseguirían, como lo habían logrado aquellos cuyos nombres no habían dejado de sonar en toda la travesía y en todos los barcos, aunque a alguno se lo hubieran comido los caribes, a otro le hubieran arrancado el corazón en un templo de ídolos paganos o le hubieran cortado, como a Balboa, la cabeza los propios castellanos. El relato y la envidia de la prosperidad de los afortunados pesaba mucho más que las miserias de los que no la encontraron y hasta perecieron buscándola, y el nombre de Cortés y los de sus capitanes resonaban más que el de ningún desgraciado, si bien los del extremeño y los suyos mejor no mentarlos si Narváez andaba cerca, puesto que todos sabían por qué tenía el ojo quebrado. Más valía no recordárselo.

La escuadra de cinco navíos de don Pánfilo de Narváez enfilaba ya agrupada la entrada para comenzar a remontar el río Ozama y atracar en la villa de Santo Domingo. Casi seiscientos hombres viajaban a bordo, muchos de ellos, como Álvar, curtidos soldados de las guerras en Italia y en Francia, y no pocos también de la de las Comunidades. Junto a Narváez y Álvar iban como oficiales Alfonso Enríquez, contador y Alfonso de Solís, factor y veedor de Su Majestad el rey don Carlos, y por comisario, encargado de que se cumplieran las leyes con respecto a los indios, el franciscano Juan Suárez y otros cuatro frailes de su orden, pues era sabido que los franciscanos en estos menesteres eran algo más laxos y menos encendidos que los dominicos y el tal Bartolomé de las Casas.

Cuando la nao en la que se encontraba se disponía a dar un último bordo para enfilar la entrada, comenzaron a pasar muy cerca de ella y viniendo desde el mar, en busca también de la costa y volando casi a ras del agua, sucesivas formaciones de grandes aves con unos enormes y extraños picos. No eran de hermoso aspecto, pero su vuelo era perfecto y su navegar tan fácil, pausado, elegante y de inusitada rapidez que hizo que la mirada de Álvar se quedara fija y absorta en ellas. Por un momento, y aunque estas no emitían sonido alguno y solo se escuchaba de su paso el rasgar del aire con sus alas, quiso recordar a las bandadas de grullas cuando llegaban a las dehesas andaluzas cruzando los cielos entre clamores. Se giró y preguntó a un marinero que no era como él primerizo en estas tierras sino todo lo contrario. Un tal Trifón, un alcarreño, por azar metido en mares de los que hacía décadas que no había salido, y que por alguna razón muy suya, y para todos de interés evidente, buscaba siempre la cercanía del oficial y procuraba complacerle en todo.

—Son pelícanos. Vienen de pescar en alta mar y ahora van hacia tierra a dormir. Gustan de hacerlo cerca de ella. También nosotros estamos deseando lo mismo después de tanto tiempo sin poderlo hacer —le explicó.

—Nosotros aún tendremos que esperar hasta mañana. Esta noche tendremos que dormir todavía en las naos aguardando el permiso para desembarcar —compartió Álvar con el Viejo, pues así apodaban, y con bastante razón con respecto a la mayoría de la tripulación, al de las Alcarrias, de tierra tan adentro que resultaba extraño que hubiera optado por tal oficio.

Echaron anclas al resguardo, ya metidos en el propio río, sintiéndose a salvo con solo contemplar las luces y los fuegos de la cercana ciudad y algunas otras que se vislumbraban a lo largo de la costa en la negrura de la noche que cayó casi de repente, sin que hubiera mucho trecho entre el atardecer y la oscuridad.

Al día siguiente muy de madrugada se levantaron y se procedió al desembarco. La noticia de la arribada de los navíos y tan poderosa expedición había despertado gran curiosidad y muchas gentes se acercaban a contemplar su llegada tras haber dado el gobernador de La Española su permiso para permitir el atraque y la abajada a tierra.

Los expedicionarios estaban ansiosos de poner pie en suelo firme tras la travesía de más de dos meses desde la salida de Sanlúcar de Barrameda, aunque habían tocado en las Canarias y hecho aguada en ellas. Para buena parte de los hombres era la primera vez que hacían el viaje, y pocos, aunque hubieran navegado por otros mares, como el propio Cabeza de Vaca, lo habían realizado tan largo. Otros, los menos y no estaba claro incluso que fuera verdad en algunos, los que sí lo habían realizado, se habían pasado la travesía contándosela a los demás y pavoneándose de su veteranía. Se llamaban y mentaban, los unos a los otros, como baquianos presumiendo de sus andanzas y peripecias, mientras que a los novatos se dirigían con el nombre de chapetones. Pero no pocos de estos, desde luego los que venían como soldados, tenían ya la piel curtida y marcada por las heridas de las guerras, los más en las de Italia o la de los comuneros, e incluso alguno había entre los oficiales y en la tropa que aseguraba haber luchado contra los moros de

Granada. Unos y otros, el baquiano al chapetón y el chapetón al baquiano, animaban a sus compañeros y se juramentaban entre ellos de que en esta ocasión todos volverían ricos a España. Si es que volvían, porque muchos no deseaban hacerlo sino conseguir en aquellos territorios grandes riquezas, tierras y honores y aposentarse en ellas. Después, logrado esto, y sobre todo los hidalgos, que había muchos segundones que de tal condición alardeaban y que no pocos tenían, tal vez retornaran para exhibir sus logros y recibir las mercedes de los reyes, quizá hasta un marquesado y acaso un escudo de armas para casarse si quisieran con linajudas damas, crear estirpe y ser cabeza de ella. Otros lo habían logrado. Algunos lo habían visto con sus ojos y a todos alguien se lo había contado.

Álvar Núñez Cabeza de Vaca se encontraba entre estos y los comprendía bien, pues desde mozo andaba en ello, y el rango, como segundo de Narváez, que ahora tenía en la escuadra le había costado lo suyo lograrlo. Cómo no iba a entenderlos si había pasado tantos años de su vida compartiendo, puede que en el ejército de los que ahora eran sus camaradas de armas, el mismo fuego, la misma comida, la misma congoja de la noche anterior y ese vacío final cuando la batalla ha concluido y uno busca al que ayer combatió a su lado y a lo que debe ayudar es a enterrarle.

Desde muy joven, con sangre hidalga y limpia pero con exiguos recursos, aún menores cuando quedó huérfano de padre y madre, había encontrado en la milicia su sostén. También era su orgullo. Él mismo se encargó de proclamarlo cuando, al pasar por las Canarias en la primera escala del viaje, pudo contar al resto de los oficiales que su abuelo

Pedro de Vera había sido uno de los conquistadores de aquellas tierras y que de él tenía en herencia el relato manuscrito de aquellas hazañas suyas. Sin embargo, su relato le había interesado más a Trifón que a los de su rango y aquella había sido la primera y mejor toma de contacto con él, pues de aquello sí tenía también memoria el Viejo.

Cabeza de Vaca, más allá de estirpe, que con él viajaba, no dejaba mucho más atrás, aunque tuviera esposa. Pero no era alguien a quien hubiera echado en falta ni pensaba reclamar si la suerte le sonreía. No le había dado dicha ni hijo alguno. Había casado hacía unos años por conveniencia mutua, porque ella tenía algo de sangre judía y le venía bien emparentar con un hidalgo de probado linaje y vieja sangre cristiana, y, aunque un tanto mermada su familia en los caudales, aportó algunos que él necesitaba.

María Marmolejo, que así se llamaba, se había sentido siempre mucho mejor, por su parte, con los suyos que en la casa del marido. Así que volvería muy a gusto a ella, y, por su parte, Álvar había dejado de pensarlo nada más subir al barco. No habían sido las hembras algo que, en sus últimos años, persiguiera en demasía y no andaba tiempo hacía ni envuelto en faltas ni a cuchilladas por ellas como muchos otros de sus iguales o de inferior condición, que en esto creía y lo sabía por experiencia que todos los hombres andaban parejos. A su parecer, ya pasados algunos trances, no merecía ni a la media ni a la larga enredarse así ni por blancas ni por moriscas ni por negras ni por las indias tampoco, que decían a todas horas los que allí habían estado que eran complacientes y sumisas y que gustaban de los barbudos. Y si no gustaban, igual daba.

2

La estirpe, la Cazadora y la caña

> Álvar Núñez Cabeza de Vaca, hijo de Francisco de Vera y nieto de Pedro de Vera, el que ganó Canaria, y su madre se llamaba doña Teresa Cabeza de Vaca, natural de Jerez de la Frontera.
>
> CABEZA DE VACA, *Naufragios*

Antes de iniciar la travesía, Trifón había hecho ya por arrimársele. El alcarreño, metido a marinero pero más ducho que un trianero en todas las mañas y habladurías de los puertos, había descubierto quién era y que además de serlo tenía aún mejores padrinos, como los muy poderosos duques de Medina Sidonia. Pensó en el dicho del árbol y la sombra y entendió que era Álvar el idóneo al que arrimarse en busca de su cobijo. Sea como fuere, este iba a ser su último viaje, entre otras cosas porque ya las fuerzas le menguaban y lo cierto era que de los anteriores no había sacado ni donde caerse muerto. Así que lo tenía bien pensado. De este no volvía. O si volvía era para no pisar nunca más la cubierta de una nave y pasar lo poco que ya le quedara de vida pisando tierra y que fuera suya aunque se tratara de ásperos terrones de secano.

Algo vio en el de Jerez de la Frontera que lo distinguía del resto de los oficiales, algo que no sabía decir qué era pero que le aproximaba a él. Quizá su trato no resultaba tan adusto y despectivo como el de los demás altos oficiales de la escuadra, y en particular el de Narváez, y se asemejaba más al de otros capitanes castellanos, rudos pero también más campechanos, aunque no era tampoco parejo a ellos, pues pronto notó que era hombre ilustrado; a veces lo veía leer algún libro que llevaba y hasta un día, ya en la nao, observó con admiración que se afanaba con la pluma en un pergamino que luego guardó cuidadosamente con todo el recado de escribir y custodiaba como el mayor de sus tesoros. Al comprobar que gustaba de andar a solas en los ratos en los que no tenía obligaciones ni lo requería Narváez, el Viejo buscó no mantenerse lejos de él esperando que se presentaran las ocasiones y atenderle en lo que pudiera. Y al final vino a resultar, ya antes de llegar a las Canarias, que don Álvar con quien más hablaba y con quien más tiempo pasaba era con Trifón el Viejo. Linajes aparte, hasta pudiera decirse que había surgido amistad entre ambos hombres.

Pero la estirpe sí importaba. Formaba parte de uno mismo y Álvar sentía depositada en él la de sus ancestros. Ello sí estaba en su recuerdo, aunque fuera escaso el de sus propios padres, pues había quedado huérfano ya hacía muchos años. Francisco y Teresa, el uno un Vera, su madre una Cabeza de Vaca, y al fondo sus abuelos doña Catalina y don Pedro de Vera, a quien, aunque sombra de lo que había sido, casi inválido y sin poderse valer por los dolores, había conocido y con quien había convivido en los últimos años de su vida. Ahora él, Álvar, era considerado por todos el cabeza de aquel linaje, aunque fuera ya el de los Cabeza de Vaca el que portara con igual orgullo o más si cabe.

Aquello tenía su aquel y se encontró un día intentando explicárselo a Trifón, que hizo como que le atendía pero que se perdió enseguida en lo enrevesado de las genealogías. Pero fue lo suficientemente cuco como para que el otro creyera que era lo que más le interesaba, y en parte así era, pues aún quedaba algún día para divisar tan siquiera La Gomera, que era la isla a la que se dirigían.

Porque el abuelo Vera se había casado tres veces, y Álvar tenía por esa parte y como abuela por el lado paterno a su segunda mujer, Beatriz de Hinojosa, fallecida hacía tiempo. Mas resultaba que la tercera de sus mujeres era también, y no postiza, su abuela por vínculo de sangre, en este caso materna, pues doña Catalina de Zurita, acaudalada heredera y viuda del veinticuatro de Sevilla, Pedro Cabeza de Vaca, había tenido, antes de casar con el abuelo, dos hijas, la una Beatriz de nombre y la otra Teresa, que era la señora madre de Álvar. O sea, que su abuela viuda materna se había terminado por casar con su abuelo paterno, don Pedro, tiempo después de que el hijo de este lo hiciera con la hija de ella. Vamos, que el abuelo, hasta ahí logró llegar Trifón con el enredo, se había casado con su consuegra, que por cierto era quien lo había cuidado y bien en sus últimos años de vida. Hijos, claro, ya no tuvieron.

Por ese parentesco además le venía a Álvar otro con el que había considerado su mejor mentor, mucho más que sus otros tíos de sangre, pues este había sido Pedro de Estopiñán, al que siempre había querido y por el que siempre se sintió cobijado. Y si el abuelo Pedro de Vera había sido el conquistador de las Canarias, algo que todos los vástagos de la casa sabían desde que aprendían a entender las palabras de los mayores, el tío, otro Pedro, de Estopiñán, lo había sido de Melilla, la que arrebató a los moros de la Berbería. Si las hazañas y el prestigio del abuelo Vera parecían haberse ensombrecido y su posición ante los grandes y ante los propios reyes haberse esfumado y no gozar de su gracia, el caso de Estopiñán era muy diferente, pues hasta el fin de sus días se le tuvo en alta estima y gozó del favor del gran duque de Medina Sidonia, con quien el Vera siempre había estado enfrentado, así como de la reina Isabel y el rey Fernando, de cuya protección disfrutó hasta su muerte.

Que vinieron a ocurrir ambas casi a un tiempo. Pero mientras el Vera lo hizo decrépito y dado de lado, al de Estopiñán solo su propia muerte privó de haber servido como adelantado y gobernador general de las Indias, cargo para el que el rey Fernando le había designado prefiriéndolo a los mismísimos Colón y Nicolás de Ovando, que a la postre sí llegarían a ejercerlo, tras fallecer Estopiñán antes de haber podido embarcar rumbo a su destino.

La relación de los Vera con los Estopiñán provenía de antiguo, al ser ambos personajes ya nacidos y avecinados en Jerez, aunque los primeros provenían de Aragón, de las estribaciones del Moncayo, y los dos hermanos del conquistador de Melilla habían estado junto al Vera en la conquista de Canarias. Si bien de inicio este se las había tenido tiesas con el duque de Medina Sidonia, el otro había sido desde muy temprana edad paje suyo, acogido por él y tenido en la mayor de las estimas hasta convertirse en su mano derecha y hombre de plena confianza. Se contaba como su primer servicio y gran hazaña, aun siendo muy joven, el haber salvado a la propia duquesa doña Leonor de Estúñiga, que se había acercado a Conil para contemplar en el mar la pesca del atún en las almadrabas. La duquesa había embarcado y los pescadores se afanaban en lograr que el máximo número de atunes acabaran en la trampa final para allí lanzarse al agua e irlos atrapando y degollando hasta que el mar se tiñera de rojo. Aquella pesquería era la más señalada fecha del año y de su fortuna dependían la vida de muchas gentes del mar y también las rentas de la casa de Medina Sidonia.

Inadvertido por el trajín y en medio del tumulto, un barco de piratas berberiscos consiguió introducirse entre los pesqueros y abordar a uno de ellos, cogiendo prisionera a toda la tripulación. Pedro de Estopiñán se encontraba en el de la duquesa, como contador del duque don Juan y acompañante de la señora. Tomó un pequeño bote y con algunos de los marineros más dispuestos y aguerridos se dirigió a parlamentar con los piratas y subió solo a bordo del navío corsario. En la cubierta, el jefe pirata se pavoneó ante él de su audacia, mientras se reía de la juventud del emisario; le exigió una gran cantidad de dinero para dejar a los cautivos libres y amenazó con degollarlos si no se la daban e izar velas y largarse de allí.

Entonces fue cuando Estopiñán se abrazó por sorpresa

al sarraceno, lo arrastró hasta la borda y se tiró, con el moro bien sujeto, al agua. Allí atentos, sus marineros los recogieron a toda prisa y a golpe de remo se alejaron en dirección a sus barcos. Y ahora, si los unos tenían en su poder un barco y su tripulación, los cristianos tenían prisionero a su jefe. La negociación se resolvió con un canje, prisioneros y barco apresados a cambio del capitán pirata, y la gesta de Pedro de Estopiñán fue celebrada y pregonada a los cuatro vientos, sobre todo en su Jerez, donde no hubo asunto más mentado durante aquel año.

Pero la figura que a Álvar le había infundido más respeto durante su infancia, y hasta algún miedo, y ahora venía a su memoria al avistar las siluetas de las islas de las que tanto le habían hablado de niño, era, sin duda alguna, el abuelo Pedro de Vera, cuya imagen asomaba a su recuerdo como la de un anciano imponente y alrededor del cual todos procuraban hablar quedo. Era el patriarca de la familia y al que hijos, sobrinos y nietos consideraban como el cabeza del clan al completo en Jerez de la Frontera. Había sido, y se proclamaba así ante todo el que quisiera oírlo y aunque no quisiera también, el conquistador y definitivo pacificador de las islas Canarias, pese a que sus méritos no hubieran sido lo suficientemente recompensados y hubiera hasta quienes murmuraran de él y convirtieran sus hazañas en vilezas. En particular si quienes las comentaban eran gentes de la casa del duque de Medina Sidonia, con quien don Pedro siempre había estado ferozmente enfrentado.

A Trifón todos los nombres le sonaban, pero de lejos y sin distinguirlos mucho, aunque a algunos de aquellos personajes había conocido, sobre todo a los Colón, y bien de cerca, pues fue siendo poco más que niño, y sin poco, cuando embarcó de grumete en una de las carabelas del segundo viaje del Almirante. Le unía a Álvar la condición de huérfano, pero en su caso sin abuelos, ni casa, ni estirpe ni nada, y todavía más temprano, ya que su madre, según le dijeron, murió en el parto, y por suerte lo amamantó una tía que había ido a parir casi al tiempo que su madre y a ella fue el niño el que le nació muerto. Ahí acabó su suerte. Siendo todavía muy chico se murió su tía, y su padre, arriero, se había juntado con otra y se cambió tras ella de pueblo y de él no quiso saber nada. Le quedó por todo cobijo el tío que no lo era de sangre, aunque más de una le hizo, también recuero de profesión, y unos primos entre los que era el último para el pan y el primero para los golpes. Le dio por sobrevivir y consiguió cumplir una docena de años; fue cuando logró, yendo de reata en reata por todas las Castillas, llegar hasta la Andalucía y allí saber buscarse los arrimos, en eso siempre fue ducho, hasta conseguir que lo cogieran de grumete en un último momento porque el que estaba ajustado para ir se ahogó al caerse de una jarcia, darse un golpe en la cabeza y hundirse desmayado al agua.

Contaba de lo suyo muy poco Trifón, para todo lo que tenía visto y navegado, andado menos, pues no lo consideraba en mucho y por no molestar además al otro con sus cortedades y desdichas. Habría de pasar un tiempo hasta que Álvar comenzara a prestarle más atención, pues en su historia había cosas de mayor provecho y enjundia para la nueva vida que se le abría por delante que los blasones de su familia. Pero eso fue después y resultó que iba a ser en las propias Canarias donde la venda se le empezaría a caer de los ojos y comprobaría que había cosas que él sabía de oídas y el otro conocía por haberlas vivido en persona.

Canarias siempre había sido una presencia continua en la casa de los Vera y una dolorosa referencia en la boca del abuelo, tras haber ejercido de alcaide en muchas plazas en la frontera con los moros granadinos. Después de haber destacado en la reconquista de Gibraltar para la Corona de Castilla y haberle sido otorgada la alcaldía de Cádiz, les había devuelto los golpes a los moros africanos haciéndoles entradas muy severas en sus costas de Berbería. El rey Enrique IV le había hecho entrega del castillo de Jimena de la Frontera y ahí había estado el origen de la enemistad con el duque de Medina Sidonia, que lo quería para sus dominios y que aprovechaba la debilidad de la Corona, que se tambaleaba en la cabeza del Impotente. De hecho, su debilidad era tal que acabó por ordenar a Vera rendírselo, cosa que este hizo pero siguió enfrentado al duque pasándose a las banderas de la casa de Marchena, cuyo cabeza, Rodrigo Ponce de León, marqués de Cádiz, le entregó la alcaldía de Arcos de la Frontera, desde donde siguieron tanto su hostilidad contra el duque como sus incursiones en territorio de los nazaríes granadinos.

Su poder comenzó a ascender y alcanzó su cenit con la entronización de los reyes Isabel y Fernando. Sobre aquellas hazañas sí que no se admitía discusión alguna en las casas de los Vera ni en la de los Cabeza de Vaca. El abuelo había sido un héroe y como tal era respetado. Él había pacificado y concluido la conquista de la Gran Canaria y también de La Gomera, pues sin su ayuda los aborígenes guanches sublevados hubieran acabado con los españoles.

Sus majestades católicas le habían enviado como gobernador de Gran Canaria para sustituir al anterior, Pedro de Algaba, quien no era capaz de avanzar en la conquista ante la resistencia guanche y, además, estaba enzarzado en continuas peleas entre los conquistadores. Tanto que acabó por ser asesinado, pocos días antes de la llegada de Vera a la isla, por uno de los capitanes ayudado por el hijo del gobernador de la vecina isla de La Gomera, Hernán Peraza, del mismo nombre que su padre, por lo que a uno se le llamaba el Viejo y al otro el Joven. Nada más desembarcar, Vera hizo a ambos prisioneros y cargados de cadenas los envió a ser juzgados en la corte.

Su gran éxito fue atraerse al más poderoso de los caudillos guanches, Fernando Guanarteme, que se hizo cristiano, prestó vasallaje a Castilla y persuadió a muchos de sus súbditos y a otros reyezuelos vecinos de hacer lo propio. Llegó incluso a viajar a la península y ser presentado a los reyes, que se congratularon mucho en ello.

Del siguiente episodio se hablaba menos y se discutía algo más cuando aparecía, pues la amistad con Guanarteme se había torcido. Entre las prebendas que suponía su gobernación, Vera estimaba que estaba la de capturar y convertir en cautivos a aborígenes hostiles o alzados contra los españoles. Así que vendió a doscientos de ellos en Sevilla, lo que había sido denunciado por el propio obispo canario Juan de Trías, y había enfurecido a la reina Isabel, que ordenó liberarlos, pues los consideraba vasallos suyos y no existía derecho alguno de esclavizarlos. Algo parecido había pasado con otro contingente al que había convencido, Vera lo juró sobre una hostia que para no caer en terrible pecado no había sido consagrada, de que embarcara rumbo a Tenerife y con objeto de acompañar en la conquista de aquella isla a los españoles, cuando lo que se pretendía era venderlos como esclavos. Al darse cuenta del engaño, los aborígenes se amotinaron a bordo y fueron desembarcados y abandonados en Lanzarote.

Guanarteme se enfadó mucho, pero en vez de sublevarse permaneció fiel a la Corona y le envió a través de los clérigos sus quejas, y a los alguaciles de justicia sus demandas. Mucho tiempo dieron vueltas y al cabo, ante el estupor de Vera, hubo juicio y le otorgaron la razón al guanche. Se obligó al gobernador a devolver muchas de las riquezas de las que, amén de los hombres cautivados, se había apropiado.

Tras recibir refuerzos de la península, el abuelo había seguido su conquista y el episodio más glorioso era el que él mismo había protagonizado cuando avanzaba hacia el noroeste por las tierras del líder aborigen tenido por el más valiente y mejor guerrero, Doramas, señor del territorio de Arucas. Ambos se enfrentaron en batalla singular y el abuelo logró vencer y matar al jefe guanche, cortándole la cabeza y exhibiéndola en lo alto de una pica para escarmiento y sembrar el miedo entre los que se resistían. Tras ello Vera envió a su segundo, Alonso Fernández de Lugo, a construir una torre en el valle de Agaete como símbolo de la toma de toda aquella parte de la isla.

Aún quedaba el núcleo central de resistencia y Vera decidió acabar con ella. Para ello hubieron de tomar los roques más escarpados y sufrir varias derrotas, aunque al fin lograron rodear a los resistentes aborígenes, agrupados en torno a la princesa Arminda, considerada por encima de los guanartemes como la heredera de toda la isla. Sin escapatoria posible, el último de sus jefes guerreros y sumo sacerdote de Telde se suicidó, lanzándose al vacío y despeñándose, antes de rendirse y ser hecho prisionero. Los sublevados entregaron entonces a la princesa y Vera consideró que la conquista de Gran Canaria había quedado concluida.

Eso no significó en absoluto que no siguieran e incluso que no se multiplicaran los problemas. Aunque antes de que estos le costaran el cargo, Vera sí que realizó algo de lo que se sentía profundamente orgulloso: convirtió Gran Canaria en lugar conocido en todo el mundo, incluido el recién descubierto, por la caña de azúcar que él había introducido. La caña constituía la riqueza de las islas; lo fue de Gran Canaria primero, luego de La Gomera y La Palma y a la postre pasó también a las islas orientales, en especial a Tenerife.

Los musulmanes habían traído de tierras índicas la planta y habían logrado aclimatarla sobre todo en la costa granadina, especialmente por la zona de Motril, y malagueña. Los portugueses también la conocían y la habían aclimatado con éxito en Madeira. Pedro de Vera se reservó en el reparto de las tierras de Gran Canaria una extensa zona en la margen derecha del riachuelo Guiniguada, ya que era preciso tener abundante agua, así como madera, para poder poner en marcha el ingenio que hizo construir. Así se inició el negocio que fue ya de buen principio muy suculento, pues apenas unos cuantos años después ya había azúcar canaria por Europa y había llegado a la misma Amberes, y los más poderosos o cercanos al poder de los conquistadores fueron quienes se hicieron con las mejores tierras. Porque no todas valían para este cultivo.

Solo se podía cultivar en tierras bajas, en zonas costeras o en valles cercanos y bien resguardados y recogidos donde hubiera lluvia del cielo en abundancia o posibilidad de riego. Pero aunque el de Vera había elegido el mejor sitio, no fue el suyo el ingenio que mejor rendía, sino que era el de Fernández de Lugo, en Agaete, el más próspero, construido al borde del mar y pegado a la torre defensiva de la que este era alcaide. Aunque a la postre no le fue bien, pues hubo de entregarlo a un genovés, socio suyo y que había puesto los dineros para su primer intento, fracasado y penoso, de conquistar Tenerife. Así resultó que genoveses y flamencos acabaron por pintar más que nadie, y Lisboa, encima, se erigió en la capital de su comercio.

A los Vera aún les duró algo más, aunque arrendado, su ingenio cuando los reyes dieron puerta al gobernador y le obligaron a marcharse de las islas. Los años posteriores a su triunfo en Gran Canaria habían sido fructíferos, pues los reyes le habían concedido el reservarse para sí la mitad del quinto real que correspondía a la Corona de los beneficios que obtuvieron Fernández de Lugo y él con la venta de ganados, bienes y esclavos en las islas de La Palma y de Tenerife, no conquistadas y por tanto incluidos sus habitantes en el listado de los que podían cautivarse y venderse.

Las cosas iban bien hasta que todo se torció por culpa de la Cazadora.

Y de la Cazadora quien sabía mucho era Trifón, que no podía dejar de poner mirada y gesto de picardía y exclamar:

—Cruel sería, pero ¡qué hembra, don Álvar, qué rostro, qué talle, qué porte y qué mirada! No había otra, ni india, ni mora ni española, a un lado y a otro de los mares, que pudiera comparársele.

Hacía entonces el alcarreño una pausa y soltaba su perla.

—Sabréis vos que tuvo amores con don Cristóbal Colón, que venían de antes, de cuando se conquistó Granada a los sarracenos y él andaba por la corte intentando convencer a los reyes, pero que aquí en La Gomera, donde llegaremos yo creo que ya para mañana, siguieron, y estos ojos míos lo vieron y dan fe de ello. ¿O por qué creéis que hacía aguada siempre aquí el Almirante?

Ya poco les faltaba para llegar a La Gomera y repostar allí antes de emprender el definitivo cruce de la mar atlántica, y Cabeza de Vaca recordaba también lo que de aquella hermosa mujer había oído en su propia casa y cómo había sido causante en buena parte de la desgracia de su abuelo.

Pedro de Vera había tenido que acudir a ayudar a su gobernador, el hijo de Hernán Peraza. El Joven había vuelto a la isla tras haber sido perdonado por su participación en la muerte de Algaba y, más que instado, obligado a casarse, pero con mucho gusto por su parte, ciertamente, por la reina Isabel, pues amén de llevarse una belleza por todos deseada era perdonado de sus delitos y recuperaba su mando en La Gomera. Ese era el trato. Beatriz de Bobadilla era sobrina y tocaya de la gran amiga de la soberana, a la que la reina estimaba en mucho desde que ambas eran muy jóvenes y que siempre le había sido leal, sobre todo en los tiempos peores y más delicados.

La sobrina, desde luego, no tanto. Bellísima, la más hermosa de las damas de la corte, había enloquecido a muchos de los hombres más poderosos y sido amante del maestre de Calatrava, el bravo y galante don Rodrigo Téllez Girón, de quien sí había estado enamorada hasta que él había perecido a manos musulmanas ante Loja en la guerra de Granada. No mucho después, en el campamento de Santa Fe, había conocido al Almirante y, a lo que parecía, algún consuelo había encontrado en él; hasta había quien decía que el genovés hizo incluso oferta de matrimonio, no muy tenida en cuenta por la bella. No reunía del todo los requisitos, entre los que la fortuna no era el menor, que ella exigía a un futuro marido.

Su hermosura había preocupado, y con razón, a la reina Isabel, quien tenía muchas y muy fundadas sospechas de que el rey Fernando, cuyo gusto por las damas era bien notorio y eficaz, con la Bobadilla había pasado de las miradas y las sonrisas al lecho y los gemidos. En su propia corte y ante sus mismas narices, la soberana no iba a consentirlo ni a tolerarlo por más tiempo. Enviarla casada con Peraza a la muy lejana isla de La Gomera era el mejor de los remedios, porque bien veía ella que su esposo Fernando había sucumbido a sus encantos, y aunque el aragonés, en estos asuntos, era de sucumbir muy prestamente y con disposición continua, a Isabel Beatriz le supuso un mayor peligro que la ristra de amantes esporádicas de su real marido y se la quitó de encima. La pareja se marchó a La Gomera y la reina respiró, en lo que cabe, tranquila.

Peraza el Joven no solo no aprendió de sus errores pasados, que casi le costaron la cabeza, sino tampoco nada de su padre, Peraza el Viejo, que había gobernado en paz y concordia a los gomeros. Por el contrario, eligió romper todo pacto y acuerdo anterior pasando a requisarles a los nativos sus tierras y animales y a cometer cada vez más excesos contra ellos. La primera sublevación y el primer sitio a la torre de San Sebastián ya se había saldado con un rescate y liberación de Peraza y la cautividad de unos centenares de sublevados. Pero la segunda rebelión fue mucho peor y cruenta. Los gomeros estallaron y esta vez Peraza fue alcanzado por su ira y asesinado. La razón, clamaban, era que en su abuso el gobernador había violentado nada menos que a Yballa, la hija del jefe de los nativos de la isla, Hupalupa, una joven de singular belleza y que se había resistido a sus requerimientos. Otra versión decía que violencia no hubo, sino que la guanche y el castellano fueron sorprendidos en amorosa coyunda en una cueva y que aquello era sacrilegio de los peores para los nativos, pues dados los acuerdos de hermandad firmados con su padre, el rey gomero, se les podía considerar hermanos. Fuera una cosa o la otra, lo cierto es que se produjo el estallido de ira y los gomeros degollaron a Peraza el Joven sin contemplación alguna.

La sublevación prendió en toda la isla. Ya puestos, se lanzaron a la caza de los castellanos y arrasaron con todo hasta cercarlos en la torre de San Sebastián, donde se encerraron los supervivientes con la viuda doña Beatriz, quien demostró que, además de ser una hermosa hembra, era capaz de la más sañuda y decidida valentía que solía atribuirse por lo general a los varones. La Bobadilla dio prueba de coraje y decisión y antes de ser tomado el puerto por los guanches había ordenado que un barco zarpara de inmediato y se llegara hasta Las Palmas para pedir ayuda. Ya en la torre, resistió como leona y su ejemplo impulsó el ánimo de los hombres.

Aguantaron hasta que recibieron refuerzos, y estos llegaron comandados por Pedro de Vera al frente de una nutrida tropa de cuatrocientos hombres, y lograron dispersar a los atacantes que se refugiaron en las cumbres de la isla. Vera y la Bobadilla, a la que su gesta la hizo acreedora para siempre del apodo de la Cazadora, iniciaron entonces una persecución implacable que se convirtió en una matanza terrible, en la que muchos de los guanches fueron muertos de las maneras más crueles, incluso empalándolos. Por orden suya se ejecutó a todos los varones mayores de quince años miembros de los clanes directamente partícipes en la muerte de Peraza, los Ipalán y los Mulagua. A los hombres de los otros dos clanes, Orone y Agana, que no habían participado directamente, se les atrajo con engaños a la villa de San Sebastián con la promesa de no hacerles daño, pero cogidos presos, fueron unidos a las mujeres e hijos de los clanes a cuyos hombres habían exterminado, para ser esclavizados y desterrados.

A la Cazadora aquello no le pasó factura apenas, pero no sucedió así con el abuelo de Álvar. El haber esclavizado y vendido a gomeros cristianos levantó la protesta de los clérigos y la denuncia del propio obispo de Canarias, Miguel López de la Serna, y el inicio de un proceso contra el gobernador que supuso la confiscación de muchos de sus bienes para pagar el precio de los gomeros vendidos y, antes incluso de ello, que los reyes, en especial la reina, que ya tenía noticia de su comportamiento, le desposeyeran del cargo de gobernador y este se viera obligado a regresar a su tierra jerezana. A Pedro de Vera la soberana le hizo volver, tras ajustarle cuentas en sus fortunas, pero a ella, a la Bobadilla, la dejó en las lejanas islas, no fuera de nuevo a reiniciar caza con su marido. La Cazadora se quedó en La Gomera, asumió el gobierno en nombre de su hijo Guillén y, aunque no le faltaron pretendientes, viuda seguía cuando allí arribó de nuevo Colón y con él Trifón, entonces el más joven grumete de la escuadra y ahora uno de los más veteranos de la armada de don Pánfilo. Cuando llegó Colón allí por vez primera en 1492, ella seguía siendo una mujer de irresistible atractivo y, como no se cansaba de relatar el alcarreño que había ido en el segundo viaje, mantenía intacta su hermosura cuando el Almirante volvió por allí, lo cual seguiría haciendo alguna vez posteriormente.

—La señora de la isla recibió con mucha sonrisa y zalema al Almirante, y algunos de los que con él estuvieron en el anterior viaje, que se sonreían y se maliciaban del trato que ambos se dispensaban, me contaron cómo doña Beatriz había socorrido al Almirante ya en su primera estancia en todas sus necesidades de la manera más dispuesta. En nuestra aguada, desde luego, doy fe de que don Cristóbal no tuvo problema de aposento y nosotros, ninguna queja en cuanto a conseguir los bastimentos necesarios para proseguir viaje —relataba el Viejo haciendo visajes pícaros con sus ojillos vivarachos.

Algo del asunto sabía Álvar, aunque lo callara. Aquel trato íntimo había sido tan comentado en las casas nobles desde Sevilla hasta Cádiz como en las ventas desde Sanlúcar hasta Triana, en ambos casos con mucho regodeo y malicia. No solo era por lo que contaba Trifón, sino por lo que el propio Álvar había podido leer en los escritos de Michele da Cuneo, un compadre italiano del genovés que también fue en aquel segundo viaje: «Al arribar a la isla hizo subir a los grumetes y a los galopines por las jarcias arriba hasta lo más alto para embanderar por completo a las naos con gallardetes y al divisar el puerto ordenó a los artilleros disparar y gastar pólvora en salvas tan solo para agasajar a la dama. Sería demasiado largo si dijera de todos los triunfos, tiros de bombarda y fuegos artificiales que hicimos en aquel lugar. Todo ello se hizo por la señora de dicho lugar de la cual nuestro señor Almirante estuvo encendido de amor».

Esa costumbre de anunciar así su llegada seguiría en recuerdo de él y la intimidad ya pasadas, en los últimos encuentros, allá por el año 1498, ella ya casada de nuevo para entonces, pues la Cazadora ya había vuelto a cazar marido. Nada menos que a Alonso Fernández de Lugo, que había sido el segundo de Vera y al que ella financió la primera expedición de conquista a Tenerife, donde los guanches destrozaron a su ejército en la matanza de Acentejo, y luego le había auxiliado con pertrechos y bastimentos ya en la segunda al año siguiente, en 1495, cuando ya consiguió su objetivo y los doblegó. Con el matrimonio el poder de la Cazadora se hizo aún más grande, pero tan solo pudo volver a Castilla casi para morir, pues falleció en Medina del Campo en 1504, a poco de que lo hiciera la reina Isabel, que tanto tiempo la había apartado de su tierra natal y, de paso, de la cercanía de su augusto marido. No le dio tiempo a la Cazadora a volver a intentarlo con el rey viudo.

Era la historia que más gustaba contar a Trifón, que era desde luego partidario de la hermosa y no consentía que se afearan en su presencia sus supuestas crueldades, que él entendía como justificada venganza. Pero a Álvar le interesaba también otro asunto en el que entendía que su familia y su linaje podían salir algo mejor parados. Que pudiera darle fe de que en ese viaje el almirante Colón había cogido esquejes de caña y los había llevado a La Española. Aquello de alguna forma reivindicaba a su estirpe como primer y necesario eslabón de la cadena.

—Sí, don Álvar. Ya lo creo que los cogimos. Se prepararon con esmero para llevárnoslos y se cuidaron muy bien durante toda la travesía. Aguantaron muchos y allí se entregaron a quienes eran cercanos a los Colón y habían obtenido buenas tierras. Se plantaron en los llanos bajos y ahora verá vuestra merced que hay caña por todas aquellas tierras y también ya en Cuba, donde parece que aún prosperan todavía mejor sus plantaciones.

Bueno, pensó el Cabeza de Vaca, al menos aquello restañaba en algo la figura de su abuelo. Porque en él había quedado fijada para siempre la imagen del anciano rumiando en silencio su amargura, tan dolido por la ingratitud real como por la invalidez y los dolores. Para toda su familia, don Pedro había sido un héroe y un servidor leal del rey, por él injustamente tratado, y no se permitía que en presencia de ninguno de ellos se pusiera en duda tal cosa. Lo de la caña de azúcar, que él introdujo en aquellas islas y llevó luego a las Indias, reconfortaba a su nieto ahora que se dirigía hacia ellas.

3

El huérfano, la tía y la abuela

In soli Deo honor et gloria.

Lema en el escudo de armas de
Pedro de Estopiñán,
conquistador de Melilla

Álvar se encariñó mucho de niño con su tío Pedro de Estopiñán. Ofreció muy pronto muestras de gusto por aprender y querencia por los libros, aunque su tío no se planteó nunca que pudiera estudiar leyes ni mandarlo a Salamanca a aprenderlas. Porque el muchacho gustaba también de las armas y en ellas se adiestró con provecho. Influyeron sin duda en ello las hazañas de su tío, sobre todo la más famosa, después de la ya relatada del chapuzón con el pirata, la de la conquista de Melilla a los moros, que sucedió cuando andaba él por los nueve años.

En cuanto aparecía por Jerez ya estaban los chicos, sus hijos, el sobrino y toda la recua de chavales rodeándole, y, lejos de molestarse, ello le satisfacía sobremanera. Álvar lo contemplaba con arrobo. Era el primero en pedirle que les contara historias de sus batallas y conquistas, y el duro guerrero se complacía en hacerlo. Acababa la escena en el patio ajardinado, risueño él con un buen vaso de vino en la mano y la chiquillería, con los suyos de limonada, tan muda y tan absorta que se le olvidaba bebérselos. Estopiñán los prefería desde luego a la tropa de cuñados y parientes que a lo único que venían era a pedirle favores, tanto por la posición que tenía como la que le daba añadida su cercanía a la casa de los poderosos duques de Medina Sidonia y la estima que estos le tenían.

El duque Juan, sabedor de cómo se había comportado en el asalto pirata a las almadrabas, era quien le había otorgado su plena confianza y dado la dirección de la empresa cuando los Católicos Reyes le encomendaron pasar el Estrecho y tomar Melilla para, por un lado, darles una estocada a los moros y, por otra, disputar el terreno a los portugueses que señoreaban Ceuta y la habían convertido en un enclave comercial muy próspero. Lo puso al mando de las tropas y fue todo un acierto el hacerlo. Él no olvidaba tampoco, sabía ser agradecido, que el difunto padre de Álvar, Francisco de Vera, como provincial de la Santa Hermandad, como regidor y capitán del concejo de Jerez, había contribuido en que aquella elección tuviera un apoyo absoluto.

La ciudad de Melilla había sido refugio continuo para los piratas turcos, argelinos y berberiscos y había tenido una populosa población, pero estaba en claro declive por las disputas y sangrientas guerras entre ellos. Pedro de Estopiñán desembarcó con cinco mil infantes y doscientos cincuenta jinetes y le puso cerco. La guerra intestina entre los piratas le facilitó las cosas, pues mucha parte de la población había abandonado la ciudad a causa de ello y los que quedaban optaron por rendirse y evitar mayores males. Dejó allí una guarnición de mil quinientos hombres y regresó a la península. La conquista no había sido, pues, difícil, pero Estopiñán dio muestra de su enorme valía y coraje cuando tocó defenderla.

Al año siguiente los musulmanes lanzaron un fuerte ataque para retomarla y hubo de acudir a toda prisa al rescate. Con rapidez consiguió organizar las tropas, desembarcar con ellas y conseguir cercar a los sitiadores, a los que atrapó entre dos fuegos. El éxito fue total y el comendador persiguió a los moros hasta obligarlos a asentarse cerca de Orán con la amenaza de seguir avanzando. Cuando él volvió lo hizo con un rico botín y medio millar de cautivos.

Los chicos disfrutaban cada una de sus estancias en Jerez, que no duraban mucho, pues marchó a vivir con su esposa Beatriz a Sevilla, a la calle Francos, donde colocó su escudo de armas y su lema *In soli Deo honor et gloria*. Y una vez más hizo gala de merecer su lema y siguió acrecentando su fama cuando el rey Fernando lo requirió de nuevo para acudir al Rosellón a librar del asedio a la plaza de Salces, rodeada por las tropas del rey francés Luis XII. Empleó las mismas artes que en Melilla y con el mismo fruto. Dividió a sus tropas en dos grupos, uno que hostigaba de continuo la retaguardia de los sitiadores mientras el otro bloqueó el puerto donde intentaban desembarcar los refuerzos franceses y los obligó a retirarse. Amenazados al verse atrapados, los sitiadores optaron por levantar el campo. Fue tras aquello y por ello por lo que el rey nombró a

Estopiñán adelantado y gobernador general de todas las Indias. Comenzó los preparativos del traslado. Su esposa e hijos tenían previsto acompañarle, y nada hacía presagiar lo que iba a ocurrirle. Una cosa es lo que los hombres proponen y otra lo que Dios dispone. Falleció repentinamente durante una visita al monasterio de Guadalupe, donde fue enterrado.

A Álvar su muerte le afectó más, por la admiración y estima que le tenía y por lo imprevisto en aquel hombretón sano y alegre, que la de su propio abuelo, que había acaecido tan solo unos meses antes. En aquella ocasión, su mediación en el reparto de la herencia, fue a ser la última vez en que vio a su tío, y, aunque muchacho, pudo percatarse de que por sus buenos haceres no acabó la familia a palos y pleitos por la herencia. Bastante menguada, podía haber supuesto serios disgustos entre la viuda y los hijos si no hubiera sido por su mediación, aunque contó en todo momento con la aquiescencia de su padre, don Francisco, que al transigir en los derechos de la viuda lo hacía también en beneficio propio, pues estaba casado con una de sus dos hijas.

Doña Catalina poseía, desde luego, más haberes por ella misma, tierras de labor, el manso de Zurita, que cultivaban sus aparceros, huertas en Medina Sidonia y vides en Arcos de la Frontera, que lo que le quedaba del marido, que fueron sobre todo las casas principales en Jerez, mientras que el ingenio que tenía en propiedad en Gran Canaria fue a parar a los hijos y no tardó en venderse y liquidarse. A ello se añadía una cantidad de plata nada desdeñable, que se repartió entre todos dejando solo muy poca cosa en la casa, y los doce esclavos, la mayoría blancos de origen canario, de los que cinco quedaron para la viuda. Todos menos uno estaban bautizados.

Para Álvar aquellos años fueron los de morirse todos, empezando por la misma reina Isabel y el almirante Colón, pero sobre todo los propios, el abuelo Vera, el tío Pedro y después, en un doble y demoledor golpe, su madre primero y al poco su padre. En unos meses había pasado de ser el primogénito de una casa con posibles a convertirse en un niño huérfano y desvalido. Su mundo se derrumbó de súbito, y el desamparo y la soledad estuvieron a punto de apoderarse por completo de su ánimo. Pero algo resistió en su interior, algo que le hizo sorberse las lágrimas y aguantar el dolor. Además, tuvo ayuda y amparo.

Fueron la viuda de su abuelo, doña Catalina, y su tía, doña Beatriz, la viuda de Estopiñán, las dos Cabeza de Vaca, quienes se lo dieron. Ellas lo acogieron y lo cuidaron como a un nieto y un hijo, ellas fueron desde entonces su familia, mucho más que la de los Vera. Pasó a vivir en sus casas, en la de Jerez de la abuela y también largas temporadas en la de Sevilla de su tía, junto a sus primos, casi hermanos ya en esa época y para siempre, pues la lealtad mutua perduraría entre ellos durante toda su vida y por encima de los mayores contratiempos. Álvar comenzó a ser lo que fue luego, mucho menos Vera y mucho más Cabeza de Vaca.

La abuela Catalina y la tía Beatriz le dieron el cobijo y el cariño que sus tíos los Vera, siempre pendientes de los dineros, difíciles de trato y fáciles para el despego, le negaron y que acabó por distanciarle de su estirpe y acercarle a la otra. La tía y la abuela le animaron en su aprendizaje tanto en las letras como en espadas, le ayudaron a ascender cuando sentó plaza de soldado, lo introdujeron en la cercanía del duque de Medina Sidonia, el más poderoso de toda la Andalucía Occidental, haciendo que se alejara de las viejas rencillas de su abuelo y su servicio como el más allegado a los Ponce de León. Asimismo, le buscaron mujer cuando volvió de las guerras de Nápoles, le abrieron las puertas de la Casa de Contratación, que era abrirle la Sevilla que pintaba en oros y fama, y le apoyaron para que lograra el máximo rango, tras Pánfilo de Narváez, cuando se comenzó a armar la flota que iba a partir a la conquista de la Tierra Florida. Para ello, tanto ellas como él no dudaron en echar mano de los débitos a ambos apellidos, al de Vera para reclamar aquello como rédito de debe no pagado al abuelo Vera por sus servicios a la Corona en Canarias y al de Cabeza de Vaca por aquel nombramiento otorgado, pero nunca disfrutado, de adelantado y gobernador general de La Española y las Indias todas.

Álvar tampoco dejó de hacer por su parte los méritos necesarios ni con la espada, ni con la diplomacia ni con su saber obtener ventaja con las letras. Demostró valentía en las filas contra los franceses en Rávena y dotes de mando en Gaeta cuando se le dio oportunidad de tenerlo. Formó, cuando ya estaba al servicio del duque de Medina Sidonia, en el bando realista y vio decapitar a los jefes comuneros en Villalar. Su único tropiezo fue el esmerarse en demasía en que su señor tuviera un hijo, lo que le costó un tropiezo con los clérigos. Pero ya para entonces gozaba de protectores y amigos poderosos, y él mismo tenía sus poderes. Entre los amigos que se había ido haciendo estaba el propio hijo del gran Almirante, Hernando Colón, de edad y gusto por los libros similares a los suyos, de cuyo saber aprendió mucho y cuyo prestigio le permitió subir escaleras y alcanzar oídos que sin él no le hubieran escuchado. Pero antes y por encima de nadie, ni el duque, ni Hernando ni ninguno de sus apoyos y mentores, estuvieron su tía Beatriz y su abuela Catalina, en las que encontró dos madres por la que había perdido, diestras en guiarle por la senda precisa, con suaves, pero firmes, hilos de seda en vez de con duros guantes de hierro. Él les agradeció tanto su afecto como sus lecciones y les correspondió llevándolas siempre en el corazón y en el recuerdo. Ellas sí fueron las mujeres de su vida y quienes, más que nadie, la determinaron. Dios y la memoria de ellas devinieron su apoyo y su amparo en los momentos de tribulación, y su cariño, aunque fuera lejano, constituyó el consuelo de sus miserias y dolores. La abuela Catalina aún pudo verlo embarcar en su primer viaje y la tía Beatriz, hacerlo acompañado de su propio hijo Pedro a tomar posesión ya como adelantado y gobernador en el segundo, como si aquello fuera la compensación que la vida le daba de no haber podido hacerlo ella y su marido, cuando a ello se disponían pero la muerte alcanzó al Estopiñán antes de poder mandar izar las velas.

4

Los oficios de Álvar: de alférez a alcahuete

Soy hombre con suerte. Aunque sea solo
por seguir viviendo.

TRIFÓN EL VIEJO

Trifón oficios había tenido pocos y beneficios, menos. De
niño zagal y después chico de los recueros. Le daban de comer lo que sobraba o cuando había alguno que le tenía más
compasión que la mayoría. Mejoró cuando se metió a grumete: de ahí pasó a marinero y siguió en los barcos haciendo lo que le mandaban. No tuvo nunca mayores pretensiones que ganarse la vida y procurar no perderla. No sabía
leer ni escribir ni tenía ambición alguna de ser otra cosa de
lo que era, un huérfano de pobres, que constituía la orfan-
dad más mala. De madre porque se murió al parirlo y de
padre porque desapareció de su vida antes de que pudiera
siquiera recordarle la cara y no volvió para los restos. Por
lo visto, fue a comprar una muleta para su oficio de recuero a la feria de Jadraque y allí lo que mercó fue una moza o
ella a él. El caso es que los dos se perdieron de vista, y tras

alguna noticia los primeros años de que andaban por la zona de Zorita luego ya no hubo ninguna. Entre los arrieros se comentó que se habían ido para Cuenca y luego para Valencia, que era ya de la Corona de Aragón y estaba aún más lejos.

Si bien se pensaba Trifón que había logrado progresar en la vida. En los barcos se le estimaba. Valía para muchas cosas y se hacía querer por los contramaestres. No es que fuera demasiado bueno con las velas y las maniobras, bastante tenía con no caerse al mar, algo a lo que le tenía pavor, pues siempre recordaba cómo había conseguido el primer empleo y no quería dejar de la misma forma el puesto libre. Poco a poco consiguió aprender lo necesario y hasta se desenvolvió con cierta soltura, pero no fue por ahí por donde encontró su nicho, sino por las muchas faenas que había en la cubierta y debajo de ella. Acabó por ser una especie de ayudante de las intendencias de a bordo, que si del cocinero, que si del encargado de los víveres, que si le ponían al cuidado de que no se pudriera el tocino ni se agusanaran demasiado las galletas y las legumbres. En esos manejos y en hacer recados, al fin y al cabo, era en lo que se desenvolvía desde crío, no tenía rival conocido. Y era algo que le apreciaban, el contramaestre, claro, pero también los oficiales, que a cada momento le estaban pidiendo ayuda. Trifón siempre los hacía y luego, sin que se notara en demasía, sabía cobrárselos, con algún trato más de favor, algún consejo y hasta algunos dineros que añadir a lo que tenía como soldada. Pese a que él soldado no había sido nunca, eso no le eximió de tener que estar en campañas y verse en peligro de mucha muerte en ya demasiadas ocasiones. Aunque fueron más las de morir ahogado, y a eso es a lo que mayor pavor le tenía el alcarreño, que a muchos más que aquel grumete había visto sucumbir. Más que por los flechazos de los indios.

Aun así, seguía en la mar porque no tenía ningún otro sitio al que ir ni otra forma de ganarse la vida. Podía haber tratado de quedarse en una de las islas conquistadas y hacerse con alguna plantación o montar algún negocio. Pero las encomiendas se las otorgaban a los hidalgos y gentes de cierta estirpe, y para montar un negocio no le dio nunca la industria. Lo intentó una vez de tabernero, entrando al servicio de uno en el barrio de Triana, pero a poco decidió que era mejor andar, y hasta menos peligroso ir por los océanos, pues el día en que no había trifulca de borrachos había puñaladas de pícaros y el que no cataba puñada de matón probaba arañazo de puta. Trifón era bastante corto de estatura y, más que membrudo, un tirillas. Total, que volvió a embarcarse. Así continuó su aprendizaje de cómo mantenerse callado y catar a la gente y tomarle el número, aunque no supiera de ellos ni sumarlos ni multiplicarlos. Pero dilucidar de qué pie cojeaba cada cual, eso lo cazaba de primeras y rara vez marraba en su barrunto. Además, había aprendido a enterarse de quién era cada individuo, lo cual muchas veces no coincidía con lo que este decía y de lo que alardeaba. Por lo general, según le había enseñado la experiencia, cuanto más, solía ser menos.

Cuando se arrimó al Cabeza de Vaca, sabía pues bien de sobra quién era el hombre, que ya la mocedad se le había pasado hacía tiempo, aunque menos que a él, que ya había pasado de sobra la cincuentena y aún más años parecía tener a las espaldas, pese a que seguía ágil de piernas y magín. Que lo de ser un tirillas no iba a ser malo para todo, y se mantenía más tieso que muchos con bastantes menos años cuando el esfuerzo o la fatiga apretaban. Con el trato en el puerto de Sanlúcar, donde a cada paso el hidalgo hubo de echar mano de él para conseguir esta o la otra cosa que faltaba, y que no costara un ojo de la cara, al tesorero y alguacil mayor de la escuadra, pues tal era Álvar, se le fue haciendo imprescindible. Hizo que estuviera entre los de su nao y allí le dio, si no rango, sí prebendas y mano, pues cuando el Viejo solicitaba algo los más sabían de dónde venía la demanda y los menos acababan por saberlo y a la siguiente no rechistaban o, si acaso, farfullaban menos. Como además no lo hacía con soberbia sino con humildad cómplice y sabía devolver los favores y los buenos tratos de obra y palabra, Trifón tenía bastantes más amigos que enemigos, aunque de estos siempre hubiera alguno, que contentar a todos es la misión humana más imposible de todas.

Ya navegando, la cercanía entre ambos devino en cierta complicidad y hasta en confidencia. Así, a no tardar, acabó por saber mucho más él de Álvar que Álvar de Trifón, y no porque fuera el Cabeza de Vaca lenguaraz precisamente, pues era más bien reservado y nada inclinado a andar dando cuartos al pregonero, sino porque en las conversaciones, que en medio del mar parecen encontrar mejor los momentos, los recuerdos iban en muchas ocasiones fluyendo y se acababa por contar cosas que antes ni se le pasaba a uno por la cabeza el haber tenido ganas de contarlas.

A Trifón lo que más le fascinaba de su superior y protector, aunque a veces pareciera que el protegido era el otro, era verlo leer, y se asombraba aún más de verlo escribir. Pues llevaba recado de hacerlo y tenía por gala y gusto intentar dejar estampadas unas cuantas líneas casi todos los días. Cuando andaba en tales menesteres, Trifón se quedaba quieto, mudo y sin moverse para no molestarle y hasta para que no percibiera su presencia. Álvar sí era consciente de ella, pero acabó no solo por acostumbrarse sino por echarla de menos cuando faltaba. Había ocasiones en las que incluso al terminar le leía en voz alta algo de lo que había escrito, y entonces Trifón meneaba la cabeza con un gesto que denotaba una admiración profunda.

Álvar empezó también a admirar en cierta forma al otro. En su desempeño desde luego era útil, pero lo que parecía en verdad milagro es que estuviera simplemente vivo. Era un milagro de Dios, sin duda, pensaba. Un día le preguntó por ello.

—Pues sí, don Álvar, a pesar de mi pobreza y ninguna fortuna, soy hombre con suerte. Aunque sea solo por seguir viviendo. Nunca he tenido nada, ni de niño ni de joven ni de viejo. Pero sigo vivo mientras que otros, algunos capitanes famosos y otros las más grandes personas que este mundo ha visto, han perecido, y a algunos los he visto morir con mis propios ojos. Muchas veces me ha rondado la muerte, el naufragio y la herida, pero a Dios debo sin duda dar las gracias porque habiendo fulminado a otros a mí me ha dejado seguir viviendo. Espero que lo haga aún por el tiempo que considere, y que no sea este muy corto. Sí doy gracias y soy hombre afortunado. Solo por seguir viviendo.

Álvar pensó que él también debía dárselas, puesto que

el Señor le había protegido a él también en no pocas circunstancias, ya que sus oficios habían sido en muchas ocasiones de los que en ellos la muerte es la probabilidad primera. Desde que abandonó la casa familiar de Jerez no pocas veces le rondó el peligro, unas en forma de espada o arcabuz y otras de deshonra y cárcel. De todas había salido bien, y coincidieron los dos en que debían dar gracias al Altísimo. Porque el primer oficio de Álvar fue la guerra y en la primera batalla que libró los suyos fueron vencidos y no pocos, muertos.

Tras pasar largos años al cobijo de tía y abuela, a medias entre Jerez y Sevilla, mientras se formaba en letras y se adiestraba con las armas, decidió, cumplidos ya los veinte, alistarse en las tropas de la Liga Santa para luchar contra Francia. Álvar llegó así a Italia y hasta a él, un hombre que gustaba de comprender el porqué de las cosas, le costó entender lo enrevesado de todas aquellas alianzas, pero aprendió a valorar lo que era ser soldado, a combatir, defenderse, atacar, sobrevivir y confiar en los compañeros.

El papa Julio II había sucedido al español Borgia, Alejandro VII, y lo que intentaba era recuperar para los Estados Pontificios lo que los Borgia se habían quedado para ellos y convertirlos en hegemónicos ante todas las repúblicas itálicas. Topó con Venecia y se alió con Francia, el emperador germánico Maximiliano de Austria y Fernando el Católico. Venecia no tuvo más remedio que someterse, pero los franceses habían aprovechado la ocasión para apoderarse de Milán y Génova. El sinuoso Julio II cambió entonces las estrategias y formó la Liga Santa contra los franceses; al Vaticano se sumaron España, en esta ocasión la anterior enemiga Venecia y poco después el rey inglés, Enrique VIII, Suiza y de nuevo Maximiliano. El rey francés no se arredró, ni aunque el Papa hubiera depuesto y excomulgado a su aliado Alfonso de Ferrara, marido de Lucrecia Borgia, sino que rodeó Rávena y su aliado tomó Brescia.

Fue en Rávena donde por vez primera, entre los infantes de la ya muy temida infantería española, Álvar vio llegar la muerte hacia él y él dio muerte a otros. Se trató de una batalla perdida, aunque a medias solo, ya que los franceses vencieron, pero su triunfo fue un corto espejismo. Rávena fue tomada, si bien la alcazaba, al mando del bravo Marco Antonio Colonna, resistió. La Liga se batió en retirada. Los infantes españoles, tras haber hecho retroceder al enemigo, se retiraron también al verse desbordados por la caballería gala, pero aguantando las filas y haciendo estragos.

Álvar, un simple soldado y novato, aprendió aquel día lo que era el poder devastador de los cañones, con que ambos bandos se machacaron al iniciarse la lid causándose una gran matanza. Vio morir a muchos a su lado, despanzurrados, y él mismo estuvo a punto de ser alcanzado, aunque la fortuna le había llevado a que cayera el proyectil justo donde antes estaba. Resultó providencial el grito de los alféreces haciéndoles echar cuerpo a tierra y ponerse a cubierto tras unos promontorios. Calló al fin la artillería y vieron llegar a las tropas francesas. Entonces se levantaron y formaron los cuadros. Y fueron ellos quienes avanzaron. Álvar fue con ellos al encuentro de la muerte y presto a darla a otros para salvarse de ella.

Trabadas las lanzas, los infantes españoles se metieron por debajo, reptando casi en medio del tumulto, y espada en mano degollaron a los franceses que retrocedían. Se gritó victoria pero se hizo antes de tiempo, pues una batalla no está ganada hasta que concluye. También hubo de aprenderlo aquel día. La caballería de la Liga atacó precipitadamente, rechazada con graves pérdidas por la mortífera artillería y luego arrollada por la caballería francesa, que mandaba el gran líder del ejército galo, Gastón de Foix, duque de Nemours, que la desbarató y tomó prisioneros a sus dos jefes. La reserva de a caballo, al mando del virrey español, Cardona, huyó sin presentar batalla. Entonces la muerte vino hacia la infantería y hacia las filas en que formaba Álvar; los vencedores de tan solo un instante antes. Gastón de Foix, al frente de los lansquenetes franceses, se lanzó al asalto definitivo dispuesto a aplastar por completo al enemigo.

Álvar aprendió una cosa más todavía. Que en tales casos la salvación no está nunca en la huida. Que resistir es la única esperanza, que hay que mantener el cuadro, aguantar la fila, de picas y espadas, hombro con hombro, y obedecer las órdenes. Los capitanes en primera fila, los alféreces en la segunda, y atenerse a lo entrenado con los aceros o con el arcabuz, cargar, cargar, apuntar y disparar; así una y otra vez sin pensar en ninguna otra cosa. Eso fue lo que los salvó y lo que le costó la vida al gran adalid de Francia. Porque los galos vencieron la batalla pero perdieron a su jefe. Gastón de Foix se lanzó él mismo y en cabeza intentando romper la línea de los arcabuceros, que estaban impidiendo a los vencedores perseguir al resto del ejército en retirada. La carga francesa para romperla y culminar el combate parecía imposible de detener. Pero la compañía se mantuvo compacta, cargó los arcabuces, a punto para el disparo, apoyados en sus horquillas clavadas en tierra, y cuando estuvieron tan cerca que oían ya el resollar de los caballos, dispararon casi a quemarropa. Gastón de Foix cayó del caballo. Álvar vio como un grupo de infantes españoles lo rodeaban, y aunque un grupo de caballeros franceses intentó acudir en su socorro, las picas atravesaron su cuerpo y una espada lo remató hundiéndose por debajo de su falsa braga. La batalla la ganaron, pero el duque había muerto. La infantería española, acosada, siguió ordenadamente plantando cara, y si bien perdió hecho preso a su propio general, Pedro Navarro, logró en su mayor parte cruzar el río Ronco. Los franceses, desalentados por la muerte de su adalid, no buscaban ya el cuerpo a cuerpo con los infantes españoles. Que se cobraron muchas vidas pero que sufrieron muchas pérdidas. Doce de sus trece coroneles murieron y el último falleció de las heridas cuando ya llegaban a posiciones más seguras.

La compañía al fin se puso a salvo y Álvar continuaba entre ellos. Había logrado sobrevivir y comprobó que ni siquiera había sido herido. Caía la noche y el ruido de la batalla se apagaba, pero entonces la oscuridad se llenó de gemidos de los heridos y estertores de los moribundos. Él tenía el recuerdo de la muerte viniendo sobre él y se palpó, incrédulo de estar vivo y ni siquiera herido ni por metralla ni por bala ni por lanza ni por espada, aunque sí tenía el cuerpo molido, lleno de golpes que serían luego grandes moratones. Pero ¡estaba vivo, estaba vivo!, y dio gracias a

Dios; solo hacía eso, dar gracias a Dios, y se durmió agotado dándoselas.

Al día siguiente comprobaron que los franceses habían renunciado a perseguirles. La victoria francesa resultó ser a la larga inútil y hasta nociva. El ejército español se repuso en Nápoles, se reforzó, y no mucho después Álvar regresó al norte. Los franceses se batieron en retirada y sus derrotas se sucedieron. Se vieron obligados a marchar de Milán y luego perdieron todo lo que habían tomado, teniendo que abandonar Bolonia, Parma, Brescia, Piacenza, Reggio Emilia, sucumbir en Novara y haber de recruzar su tierra por los Alpes, pero fueron perseguidos hasta Dijon, mientras los ingleses amenazaban con cruzar el canal de la Mancha y Maximiliano con atravesar su frontera por el norte. En Italia el único aliado que le quedaba era Florencia, que no fue lo suficientemente ágil para cambiar a tiempo de bando y sufrió el ataque y el saqueo de los aliados. Francia se rindió. Fernando el Católico se cobró el favor prestado. El precio fue Navarra. Estaba, bajo protección francesa, gobernada por Catalina de Foix, casada con Juan III de Albret. Una bula papal de Julio II, so pretexto de que fomentaban las herejías albigenses, les excomulgó y autorizó a cualquier soberano a anexionarla. Fernando aprovechó la coyuntura. Lo cierto es que las tropas españolas habían entrado ya en su territorio antes siquiera de haber sido promulgada la bula y la incorporaron a Castilla.

A Álvar Núñez Cabeza de Vaca también le cayó algo en suerte. Fue ascendido a alférez y enviado a la gran fortaleza de Gaeta, aquella que tomó el gran capitán Gonzalo Fernández de Córdoba tras la batalla del Garellano y símbolo del poderío español en Italia. La vida de Álvar fue placentera durante aquellos tiempos. Disfrutaba de su rango, acabadas las guerras, en la impresionante fortaleza conocida como la «llave de Nápoles», pues en verdad lo era, asomada al mar Tirreno, desde el Monte Orlando, que se comunicaba con la tierra más firme por una península arenosa y baja. Como muchos oficiales de las tropas vencedoras, Álvar pasó meses disfrutando de su estancia y del bullicio de Nápoles, de sus alegres meretrices, muchas españolas, por cierto, y viviendo la vida revoltosa, pendenciera y galante de otros como él, jóvenes de probada hidalguía, pero muy pocos con los linajes y contactos que daban acceso a los salones de los palacios o a la cercanía de los grandes generales.

Frustrado en ello, dejó de frecuentar la ciudad y se encerró cada vez más tras los muros de Gaeta, con creciente hartazgo de mujeres de pago y borracheras sin tino que en más de una ocasión acabaron a cuchilladas.

No sabía que estaba en su futuro, aunque luego se sonriera al recordarlo tras salir al cabo bien librado, que serían las putas las que en su segundo oficio iban a estar a punto de dar con él ante los tribunales inquisitoriales y llevarlo a las puertas de la cárcel, porque el oficio de la guerra no le duraría mucho. De ello llevaban encargándose ya algún tiempo doña Beatriz y doña Catalina, que tenían mejores, más cercanos y lucidos planes para un ascenso mucho más importante que el de alférez en consideración, rango y, por supuesto y prioritariamente, hacienda.

Tía y abuela llevaban meses moviendo hilos y solicitando favores para que su ahijado entrara al servicio del duque de Medina Sidonia. El futuro bien podía estar en su propia tierra y al cobijo de uno de los nobles más poderosos del reino, como lo había estado y con ellos medrado su tío. Lo mejor era que volviera cuanto antes de Italia. No hizo falta excesivo esfuerzo por convencerlo, pues muchos, en su misma situación, lo estaban haciendo, aunque la mayoría, y él también y con mayor ilusión si cabe, lo que tenían en mente era partir hacia las Indias. Era allí donde se pondría en valor mejor que en sitio alguno su experiencia, su coraje y su destreza con la espada y donde podrían lograr con ello que su linaje, su apellido y su propia fortuna, en muchos de los casos relegada por algunos malos pasos, por el hecho de ser segundones y por la pobreza, volviera a refulgir en su persona y puede que los convirtiera en cabeza misma de una estirpe gloriosa.

Ese era el deseo que también inflamaba el ánimo de Álvar. Pero la prudencia le llevaba a pensar que aquella partida hacia el oro y la fama tal vez hubiera de esperar, y no había mejor lugar para hacerlo que al lado de Sanlúcar de Barrameda, de donde salían hacia allá los barcos. En su propia tierra, en la puerta misma de su casa, de donde su admirado tío, don Pedro, había estado para partir y nada menos que como adelantado y gobernador cuando le alcanzó la muerte. No era pues cosa de embarcarse al buen tuntún, sino de intentar hacerlo a su tiempo y con una posición relevante. Desde luego había que comenzar a moverse, porque él menos que nadie pintaba ya nada en Nápoles. Eso pensaban sus tías y lo sabía bien Álvar.

El momento propicio llegó a la muerte del cuarto duque, Enrique de Guzmán, sin hijos, y heredado el ducado por su hermanastro Alonso Pérez de Guzmán, hijo de un segundo matrimonio de su padre. Al nuevo duque acababan de casarlo con Ana de Aragón, una nieta bastarda del rey Fernando, hija de uno de los cientos que el Católico tuvo, pero Alonso de Aragón era el primogénito de todos, incluidos los legítimos. Al tal Alonso su augusto padre lo nombró arzobispo de Zaragoza con tan solo cuatro años y como tal oficiaba, aunque lo de la castidad lo llevaba con parecido relajo que su progenitor la fidelidad conyugal. No era la primera ocasión, por cierto, que el rey quería casar a su nieta con el Medina Sidonia, hacerla duquesa y acabar así de una vez por todas con los desencuentros y enfrentamientos que el monarca había tenido de continuo con la poderosa casa nobiliaria, que siempre le había profesado una manifiesta ojeriza. Pero le madrugaron el intento.

El tercer duque había casado a su hija mayor con Pedro Girón, máximo impulsor de los rencores contra el rey, y era este, a su muerte todopoderoso cuñado del cuarto duque, un niño de doce años, quien hacía y deshacía a su antojo para evitar la vuelta al redil real. Cuando el soberano, para zanjar conflictos y hostilidades, propuso casarlo con doña Ana, le contestó que era imposible, pues ya estaba casado precisamente con su hermana. Algo que era mentira, pero que se apresuró a hacerlo verdad de inmediato. El rey Fernando tenía muchos defectos, pero en absoluto el de ser tonto. Desterró a Girón, quien huyó a Portugal llevándose como salvaguardia al duquecito, y ordenó la toma de todas las villas y fortalezas de la casa ducal. Niebla, casa madre e insignia, resistió y a consecuencia de ello sufrió el asalto y la masacre por parte de las tropas reales. Después don Fernando apretó pero no ahogó, autorizando el uso de sus dineros, riquezas y posesiones, no fuera a resultar una resistencia mayor. Así pues, permitió regresar a Girón con el chico y los dos se instalaron en Osuna. La tempestad pareció calmarse pero no amainó definitivamente. Volvió a encresparse cuando a Enrique, cumplidos los dieciocho años, le dio por morirse sin haber concebido heredero y al abrir el testamento resultó que dejaba todo, títulos, villas y dineros, a su hermana mayor, la que estaba casada con Girón. El rey Fernando eso no iba a tolerarlo.

Se impugnó el testamento, el hermanastro del fallecido, Alonso, hijo de la segunda esposa del duque anterior, doña Leonor de Zúñiga, reclamó sus derechos y el Rey Católico, con gran contento, se los restituyó de inmediato. Es más, decidió que si al primer intento no pudo, lo lograría en el segundo y firmó el acuerdo de casamiento del heredero con su nieta, pero como Alonso era todavía menor de edad puso a doña Leonor a gobernar el ducado hasta que el niño cumpliera los años necesarios. En 1515 la duquesa viuda murió y se celebró la boda en Plasencia de doña Ana y don Alonso Pérez de Guzmán, ya duque con todas las de la ley. El rey Fernando creyó que ya tenía a la nieta casada, a los Medina Sidonia en el aprisco y al fin concluido todo a su gusto. Se equivocaba, aunque no pudo verlo, pues murió al año siguiente. La segunda tampoco valdría, para la vencida tendría que haber una tercera. En esta iba a tener mucho que ver el Cabeza de Vaca.

Su tía Beatriz, que había mantenido estrechos lazos con

la casa ducal, aderezó muy bien la vuelta de su sobrino y este entró al servicio directo de los nuevos duques. Aunque de la misma forma y manera que oficiales y sargentos, cuando llegó a su compañía como soldado novato en la guerra, le hicieron pasar por un duro entrenamiento, su tía y abuela, en similares papeles de mando, le sometieron a un necesario adiestramiento y le aleccionaron con todo detalle sobre lo que debía hacer en su nuevo cometido y cercanía al duque, por muy alférez que hubiera sido y por muy curtido soldado que hubiera vuelto. Álvar, que se hubiera encendido ante tal imposición y ordenanzas con cualquier compañero de armas, en presencia de las dos mujeres no solo se sometía sino que hasta sonreía sumisamente ante lo que más que consejos eran órdenes, aunque dichas de tal forma, y sabedor de que solo buscaban su fortuna y posición, que las disfrutaba en vez de enfadarse mientras ellas, para que pasara mejor el trago, le daban vino bien curado y seco de Jerez y ellas se tomaban algunos sorbos de moscatel.

—Lo primero que has de aprender, sobrino —le aleccionó doña Beatriz—, es el nombre que veneran en esa familia y en quien sustentan todo su orgullo y gloria: don Alonso Pérez de Guzmán, el fundador de la casa de Medina Sidonia, cuyo nombre y apellidos llevan todos los hijos primogénitos del linaje. Cuando los moros aún pretendían volver a tomar estas tierras, rodearon Tarifa y cogieron preso a Pedro, el hijo menor y más querido de su defensor Guzmán. A cambio de su vida exigieron la entrada en la fortaleza, pero Guzmán el Bueno, desde entonces así llamado, con lágrimas en los ojos, les tiró su puñal para que lo mataran, pues él no iba a rendir la plaza ni traicionar a su rey. «Matadle con este, si lo habéis determinado, que más quiero honra sin hijo, que hijo con mi honor manchado.» Los moros lo mataron, claro. Por ello llevan todos los primogénitos su nombre y los segundones lo añaden al segundo para que no se pierda.

—De ello proviene su nobleza y el poder de la familia —continuó doña Catalina—. Los sucesivos reyes le fueron otorgando cada vez mayores mercedes y más grandes propiedades, en tierra, como el señorío de Sanlúcar y las villas de Rota, Chipiona y Trebujena, y en el mar, como las almadrabas de Chiclana o de Conil, de las que gozan.

Luego las señoras se entregaron al relato pormenorizado de los avatares de la familia, y a nada Álvar ya estaba definitivamente perdido entre los nombres repetidos y los vaivenes de alianzas y desencuentros con los reyes o con otros nobles, sobre todo con los Ponce de León, sus máximos rivales en la zona y de los que había sido deudo su abuelo Pedro de Vera. Pero ello quedaba ya en el pasado. Ahora era cuestión de que el nieto les sirviera lo mejor posible y que a su servicio encontrara su fortuna. A poco de aquel repaso a la genealogía ellas por fin lo presentaron a los jóvenes duques, él más que ella, pero doña Ana muy lozana, juncal y saludable.

—Demasiado. No tiene muestra alguna de embarazo la duquesa y ya debería tenerlo —susurraron a la salida doña Beatriz y doña Catalina. No sabía Álvar que aquel iba a ser el principal de sus problemas.

Los duques le dieron acomodo en su palacio de Sanlúcar, donde habían establecido su residencia principal ya mucho tiempo antes, tras haber entendido que por muchas razones resultaba el mejor enclave, y no era la menor su cercanía a Sevilla, que era el lugar en el que todo fluía, partía o llegaba, y por tanto donde había que estar. Por supuesto poseían casas allí, como también seguían manteniendo sus residencias en Medina Sidonia, en Huelva y en todas las muchas villas donde gozaban de señorío y propiedades.

El joven Cabeza de Vaca aprendió pronto a lidiar aquellas nuevas batallas y con las intrigas y emboscadas que no por ser menos cruentas eran menos peligrosas que las de Italia. Lo hizo con aprovechamiento y consiguió establecer una buena relación no tanto con el duque, un poco distraído y abstraído siempre, como con sus dos hermanos menores, Juan Alonso y Pedro, en especial con este último, con quien hizo particular amistad.

Se movía por los vericuetos del palacio como pez en el agua y sus estancias y habitantes tuvieron a nada pocos misterios que él no conociera. El edificio, que había sido primero levantado por los moros, conservaba como restos sus arquerías y un amplio salón, y a él se había ido añadiendo a lo largo del tiempo una serie de casas y estancias, así como la capilla palatina, que eran conocidas como el «palacio nuevo». El actual duque le había tomado querencia a esta zona y estaba ahora en la tarea de ampliar y embellecer tanto los edificios como los jardines. Había convertido, y esto ya lo había visto hacer y contribuido a ello el propio Álvar, lo que había sido la antigua barranca de Sanlúcar, donde se asentaba el muro de contención del palacio, en un maravilloso jardín-bosque, con fuerte desnivel, terrazas y miradores, presidido por los acantos, pero en el que no faltaban tampoco las palmeras, los naranjos y los nísperos. Una verdadera delicia de brisas y aromas que gustaba en extremo al duque. Muchas flores, muchas plantas, muchos olores y colores, pero lo que no nacía era niño alguno. Al duque le encantaba plantar semillas y esquejes vegetales de toda clase. Todas menos la suya propia. No parecía interesarle en absoluto el trato carnal con su mujer. Y así, claro, niños no podía haber. Que era lo primero que se esperaba de él.

Ahí fue cuando Álvar, ya en muchas privanzas y cercanías, entró en el juego. Desesperados por la inapetencia del duque, de la que doña Ana no dejaba de quejarse, pues ni siquiera había completado una coyunda carnal con ella ni en una sola ocasión y ya llevaban dos años casados, recurrieron a Álvar, quien se había ganado fama de gran conseguidor de las cosas más inauditas. Y que lograra subir los ardores sexuales del duque bien podía ser algo que tal vez él pudiera lograr. Al fin y al cabo había sido soldado y nada menos que en Nápoles; sabía a conciencia de las artes de las meretrices, que en ningún lugar tenían más fama que las de allí, aunque las sevillanas no les iban a la zaga. Así que tal vez ellas pudieran conseguir levantarle al duque las ganas y que tras endurecerle la verga esta pudiera penetrar y derramarse en el lugar donde debía hacerlo: en doña Ana.

Tan delicada misión le fue encargada al Cabeza de Vaca y este no tuvo otro remedio que aceptar, aunque al mal decir de alguno, lo hizo con sumo gusto y provecho, pues amén de catar él primero el material, también obtenía buenos réditos en las transiciones. Por el palacio comenzaron a llegar, con nocturnidad y emboscamiento, hermosas hembras de jóvenes y muy prietas carnes, con largas sabidurías en las artes de la coyunda y habilidades sin igual en la forma de enverrecar a los hombres, por mermados por bebida o pesares que estuvieran.

A pesar de sus mejores esfuerzos, sus potingues y aceites, sus caricias y posturas y hasta ciertos brebajes y comidas que se suponían capaces de hacérsela levantar a un muerto, no pudieron vencer la impotencia manifiesta de don Alonso Pérez de Guzmán, quinto duque de Medina Sidonia, amante de los jardines y de los tratos espirituales, pues gustaba mucho de acudir a los monasterios y santuarios, el de los dominicos, el de Nuestra Señora de la Caridad Coronada, el de la Merced o el de Madre de Dios o cualquiera que le pillara cerca o incluso a trasmano.

Sin embargo, hubo quienes entendieron, entre ellos el propio hermano pequeño del duque, que no era cosa de desperdiciar lo que Álvar traía y venía ya generosamente pagado, y que se marchara sin gozo ni beneficio para nadie y sin cumplir con lo contratado y que había de dar igual que el cumplimiento fuera con don Alonso o con algún caballero de su cercanía o incluso de su fraternidad. Así que por un tiempo prosiguieron los negocios y los intentos, hasta que la Iglesia intervino.

Alguien se fue de la lengua. Sería en confesión cuyo secreto no se guardó, sería algún criado indiscreto, sería alguna resentida dama que se había olido los juegos en que andaba su marido o incluso el mismo duque en sus asiduas visitas conventuales. El caso es que se destapó el pastel y como no podía arremeterse con quienes lo habían encargado ni contra grandes caballeros que se aprovecharon de los dulces, el vinagre fue a caer sobre Álvar. Este no solo vio su puesto peligrar sino algo mucho peor, que cayera sobre él la Inquisición y lo acusaran de alcahuete. Una circunstancia que podía acarrearle los peores resultados y las más desgraciadas consecuencias. La cárcel, de entrada y como inicio de los procedimientos del Santo Oficio.

Los hermanos del duque, el menor Pedro y quien le precedía, don Juan Alonso, consiguieron, el uno por amistad y estar él mismo implicado, y el otro porque vio en ello un interés mayor, tras bastante trajín con los clérigos y autoridades eclesiásticas, al fin y al cabo muy deudoras de su familia, que dejaran la cuestión en una amonestación y algún pago en penitencia del acusado y algún óbolo y aceptación de la casa ducal de ciertas viejas peticiones de los monasterios, y que se olvidaran del asunto dándolo como pecado venial y sin mayor trascendencia. Álvar se libró del oprobio y las mazmorras, pero a quien vino bien el suceso fue a la postre a don Juan Alonso, que a raíz de la escandalera, notoria a pesar del silencio impuesto, acabó por quedarse para sí con el ducado y con la esposa.

Don Pedro, el hermano menor, y Álvar ya para entonces habían intimado mucho. El joven noble, quien más tarde acabaría haciéndose acreedor de la merced real del condado de Olivares,[2] era particularmente avispado y audaz. Unido aún más con el Cabeza de Vaca por la peripecia del intento de procreación del duque y dando ya aquello por

2. Iniciador del linaje de quien sería más de un siglo después el hombre más poderoso de España, el conde duque de Olivares, valido del rey Felipe IV.

imposible y consciente de lo que estaba afectando al prestigio, solidez y futuro de la familia, Pedro comenzó a rumiar una idea que no dudó en trasladar al beneficiario y que consistía en quitarle el título al mayor y que este pasara al segundo, Juan Alonso. Por supuesto, Juan Alonso se mostró encantado.

Porque además de la desgana sexual, de su impotencia radical, al duque le dio por comenzar a hacer todo tipo de excentricidades. Se comportaba de manera cada vez más descarriada y cayó en los mayores desvaríos, unas veces propios de rabietas de niño chico, otras sucumbiendo a tremendas depresiones. El noble pasaba muchos días encerrado en sus aposentos y salía de pronto para correr compulsivamente de iglesia en iglesia y de monasterio en monasterio, otorgándoles a curas y frailes las más espectaculares donaciones.

Vamos, que los clérigos eran los únicos que estaban muy congratulados con él, mientras que la familia echaba las muelas en su contra. Incluida doña Ana de Aragón, a quien el arcijo en que había estado envuelto Álvar no la había enemistado con él, con quien siempre había tenido el mejor de los tratos y que seguía gozando de su confianza. Ella era la más interesada en tener un hijo y que este fuera duque algún día. Estaba bien claro que con el actual aquello no iba a poder ser. Así que lo lógico era buscar sustituto. Y solo había uno posible.

Un día que ambos, don Pedro y Álvar, se habían acercado juntos a Sevilla para resolver algunos asuntos de la casa y que Álvar quería aprovechar también para visitar a su tía Beatriz, el joven Medina Sidonia se sinceró.

—La situación del ducado no puede continuar así. Mi hermano Juan Alonso, y yo le apoyo firmemente, va a presentar el problema al rey Carlos. La casa ducal corre peligro y tenemos que encontrar una solución. Y esta no es otra que el traspaso del ducado y la anulación del matrimonio. Para ello es imprescindible que sea la propia duquesa Ana quien jure ante Su Majestad y las altas autoridades eclesiásticas cercanas a la corte, pues con las de Sanlúcar mejor no contar, que su marido no la ha tocado y mantiene su virginidad. ¿Tú crees, Álvar, que estaría dispuesta a hacerlo?

—Pues para mí tengo que bien pudiera ser que sí, don Pedro. Pero ella es nieta del Rey Católico y no quiere bajo ningún concepto dejar de ser duquesa, algo que perdería si se produce la anulación matrimonial. Ello es lo que supone el contratiempo y dificultad mayor.

Quedaron los dos en silencio mientras apuraban un vaso de buen vino en la más lujosa casa de lenocinio de cuantas había en la ciudad, tras haber pasado a visitar a algunas de las señoritas que habían participado en la fallida operación de lograr calentar al duque.

A Álvar entonces se le ocurrió que quizá quien podría ofrecerles buen consejo, como mujer más ducha en apetencias femeninas, bien podría ser su tía Beatriz, a la que don Pedro tenía en gran estima, al igual que no ocultaba su admiración por su difunto tocayo, Estopiñán, a quien había conocido y con quien había jugado siendo un niño. Se lo propuso al joven conde y a este le pareció, tras dudarlo un poco, pues suponía descubrir la intención, que doña Beatriz bien podría hallar o sugerir alguna idea que resolviera el asunto. Así que, tras reconfortarse un rato más con las muy agradecidas muchachas que siempre se alegraban de la generosidad en el pago de sus servicios pasados y de los presentes, se presentaron en casa de la viuda de Estopiñán, quien los recibió con mucho alborozo y que escuchó con extrema atención y alguna discreta sonrisilla la zozobra de don Pedro. Algo, o, mejor dicho, bastante, conocía ya del asunto doña Beatriz. Y como mujer sabia tenía muy clara la solución evidente del mismo.

—Si doña Ana lo que quiere, y desde luego no va a renunciar a ello y menos provocar su relevo ella misma, es seguir siendo duquesa, solo existe una salida, y es que el nuevo duque, vuestro hermano Juan Alonso, contraiga matrimonio con ella, tras anular el anterior con don Alonso. No hay otra —sentenció con una sonrisa la señora dándole un sorbo a su moscatel favorito

Comprendió don Pedro que doña Beatriz había dado con el quid y que la solución propuesta, dos pájaros en el mismo tiro, era la más fácil y evidente. Además, le pareció que el arreglo no desagradaría, sino al contrario, a su hermano. Doña Ana era de buen ver, buenas hechuras, lozana y alegre y de sangre real, aunque fuera bastarda pero muy reconocida. Así que se tomaron un vaso más de vino seco y otro moscatel más doña Beatriz, a la que don Pedro instó a mantener el secreto de manera muy insistente, cosa que ella prometió y Álvar aseveró.

—No hay nadie más discreto ni que tenga más cariño a vuestra familia que mi tía Beatriz, y el secreto queda bien a salvo con ella.

Salieron hacia Sanlúcar al amanecer del siguiente día y

con rápidos y buenos caballos. Al llegar al palacio, don Pedro se despidió para correr a encontrarse con Juan Alonso.

—Ahora, Álvar, he de ser yo quien hable con mi hermano y él o los dos, luego con la duquesa. Yo te tendré informado, pero es importante que, por ahora, mi hermano no sepa nada de que tú estás al corriente. Esto ha de quedar dentro y sin salir de la familia

—Por mí, don Pedro, no se sabrá. No dude vuestra merced de ello ni un instante.

Pedro y su hermano pretendiente se movieron con rapidez y eficacia. La duquesa Ana se unió a ellos de inmediato. Estaba ya desesperada de su situación y aquello suponía para ella la mejor salida posible, pues mantenía su título y condición. Además, el nuevo marido le gustaba bastante más que el que había tenido aquellos dos años largos sin que la mirara ni como mujer ni como esposa. Se sentía profundamente frustrada y ofendida y ella también movió sus hilos en la corte, donde tenía sus aliados, aunque su abuelo hubiera fallecido un año antes, y en el clero, porque su padre seguía siendo nada menos que el arzobispo de Zaragoza.

Su declaración, al igual que la de don Pedro y don Juan Alonso, a las que se añadieron las de criados y sirvientes de la casa y con un particular protagonismo la del propio Álvar, aunque no se sacó por muy claras razones a colación lo de las putas, fue tan contundente y decisiva que en poco llegó la favorable decisión real. Más aún cuando quien iba a ser el nuevo duque prometió al despojado que no iba a quedar desamparado ni mucho menos, sino que dispondría de dineros, rentas y casas suficientes como para no tener que preocuparse de nada en su vida. Aunque eso sí, de Sanlúcar tendría que marcharse y dedicarse a sus jardines en cualquier otro lugar. El afectado, que no era en absoluto combativo, aceptó la oferta y la sentencia se emitió con inusitada celeridad.

Don Alonso fue declarado «mentecato e impotente», se anuló, como no consumado, el matrimonio y se traspasó el ducado a Juan Alonso, que de inmediato casó con doña Ana de Aragón, quien celebró con alborozo y una preñez rápida su nueva situación. Al fin y al cabo, era la tercera de las bodas previstas con tres hermanos y tres Medina Sidonia: primero se le iba a casar con el cuarto, Enrique, cosa que Téllez Girón frustró; luego casó con el quinto, su hermanastro Alonso, que le salió impotente, y al fin fue con el sexto, su excuñado, Juan Alfonso, con quien culminaba sus propósitos. A la tercera fue pues la vencida, y doña Ana engendró y parió. Un hijo varón por mayor dicha.[3]

3. Su hijo no sería, sin embargo, el séptimo duque, aunque sí llegó a ostentar el título de conde de Niebla como heredero, pues murió antes de hacerlo su padre. Por tanto, fue el nieto de Ana de Aragón quien finalmente lo heredó.

5

Compañeros de armas

Lo degollaron [al comunero Francisco Maldonado], como quien dice, por no descomponer el cartel.

MANUEL AZAÑA

Aquel trance suyo al servicio de los Guzmán no era, desde luego, de los que Álvar quisiera que se supiera ni se mentara. Ni recordarlo quería, no fuera a escapársele algo. Si bien el peligro de la Inquisición había quedado atrás, podía siempre comenzar el de las habladurías, y andar en boca de las gentes por alcahuetería supondría dejar la propia honra manchada para los restos. Ni siquiera se lo relató a sus madrinas, aunque estas de algo sí que debieron de enterarse, pero callaron y no hicieron preguntas. Fue asunto del que estaba prohibido hablar en el palacio ducal y Álvar, por descontado, no tenía el más mínimo interés en que tanto tiempo después reapareciera justo cuando se hacía realidad su viejo sueño de partir para las Indias y comenzaba a conocer a sus compañeros de escuadra. Nada de aquello tenían que saber sobre su persona; desde luego no debía enterarse su superior Narváez, ni sus compañeros, los oficiales mayores que conformaban con él círculo de poder alrededor, y aún menos que nadie el fraile. En realidad, el trato de Álvar con ellos y ya desde el principio, si bien era muy correcto y su palabra muy considerada, no llegó nunca a ser de confianza con ninguno de ellos. Sí la tuvo un poco mayor con algunos de los capitanes que mandaban en las tropas de soldados, que constituían la mayor parte de los embarcados, aunque también viajaba una buena cantidad de gentes que iban no como conquistadores sino como colonos y que llevaban incluso con ellos a sus mujeres.

Entre aquellos capitanes estaba un tal Castillo, un hombre de no muchas palabras, muy reservado pero que le pareció de fiar desde el primer día. También había otro, Andrés Dorantes, que venía acompañado de un hermano más joven y que debían ser gente de cierto caudal, pues se hacían servir en el viaje por un esclavo, un moro negro que tenían y al que llamaban Estebanico. Los tres eran salmantinos, el primero de la capital misma y los segundos de Béjar, pero antes de alistarse en la expedición no se conocían a pesar del paisanaje.

Con Castillo, sobre todo, que iba en su propia nao, fue con el que trabó más relación, pero percibía algo en el otro que no acababa por descifrar del todo. Se notaba que era un buen jefe y que sus hombres le obedecían y respetaban. Fue ya embarcados, y cuando los hombres tenían más tiempo de hablar y los de armas gustaban de relatarse unos a otros sus batallas, cuando alcanzó a atisbar lo que el otro ocultaba. Secretos tenía él, los tenía incluso el viejo Trifón, y también los guardaba Castillo.

La última contienda intestina que había sacudido España no hacía demasiado tiempo que había concluido, y en ella estuvo en juego el propio rey, el reino y todo. Había sido una época muy convulsa, tras la muerte de Isabel. El reinado de su hija doña Juana, su marido el Hermoso, la muerte de este, el llanto y desvarío de su esposa. El fallecimiento del rey Fernando, que aún intentó engendrar, pues se casó de nuevo con Germana de Foix, un hijo legítimo, de los otros tenía de sobra, para entregarle Aragón y romper la unidad creada. La regencia de Cisneros, la oposición al rey Carlos, nacido y criado fuera de España mientras que su hermano pequeño Fernando lo había sido en Medina del Campo. Su llegada, rodeado de príncipes flamencos que no hablaban la lengua castellana y despreciaban a los españoles, no solo no apagó el malestar, sino que lo convirtió en incendio, máxime cuando fue elegido emperador y decidió partir para Europa y para ello hubo de pedir cuantiosas sumas. Las ciudades y gentes castellanas estallaron. Hartas de pagar tributos para que el rey cumpliera sus ansias imperiales y, sobre todo sintiéndose postergadas, desde la alta nobleza hasta los meros hidalgos, procuradores y burgueses, por los validos flamencos, pues el rey incluso nombró regente a uno de ellos, el cardenal Adriano, se sublevaron y la situación se tornó muy complicada para los intereses de los flamencos, ya que algunas grandes familias más o menos subrepticiamente les apoyaban. Ejemplos había por doquier y hasta en la casa nobiliaria más poderosa, la de los Mendoza, donde el hijo mayor del propio duque del Infantado había hecho gestos de simpatía con los comuneros y una pariente muy próxima, su sobrina María López de Mendoza y Pacheco, hija de los marqueses de Mondéjar y condes de Tendilla, era la esposa del líder comunero, el toledano Juan de Padilla.

No era ese el clima en el palacio de los Medina Sidonia con nuevo duque, pero igual duquesa, donde se había restablecido la calma y vuelto a la normalidad de hábitos y costumbres. Entendieron, además, que era el momento de congraciarse definitivamente con la realeza, agradecer su apoyo y el traspaso del título; no había mejor ocasión que la rebelión comunera para demostrarlo. En prueba de ello se decidió enviar un contingente en su apoyo y que este lo mandara el hermano menor del duque, el audaz Pedro, y con él nadie mejor que Álvar, curtido ya antes en las guerras italianas y que gozaba de su amistad y confianza para acompañarle. Había llegado la hora de ganarse de una vez por todas el favor del rey.

Al inicio de aquel invierno del año 1520, la guerra había empezado, además, a cambiar de signo tras las primeras victorias comuneras y las defecciones realistas que habían puesto a muchas ciudades castellanas en sus manos. Pedro y Álvar llegaron a mediados de noviembre para unirse a las tropas que, mandadas por el conde de Haro, don Íñigo Fernández de Velasco y Mendoza, hijo primogénito de la gran casa nobiliaria riojana y de la no menos linajuda de los alcarreños, estaban establecidas en Medina de Rioseco.[4] El pequeño destacamento andaluz había tenido un viaje

4. El sepulcro de ambos con sus esculturas yacentes, tallado en alabastro, se encuentra en la catedral de Burgos, presidiendo la bellísima capilla de los Condestables de Castilla.

duro y la conversación giraba en torno a un único asunto principal: el frío. Añoraban el calor de sus tierras gaditanas y sus cálidas brisas y maldecían aquellas rachas de aire gélido que les cortaban la piel. Las armaduras heladas quemaban las manos y aterían los cuerpos. Se quejaban de cuando el viento era seco, pero aún más cuando se desataba la cellisca y lo que se desprendía del cielo era la nieve o, todavía peor, un agua tan fría que era aún más penosa de soportar. De todo habían tenido en el camino desde Sanlúcar, pero por fortuna, tras cruzar con mucha penuria la sierra central y con no menos inclemencia la primera parte de la meseta, el tiempo se había amansado, calmado el viento y regalado alguna soleadilla recibida con golosa devoción.

Llegaron al fin a Medina de Rioseco, enclave en el que estaba acantonado el ejército realista. Se encontraba a muy corta distancia de Tordesillas, la capital misma de la rebelión, donde había sido recluida por su demencia la propia madre del rey, doña Juana, y era el lugar esencial de referencia de los comuneros levantados. Don Pedro Girón y Velasco mandaba las tropas de la Santa Junta. Las realistas, el conde de Haro, veterano de las guerras de Granada y las Alpujarras, pero a su lado estaban también el regente Adriano y sus consejeros flamencos, que mermaban su autoridad.

Álvar había librado ya, y perdido, su primera batalla en plena línea de combate, enfrentándose al enemigo cara a cara. En este nuevo cometido iba a ser diferente e iba a poder conocer los otros vericuetos, los que acababan en realidad por decidir la suerte de la guerra, pues por mor de su cercanía a don Pedro pudo estar al tanto de lo que ignoraban los soldados y hasta los capitanes, que eran quienes vertían y derramaban la sangre.

Estaba para finalizar noviembre cuando Girón dio a los suyos orden de avanzar hacia donde los realistas acampaban estableciendo el grueso de sus tropas en la localidad de Villabrágima, a tan solo una legua de Medina de Rioseco, mientras que otros destacamentos se desplegaban tomando pueblos a su alrededor: Villafrechos, Tordemudos, Villagarcía de Campos y Urueña. Incitaban al conde de Haro a atacar.

Este no cayó en la trampa, aunque el regente Adriano no dejaba de insistirle en que mandara sus tropas al combate, pues eran superiores en número y armas y la victoria, segura. El de Haro, hombre prevenido y conocedor de aquellos con quienes tenía que combatir, pues en no pocas ocasiones habían luchado codo con codo contra los enemigos de España, se resistió y se negó a hacerlo, apoyado por todos los nobles y en particular los castellanos, que conocían los parajes.

—Señor regente, los deseos de victoria de vuestra merced los tenemos todos y por ella vamos a combatir hasta la muerte. Pero no menospreciéis al enemigo. Son castellanos y hasta la muerte combatirán ellos también. Su jefe, don Pedro Girón, nos quiere llevar a una trampa. Está bien atrincherado en Villabrágima y, además, tiene el flanqueo de las vides que lo cobijan —expuso don Íñigo.

—¿Son las vides la gran fortaleza a la que teméis? —se burló un noble flamenco, y le aplaudieron otros de su misma condición.

—Las vides, sí, señor —contestó con sorna el conde de

Haro—. Los viñedos ocupan toda la orilla izquierda del río Sequillo y son el peor territorio para nuestra mejor y casi exclusiva fuerza, la caballería, mientras que el terreno es el perfecto para su infantería, que es su mayor y mejor arma. Por eso hemos de aguardar. Ellos han avanzado, nos provocan a atacar ahora, y no. Esperaremos a que sean ellos los que se hayan de mover —remachó con total seriedad el conde.

Asintió de inmediato el almirante de Castilla, don Fadrique Enríquez de Velasco, desde el pasado mes de septiembre nombrado por el rey Carlos cogobernador del reino junto con el cardenal Adriano y el condestable de Castilla, que además tenía un interés personal en ello, pues de librarse allí la batalla se haría en su propio feudo, en su tierra misma. Lo hizo también con gracia el conde de Benavente, don Hernando de la Vega, pero en voz baja susurrándole al condestable, ante las razones de aquellos señores flamencos, que nunca habían blandido espada:

—Digo para mí que, si pusiéramos a un doctor y a un licenciado de estos atado a cada una de las banderas de cuantas iremos a pelear, yo sería el primero que votase en irla de inmediato a dar.

Pese al enfado de Adriano, se decidió, al fin, que esperarían.

Don Pedro se lo contó después a Álvar con algunas cuestiones que no habían dejado si no de sorprenderlo sí de hacerle reflexionar, porque, aunque joven, conocía bien a los personajes. De hecho, con alguno mucho tenía que ver. El primero, el propio jefe de los sublevados, don Pedro Girón de Velasco.

—Quien está al frente de las tropas contrarias es nada menos que el vástago de Girón, el hermano casado con una tía nuestra y hermano de doña María, la viuda de mi hermanastro Enrique —le explicó don Pedro—. Es él quien reclamó para sí el ducado y que el rey se lo concediera en vez de a mi hermano tras quitárselo el Impotente. Al negarse a ello don Carlos, se sulfuró agriamente contra él y se pasó a los comuneros. Por ello, y no es pequeña razón, estamos nosotros aquí. Pero aún hay otras que son las que llevan a que haya tanto remilgo a combatir en estos lares. La madre del Girón que manda a las tropas contrarias es una Haro, tanto que es la propia hermana de don Íñigo Fernández de Velasco, que es quien manda nuestras tropas. Y en nuestra familia ha habido parentesco con los Haro también, pues mi hermanastro Enrique era hijo de la primera mujer de nuestro padre, Isabel Fernández de Velasco. Los nobles estamos todos emparentados. Y peor, tierras y villas donde habría de darse la batalla son señoríos de quienes han de combatir en ellas y asaltarlas.

Los parentescos significaban poder, tierras, lindes, influencias, pensó Álvar, quien también había observado que esa nobleza, la más poderosa del reino, estaba temerosa de una reacción contra ellos mismos si se enfrentaban en sus propios dominios con los comuneros. El viejo conde de Haro sabía bien de todo ello. Pero pensaba más en sus tropas y en cómo desempeñarse en la batalla. Tenía como mejor y más decisiva fuerza un poderoso contingente de caballería, más de dos mil lanzas que le daban una seria ventaja contra las menos de mil que los comuneros podían poner en su contra. También gozaba de ventaja en la artillería, veinte piezas en total, que se habían traído de Navarra, aun a costa de desguarnecer la frontera con Francia, y que superaban en mucho al enemigo, que solo contaba con cuatro piezas gruesas y otras seis más ligeras, falconetes.

En la infantería, sin embargo, era con creces superior la comunera, pues se habían ido añadiendo efectivos y superaban los ocho mil infantes. Además, estos estaban mucho más motivados, ya que eran esencialmente milicias urbanas de las ciudades más afines a los comuneros, como Valladolid, Segovia y Toledo, y hasta un batallón de trescientos curas armados a las órdenes del obispo de Zamora, Antonio Acuña. Los infantes realistas habían sido reclutados mayormente por los nobles en sus señoríos.

El conde de Haro tenía pues ventaja, pero no tanto en el campo que se le ofrecía para el combate, y decidió esperar apoyado por los nobles castellanos frente al cardenal Adriano. Al cabo, la espera resultó fructífera.

El día 2 de diciembre llegó la nueva.

—Los comuneros abandonan Villabrágima. Se están moviendo hacia Villalpando.

Al conde de Haro le llenó de alborozo la noticia, pero al condestable de Castilla le embargó la zozobra. Villalpando era villa suya, y nada más llegar las tropas comuneras se rindió sin resistencia. El de Haro y algunos más sopesaron la posibilidad de acudir a rescatarla, pero el condestable se negó en redondo; no quería verla deshecha, y les convenció a todos.

Aquel movimiento de Girón, intereses personales del condestable al margen, era un error garrafal. Dejaba abierto el camino a Tordesillas y el veterano conde vio en ello su gran oportunidad. Quedaba expedito el camino a la ciudad símbolo, donde estaba custodiada la propia reina Juana.

—Asestaremos un golpe definitivo a los rebeldes. Tomando Tordesillas rompemos el corazón de la sublevación. Se quedan sin capital, sin reina y sin alma.

El día 4 de diciembre comenzó la marcha y ocuparon con rapidez las villas de Castromonte, Peñalver y Torrelobatón, que se interponían en su camino hacia Tordesillas. El día 5 por la mañana estaban ya ante ella. A mediodía el conde de Haro envió con dos trompeteros y un rey de armas un ultimátum de rendición. Luis de Quintanilla, que había quedado al mando, intentando ganar tiempo y que el Girón regresara con sus fuerzas, pidió un plazo para dar respuesta. Maliciándose la treta, el conde no tardó en enviar un nuevo requerimiento definitivo. Al recibir una respuesta negativa, acuciado por el cardenal Adriano, que le instaba a no demorar ni un minuto, ordenó abrir el fuego de artillería, y a las tres y media de la tarde lanzó al asalto la infantería. En la plaza solo quedaban ochenta lanzas y cuatrocientos infantes al mando del medinense Quintanilla que se defendieron con bravura, especialmente un grupo de los curas de Acuña que había permanecido allí, y mantuvieron a raya la intentona, que flaqueaba cuando el artillero Miguel de Herrera atinó tan bien con su descarga que logró abrir un portillo en la muralla. Los realistas se lanzaron en tromba y lograron penetrar por el muro, pero los comuneros aún resistieron prendiendo fuego a las casas cercanas y cambiando la muralla de piedra por la de llamas.

Atardecía ya cuando, en medio del resplandor de los

incendios, los asaltantes se adentraron definitivamente en la ciudad con los soldados del conde de Benavente en cabeza, seguidos por los del conde de Alba de Liste y el pequeño destacamento andaluz con Pedro Pérez de Guzmán delante. Álvar Núñez Cabeza de Vaca, al lado de don Pedro, entró también junto a las tropas del conde de Haro. La lucha, sin embargo, continuaba casa a casa entre un frenético repicar de campanas, y en un momento dado cundió la alarma. Una tropa de caballería se acercaba al galope en socorro de Tordesillas. Se temió que se tratara de una avanzada de las tropas de Girón, que volvían, pero de inmediato se percataron de que no era así, sino que era un intento desesperado del capitán Suero del Águila con cien lanzas, quien procedente de Alaejos se lanzaba a la carga. La caballería realista, cuya mayor parte permanecía fuera de las murallas, no tuvo apenas problemas en envolverlos y no tardó en aplastarlos y coger preso a su propio adalid y a casi todos los caballeros que no acabaron muertos. Para entonces, además, la artillería había logrado abrir otra brecha en la muralla, esta ya lo suficientemente espaciosa para que penetrara por ella incluso la artillería. Al caer la noche se produjo la rendición de los grupos que aún resistían y los vencedores se entregaron al pillaje, salvándose tan solo las iglesias, los conventos y la residencia de la reina Juana, aunque del pillaje no se libró la montura de su hija y hermana del rey Carlos, la infanta Catalina de Austria, que permaneció con ella durante todo su encierro.

Los nobles aparentaron por todo ello gran enfado, pero se excusaron diciendo que había sido algo que no pudieron controlar, y solo el conde de Benavente, quien había sufrido una herida de saeta en un brazo y su hijo otra en el muslo, ordenó castigar a alguno.

Los frutos de la victoria fueron muchos, pero muchos más podían haber sido. El más importante era la propia caída del símbolo y capital de la rebelión, así como la toma del control del lugar y la persona de la reina Juana. Esta, a pesar de su demencia, no había consentido en ser instrumento contra su hijo Carlos y se negó a firmar el documento que al respecto los comuneros le habían presentado. Hubo otras consecuencias no menores en relevancia. Se apresaron trece procuradores, tres de Salamanca, dos de León y uno por las ciudades de Segovia, Madrid, Toledo, Ávila, Toro y Murcia, el último de los cuales para desvelo de Álvar resultó apellidarse Cabeza de Vaca, así como de Soria y Guadalajara. Tras ello decidieron no enviar representantes a la Junta y los Mendoza ya no tuvieron fisuras en su apoyo al rey Carlos. El obispo Acuña se retiró a Toro, y Girón, que llegó a ser acusado de connivencia y traición por el movimiento que había dejado el camino expedito a las tropas del rey hacia Tordesillas, acabó renunciando cuando llegó a Valladolid, que se había convertido en la nueva capital de los sublevados. A pesar de los requerimientos de sus familiares de la nobleza, Girón no quiso cambiar de bando y pasar a servir con ellos. Las deserciones aumentaron, pero la causa comunera no se hundió, sino que pareció enfurecer por el saqueo de Tordesillas.

Se hicieron incluso planes, alentados por Juan de Padilla, de volver a tomarla, pero a poco se contempló la imposibilidad de llevarlos a cabo. Tras la batalla los nobles volvieron a cuitas, peleas y diferencias entre ellos y con los flamencos, y desaprovecharon la victoria, pues, aunque así lo quería el cardenal Adriano, no se decidieron a lo que era lo pertinente: avanzar hacia Valladolid y asestar el definitivo golpe de gracia a la rebelión. Se limitaron a dejar potentes destacamentos y guarniciones en torno a Tordesillas y licenciaron buena parte de sus tropas. Había varios, agrupados en torno al almirante de Castilla, que preferían salir del asunto a través de un acuerdo negociado, aunque los del condestable exigían la mano más dura. Pero unos y otros no querían sufrir daños ni represalias contra sus propios feudos, porque sabían que las tropas y simpatizantes de los comuneros podían hacerlo. Sin duda el saqueo de Tordesillas los había enfurecido.

Los comuneros, espoleados sobre todo por Padilla, no cejaban en su intento de aproximación a Tordesillas. En uno de sus movimientos, apenas dos meses después de la batalla, consiguieron un éxito importante con la toma del castillo de Torrelobatón, donde el jefe comunero acantonó a sus tropas a la espera de partir hacia Valladolid o hacia Toro. Esperaba recibir refuerzos de artillería de la capital, pero se produjeron disputas y renuncias que impidieron hacerlo hasta el 20 de abril de 1521, cuando ya era demasiado tarde.

El ejército del condestable avanzaba hacia el lugar y el día 21 estaba ya en Peñaflor de Hornija, donde se le unieron las tropas del almirante de Castilla y varios centenares de lanzas de la caballería nobiliaria. Las patrullas comuneras no dejaban de advertir a Padilla que cada vez estaban más cerca, y el día 22 le presionaron con ardor para que se moviera e iniciara algún movimiento, pero hasta el 23 al amanecer no se produjo la salida rumbo a Toro. El día les recibió con una lluvia fuerte y pertinaz que no cesaba, que embarró caminos, atascó carruajes, ralentizó la marcha y aguó los ánimos. Siguiendo el curso del río Hornija avanzaron penosamente hacia su meta y protección en Toro, por las aldeas de Villasexmir, San Salvador y Gallegos, pero a la altura de Vega de Valdetronco la caballería realista ya se les estaba echando encima y la lluvia arreciaba.

El toledano, Juan Padilla, entendió que la batalla era inevitable. A toda prisa y en un último esfuerzo, intentaron llegar a Villalar, el siguiente pueblo, y dar la batalla en el Puente del Fierro, con el objetivo de que esta se produjera al menos al cobijo de las casas. La artillería se instaló en sus calles y se aderezó a toda prisa la defensa. Eran unos seis mil hombres a pie, cerca de mil de ellos con armas de fuego, y unas cuatrocientas lanzas. Pero viendo la inferioridad notoria que tenían con las fuerzas que venían tras ellos, sobre todo la potente caballería que traían y la superioridad absoluta de la artillería, no fueron pocos los que aprovechando la confusión y la tormenta decidieron desertar. Bastantes de ellos eran incluso de pueblos limítrofes, por lo que conocían bien los caminos y veredas de huida.

Las tropas comuneras ni siquiera tuvieron tiempo de ordenarse y desplegarse para la defensa. Esta vez, y nada más tomar contacto, la caballería realista se lanzó al ataque, sin esperar siquiera la llegada de su infantería, que no se presentó sino cuando la contienda ya había concluido.

Álvar y el de Medina Sidonia participaron en el asalto en el que los comuneros se defendieron mientras sus tres jefes, Padilla, Bravo y Maldonado, los sostuvieron, pero los tres acabaron rodeados y capturados y ya toda la defensa se desplomó. El ejército comunero sucumbió por completo aquel día. Los muertos superaron el millar y varios miles más se rindieron. Solo una parte consiguió llegar a Toro, perseguida por el conde de Haro, el vencedor de Tordesillas. Otros pasaron la frontera hacia Portugal en Fermoselle. Hubo quienes en su periplo acabaron llegando hasta Toledo en su defensa final para acompañar a la viuda de Padilla, María Pacheco, y al obispo Acuña, que se unió a ella.

La justicia real cayó en Villalar rápida e implacable sobre los cabecillas. Al día siguiente de la batalla y en el mismo lugar donde esta se había producido, tres jueces castellanos, Cornejo, Salmerón y Alcalá, dictaminaron que eran «traidores a la corona real de estos reinos» y los condenaron a morir decapitados y dictaron la confiscación de sus bienes.

Álvar asistió, como buena parte de las tropas vencedoras, a la ejecución. Los tres hombres confesaron sus pecados a un fraile franciscano. Subieron al cadalso con paso firme y cabeza altiva. Dirigieron la mirada a quienes los contemplaban con semblante sereno y entregaron su cabeza al verdugo, que se la cortó con una enorme espada. El silencio era tan profundo que se oyó el golpe del acero, tras cortar la carne y el hueso, al dar contra la madera del tajón. Luego el verdugo mostró la primera cabeza a las tropas congregadas. El silencio se hizo aún mayor hasta que, ajusticiado el último, las gentes se separaron entre murmullos.

Fue al contar aquello Álvar, a poco de embarcar desde Sanlúcar, mientras cada cual en el corro de los soldados se daba a conocer y rememoraba alguna de las batallas en las que había participado, cuando se fijó en la actitud de Castillo. Según tenía por costumbre el capitán, que no había participado con peripecia alguna de su cosecha, permanecía muy serio y silencioso, pero algo en su gesto le hizo observarle con mayor detenimiento; al llegar a la captura y ejecución de los líderes comuneros y describir su subida al cadalso vio que en sus ojos había un brillo acuoso. No hubo nada más que aquello, pero en la memoria de Álvar quedó grabado para siempre y creyó comprender algunas cosas. Entre los soldados embarcados era bien seguro que algunos, si no bastantes, no habían estado precisamente al lado de los realistas y puede que hubiera quien hubiese combatido contra ellos en aquellos tiempos, incluso en la misma Tordesillas y hasta en el día de Villalar. Al irse a descansar y antes de coger el sueño recordó que en Tordesillas habían apresado a tres procuradores de Salamanca y algo que aún pudiera dar más sentido a los ojos humedecidos del capitán Castillo. Su nombre completo era Alonso del Castillo Maldonado. Su segundo apellido era el mismo que el del jefe comunero decapitado. Y ambos eran salmantinos.

Otro recuerdo de aquellos días sangrientos le asaltó. Quien en principio iba a subir al cadalso no era Francisco, sino un primo suyo, que comandaba junto a él las tropas comuneras salmantinas, llamado Pedro Maldonado Pimentel. Pero el conde de Benavente era tío suyo, como pregonaba su apellido, Pimentel, así que intercedió por él y en su lugar a quien decapitaron fue a Francisco. A la postre de nada le valió. Un año después, tras un juicio más formal, fue decapitado también, al ser excluido del perdón general otorgado por el rey Carlos por su condición nobiliaria, hecho que hacía más grave su traición a la Corona. Algún día le gustaría conversar de ello con el capitán Castillo, si bien comprendía que aún no había llegado el momento adecuado.

6

La partida

A 17 días del mes de junio de 1527 partió del
puerto de Sanlúcar de Barrameda el gobernador Pánfilo de Narváez para conquistar
y gobernar las provincias que están desde
el río de las Palmas hasta el cabo de la Florida, las cuales son en Tierra Firme.

CABEZA DE VACA, *Naufragios*

Fue tras los sucesos de Villalar, con el recuerdo de los jefes comuneros ascendiendo hacia el cadalso y el tajo del
verdugo aún pegado al párpado y sonando en su memoria,
durante el regreso de la tropilla andaluza hacia Sanlúcar y
el palacio de los duques, al que volvía a sus oficios, cuando
en Álvar se despertó de nuevo y esta vez de manera irrefrenable el deseo de escapar de todo aquello, de marchar hacia
las Indias como ya había querido hacer aquel día cuando
salió de Nápoles, deseo que una y otra vez había quedado tan solo en una vaga idea, en un sueño lejano que nunca
parecía concretarse. Mientras cabalgaba por las grandes

llanuras mesetarias se dijo que en esta ocasión lo haría y no habría ya cosa ni razón alguna que lo retuviera. No podía demorarlo más, se le estaba acabando el tiempo. De no hacerlo sabría no solo que no había cumplido con su destino, sino que ni siquiera había intentado encontrarlo. Y este destino Álvar lo sentía profundamente en su interior, estaba allá, en aquellas lejanas tierras recién descubiertas y en aún muchas otras por descubrir y conquistar en aquel lugar donde un hombre, sin atender a condición previa, podía dar y ser medida de todas las cosas y crearse la suya propia.

Estaba decidido, embarcaría hacia las Indias. Aunque para ello hubiera de tener que hacer cualquier cosa. Incluso hasta casarse. Porque a Álvar el embarcar hacia las Indias le costó una boda. La decisión estaba tomada, sí, pero aún pasaron años hasta que pudo llevarla a cabo.

Regresó al palacio ducal con el joven don Pedro. La derrota de Villalar y la muerte de sus líderes, aunque María Pacheco resistiera aún un año más en Toledo, habían puesto fin a la rebelión. Además, el rey Carlos pareció aprender de sus errores. Agasajó a los nobles que le habían ayudado a dominarla, buscó acercar a los que habían jugado entre dos aguas y ofreció el perdón incluso a quienes le habían combatido y pidieron su clemencia. Buscó apaciguar a las gentes de las villas, a hidalgos y a menestrales, y a quienes habían sentido sus leyes y fueros violentados. Tenía el firme propósito de que su hostilidad y resentimiento decrecieran.

Las Indias, América, vinieron en su ayuda. Porque en las ventas, las tabernas, los mercados, las ferias, los gremios, los talleres, los campos, las majadas, las llanuras, los bosques y las montañas, la tierra descubierta y por descubrir, la fortuna, el oro y la fama llamaban. Aunque de muchos que habían partido nada más se hubiera sabido, unos cuantos habían regresado ricos; solo a ellos se escuchaba, solo a las maravillas y no a los desastres se prestaba oído. No había hijo segundón que no quisiera parir hacia allí y demostrar que bien podía ser primero; no había soldado que no quisiera demostrar su valía con la espada ni caballero que no estuviera seguro de que rendiría la tierra a los pies de su montura.

En ningún sitio más que en Sanlúcar se recibían antes las nuevas. Cada vez que arribaba una nao, el mundo parecía cambiar de nuevo con los relatos de los recién llegados. Que lo de Cortés y los suyos, con ser tan grande la hazaña, solo era una parte de lo que quedaba por conquistar. Que aquel continente era inmenso y que por doquier había territorios llenos de maravillas a los que señorear, incorporar a los reinos de España y evangelizar en la verdadera religión cristiana. Partiendo apenas de nada, algunos habían logrado ser allí poco menos que un rey, un duque, un gran señor, un rico hacendado. De La Española, de Cuba, de Panamá, de Venezuela llegaban a cada arribada noticias de las maravillas que parecían no tener fin y que constituían un reclamo hacia ellas.

La última, que había dejado atónitos a todos y a muchos aún discutiéndola, había sido la llegada de los que habían circunvalado por el mar todo el mundo. La vuelta de aquel vasco, Elcano, que había salido con el portugués Magallanes y había logrado regresar con tan solo diecisiete hombres pero había demostrado al hacerlo la redondez del mundo y la posibilidad de navegarlo entero. El rey Carlos lo había recibido exultante y el orgullo había sustituido a la zozobra de aquellas guerras comuneras que en nada parecían haber quedado atrás.

Álvar no tardó en expresar su firme deseo a su amigo y señor don Pedro. Este, aunque contrariado, pues su intención era llevarlo con él a Italia, donde el noble había pensado marchar y así completar sus méritos ante el rey, comprendió pronto que su decisión era irrevocable y que él no podía oponerse. El joven Medina Sidonia había aprovechado su estancia invernal en las frías tierras castellanas y las había trocado en cálidas relaciones con las más grandes familias de la nobleza y los más avezados generales. Italia seguía siendo un flanco en llamas, pues los franceses no cejaban. Mientras los hidalgos y gentes aún de menor condición tenían en las Américas depositados sus sueños, las grandes familias aristocráticas veían en Nápoles, Roma, el Milanesado y las Sicilias el lugar donde enaltecer sus apellidos, aumentar sus rangos y engrosar sus fortunas combatiendo con enemigos de su misma alcurnia y prestigio. Don Pedro quería contar con Álvar, por su experiencia en aquellas tierras, pero no pudo dejar de entender las razones del otro, que sentía que el tiempo se le acababa, y al final no solo transigió en ello, sino que puso todo su empeño en ayudarle. Así pues, aunque aún hubieran de pasar algunos años, la rueda de los favores y el engranaje de los apoyos y recomendaciones se puso en marcha. En ello colaboraron muchos, desde luego la abuela y la tía, pero quien a la postre, después de alguna intentona fallida, logró resolverlo todo fue la poderosa mano del propio duque. Se enteró de que Pánfilo de Narváez había obtenido la condición de adelantado y gobernador para allegarse a una tierra, someterla a su soberanía y poblar la Tierra Florida, que un Ponce de León había descubierto y muerto en el empeño de tomarla. Ana de Aragón se lo hizo saber a Álvar y este pidió al duque su favor para poder embarcar con Narváez en un puesto acorde a su condición y valía.

Don Pedro había partido ya para Italia, pero los Medina Sidonia cumplieron con su compromiso de apoyarle e hicieron honor a la palabra dada a quien había sido tantos años fiel sirviente de su casa. El mismo don Juan Alonso empeñó su poder para que pudiera cumplir su deseo. Pensó que si además tenía éxito en aquella aventura, sería bueno para la casa que hubiera sido merced a sus gestiones y apoyos. Álvar no lo olvidaría y si lo hacía, los Medina Sidonia tendrían medios sobrados para recordárselo.

Puesta en marcha la maquinaria, esta vez ya no se detuvo. Logró el duque el empleo para Álvar y por indicación de la corte el beneplácito de Narváez para que fuera incluso su segundo al mando. El primer gran paso estaba dado, pero quedaban otros y no era menor el de los dineros. Sus madrinas tomaron cartas en el asunto para que obtuviera los necesarios. Algo de su propia hacienda invirtieron en la empresa, pero nada más conocerla las dos mujeres hallaron una forma de acrecentar las rentas de Álvar. Sabedoras de los tiempos que venían por delante y las rentas que iban a requerirse, y que era preciso añadirlas a las no muy cuantiosas, aunque de cierta consideración, que poseía el propio Álvar, la solución no fue otra que casarlo. Que ya iba siendo hora de que como cristiano lo hiciera, aunque fuera con una mujer de sangre nueva y un tanto judía.

María Marmolejo se llamaba y el desposorio había sido un acto que de amoríos anduvo ayuno, pero de intereses harto. Por ambas partes. Los haberes de Álvar eran escasos para el tamaño de la empresa, y aunque los de ella no eran de los más notorios, no por ello dejaban de ser considerables y ampliables por una familia que aún los tenía mayores y que los ponía a disposición de préstamo si hubiera menester. Pues era bien cierto, si bien muy callado, que María Marmolejo era de ascendencia judía, cosa que se llevaba con toda la sordina posible pero que se aprovechaba cuando era necesario echar mano de ella. Por su parte, los hebreos conversos entendieron que el acuerdo, urdido mayormente por doña Beatriz, era de lo más deseable. Si a cambio de unos dineros de los que podían desprenderse se les daba entrada en una familia de antiguas raíces de cristianos viejos, con ilustres miembros que habían ostentado cargos relevantes y que tenía la mayor de las cercanías con los más grandes linajes, la inversión estaba más que justificada. La mujer, además, no era ya ni joven ni en exceso agraciada y no tenía otros pretendientes que la disputaran.

Álvar, sin mucho entusiasmo pero tampoco con mayor repulsa, comprendió que lo urdido por su tía era una solución conveniente y se avino a ella. En especial cuando comprobó que su mujer tampoco iba a darle demasiados problemas ni entrar en pretensiones de excesivas apariencias y pamemas, pues rápidamente vio que ella lo que quería era poder seguir viviendo apegada a su familia, su madre, hermanas y costumbres. Por tanto, miel sobre hojuelas. Se hizo la boda, la santificó la Iglesia, Álvar consiguió una remesa que aportar a la escuadra y santas pascuas. En el trato con las mujeres, lo cierto era que el Cabeza de Vaca no había obtenido demasiados triunfos y sí algún peligroso quebranto. De sus andanzas con las napolitanas de pago y las sevillanas y gaditanas que también lo fueron, aunque con el dinero del duque, quedaba poco rastro y peor recuerdo. Su tendencia general con las hembras, fueran estas de las eras o parecieran de linaje honrado o de las que en la deshonra vivían, era la de mantenerse en lo posible alejado de ellas.

Yació, eso sí y como correspondía, con la esposa santificada, pero tras las primeras coyundas las subsiguientes se hicieron cada vez más esporádicas y a la postre todas infecundas. La simiente o no era fértil o no fructificaba en el vientre de la sevillana. Los hijos no dieron señales de venir ni al primer mes ni al primer año, y al segundo Álvar ya se estaba embarcando. Cuando partió se despidieron y ninguno de los dos pensó siquiera en volver a ver al otro. Ella lo que quería era regresar cuanto antes a la casa de su familia y él, encontrar su sueño al otro lado de los mares.

Llegó el día que parecía no iba a llegar nunca, tras uno y mil trajines e impedimentos, y la armada salió al completo, con sus cinco navíos, de Sanlúcar. Vino al puerto a despedirlo la abuela, doña Catalina, quien hasta se permitió perder la compostura con unas lágrimas. También acudieron su tía Beatriz y sus primos Estopiñán, pero estos estaban alegres y alborozados, aunque a la madre le pudo en algún momento un recuerdo triste de aquella partida del adelantado que no pudo llegar a destino ni serlo nunca y de ella misma, joven y alegre, embarcando a su lado.

—Ve tú, Álvar, y haz lo que su mala muerte impidió hacer a mi marido y tu tío.

Sus primos le abrazaron y le desearon las más grandes hazañas, confiados en que la fortuna le sería propicia. El mayor, que ya era buen mozo, le dijo muy serio:

—La próxima vez yo iré contigo.

Se marcharon. Lo último que subió al barco Álvar fue su caballo. Cuanto menos estuviera dentro, mejor para el buen equino. Trifón se apresuró a cogerle la rienda y a llevarlo a uno de los sitios preferentes de los reservados en la nao para las caballerías.

—Descuidad, que no le faltará de nada, don Álvar.

Partieron. Álvar lo escribió en el rollo que había dispuesto junto a los útiles de escribir, para hacer y dejar memoria de todo. «A 17 días del mes de junio de 1527 partió del puerto de Sanlúcar de Barrameda el gobernador Pánfilo de Narváez para conquistar y gobernar las provincias que están desde el río de las Palmas hasta el cabo de la Florida, las cuales son en Tierra Firme.» Salieron a mar abierto, pero aún tenían que volver a tocar tierra en las Canarias, antes de adentrarse por el océano adelante.

Ahora al fin ya iba quedando atrás el pequeño puerto de San Sebastián de La Gomera. Mucho antes de perderlo de vista ya había quedado oculta la torre donde se había refugiado la Cazadora. Pánfilo de Narváez, acompañado de Cabeza de Vaca, había estado en ella para cumplimentar al nuevo gobernador. Este, Pedro de nombre, era un hijo de Alonso Fernández de Lugo, lugarteniente al principio del abuelo de Álvar, Pedro de Vera, y luego conquistador de Tenerife. Narváez entendió que llevar por delante al Cabeza de Vaca y apelar a aquella relación de las familias les favorecería la aguada y el embarcar más fácilmente los bastimentos necesarios para lanzarse ya a la mar océana. Así fue, en efecto; el gobernador se manifestó muy gratamente sorprendido de poder saludar al nieto del amigo de su padre de quien tanto le habían contado y al que había llegado a conocer de niño. El recibimiento fue tan cordial que el gobernador invitó a ambos y a algunos de sus oficiales a cenar con él en la torre, donde fueron atendidos por una dama de refinados modales y no poca belleza. Doña Inés se llamaba y cuando los presentaron, Álvar, conocedor de la historia, no pudo dejar de sobresaltarse, aunque consiguió envolver su sorpresa en una galante y muy abierta sonrisa.

La historia parecía volver a su encuentro y aquello iba a contárselo a Trifón en cuanto lo viera. Doña Inés no era otra que la hija de la Cazadora, de la bellísima y nunca olvidada, aunque a veces de cruel recuerdo, Beatriz de Bobadilla, habida de su primer matrimonio con Peraza el Joven, causante principal de la sublevación y luego terrible castigo de los guanches.

Bien adiestrado en los usos cortesanos por sus largos años en el palacio de los Medina Sidonia, Álvar no dudó en brindar en cuanto hubo ocasión, con muy buen vino de las islas, que le dijeron se cultivaba en hoyos excavados en las laderas de los volcanes. En el brindis hizo referencia a su trato familiar con los Fernández de Lugo y la belleza de la desaparecida señora de la isla, que reaparecía y volvía a deslumbrar en la figura de su hija; también aludió a la fértil unidad y gobierno de los dos linajes.

A doña Inés le complació mucho el brindis, que no desagradó a don Pedro, quien hubo de explicar a Narváez y al resto de los oficiales lo que no habían alcanzado a entender y que con risas la pareja aclaró a sus invitados.

—Inés y yo, señores —comenzó su explicación el Fernández de Lugo—, somos hijos del mismo matrimonio. A eso se refiere el nieto de don Pedro de Vera, que en la paz de Dios descanse, como lo hacen ya mi padre, don Alonso, y su mujer doña Beatriz de Bobadilla, madre de mi esposa. Pero no somos hermanos ni siquiera primos. No se sobresalten. No hubo descendencia de su unión. Tanto yo como ella somos hijos del primer matrimonio de ambos. Ella del desdichado Peraza el Joven y doña Beatriz de Bobadilla, y yo de doña Violante de Valdés y Gallinato y don Alonso Fernández de Lugo, mi padre, que aún volvió a casar de terceras y murió hace apenas dos años. Falleció viendo ya hecho casi un mozo a nuestro hijo Alonso, que espero herede estas tierras y su valor y fama.

El anfitrión era un hombre maduro, algo mayor que Álvar, incluso, y su mujer tampoco era ya joven pero conservaba una espléndida figura y un hermoso rostro. Él estaba bien curtido en lances tanto de guerra como de política. Su padre había logrado lo que Vera no consiguió, completar la total conquista de Canarias y consolidar en las islas su poder como adelantado y máximo gobernante de todo el territorio, algo en lo que lo secundaría su hijo, que perpetuaría su linaje.[5]

5. Su nieto fue el tercer adelantado de Canarias y hasta el día de hoy los Fernández de Lugo siguen siendo una relevante familia de las islas.

En relatos de conquistas transcurrió la velada, no tanto las de ultramar sino las muy recientes del propio territorio en que ahora estaban, sobre todo aquella de Tenerife cuya primera entrada se saldó con una terrible derrota de los castellanos y de Fernández de Lugo a manos de los guanches en Ocentejo. La Cazadora había contribuido a la empresa fracasada y luego lo hizo también en el desquite y el triunfo final, apoyando a Alonso todo lo que pudo para concluir en desposarse con él y saborear juntos las mieles hasta que se la llevó la muerte cuando regresó de visita a sus tierras natales en la península.

Las vituallas, agua, aperos y algunas plantas habían sido ya cargados en los días anteriores, y al siguiente de la cena muy de mañana levantaron anclas y atraques y salieron al fin rumbo a las Indias. Álvar se había quedado ensimismado largo tiempo mirando desaparecer primero el puerto de San Sebastián de La Gomera, luego ya toda huella de edificaciones y señales humanas, y al cabo perder de vista la propia costa ya desvanecida por completo y solo tener a la mar, a la mar océana, a la que mirar. Hasta aquel mismo momento no sintió del todo que había conseguido el objetivo tantos años ansiado, postergado, trabajado y al fin, ahora sí, ya logrado. La próxima tierra que verían sus ojos sería la de La Española, y donde su pie se posaría en firme sería ya en el Nuevo Mundo.

La carabela era muy marinera, el piloto era experto y no era aquella su primera travesía; cogía bien el viento y el tiempo era bueno. A Álvar le cambió el humor y el ánimo. Quería quedarse solo con su propio pensar. Cuando al llegar el crepúsculo se le acercó Trifón para, como ya se había convertido en costumbre, pegar la hebra, Álvar no quiso mostrarse hosco con él, aunque no tenía ningunas ganas de conversación. Se limitó a contarle, para su alborozo, el encuentro con la hija de su admirada Cazadora y lo del entronque y descendencia, ya crecida, con el Fernández de Lugo. El marinero soltó una esquinada carcajada y dejó su sentencia.

—Los poderosos, aunque a veces se peleen, siempre acaban por hacer alianza y así andan sin cesar mezclándose entre ellos. La de estos dos no puede estar mejor aconsejada ni venirles a ambos más al pelo. Mejor no han podido hacerlo. Si no lo desbaratan, tendrán para mucho tiempo estas islas en sus manos.

Dicho lo cual, y como buen catador de los humores ajenos que era, Trifón entendió que el otro no gustaba ese día de su compañía y que prefería estar solo. Así que pretextó un quehacer que había olvidado y se marchó.

Álvar, en efecto, deseaba más que nada estar solo y rodearse de sus propios pensamientos sin compartirlos con nadie. Al partir de aquella última tierra castellana, el jerezano pensaba también, y sobre todo, en lo que dejaba atrás, en España, en su tierra. Comprendió que era muy poco porque en realidad nada tenía allí, aunque dejara mujer. Le daba el aire en la cara, el aire cargado de olor y salitre del mar, y sentía que algo se aliviaba en todo su ser, en su alma y en su corazón.

7

El muy cumplido Ponce de León y los caníbales

A todos acostumbran a cortar su miembro
porque engorden, como fazen en Castilla
a los capones para comer en fiesta.

CRISTÓBAL COLÓN,
carta a los Reyes Católicos

Al día siguiente, sin embargo, fue el Cabeza de Vaca, quizá despertado su interés y despejada su mente por la brisa marina y los efluvios del profundo océano, quien le buscó al otro la conversación. Se encaminaban hacia la Tierra Florida, y puesto que el viejo Trifón había andado en el segundo viaje de los Colón, con quien había coincidido había sido con su descubridor, Ponce de León. Y Trifón estaba deseoso de hablar de ello.

—En aquel viaje, muy bien preparado y con muchos barcos y gentes, vinieron no solo el Almirante y sus hermanos, sino algunos amigos suyos, como su paisano Cuneo, el que se reía de los fastos al llegar a La Gomera, y también muy importantes capitanes. Algunos de ellos hoy gozan de gran fama y recuerdo. Estuvo el más valiente a mi juicio y el más hábil con la espada, Alonso de Ojeda, que era casi medio paisano mío, de Cuenca. Y el navegante Juan de la Cosa, que era cántabro, muy ducho en las cosas del mar y que hacía cartas para que los marinos luego tuvieran referencias de las costas. Tengo para mí que también venía como enviado de la reina para vigilar a Colón de cerca. Se notaba mucho. Y sí, estuvo en el viaje don Juan Ponce de León y dio buenas pruebas de lo cumplido caballero que era. Él fue quien bautizó, don Álvar, como la Tierra Florida a donde vamos a poblar. Pero ya sabrá vuestra merced que murió en ella. Esperemos no correr la misma suerte.

—Dicen que buscaba la fuente de la eterna juventud —dijo el jerezano—, porque entendió que, de hallarse en algún sitio, allí estaría —malmetió Álvar.

—No creáis tales cuentos ni de aquella tierra ni de don Juan, que era uno de los más cumplidos y sensatos caballeros con los que uno ha navegado y que aun siendo de la sangre más noble no tuvo para mí, el último grumete, nada más que buen trato y hasta alguna palabra animosa. No se perdía en tales ensoñaciones ni tontunas. Todos nos haremos viejos, yo ya lo soy, y todos nos vamos a morir se ponga cada cual como quiera.

Ponce de León había coincidido con el Almirante en Granada. Para dar prueba del aprecio que los reyes le tenían y en honor a su linaje y a su valor en el combate, fue de los que acompañó a los soberanos en el cortejo que entró a la ciudad recién conquistada.

—Un bravo y prudente caballero, ya ve vuestra merced, que hizo muchas conquistas y poblaciones y que no dejó de encontrar fortuna y oro. Hasta que todo se lo llevó aquella flecha emponzoñada que le atravesó la pierna y le envenenó la sangre. Pues habéis de saber, don Álvar, que esas flechas con ponzoña son la peor arma que contra nosotros tienen los indios. Los caribes, que son caníbales y malos, que serán también los que viven en las selvas a donde nos dirigimos, son los peores y más fieros.

Para Álvar, los Ponce de León tampoco eran en absoluto desconocidos. Su abuelo, el Vera, había servido a su casa, y durante mucho tiempo su familia estuvo ligada a ellos más que a los Medina Sidonia, con quienes se disputaba la primacía en la Andalucía Occidental. Eran de tan antiguo abolengo que no solo habían estado en la toma de Granada sino que siglos antes, cuando el destino de toda la península se jugó en Las Navas de Tolosa, ellos, a pesar de ser leoneses, habían optado por estar al lado del rey castellano Alfonso VIII, al que un día los musulmanes habían bautizado como el Rey Pequeño. Entonces eran los Ponce de Cabrera y uno de ellos, al casar con una infanta leonesa, hija ilegítima del rey Alfonso IX de León, logró añadir el de León a su apellido. Juan Ponce había sido paje del Rey Católico cuando era todavía príncipe, en la corte de su padre, Juan II de Aragón. Desde entonces, habían tenido cercanía y él había gozado de su favor.

Quería sacarle más cosas sobre Ponce de León y la Florida, pero a Trifón al recordar el viaje lo primero que le embargaba era el susto por los caribes caníbales, algo que le daba particular miedo. Motivos para ello no le faltaban.

—Habían dicho que los indios eran de natural pacíficos, y muy amables y sumisos con los españoles. Los que habían estado en el primer viaje también contaban, lo que más y con mayor gusto, que eran las indias muy placenteras y querenciosas de los blancos barbudos. Aunque yo entonces era aún lampiño, lo cierto es que ganas de esto tenía, pues en España no había catado hembra y ya empezaba a tener edad de ir estrenándome. Eso decían y se encalabrinaban al contarlo como verracos y machos cabríos, pero resultó que los primeros indios que nosotros vimos no eran como aquellos sino de muy otra catadura. Los unos, los de La Española, eran de los taínos, pero los que andaban por otras islas y por la tierra firme eran de los llamados caribes, y su mayor afición era comerse a los otros indios y luego a nosotros. Tanto les gusta la carne humana que cuando los capturan los capan y los engordan para que estén más tiernos.

No pilló aquello de sorpresa a Álvar, de hecho, el Almirante lo había dejado por escrito: «A todos acostumbran a cortar su miembro porque engorden, como fazen en Castilla a los capones para comer en fiesta». Mas no pudo dejar de temer que aquel miedo, de extenderse entre las gentes, pudiera hacer peligrar su disposición y ordenó severamente a Trifón que se guardara de extender aquello entre los nuevos.

—Lo haré porque vuestra merced lo manda, pero los que han estado por aquellas tierras bien lo saben. Yo lo he visto con estos ojos. Y otros de mayores entendederas y saberes que yo, como el propio doctor que con nosotros venía, Álvarez Chanca se llamaba, que también tenía como vos recado de escribir y todo lo anotaba, decía que son tan crueles y malignos que a los muchachos de los pacíficos que cogen cautivos lo primero que hacen es cortar a ras de la barriga sus partes, luego los mantienen a su servicio hasta que son hombres y entonces se los comen. Que también cautivan a las mujeres y buscan las más jóvenes y hermosas para llevárselas y tener placer con ellas. Cuando tienen un hijo de ellos se lo comen también recién nacido, como si fuera un ternasco, pues no quieren que los haya mezclado con la estirpe de los otros y solo crían a los que nacen de mujeres caribes.

Álvar había abierto la espita del miedo en Trifón y este necesitaba que saliera lo que tenía dentro. Así que seguía contando, y al hidalgo al fin comenzó a sobrecogerlo su relato. Ya había oído de los sacrificios de los imperios y sacerdotes con los que había topado Cortés y cómo después de sacarles el corazón se lo comían, pero que ese fuera hábito común por todas aquellas tierras a las que iban no dejaba de poner el vello de punta. Una cosa era morir de un flechazo y otra que te convirtieras en su asado.

—Un día, y estaban don Juan Ponce de León y el italiano Cuneo presentes, que habíamos echado ancla y desembarcamos, vimos venir una gran canoa india y como teníamos el batel en tierra saltaron varios a él y dieron caza. Venían cuatro indios y dos mujeres, todos caníbales, y traían dos indios cautivos a los que no hacía mucho les habían cortado el miembro a ras de vientre. Los caníbales flecharon a los castellanos al acercarse y solo los paveses que llevaban los salvaron, pero uno que llevaba una adarga se la atravesaron y le entró la punta varios dedos en la carne. Al cabo de poco tenía ponzoña; se murió de aquello. A los caribes los cogimos presos y también a los capados. A uno de los caníbales que se tiró al agua herido de una lanzada lo lograron enganchar con un bichero y le cortaron la cabeza con una hoz. El italiano se quedó, regalo de su amigo el Almirante, con una de las caribes, pero cuando quiso cumplir su deseo, he de decir a vuestra merced que andan todas casi desnudas, se le revolvió como una gata y le dejó marcadas las uñas. Luego nos contó que le dio con una cuerda azotes hasta que consiguió, tras muchos y grandes gritos que oíamos todos, someterla. Después de ello y consumada la coyunda, ella la buscaba, y el italiano decía que «parecía haber sido criada en una escuela de putas».

De las mujeres indias hablaban y mucho los marineros, los soldados, los que estaban solteros e incluso los que venían casados y acompañados de la mujer. No solo los de a pie, sino que hasta los capitanes no se guardaban de alardear de lo que habían hecho o de lo que harían. A Álvar no le gustaba la conversación más que nada por los extremos a los que llegaba, pero no podía hacer otra cosa que aparentar complacencia aunque sin llegar a las risotadas. Sí sonrió de veras cuando Trifón le contó su primera aventura amorosa, que fue más bien un lance forzado y en el que el entonces muchacho pasó más vergüenza que placer, pues hubo de hacerlo a la vista de todos y con una que supuestamente le habían elegido porque era también muy delgadita como él, y a los otros les gustaban más metidas en carnes y en tetas.

—Cumplí como pude, pero no le hice daño alguno a la muchacha, que yo creo que conmigo estuvo mejor que con cualquiera de los otros. Yo la traté lo mejor que supe. Os digo, don Álvar, que me sonrió cuando nos fuimos de aquella isla, que no sé cuál fue, pero sí que fue antes de llegar a La Española. Yo tenía los trece años recién cumplidos, me parece. Tampoco sé bien a ciencia cierta los que tengo ahora. A lo mejor ya entonces tenía alguno más, ¿quién sabe?, y soy todavía más viejo de lo que creo.

Fue poco después de aquellas peripecias con los caribes cuando Ponce de León vería por primera vez la isla donde luego haría su fortuna. Unos indios pacíficos pidieron ayuda al Almirante contra los caníbales y fueron con ellos hasta su costa y una bahía que llamaron Boquerón. Los indios al verla se tiraron a nado sin esperar que atracaran y Colón la bautizó como San Juan. Pasado el tiempo, Ponce de León, que no regresó a España, la utilizó como puerto de atraque y lo llamó Puerto Rico, nombre por el que acabaría conociéndose a la isla entera. Y fue verídico que para él resultó serlo, fue allí donde hizo su fama y su fortuna.

Al concluir el periplo del segundo viaje y disponerse el Almirante a regresar a España, Ponce no quiso volver con ellos y, según el parecer de Trifón, la causa mayor fue una india.

—Eso fue mucho antes de que los reyes y los frailes aconsejaran a los españoles casarse con ellas, que eso ya lo hizo la reina Isabel y creo que ahora el rey Carlos hasta lo ha puesto por escrito.

Lo cierto es que Ponce de León se casó con una mujer taína a la que se bautizó como Leonor, de gran belleza, que le dio mucho amor y cuatro hijos, y a la que conoció sirviendo esta de mesonera en la ciudad de Santo Domingo, que se había construido después de haber fracasado también en la segunda fundación, la de La Isabela, esta golpeada por los huracanes. Al linajudo Ponce de León, el más antiguo y noble de todos los que de estirpe presumían, el que Leonor fuera india no le importó en absoluto y no quiso tenerla, como otros solían, de barragana un tiempo y luego buscar y traerse una mujer de España para casar con ella.

Ya en tiempos de Ovando como nuevo gobernador, tras la salida de la isla de los Colón, Ponce se convirtió en su mano derecha para sofocar la rebelión taína que de nuevo había incendiado La Española. Fue recompensado con el gobierno de toda la parte occidental de la isla, la provincia de Higüey, y Ponce no lo quiso fiar todo a buscar oro, sino que puso a los indios a cultivar yuca en ingentes cantidades y a hacer pan con ella. Con ello se hizo rico, pues todos los barcos españoles tenían que aprovisionarse del pan que se hacía con la yuca, en especial cuando los viajes eran muy largos, como el de regreso a España.

Fueron sus indios, a los que daba mejor trato que otros colonos, quienes le hablaron de las riquezas de Borinquen, que no era otra que la isla de San Juan en la que ya había estado con el almirante Colón. Decidió partir e hizo alianza con el viejo cacique taíno al que habían ayudado. Se estableció, hizo asentamiento y cultivos, nuevamente de yuca, y consiguió ser nombrado gobernador en 1509. Pero Diego Colón, muerto su padre, pleiteó contra él alegando que ese derecho le correspondía por herencia al haber sido otorgado a su progenitor la gobernación de todos sus descubrimientos. Al fin, el rey Fernando hubo de otorgar al hijo de Colón su derecho, pero quiso mostrar su favor a su antiguo paje enviándole treinta hombres de guerra, varios religiosos sevillanos, ganado y caballos, y concedió a la isla escudo de armas propio.

Los soldados no le vinieron nada mal, pues el viejo cacique arahuaco murió y lo sucedió su belicoso sobrino, que se confabuló con sus anteriores enemigos, los caribes, y atacó a los españoles matando a la mitad de ellos y paralizando toda producción de yuca y las minas de oro. Ponce de León contraatacó y logró vencerlo y matarlo. Pero los problemas seguían. La sentencia de que la gobernación de San Juan de Puerto Rico pertenecía a Diego Colón fue confirmada por la justicia y Ponce decidió que no estaba dispuesto a servirle en un lugar que consideraba suyo por derecho. La contienda con los indios había mermado la población, la enfermedad aún más y los yacimientos de oro ya no daban más de sí. Pidió a su valedor el rey Fernando que le dejara explorar lugares que pudiera hallar al norte de Cuba. Le fue concedido con el beneplácito en esta ocasión no de Diego Colón sino de su tío Bartolomé, el hermano del Almirante, con quien había congeniado desde siempre más, y partió con tres barcos y un timonel muy ducho, Antón de Alaminos, por ser natural de un pueblo de Guadalajara de tal nombre, quien había ido en el cuarto viaje de Colón y era considerado el mejor conocedor de aquellas aguas.

Tras navegar por el mar Caribe con rumbo norte avistaron lo que creyeron era una gran isla, en la que les costó días de búsqueda costeando encontrar lugar donde atracar las naves. Llegado a la playa en un bote, Ponce de León ascendió a lo más alto de unas grandes dunas que la cerraban y lo que divisaron sus ojos le asombró. Una inmensa planicie cubierta de bosque se extendía hasta donde la vista se perdía en el horizonte. La exuberante vegetación era una sinfonía de flores, extrañas fragancias y aves de plumas de gran colorido, de armoniosas voces y enormes colas. Reclamó aquellas tierras para España y su rey, y las llamó Tierra Florida. Luego volvieron a las naos.

Navegaron muchos días por aquellas costas, bordeando los cayos y bajando a veces a tierra, pero unos nativos eran amistosos y los invitaban a desembarcar y otros los recibían a flechazos. Pronto descubrieron que aquellas flechas eran muy peligrosas, pues iban emponzoñadas y hubieron de cuidarse de ellas. En uno de sus desplazamientos con rumbo sur les cogió una corriente que, a pesar de tener viento a favor, no les permitía avanzar y que cuando acercándose a tierra echaron anclas seguía siendo tan potente que les hacía garrear. Los marineros tomaron buena nota y le dijeron a su capitán que aquello sería de mucha utilidad para los navíos.[6]

Siguieron costeando y acercándose a tierra cuando entendían que era factible y tomando todas las precauciones con los indígenas. En una de aquellas aproximaciones se acercaron canoas a sus barcos fondeados y Ponce se llevó la sorpresa de que un indio hablaba algo de español. Quizá algunos españoles de los que no había noticia y se suponía muertos habían ido a parar allí, aunque también era posible que el viaje lo hubiera hecho el indio y luego vuelto a

---

6. Se trata de la corriente del Golfo. Colón había barruntado ya su existencia. El descubrimiento supuso un avance importantísimo para los navíos españoles en su regreso a España, pues la corriente recorría el Caribe hasta el Atlántico y aceleraba la ruta de vuelta.

su tierra otra vez. Sabía de ellos sin duda y de sus ansias, pues les dijo que si desembarcaban su jefe tenía mucho oro y comerciaría con ellos. Lo hicieron, pero los indios no acudieron a ellos con oro sino con los arcos dispuestos. Enseguida comenzaron a lanzarles sus mortíferas flechas, por lo que tuvieron que regresar a los barcos a todo lo que les daban sus remos.

Ponce de León ordenó el regreso definitivo, por La Habana hasta Santo Domingo, desde donde emprendió viaje a España en 1514. Recibió autorización real para una expedición cuyo propósito era conquistar toda aquella tierra que había descubierto y se puso a preparar el viaje para retornar, pero aquello le demoró durante cinco años hasta que logró partir con doscientos hombres, entre los que no solo había soldados sino también labradores, herreros, artesanos y sacerdotes con sus aperos e instrumental para sus labores y oficios. Los acompañaba una cincuentena de caballerías entre mulas y caballos.

Buscó y creyó encontrar en la costa suroeste[7] un lugar idóneo cerca de un gran campamento indígena, y allí comenzó a construir una colonia. Todo parecía ir bien con los indígenas y se mantuvo una cierta tranquilidad durante cerca de medio año. Hasta que de golpe sucedió que toda la tribu, los del poblado vecino y los venidos de otros muchos, todos ellos de un mismo clan, los calusa, les atacaron con sus mortíferas flechas y una de ellas alcanzó a Ponce de León en una pierna. Lograron rechazar el primer ataque, pero la ofensiva no tardó en recrudecerse. Cuando la

7. Cerca del actual Charlotte Harbor.

resistencia se hizo imposible, muy ordenadamente mientras los indios incendiaban su colonia, el capitán logró llegar a La Habana y poner a su gente a salvo. Si bien Juan Ponce de León expiró nada más poner el pie en tierra cubana. Sus hombres se llevaron después sus restos a Puerto Rico, donde quisieron darle sepultura.

—Un caballero muy cumplido, don Juan Ponce de León —insistió Trifón en su admirativa apreciación.

—¿Y tú cómo conoces tanto de él, si leer no sabes?

—En el segundo viaje de Colón lo traté, en la distancia que debe haber entre un grumete y un noble capitán. Pero habréis visto, don Álvar, que entre la marinería se nombra a un piloto, Antón de Alaminos. Su pueblo, aunque más hacia Sigüenza, no está lejano al mío, y con él tengo cierta amistad si es que aún anda vivo. El paisanaje y el contar es lo que sustituye entre nosotros el linaje y el saber leer.

—Menudo pájaro estás hecho, Trifón —se rio Álvar, asintiendo al dicho del otro.

—Pues este pájaro pinto le dará a vuestra merced un consejo. Guardaos de los flecheros de la Tierra Florida. No los hay mejores, más fieros ni con más tino que ellos. Si una de sus puntas os entra en la carne, estaréis muerto. Sacan la ponzoña de las sierpes más venenosas de las muchas que infestan estas tierras. La sierpe misma del Edén será, digo yo, pues eso es lo que creyó descubrir Ponce de León y hacia donde nosotros vamos. Al mismo infierno, tal vez.

8

El hijo de Colón

El dolor del hijo que yo tenía allí me arrancaba el ánimo, y más por verle de tan nueva edad, de trece años, en tanta fatiga y durar en ello tanto.

CRISTÓBAL COLÓN, en su cuarto viaje,
sobre su hijo Hernando Colón

Álvar había estado embarcado algunas veces, pero siempre se trató de cortos viajes por el Mediterráneo. En las más de las ocasiones la aventura se había limitado a un pase del Estrecho, hasta Melilla, en compañía o por encargo de la familia ducal, que tenía allí muy grandes intereses. De más joven sí había hecho alguna singladura más larga, aquellas de ida y vuelta a Nápoles, pero sin ser del todo novato en los barcos no estaba para nada acostumbrado a ellos y menos aún a una travesía de aquella envergadura, como a la que se enfrentaba ahora. Como él, constituían mayoría los que se encontraban en parecida situación y entre ellos no eran para nada pocos los que habían subido a una nao por vez primera. En realidad, la práctica totalidad de las mujeres, salvo alguna por ser de poblados pesqueros de la costa, no lo habían hecho e incluso para bastantes había sido esta también la primera vez no solo que se embarcaban, sino que habían visto el mar. No obstante, si llevaban el susto dentro, que lo llevarían muchos, se lo aguantaban; si les daba el vómito, pues arrojaban hasta la primera papilla, y si se caían por la cubierta, se levantaban. Soportaban las risas de los marinos y de los veteranos, pero a la postre todos procuraban ayudarse aunque nunca faltaba el malasangre que hacía exactamente lo contrario y gustaba de burlarse y provocar la desgracia ajena.

Entre los últimos no estaba Trifón, que se afanaba en que los de su barco se fueran acomodando y aprendieran a solventar algunas de las cosas que, por ser muy naturales y estar todos metidos y constreñidos en aquellas tablas flotantes, a veces y de inicio daban mucho apuro. Hacer sus necesidades, por ejemplo. Cagar, vamos.

A todos se les había advertido que ni escupir ni mear cara al viento era aconsejable, que mejor irse hacia popa y allí aliviarse. Pero si eran «aguas mayores», en los hombres había otro remedio: ir a los jardines.

Trifón lo explicaba la mar de bien, y hasta les indicaba el lugar.

—¿Sabes lo que son los beques? Pues son esos salientes del maderamen en la borda del barco. ¿Ves que allí en la proa sobresale de ellos una tabla y que cuelga por encima un cabo? Pues hay que agarrarse a él, subirse a la tabla y evacuar. Y nada de quejarse, que es lo que hay, y además encima al venir tanta gente se ha hecho mejora, puesto un maderamen de protección y que no haya que hacerlo a culo visto.

Había también un «jardín» a popa, pero este ya era de mejor condición, pues se trataba de una garita con puerta, que tapaba de las miradas y conductos evacuatorios, que era utilizada por el capitán y los oficiales y, como en la escuadra iban mujeres, también por ellas.

El dormir, salvo los principales, que lo hacían en la toldilla junto a la cámara del capitán del navío, se hacía amontonados y cada cual donde podía. Fardos, esteras, mantas y capas servían de colchón y cubierta al mismo tiempo. Si llovía con no mucha fuerza, una vela extendida podía hacer de techo.

Importaba mucho más que aquello la comida. Que era repartida por el despensero, cargo que ejercía Trifón por más señas apoyado por dos ayudantes, dado el gentío que iba a bordo. Se entregaba a cada cual una galleta naval, algo de tocino, en ocasiones un cacho de queso curado, arroz si la calderada era de carne o pescado y la ración de agua y vino. Eso sucedía al principio de la travesía, cuando también había frutas, verduras duraderas como nabos o cebollas, garbanzos, lentejas, yeros, almortas y otras legumbres, carne recién matada que se intentaba conservar en la despensa, pero que a nada se pudría o se acababa, y aunque oliera, pues se cocía igual y se comía, y tampoco se hacían demasiados ascos a los huéspedes de las legumbres. Luego ya había que prescindir de aquellos manjares y golosinas y valerse con lo que aguantaba, pescado en salazón, tasajo y al final, como el mar todo lo pudría, ya con la galleta y poco más. Tocaba esperar llegar pronto y que no los cogiera una encalmada o que se corrompiera el agua, que podía ser la peor de las catástrofes. Había, de hecho, una persona encargada de su vigilancia, un alguacil del agua que debía cuidarla e impedir tanto que se perdiera, ya que los golpes podían descuadrar los toneles, como que criara porquería o bichos.

Había quien llevaba conejos y gallinas, que alimentaba con las sobras. Pensaban el hacer granja con ellos, pero según los casos y si la necesidad apretaba, pues se les daba utilidad inmediata. En la armada de Narváez no se pasaba escasez y parecía todo muy bien dispuesto dentro de lo que podía pedirse.

El cuidado de las vituallas era el gran oficio y responsabilidad de Trifón, lo que le convertía en persona de mucha importancia a bordo y que él llevaba con empaque y autoridad. Esto, unido a su cercanía con el alguacil mayor, don Álvar, hacía que al Viejo se le respetara y se le tuviera en mucho, aunque los pedigüeños aprendieron muy pronto de su justeza y que no se casaba con nadie. Bueno, con casi ninguno, porque a Álvar sí que le distraía alguna cosa y también a un par de las mujeres, porque las veía más necesitadas o por lo que le diera la gana.

De las peores cosas era el olor, más bien la olísnia, que, a pocos días todos apilados y revueltos y si uno regoldaba, el otro hedía y todos al cabo de nada apestaban, resultaba insufrible en los espacios cerrados y aun en los que les daba el aire. Sin embargo, no era cuestión de andarse con remilgos cuando se iba hacia el orto, la fortuna y la salvación de las almas de los pobres indios paganos, como no dejaban los frailes que se olvidara.

Se llamaba a la oración al amanecer, con tañido de la campana de a bordo, y por la noche, antes de dormirse; los domingos y fiestas de guardar se oficiaba misa. El vino no se consagraba, no fuera a derramarlo un golpe de mar.

Tiempo para hablar había y mucho. Tiempo era lo que sobraba y, como el juego estaba prohibido y muy duramente castigado, la mejor manera de pasarlo era en charlas y corros. La hora más agradable para ello era hacia el crepúsculo, que además era momento importante para la marinería y los oficiales, cuando había que hacerse lo posible por juntar a todos los barcos lo más que se pudiera y navegar agrupados, con los fanales encendidos para no perderse de vista unas naves de otras y también para que no chocaran entre sí. Las guardias eran vitales. Se hacían por turnos, y el ser pillado dormido o haberla abandonado por cualquier circunstancia hacía recaer sobre el infractor los peores castigos.

Tras haberse establecido, era el momento en que Álvar y Trifón solían aprovechar para escribir unas líneas el uno y luego escuchar los relatos del otro. Sobre todo lo de aquel segundo viaje con el Almirante, del que ya le había contado los encuentros con los caníbales. Lo que le narró después fue cuando hallaron muertos a todos los que en el viaje primero había dejado Colón en La Española y el Fuerte Navidad reducido a tizones.

—Tras pasar entre aquellas islas infestadas de caribes sí dirigió la escuadra hacia el lugar donde el Almirante había dejado a las gentes. Y ya antes de dar vista siquiera al fuerte se supo que algo terrible había pasado, pues lo primero que se vio fue a dos hombres desnudos y muertos, hinchados y podridos, atados a dos maderos en forma de cruz. Que eran españoles lo supimos al hallar un tercero también muy roto, pero al que todavía se le veía la barba, y entonces los veteranos dijeron que era sin duda castellano, pues los indios no la tenían. Se confirmaron todas las malas señales al divisar el fuerte, quemado y arrasado. Al desembarcar hallamos tan solo cadáveres de españoles desparramados, hechos ya piltrafas, por aquí una cabeza, por allí una pierna todavía con cachos de carne colgando y otras partes de los cuerpos con los huesos al aire. Los habían matado no hacía tanto y los habían dejado allí tirados. No había quedado uno vivo ni nadie que saliera a nuestro encuentro —comenzó a relatarle.

Al cabo algunos nativos, de los que se decían amigos, aparecieron y fueron llevados ante Colón. Todos porfiaban que nada habían tenido que ver con la matanza y que incluso habían intentado salvarles y sufrido por ello, a lo que el Almirante no dio crédito, pues a un cacique que venía para aparentarlo con la pierna vendada por una supuesta herida le quitaron la venda y no tenía ni un rasguño. Pero la coincidencia era absoluta en que habían sido los hombres de Caonabo, cacique de Cibao, a quien achacaban todas las maldades. Y, en efecto, Caonabo había sido. Pero ¿cuál la causa?

Trifón escabulló la respuesta, soterrándola en la condición artera de la indiada, pero entonces y por una vez fue Álvar quien le sorprendió a él.

—No, Trifón. Las mujeres indias fueron la razón y el motivo. Bien claro lo cuenta el Almirante y yo mismo lo he leído en sus escritos, que ahora guarda su hijo don Hernando, buen amigo mío y al que he tratado con frecuencia en Sevilla durante los meses anteriores al viaje

—¡Conocéis al muchacho, don Álvar! Qué alegría. Un mozo bien valiente y conformado. Me congratula saber que sois amigos y os pediría que si alguna vez volvéis a verle le llevéis recado mío. Se acordará de mí, a buen seguro.

Ahora el sorprendido fue Álvar.

—¿Que conoces a Hernando Colón? Que ya tan muchacho no es, que yo pocos años le llevo. Pero ¿cómo es posible, Trifón?

La sorpresa fue creciendo. Una callada más de Trifón asomaba en el momento más inesperado.

—Es que yo siempre lo recordaré casi como un niño, pues andaba por los trece, la misma edad mía cuando yo embarqué como grumete, cuando acompañó a su padre en aquel cuarto viaje. Con los veinte cumplidos, yo fui también en aquella nao y con él sufrí aquellos avatares y tormentos. Su juventud hizo que todos procuráramos darle el mejor amparo, el primero su padre, que por él se desvivía y penaba, e incluso maldecía por haberlo metido en aquellos peligros. Mi edad no tan lejana a la suya y mi propia peripecia hicieron que en no pocas ocasiones, a pesar de nuestra diferente condición, buscara en mí cobijo. Confieso a vuestra merced que le profeso un gran afecto. Bien valiente y sacrificado era. Y adoraba a su señor padre, desde luego. El mejor de los Colón, a las claras os lo digo. Ni sus tíos ni su hermano, el legítimo, se le pueden comparar.

—¿Y por qué no me lo habías contado? ¿Por qué te lo habías guardado?

—Las cosas cuando llegan, don Álvar.

Trifón era una sorpresa metida en otra. Estaba claro que más sabía el marinero de Álvar que Álvar del alcarreño.

Lo de la matanza del Fuerte Navidad seguramente lo sabían ambos por igual, y aunque Trifón hubiera preferido no contarlo, el Almirante hasta lo había dejado por escrito y enviado por carta a los reyes. Que cada uno de los del fuerte tomó para sí a cuatro mujeres y no teniendo con ello bastante les quitaban a los indios sus muchachas y andaban desperdigados por sus aldeas creyéndose seguros y superiores a los indios, abusando de todos. A la postre, fue aquello lo que provocó su desgracia, su muerte y la destrucción completa de la factoría. No quedó ni uno vivo para contarlo.

El Almirante decidió que ya se tomaría su venganza, aunque antes había que alojar a la mucha gente que traía. Creyó encontrar el lugar en una ensenada de suaves mareas y aguas cristalinas. Se trazaron calles, se cimentaron casas, se establecieron plazas... y todo se lo llevaron los huracanes.

—En aquella escuadra venían muchos, muchos cientos de almas, más de mil quinientos, y muchos arreos, caballerías, cerdos, gallinas y gentes de todos los oficios. También mujeres e incluso curas de la Corona aragonesa, catalanes, que se llamaban mosenes. Me pesa deciros, don Álvar, que eran muy suyos. Que si había tres huevos, cuando los demás los partíamos, ellos se los comían enteros y no dejaban para el resto ni migas. La tierra era muy hermosa pero muy mala para el cultivo y aún peor para los animales, que enflaquecían y morían a pesar de que pareciera haber pasto por todos lados. Los huracanes hicieron imposible continuar con el poblamiento, y antes de la misma vuelta de Colón dos años y medio más tarde, ellos ya habían pillado patas y se habían ido a Santo Domingo, que había hecho fundar su hermano Bartolomé, que en navegar no le llegaba a don Cristóbal pero que lo mejoraba mucho en saber en qué sitios poner casa.

Colón no se olvidaba del Fuerte Navidad y tampoco del cacique Caonabo, que era el más poderoso de la isla y encima del lugar, Cibao, donde había más yacimiento de oro. Estaba casado, además, con la princesa Anacaona, hermana del otro gran cacique de la isla, Bohechío, de Jaragua, y estaba también aliado con el de Higüey, Iguanamá. Sus fuerzas eran pues considerables y estaban en pie de guerra y prevenidos.

Los españoles también, y con un jefe muy avisado al frente, el conquense Alonso de Ojeda, veterano de la guerra de Granada y de mil duelos en los que nadie había llegado a herirle, a quien Colón le había dado el mando del fuerte de Santo Tomás, donde con solo una guarnición de cien soldados había hecho frente a los ataques y contenido a la indiada. Fue él quien con una hábil estratagema capturó a Caonabo. Le dijo que el rey de España le había enviado de regalo unas pulseras y al extender el otro las manos lo que Ojeda les puso fueron unos brillantes grilletes y se lo llevó esposado.

La batalla para intentar rescatarlo se produjo en Vega Real y supuso la derrota y la sumisión de gran parte de los caciques, aplastados pese a su enorme superioridad numérica por los caballos, el acero, la destreza de Ojeda y los perros de combate, que los aterrorizaban casi tanto como las monturas. Solo siguió resistiendo por un tiempo la bella Anacaona.

Cogieron muchos prisioneros y Colón decidió esclavizarlos y mandarlos como esclavos a España, incluyendo a Caonabo como gran figura de su hazaña, pero este se murió en la travesía, por fiebres o ahogado. Lo de los esclavos y las desmesuras en la febril búsqueda, no muy fructífera, del oro y un mando y administración del Almirante y sus hermanos cada vez más arbitraria, rapaz y contestada por otros colonos hicieron que el descontento comenzara también a llegar a la corte a través de los que iban regresando en los barcos. Sabedor de ello, retornó el Almirante en un accidentado y largo viaje de vuelta. Para compensar pérdidas e incrementar el beneficio, se llevó con él otros cuatrocientos indios esclavos para venderlos.

Una vez en España, el Almirante ya no encontró a los reyes, ni a Fernando ni a Isabel tampoco, tan contentos con él y mucho menos dispuestos a complacer sus peticiones, sino más bien prestos a quitarle algunos de los privilegios que le habían dado. Eso era lo que maltraía a Fernando, las prebendas exclusivas de la conquista en todo lo descubierto y por descubrir, mientras que era lo de esclavizar y vender a los indios lo que provocaba el disgusto mayor en la reina. La relación empezaba a torcerse, y empeoraría mucho en el siguiente viaje. Además, antes de que Colón partiera de nuevo, la Corona concedió permiso para hacerlo a otros exploradores, Alonso de Ojeda y Juan de la Cosa entre ellos. La exclusiva se había acabado.

Álvar había conocido al hijo del Almirante en los largos

meses pasados en Sevilla durante la preparación del viaje. El interés fue mutuo desde el inicio y muy especialmente por parte del Cabeza de Vaca, quien entendió que nadie mejor que él para enseñarle todo aquello que ansiaba conocer sobre las Indias. Hernando había dedicado su vida, desde su vuelta de su único viaje a las Indias y sobre todo desde la paulatina caída en desgracia de la imagen de su padre y del conjunto de la familia, a enaltecer su obra y defender lo que entendía como sus legítimos derechos. Salía al paso de todas las críticas y ataques, con pasión y conocimientos, pues su saber y su cultura eran por todos reconocidos, y muy grande su acervo en cartas, documentos, mapas y libros, ya que había entregado sus esfuerzos y su hacienda a atesorarlos, siendo su biblioteca asombro de todos cuando la veían, y desde luego de Álvar cuando tuvo el privilegio de conocerla y Hernando le hizo el honor, luego ya muy repetido, de recibirlo en su casa.

Hernando era el hijo menor que tuvo el Almirante fuera del matrimonio, de sus amoríos con la cordobesa Beatriz Enríquez de Arana, a la que no desposó ni cuando ya murió la esposa legítima, doña Felipa, madre de su hijo primogénito, Diego, a la que había dejado en Lisboa. Era un gran cosmógrafo, pero también un excelente erudito inquieto siempre por saber del pensamiento y los conocimientos de los hombres. No obstante, algo en él resultaba aún más sorprendente. No atesoraba los libros solo para su propiedad y gozo, sino que deseaba que tales sabidurías en ellos contenidas estuvieran a disposición de quienes los estimaran como él y ayudaran en el futuro a la humanidad entera y pudieran ser consultados por investigadores y estudiosos. De niño, y junto a su hermanastro mayor, Diego, se había formado en la corte como paje al servicio del príncipe Juan y al morir este de la propia reina Isabel. Había aprovechado aquella estancia para aprender con el sabio Pedro Mártir de Anglería y adquirir una educación humanística que impulsó su devoción por el estudio y la ciencia. Había iniciado incluso una obra gigantesca por su cuenta intentando compendiar en ella a España entera; la había titulado *Itinerario. Descripción y cosmografía de España*. Para ello había enviado por los pueblos de España a personas que informasen de cada uno de ellos, de los vecinos que había, de los hechos memorables que allí habían acaecido y de sus edificios y templos, y había ordenado que de todo ello se diera cuenta para poder compilarlo todo. Cuando Álvar lo conoció, don Hernando estaba asaz triste porque aquella obra comenzada ya años antes se la había yugulado el Consejo de Castilla, que había ordenado al corregidor de su ciudad natal de Córdoba que se le retiraran a él y a sus colaboradores los permisos para proseguirla.

—Hay, Álvar, quienes temen y odian que los hombres sepan de su propia tierra y de los demás hombres. Porque así ellos pueden seguir aprovechando sus ignorancias.

Don Hernando no por ello cesó en su actividad. Su fortuna, que como uno de los dos herederos de su padre era cuantiosa, siguió empleándola en adquirir cuanto libro considerara apreciable, y ello lo hacía por toda Europa, por la que viajaba de continuo y donde era recibido cada vez con mayor respeto. Por su apellido, pero también por su propio prestigio y largueza al adquirir obras. Había asistido a la coronación de Carlos como emperador en Aquisgrán y tuvo trato con el gran Erasmo de Rotterdam, cuyas ideas humanísticas defendió y extendió a su vuelta a la península. Sus conocimientos cosmográficos le supusieron ser designado por el rey para formar parte de la Junta de Badajoz, en el año 1524, del grupo de sabios españoles y portugueses encargados de trazar la línea divisoria y el ámbito de expansión entre ambos reinos. Hernando defendió de manera muy contundente los intereses de España, pero aunque su palabra como hijo del gran Almirante tuvo mucho peso no fue suficiente para imponer totalmente su criterio de que la expansión portuguesa no rebasara el este del cabo de Buena Esperanza.

Nunca se olvidaba de su padre ni de su legado, y menos aún de aquel viaje que compartió con él siendo poco más que un niño a las Indias, el último de don Cristóbal, al que este partió con graves dolencias en los ojos y en los huesos y del que regresó ya tan quebrantado que no tardó en alcanzar la tumba. Depositario de muchos de sus documentos y cartas, Hernando había comenzado a escribir su *Historia del Almirante* para dar a conocer su vida, poner en valor sus descubrimientos y desagraviar su memoria. Pero también para defender los derechos y peculios que según las concesiones reales otorgadas les correspondían al Almirante y a sus descendientes, tanto en gobernación de tierras como en los porcentajes de los beneficios que les correspondieran de ellas. De ahí que la familia Colón estuviera en continuos pleitos, en los que Hernando había ayudado a su hermano mayor Diego a demandar los derechos que les correspondían.

Gustaba Hernando de ir más allá de lo que los demás

iban, pues no tenían la mayoría lugar en su cabeza más que para el oro, las tierras conquistadas y ejercer el poder sobre ellas, algo de lo que en absoluto estaba exento, sino bien al contrario, su padre el Almirante, pero el hijo lo excusaba señalando que también prestaba atención a otras cosas que pasaban desapercibidas aunque tenían, a su parecer, grandísima importancia y que le leía en sus diarios para demostrárselo. Por ejemplo, aquella plata llamada maíz, de la que había escrito: «una simiente que hace una espiga como una mazorca, de que llevé yo allá y hay ya mucho en Castilla».[8]

No obstante, su pasión eran los descubrimientos realizados por su progenitor y lo que este había significado en el cambio de percepción y dimensiones que sobre sí mismo había sufrido el mundo. Hernando le confesó a Álvar, cuando adquirieron cierta confianza, que su padre había ya llegado a sospechar con mucha certeza que no había arribado a las Indias sino a un nuevo mundo, y que no había querido dar su brazo a torcer en ello por orgullo, pero también por interés, pues consideraba que confesar su error podía causar perjuicio a sus concesiones sobre aquellas tierras. Prefería incidir en otras cosas mucho más favorables para su prestigio y que la fina capacidad de observación del

8. Los españoles llevaron a América la caña de azúcar, los caballos, las vacas y los cerdos, pero se trajeron cultivos que transformaron Europa y que quitaron mucha hambre. El maíz, pero también el tomate y el pimiento (de México) y finalmente de los pueblos incas la patata. También algunos hábitos y gustos como el tomar cacao (chocolate) o el fumar tabaco, que tuvo sus más y sus menos desde el comienzo. Algunos decían que sanaba y curaba humores internos y estancias y otros, que era algo infernal y diabólico. Del cáncer no se sabía entonces nada. También llevaron y trajeron algunas cosas peores: la viruela y el sarampión hacia allá y la sífilis de vuelta.

marino había acabado por probar sin género alguno de dudas. Así, Hernando reveló a Álvar con orgullo un secreto que le había transmitido su padre.

En el segundo viaje, el 14 de septiembre de 1494, Colón había contemplado un eclipse de luna del que anotó con mucho esmero su comienzo, evolución y final. Retornado a España en 1496 comparó sus datos con los que se habían registrado del mismo eclipse desde Cádiz y San Vicente, en Portugal, y constató que aquello demostraba sin género de duda para la ciencia que la Tierra era redonda.

—«Yo siempre creí que la Tierra era esférica, lo escrito por Ptolomeo y todos los demás sabios mostraba como ejemplo de ello los eclipses, como yo ahora también he comprobado. Mas ahora he visto yo tanta deformidad que hallo que el mundo no es redondo en la forma que han descrito, sino que tiene forma de una pera que fuera muy redonda, salvo allí donde tiene el pezón» —le leyó don Hernando, y Álvar se quedó asombrado de la iluminada inteligencia de aquel hombre que se había anticipado a todos los de su tiempo.

Para el tercer viaje, el Almirante, que había instituido un mayorazgo con su hijo mayor Diego, el hijo de su mujer Felipa Moniz, de la que ahora sí ya era viudo, y todavía gozando del favor, aunque más atemperado, de los reyes —la reina Isabel había ordenado liberar a los indios cautivos y reintegrarlos a sus tierras, aunque pocos sobrevivieron para hacerlo—, se hizo adelantar por dos carabelas, partiendo él con otros seis navíos detrás. Logró así escabullirse de una flota francesa que les acechaba. Emprendió viaje de nuevo la flota y con tan solo dos carabelas y una nao, el Almirante tomó una ruta algo distinta, más al sur, para cruzar el Atlántico y dejar así al norte La Española, con el propósito de llegar a una tierra más grande y que ya no fuera isla sino continente. Lo consiguió al tocar tierra al norte de Venezuela y tan impactado quedó que creyó haber dado con el propio Paraíso Terrenal y que los inmensos ríos que desembocaban en aquellos mares nacían en el Edén.

Hernando le leía párrafos de las descripciones del Almirante, con tal entusiasmo que algunas acabó Álvar por saberlas de memoria. Una era aquella en que detallaba el encuentro con la gran canoa donde iban dos docenas de indios que se aproximaron a ellos. «Vino de hacia el oriente una gran canoa con veinticuatro hombres, todos mancebos, y muy ataviados con armas, arcos, flechas y tablachinas. Yo les hacía mostrar bacines y otras cosas que lucían para enamorarlos porque viniesen y al cabo de un buen rato se allegaron más que hasta entonces y yo deseaba mucho haber lengua e hice subir un tamborín en el castillo de popa para que tañesen y unos mancebos que danzasen, creyendo que se allegarían a ver la fiesta. Pero cuando vieron tañer y danzar todos dejaron los remos y echaron mano a los arcos, los encordaron, embrazó cada uno su tablachina y comenzaron a tirarnos flechas.»

—Creyeron que los nuestros se preparaban con la danza para atacarles a ellos. Los indios tienen costumbre de animarse antes de atacar con danzas y músicas —aclaró don Hernando.

No llegó a tal. Los de la nao del Almirante sacaron entonces las ballestas y los de la canoa se alejaron, pero a poco se acercaron otra vez pacíficamente a otra carabela y allí se les alcanzó como obsequio para su jefe un sayo y un bonete con el que se alejaron alegres hacia la playa.

El Almirante siguió navegando por aquellas aguas. Descubrió la isla de Trinidad. «Subió un marinero al palo y vio tres montañas juntas, dijimos la salve regina y nombré como de Trinidad a la isla.» Luego quiso entrar en el golfo de Paria penetrando por la boca de la Sierpe donde era terrible el oleaje. «Había unos hileros de corriente que atravesaban aquella boca y traían un rugir muy fuerte y temí que sería un arrecife por lo que surgí fuera de ella a la punta solo para dar con agua que venía con tanta furia como hace el Guadalquivir en tiempo de avenida.» Fue una noche horrenda donde una vez les vino una ola inmensa, «una loma tan alta como la nao» de la que se salvó de milagro. Pero al siguiente día logró finalmente doblegar las corrientes y entrar en el golfo de Paria y poner pie en tierra firme del continente por vez primera para un hombre blanco en Macuro. El agua dulce tan dentro del mar de la que se aprovisionaron los marineros le hizo comprender que estaba en la desembocadura de un gran río, el Orinoco, y por ser tan enorme su caudal, que «venía de tierra firme y no de isla».

En aquellas costas todo fueron bellezas, selvas, animales, indios alegres, más blancos que los vistos anteriormente, con cabellos largos y llanos, pelo bien cortado, con adornos de oro y de perlas, de las que consiguieron cosecha. «Hallé las tierras y árboles muy verdes y tan hermosos como en abril en las huertas de Valencia y la gente de muy linda estatura y blancos más que otros que haya visto en las Indias y los cabellos muy largos y planos y gente astuta y de mayor ingenio y no cobardes.»

Fue lo mejor del viaje, pero al regreso por las islas de Cubagua y la frondosa Margarita, le esperaba algo muy diferente. En La Española había quedado al mando su hermano Bartolomé, y su dureza de trato había logrado que la mitad de los españoles, entre ellos el propio alcaide, se le pusieran en contra. Llegó el Almirante, negoció con ellos un mal acuerdo, perdonó a los amotinados, quedaron libres y enviaron todas sus quejas a España, donde ya llovía sobre mojado con anteriores y parecidas misivas, sobre todo en la reina Isabel por el trato a los indios, por lo que los reyes enviaron al juez pesquisidor Francisco de Bobadilla para investigarlo. Llegado este a La Española, se encampanó de tal manera en su autoridad que hizo prender a Colón y sus dos hermanos y los embarcó encadenados rumbo a España. Aquello, aunque cada vez más disgustados los reyes con Colón, resultó un exceso muy evitable y a lo que sus majestades no habían querido llegar en ningún caso, por lo que la reina, muy afligida al enterarse de aquel trato, en cuanto tuvo noticia de su llegada a tierra ordenó que fueran liberados de inmediato.

—La reina se entristeció por el agravio infligido a mi padre y le restituyó su honor librándole sin tardanza de los grilletes y devolviéndole su favor —rememoró don Hernando—. Pero la mala semilla había germinado y las acusaciones contra él hicieron que no le reconociera de nuevo sus cargos en las nuevas tierras y enviaron hacia allá como gobernador a Nicolás de Ovando en el año 1501.

Llegado a este punto don Hernando se encendía. Echaba pestes contra los detractores y sobre todo contra el infame Bobadilla, al que la mar le alcanzó con su venganza por no respetar y mancillar los saberes marineros del Almirante. Esta era la parte del relato que, primero Hernando y ahora Trifón, gustaban contar más que ninguna de todo aquel desgraciado último viaje y ahora que la flota de Pánfilo de Narváez ya se acercaba a su primer destino en tierras americanas.

El Almirante no consiguió permiso para retornar a las Indias hasta casi seis años después de haber regresado engrilletado del tercer viaje. Lo hizo en mucho peores condiciones, tanto personales, ya muy mermado y achacoso físicamente, como de autoridad y gobierno. Los reyes habían roto con el monopolio anteriormente concedido a Colón y permitieron que cualquiera de sus súbditos pudiera explorar aquellas nuevas tierras. El conquense Alonso de Ojeda, que le había acompañado en su segunda travesía, fue el primero en aprovecharlo y le siguieron otros, como Vicente Yáñez Pinzón, que había sido de los de la primera, o Rodrigo de Bastidas, así como Américo Vespucio, también proveniente de tierras italianas como él mismo, que acabaría por imponer el nuevo nombre que le dio al continente en sus mapas. Había otro asunto preocupante. Vasco de Gama había doblado el cabo de Buena Esperanza y la ruta hacia las islas de las especies se había establecido. El también portugués Cabral, amparado en el Tratado de Tordesillas, ya había explorado las costas de Brasil hacía dos años, justo al cambiar el siglo, y los españoles seguían sin encontrar el paso a la especiería desde las tierras descubiertas mientras que los lusos llegaban fácilmente y se enriquecían con aquel comercio. Encontrar aquel paso era la misión encomendada a Colón, el objetivo prioritario y esencial del viaje. Sin embargo, le habían impuesto condiciones: bajo ningún concepto podía atracar y desembarcar en La Española; los reyes se lo habían prohibido para evitar más discordias. Hallar el paso era el real encargo y estuvo muy a punto de lograrlo. Solo con que hubiera caminado nueve días por tierra. Mas Colón era marino y buscaba hacerlo por mar, pero por mar no lo había y perdió la ocasión a pesar de estar justo y buscarlo donde el trecho era más corto entre un océano y el otro. Sí, hallarlo era el real encargo, pero tenía condiciones impuestas.

De ello se lamentaba Hernando.

—Algunos indios nos hablaron de un gran canal de agua marina que se metía por las selvas. Se encontró en un lugar llamado Chiriquí y nos metimos por él. Pero la alegría duró poco. Al cabo de navegar un buen trecho el canal daba en tierra y no tenía salida. Entonces los indios nos señalaron un camino que ellos tenían para andar a partir de allí por los bosques y que en nueve días de atravesarlos cruzando las montañas que se divisaban se llegaba a otro mar grande. El Almirante comenzó incluso aquella ruta, pero era tal la dificultad de la marcha, lo arriesgado de internar a sus hombres en aquel territorio casi impenetrable y para el que no venían preparados, pues eran marinos, que decidió no proseguir por ella. Su misión era encontrar una ruta por mar y no por tierra. De haber continuado y haber conseguido culminar el camino hubiera llegado él también antes que nadie al Mar del Sur.

Razón llevaba el hijo, pues por aquel sitio, al que la intuición marinera del Almirante y los indígenas le habían llevado, el trecho más corto de tierra entre uno y otro mar, es por el que diez años después que él Vasco Núñez de Balboa llegaría al Mar del Sur.

—Justo por donde nosotros por el agua estuvimos buscándolo, y donde los indios nos dijeron que a nueve jornadas de viaje y atravesando unas montañas que llegamos a divisar, al otro lado había un mar tan grande como aquel por el que habíamos venido. A Vasco, dicen, le ayudó la más hermosa de las princesas que se cuentan, Anayansi, y su hazaña lo que le costó fue la cabeza que le mandó cortar el duro Pedrarias. Mi padre estuvo en poco de haberlo logrado y yo de haberlo visto a su lado. Pero no se decidió a hacerlo. Él era marino y no quería dejar los barcos y siguió buscándolo infructuosamente por el agua.

El que por aquel corto trecho el Almirante no hubiera también realizado aquel otro trascendental descubrimiento reconcomía, a pesar del tiempo pasado, a su hijo, sobre todo porque, además, él hubiera estado presente

—Mi padre estaba convencido de que había llegado a unas tierras que no estaban unidas con aquellas Indias que buscaba —explicaba Hernando a Álvar—, sino que había otro mar de por medio y el paso entre esos dos grandes océanos suponía que debía estar entre Veragua y Nombre de Dios, lugar este al que bautizó primero como Bastimentos. Era un enclave no propicio e insalubre, pero después Diego de Nicuesa fundó allí un poblamiento, lo llamó Nombre de Dios y la flota de Indias lo convirtió luego en primer puerto de atraque para ir por el ahora famoso Camino Real hasta el río Chagres y de allí a Panamá, ya en el Pacífico. A mi padre le gustó mucho más otro enclave, que era muy hermoso, fácil de fortificar y de buena ensenada de atraque. Tanto lo apreció que lo nombró como Porto Bello, pero quienes llegaron después de él no vieron sus bondades.[9] Era, en verdad, el tramo de tierra más estrecho entre mar y mar, pero no había paso y no pudimos hallarlo.[10] Tanto es así, Álvar, que mi padre llevaba una carta de los reyes por si nos dábamos de bruces con Vasco de Gama. Lo que se intentaba era llegar cuanto antes por mar a las islas Molucas, las de las especies.

Así pues, el viaje habría que considerarlo un fracaso,

9. Portobelo actual, fundado y fortificado a finales de aquel siglo (1597), cuando Drake había atacado aquellas costas y a los civiles y colonos indefensos, ya que Nombre de Dios —así llamado porque los marineros exigieron a Nicuesa, desesperados por las miserias y angustias que estaban pasando: «En Nombre de Dios, ¡desembarquemos!»— se fue demostrando insalubre y de imposible defensa. Por cierto, en Portobelo es donde acabaría por entregar su alma al diablo el pirata Drake en su última expedición de rapiña, cuando también sucumbió, este ante el fuerte del Morro en Puerto Rico, su maestro y padrino Hawkins, pues Drake también sufrió heridas alcanzado por una bala de cañón, cuando al garrear la nave capitana de los ingleses se puso al alcance de los cañones españoles y un artillero metió apuntando a la rendija de luz que se veía en la oscuridad y que alumbraba la sala donde los capitanes celebraban consejo. A resulta de aquello o de escorbuto y delante de Portobelo, los ingleses tuvieron que echar al mar el cuerpo muerto de Drake y emprender con el único barco que ya les quedaba la huida hacia su isla tirando en la carrera hasta los cañones para ponerse a salvo.

10. Tan cierto que desde poco más arriba, en la actual ciudad de Colón y protegido por el fuerte de San Lorenzo de Chagres, se trazó finalmente el canal de Panamá, que ya estuvo en los planes de Carlos V el construirlo, aunque con los medios tecnológicos de entonces era imposible, pues siglos después en la primera intentona, Ferdinand de Lesseps, el constructor del canal de Suez, fracasó en conseguirlo.

pero Hernando se negaba siquiera a que aquella palabra se uniera al nombre de su padre. En cierta forma y a pesar de todas las desventuras que hubieron de soportar, Hernando se sonreía, pues aquello había supuesto la venganza de Colón sobre el hombre que su hijo consideraba el peor de los miserables, Francisco de Bobadilla, el que lo había cargado de cadenas y hecho llegar humillado a España.

En la inquina contra Bobadilla, Hernando no estaba solo, ya que Trifón le secundaba en esto.

—Podía haberlo embarcado sin humillarlo —dijo el Viejo a Álvar—, ya que si él mismo estaba allí es porque Colón había descubierto aquellas tierras. Pero tenía mala sangre y mucha envidia de su fama, como muchos de estos leguleyos que todo lo censuran en quienes exponen su vida y se dejan su sangre para que luego ellos medren y disfruten. Mala ralea, allí en las Indias donde vamos como allá atrás en España. Esos grajos abundan por todos los lados.

Trifón hizo un expresivo gesto de desagrado y luego continuó con su relato.

—En este viaje, al contrario de los anteriores, no se hizo atraque en La Gomera sino en Gran Canaria. Nos aprovisionamos de leña en Maspalomas y a mediados de junio estábamos ya en el mar de los Caribes y a finales ante la ciudad de Santo Domingo. El Almirante llevaba algunas jornadas barruntando algo malo en los aires. Señas en los vientos y en el mar que nadie más detectaba pero que le hicieron dirigirse hacia aquel puerto y pedir resguardo para sus cuatro barcos, las dos carabelas, la *Capitana* y el *Santiago*, y dos naos, la *Gallega* y la *Vizcaína*, y las ciento cincuenta almas que a bordo iban, entre ellos su chico y su hermano Bartolomé. Pidió autorización para entrar por el río Ozama, pero Ovando se la negó. Él también era sabedor de las órdenes reales y estaba dispuesto a cumplirlas y hacérselas cumplir a Colón, por mucho que el Almirante se creyera. Entendió que el pretexto de que se acercaba un huracán era pura y mala excusa, pues no era entonces temporada de ellos. Se tomó con burlas las súplicas del Almirante diciendo que venía uno muy poderoso y que, de quedarse fuera, en mar abierto, destruiría sus barcos al completo y morirían ahogados todos, y su hijo pequeño que con él viajaba.

Quien se burló más que ninguno fue el tal Francisco de Bobadilla, que le había engrilletado y era su más encarnizado enemigo, y muy secundado por el sedicioso alcaide, Francisco Roldán, se había rebelado contra su autoridad y conspirado contra él tras haberlo perdonado. Nadie hacía caso ya al viejo Almirante, degradado tanto en su poder que ni siquiera podía atracar en aquel puerto. Era finales de junio. La gran flota de treinta naves de Bobadilla partió, atestada de riquezas, entre ellas un gran cargamento de oro que viajaba en la *Capitana*, El Dorado, y una enorme pepita del metal que Ovando enviaba como regalo especial para la reina. El mar estaba en calma y el sol lucía en un cielo limpio de nubes. Pero Colón estaba en lo cierto.

La noche del 30 de junio se desataron las furias del infierno en los cielos, en el mar y en la tierra. Un violentísimo huracán azotó sin piedad el mar y corrió. La escuadra entera naufragó y perecieron ahogados todos. Bueno, todos no. Se salvó una sola nave, llamada *La Aguja*, que era la más chica y ligera y cogió ventaja sobre el resto logrando escapar del ciclón.

—El Almirante —prosiguió Trifón su narración—, al impedírsele atracar en el refugio de la costa, y observando que el huracán se dirigía hacia el norte de La Española, viró hacia el sur en busca de una bahía en lo posible desventada y en ella anclamos. Cuando aquella noche el huracán embistió contra nosotros y al ser tan feroces los vientos, a todos los barcos nos levantaron las anclas, nos zarandearon a su antojo y nos dispersaron, pero al llegar la amanecida estaban los cuatro a flote y nosotros vivos. Aquella mañana sí que todos dimos gracias a Dios, a la Virgen y al Almirante.

Por su parte, Hernando le había leído a Álvar lo que el propio Colón había escrito de aquello: «La tormenta me desmembró los navíos, a cada uno llevó por su cabo sin esperanzas, salvo de muerte; cada uno de ellos tenía por cierto que los otros eran perdidos. El dolor del hijo que yo tenía allí me arrancaba el ánimo y más por verle de tan nueva edad, de trece años, en tanta fatiga y durar en ello tanto».

No obstante, según Trifón, el chaval se comportó con enorme entereza.

—Recuerdo todavía al mancebo mirando a su padre, buscando en él y encontrando la esperanza. La verdad es que el Almirante nos salvó a todos y las naos no salieron muy mal paradas, con la excepción de aquella en que iba Bartolomé, que quedó casi inservible para navegar; las demás perdieron muchos bastimentos, excepto en la que íbamos don Cristóbal y yo mismo, pues el navío se hallaba abalumado de maravilla y Nuestro Señor lo salvó ya que no hubo daño de una paja.

Con todo, Ovando siguió en sus trece sin dejarle bajar a tierra y Colón se vio obligado a continuar su rumbo donde no alcanzó sino desgracias y tormentas. Tras no hallar el paso perseveró en buscarlo, aunque a poco las noticias de los indios acabaron por confirmarle que no había paso marino y comenzó a notar según iban hacia el sur que los indígenas se parecían cada vez más a los de tez más clara que había hallado en su viaje anterior.

Hernando le dio más detalles a Álvar de aquel penoso episodio.

—Aun así, continuamos buscando el paso por toda la costa, perseguidos por las tormentas, que se sucedían una tras otra aquel maléfico año, que llegaron a ser tan malas como la sufrida en La Española. Ya comprenderás, Álvar, lo que te digo cuando las sufras —le advirtió Hernando—. Las peores de las nuestras en España te parecerán pequeños chaparrones. Es como si el cielo se desplomara en agua, vientos y aullidos sobre nuestras cabezas, y sus truenos retumban como si toda la artillería castellana disparara a un codo de nuestra oreja. Son tales y tan violentos los relámpagos y sus chasquidos que no te atreverás a abrir los ojos, y uno solo busca acurrucarse en algún rincón y esperar la muerte, incapaz de afrontar aquello ante lo que no cabe resistencia alguna. Hubo una noche, después de largos días sin poder siquiera avanzar, con la mar como una olla hirviendo, en que la noche ardió como un horno en lo alto del palo de la nao llenándonos de espanto, pues creímos que aquel fuego nos fundiría los navíos, a pesar de que a un diluvio sucedía otro.

Según le había relatado también Hernando, al fin lograron encontrar algún resguardo, bajaron a tierra y repararon en lo posible los barcos. Intentaron buscar oro y lo hallaron por Veragua, donde hasta fundaron un asentamiento en el que el Almirante pretendió que la gente se estableciera. Santa María de Belén lo llamaron. Bartolomé llegó a hallar pepitas del codiciado metal en algunos riachuelos de la selva y también hizo trueques por él con los indios y por algunas perlas. Sin embargo, al cacique de los indios no le gustó que pretendieran quedarse para siempre y al final hubo combate. Las espadas de acero se impusieron pero los nativos mataron también a muchos castellanos; el propio Bartolomé Colón se salvó, herido, de milagro. Colón comprendió que no podían dejar allá a nadie, ya que acabarían por matarlos a todos como ocurrió en el Fuerte Navidad. Emprendió el viaje de vuelta, triste y apesadumbrado. Cada vez se valía peor de las piernas y aún con mayor mal en los ojos. Por desgracia las calamidades fueron desde entonces todavía más terribles. Los barcos se hallaban en muy mal estado. La broma, un pequeño caracol que se comía la madera, hizo que se fueran quedando sin ellos. La *Vizcaína* se hundió entre Portobelo y Nombre de Dios, y perdieron otra también por aquella misma costa. Con dos lograron llegar a Jamaica, pero allí también fenecieron las dos últimas. De los ciento cincuenta ya solo quedaban ciento dieciséis hombres.

—Los indios al principio nos traían comida y nosotros les dábamos baratijas —le contó Trifón—. Pero se fueron cansando y cada vez nos pedían más baratijas por menos comida y al final ya no nos daban apenas. Pasábamos mucha hambre, pues comíamos lo que podíamos pescar y poco más. Además, las cosas en nuestro campamento se complicaron. Los hombres se dividieron en dos bandos, el de Colón y los fieles que comandaba un hombre de su mucha confianza, Diego Méndez, y los otros, la mitad más o menos, dirigida por el capitán de la otra nave naufragada que dirigía Francisco Porras, al que apoyaba un hermano que con él iba, que no era hombre elegido por Colón sino por quienes habían colaborado con dineros para aparejar las naves. El chico en aquel tiempo se había ido curtiendo y ya ayudaba en lo que podía. Gustaba de venir conmigo a pescar y coger cangrejos y lo que hubiera de comer por entre las charcas de la bajamar.

—Mi padre comprendió que la única posibilidad era pedir ayuda y a ello se prestó el valiente Méndez, quien, con una canoa, algo mejorada en las bordas, se embarcó con algunos nativos dispuestos a hacer a remo aquella travesía. Semejante tarea parecía casi imposible de lograr por la enorme distancia que había. Pasaron las semanas y los meses y no tuvimos noticia suya. Mi padre confiaba en que lo hubieran logrado. Los de Porras perdieron toda esperanza y ya no hicieron caso alguno a las instrucciones de tratar bien a los indios y dejar en paz a sus mujeres. Usaron de algunas, abusaron de otras y violaron brutalmente a una muchacha joven. Los caciques cortaron todo suministro de comida —recordó Hernando.

—Entonces el Almirante obró un milagro o algo que a los indios les pareció que lo era y nosotros casi sentimos lo mismo que ellos. Mandó decirles a los indios que por su maldad la Luna iba a ser comida por la oscuridad en los cielos y que no regresaría nunca. Y que eso sería aquella noche. Cuando en verdad comenzó a ser oscurecida y acabó por taparse del todo, el miedo se apoderó de ellos y le suplicaron al Almirante que hiciera lo que pudiera para que retornara. Él les hizo prometer que volverían a traernos víveres y al cabo, tras realizar don Cristóbal algunas exhortaciones hacia el cielo y rezar un padrenuestro, la Luna reapareció en los cielos. A partir de ese momento otra vez nos trajeron comida —contó Trifón, alabando los poderes del Almirante y su capacidad de predecir tanto los huracanes como los eclipses.

Álvar se guardó aquel episodio para siempre en su memoria.

—Mi padre hizo cálculos astronómicos que él sabía hacer y que me enseñó a mí también a hacerlos y descubrió la fecha en que tendría lugar el eclipse. Entonces puso en marcha la treta y volvió a recuperar toda su autoridad ante los indígenas, que nos proveyeron de nuevo de alimentos. Habían pasado más de seis meses sin noticias de Méndez, pero entonces, cuando hasta el Almirante ya desesperaba de que las hubiera, apareció una nao que venía enviada por el fraile Ovando desde La Española. Señal de que Méndez había llegado. Sin embargo, el navío que habían mandado era muy pequeño y no cabíamos en él ni ganas había de embarcarnos. Su capitán se limitó a dejarnos un cerdo asado como toda comida y algo de vino y se marcharon.

Trifón recordaba con enfado lo ocurrido aquellos días.

—Estaba claro que el cabrón de Ovando, pues no podía llamársele otra cosa, había recibido el aviso de Méndez, pero en vez de ayudarnos lo que quería era vernos muertos y demoró la ayuda cuanto pudo a ver si así la entregábamos, el alma. Mandó aquella nao solo para ver si ya lo estábamos y se marchó de nuevo sin nosotros. Esa esperanza dio fuerzas, al menos a los leales, convencidos de que al final nos rescatarían. Los otros intentaron salir como había hecho Méndez, pero la mar los tiró a la orilla a ellos y a lo que habían construido. Eso los puso cada vez más furiosos y las hostilidades terminaron en batalla entre los dos bandos. Hubo tres muertos por su parte y se rindieron. Pero ya estábamos todos desesperados.

—La pelea acabó en un combate singular entre mi tío Bartolomé y el mayor de los Porras —le contó Hernando a Álvar—. Venció mi tío y le puso al otro la espada en el cuello, pero le perdonó la vida. El Almirante estaba cada vez más quebrantado y apenas si veía por el mal de sus ojos. Yo sufría mucho por él y él lo hacía por mi desdicha. Al final, cuando ya casi llevábamos allí un año varados, apareció el leal Méndez con una buena nave que el gobernador le había autorizado a fletar. Supimos luego que el fraile Ovando se había asustado al recibir una carta de la reina Isabel. La reina le instaba a atender a mi padre, posiblemente sin saber el perjuicio que estaba haciéndole. Fue el día de San Pedro, bien me acuerdo, cuando conseguimos salir de aquella maldición los poco más de cien hombres que quedábamos con vida. Por fin arribamos a La Española. Dos meses después, los que tardó en recuperarse para al menos aguantar la travesía, mi padre pagó mi pasaje y el suyo y volvimos a España.

Hernando no pudo evitar un aire de tristeza al recordar todo aquello. Además, las desgracias no acabaron ahí.

—Llegamos a Sanlúcar el 7 de noviembre de 1504 y de

allí fuimos a Sevilla —prosiguió su relato el hijo de don Cristóbal—. El Almirante hubo de permanecer en cama, aunque deseaba ir a ver cuanto antes a los reyes. Sin haber podido hacerlo, ni siquiera tres semanas después, el día 26 murió la reina Isabel. A la entrada del verano del año siguiente, aunque aún muy mermado de salud, mi padre partió hacia la corte del rey Fernando, que se hallaba en Segovia. El monarca le recibió con afecto, aunque no atendió a sus quejas. Mi padre le escribió al Rey Católico en los siguientes términos: «Por mi dicha poco me han aprovechado veinte años de servicios, con tantos trabajos y peligros, que hoy no tengo en Castilla ni una teja». También reclamó ya que no para él para su hijo Diego lo que a él se le había negado —se quejó con amargura el menor de los Colón.

—¿Y para vos, Hernando, no pedía nada? —no pudo evitar preguntar Álvar.

—Yo no era hijo de mujer con la que se hubiera casado, pero mi padre me dio todo su reconocimiento y he de decirte que a su muerte eso me creó cierto problema con mi medio hermano. Él era el primogénito y, como tal, el heredero legítimo de todo lo que el Almirante dejaba. Yo me conformé con lo que me tocaba, pero mi hermano al inicio no tanto. Por fortuna, eso se solventó pronto y nos llevamos bien mientras Diego vivió. Él fue poderoso y se le restituyeron todos los honores en las Indias; yo he vivido muy conforme con lo que tengo.

Álvar, al margen de lo relatado, sabía algunas cosas más que eran de general conocimiento entre quienes querían conocerlas y tenían posición para hacerlo. Concordaban precisamente con lo que don Hernando pregonaba. El Almirante no había muerto ni mucho menos pobre y sí con unas rentas anuales de las más sustanciosas. El propio Hernando tampoco las tenía escasas. El hermano mayor y legítimo se había disgustado con el menor por lo que consideró excesiva generosidad del padre, pero al meterse en pleitos y nada menos que con la Corona por no ver reconocidos sus derechos en las Indias, derechos que el Almirante le había legado, la ayuda de Hernando le fue tan necesaria y determinante que acabaron por hermanar de veras. Así, a don Diego se le concedieron los títulos primero de gobernador general y también de La Española, donde se aposentó, desplazando de inmediato a Ovando y sustituyendo a toda su gente en los poderes que el fraile les había dado. Inició entonces, con el asesoramiento de Hernando, los famosos pleitos colombinos nada menos que contra la propia Corona, que acabaron por darle también el título, que tras su padre nadie había ostentado, de virrey de las Indias. Todo un triunfo, pero en realidad menguado, pues la jurisdicción se limitó a los territorios descubiertos oficialmente por el Almirante.

No fue el virrey Diego Colón promotor de grandes éxitos de conquista y sí de hacer gran ostentación de lujo y boato en una especie de corte paralela en Santo Domingo. En 1515 sufrió, parejo a su padre, a los seis años de llegar, un juicio de residencia, aunque esta vez sin cadenas, mientras el cardenal Cisneros, ya regente, colocó en su puesto tres religiosos jerónimos. Una sentencia cinco años después lo reintegró en el cargo, pero muy vigilado por los oficiales reales. Los continuos conflictos con la Audiencia y la primera sublevación de esclavos negros en la isla hicieron que, ya en el trono, el rey Carlos a los tres años de la vuelta lo destituyera y lo hiciera regresar a España. Don Diego siguió pleiteando, aunque acompañaba a la corte en sus viajes. Estaba casado con una Álvarez de Toledo, de los muy poderosos duques de Alba, y fue en uno de esos viajes, yendo a Sevilla para asistir a la boda de don Carlos con Isabel de Portugal, cuando le sobrevino la muerte de repente.

Álvar no llegó a conocer personalmente a don Diego, pero sí se había interesado por todo aquello y por enterarse bien de su peripecia en el mundo hacia el cual ahora se dirigía. Quería saber cuáles eran allí las distintas banderías y lo que sucedía en verdad con los indios y hasta qué punto eran ajustadas a verdad las quejas y terribles alegatos de fray Bartolomé de las Casas, por cierto, muy deferente siempre tanto con don Diego como con don Hernando, que seguía llevando los pleitos de su hermano, ahora de su viuda. Doña María Álvarez de Toledo, tenaz e inflexible como buena Alba, siguió con los pleitos, asesorada por su cuñado, en defensa de su hijo y heredero. En ello proseguían.

Recordaba Álvar su despedida de él en su casa sevillana. Aquel día don Hernando se sinceró con él más de lo que nunca había hecho y le hizo partícipe de su más íntima amargura. No solo había querido enaltecer la figura de su padre sino también imitarle. En aquel atardecer de naranjos florecidos, tras haberle contado aquel cuarto viaje de calamidad y huracanes, le hizo una confesión.

—Yo quise regresar a las Indias, Álvar. Quería emular a mi padre, buscar los pasos que él no había hallado y llegar a los lugares que él soñaba. Pero el rey Fernando no me autorizó a hacerlo. Solo otra vez después de aquella primera me fue permitido el viajar allí y fue únicamente para acompañar a mi hermano a tomar posesión del gobierno de La Española, donde apenas permanecí unos meses. Fue hermoso hacerlo y aún hubo una segunda justicia divina en la vuelta de aquel viaje. En la nao que nos traía de regreso a España también viajaba el destituido gobernador Ovando, el que no nos quiso dejar desembarcar cuando el huracán llegaba y el que pretendió que pereciéramos en aquella playa de Jamaica demorando todo lo que pudo en socorrernos.

Se calló don Hernando y se quedó un largo tiempo en silencio. Luego volvió a tomar la palabra.

—Creí entonces que volvería pronto. Aquellos mares y horizontes me llamaban para que lo hiciera. Así que pedí permiso al rey, pero este se negó a dármelo. El rey Fernando, Álvar, a los Colón no nos quiso nunca. Yo no volveré jamás a las Indias, ni siquiera aunque muevan a mi padre de su tumba de La Cartuja como ha dejado dicho mi hermano y que ambos puedan reposar juntos en la catedral de Santo Domingo. Yo me quedaré para siempre aquí en Sevilla. Ve tú ahora, Álvar. Vuelve por mí a aquellas tierras que a mí me negaron.

9

Pánfilo y sus quebrantos

Oímos voces de Narváez que decía: «¡Santa María, váleme, que muerto me han y quebrado un ojo!».

BERNAL DÍAZ DEL CASTILLO,
Historia verdadera de la conquista
de la Nueva España

A Narváez, ya se lo había advertido su amigo Hernando Colón antes de embarcarse con él, lo mejor era no mentarle jamás a Cortés. Aunque no hacía falta decírselo a Álvar, pues de sobras conocía el fiasco del uno ante el otro y no era cuestión de mentar la soga en casa del ahorcado, menos aún cuando se estaba a sus órdenes. Pero era lugar tan común entre tropa y marinería que la chanza flotaba siempre en el aire y el bribón de Trifón había cogido por mala costumbre el hacer la guasa añadiendo a sus palabras un guiño con el ojo que el segoviano de Navalmanzano tenía quebrado por culpa del extremeño. El Cabeza de Vaca hacía por permanecer serio y poner gesto de reproche, aunque le costaba mantener la compostura, pues el alcarreño al hacerse el tuerto no dejaba de tener su gracia canalla.

El gobernador era indudable que tenía buenos agarraderos y no mala hoja de servicios, si se excluía aquel ridículo de México, que por tal se tenía su derrota en un santiamén y teniendo más que el doble de tropas a su lado, pero no acababa de aparecer a los ojos de quienes le acompañaban como un capitán capaz de las mayores hazañas y de sacarles de los peores aprietos. Era poderoso, sin duda, e intentaba que se le respetara y hasta lo conseguía en circunstancias normales, si bien no pocos de sus capitanes se preguntaban para sí: «¿Y cuando vengan mal dadas?». Esa desconfianza se palpaba en el aire y Álvar la sentía rondando siempre sin acabar de despejarse.

Él hizo todo lo posible para desprenderse de ella. Desde que comenzaron los preparativos para armar y avituallar la armada, el de Jerez de la Frontera demostró su utilidad, como en toda la travesía había demostrado su valía y su lealtad al servirle y facilitarle el mando. Quiso quitarse el prejuicio y en buena parte lo logró. Narváez se apoyaba en él y le fue cogiendo confianza, aunque al inicio el hecho de que tuviera tantos requerimientos de unos y otros para que le diera al jerezano el puesto de mayor relevancia no dejó de amoscarle. Se había ido ganando su aprecio y el gobernador se lo pagaba muy cortésmente dándole siempre lugar de preferencia y correspondiendo con gratitud a sus afanes y desvelos.

Era del todo cierto que el nombre de Álvar Núñez Cabeza de Vaca se lo habían puesto delante a cada plato incluso con referencia a su muy admirado tío, el ya fallecido conquistador de Cuba, su gran protector y valedor conquistador, Diego Velázquez de Cuéllar. La recomendación, junto a las reiteradas de los Medina Sidonia, le vino en este caso por el lado de los Colón, con quienes había acabado por estar a buenas, aunque empezó más bien a las malas, pues fue al segundo viaje del Almirante no precisamente para ayudarle sino más bien como espía de su enemigo el arzobispo Fonseca, que primero con Bobadilla y luego con Ovando hicieron todo lo posible por enemistarlo con los reyes y extirparlo de La Española.

De aquello tenía memoria Trifón, siempre y en lo sustancial devoto del Almirante, aunque le afeara algunas cosillas que en el fondo le parecían veniales, y no dejaba de ponérselo en el debe del muerto y cargárselo en la cuenta del sobrino vivo y ahora su jefe máximo.

—De padres gatos hijos michinos, y este es, aunque solo sea sobrino, hijo del Velázquez y ese no fue de fiar nunca. Y encima tuerto.

Diego Velázquez de Cuéllar, apartado el Almirante del gobierno de La Española, había medrado a la sombra de Ovando y se había convertido en hombre muy principal de la isla. Mas cuando la Corona restituyó al hijo, Diego Colón, en todos sus cargos entendió que el viento había cambiado y que lo más conveniente era poner su vela de ese lado. Tan bien llevó a cabo su labor que el virrey le puso al frente de la expedición de conquista de Cuba, que concluyó con éxito, que fue también casi el único haber en conquistas del otro Diego y por ello ascendió al tocayo tras proponérselo al rey a gobernador y adelantado de aquella isla. Bajo su autoridad, claro.

Desde aquel momento, los Velázquez y los Colón olvidaron cualesquiera otras historias pasadas y mantuvieron las mejores sintonías y favores mutuos, de los que también fue partícipe don Pánfilo, su dilecto sobrino, a quien se fue dando preeminencias y cargos, hasta convertirlo en su lugarteniente, tarea que él cumplió siempre con empeño, aunque en ocasiones le faltara el acierto y le sobrara la crueldad. De eso se hablaba menos en cuanto al pasado de Narváez, pero algunos sí que recordaban el hecho aquel del poblado de Caonabo, donde los indios salieron a recibirle amistosamente con manjares y él hizo que sus hombres acuchillaran a cientos. Que tampoco hubiera sido cosa de darle mucho pábulo, pero lo malo es que en aquella salida iba Bartolomé de las Casas y aquello lo horrorizó tanto y le quedó grabado de tal forma que le cambiaría por completo convirtiéndolo en el gran fustigador de los colonos y en el máximo defensor de los indios, aunque antes él mismo hubiera sido un encomendero como los otros.

Álvar conocía también aquella historia de quien ahora se había convertido en su jefe, y algunos otros capitanes era posible que estuvieran asimismo al tanto, pero si de lo del ojo no se hablaba, aún menos se mentaba esto y si se hacía, era para echar pestes del fraile Las Casas.

Otro que por aquel entonces andaba también por Cuba, tras haber tenido que salir a escape de Santo Domingo, era un hidalgo con fama de pendenciero y mujeriego, aunque también de valiente y resuelto, un tal Hernán Cortés, que a pesar del recelo del sobrino y de la ojeriza que como premonición desde el principio le tuvo, se ganó el aprecio del tío, el gobernador Velázquez, quien le dio permiso para una nueva expedición hacia la costa del Yucatán y el golfo de México que mejorara a las que habían ido y regresado trasquiladas. Allí había algo rico y apetecible pero también muy poderoso y peligroso. A Francisco Hernández de Córdoba le habían muerto, y Juan de Grijalva y Pedro de Alvarado, los siguientes, habían tenido mucha pelea y poco beneficio. Este último, un grandullón pelirrojo y de ojos azul intenso, y similares comportamientos con mujeres y enemigos que el extremeño, hizo con él las mejores migas y se embarcó en la expedición con algunos otros jóvenes y unos cuantos que no lo eran tanto, pero todos de similar espíritu.

Cortés engatusó a Velázquez con promesas del más grande botín imaginable, Alvarado le había contado que oro había a espuertas pero que había que vencer a tropas muy aguerridas y bien organizadas. Así pues, el gobernador se convirtió en armador de la expedición. Todo iba según lo previsto cuando a Velázquez, el moscardoneo del sobrino tuvo que ver en ello, le entró el comecome sobre aquel aventurero y decidió que mejor no arriesgarse. Optó por quitarle la escuadra y ponerla en manos más seguras que fueran de su total confianza. Sin embargo, cuando algunos hombres se dispusieron a ejecutar sus órdenes, el pájaro, que se lo había barruntado, había salido ya volando.

Velázquez ordenó entonces a su sobrino que les fuera a los alcances, y este, con una mucho más potente armada que el tío logró aparejar, desembarcó en Veracruz y se dispuso a prenderlo y traérselo como trofeo a su tío. A partir de ahí era lo que no se podía mentar ante don Pánfilo. Cortés había hecho la gran hazaña y señoreaba la propia capital del imperio mexica, donde el oro cubría las paredes de los palacios. Velázquez hizo llegar al emperador Moctezuma que aquel que tenía como gran enviado del rey y de los mismos dioses no era sino un rebelde huido y que si lo apresaba y se lo traía sería enormemente recompensado y entraría en la gracia de su gran soberano. El aviso trajo a Cortés hacia Narváez, pero hecho un basilisco. En plena noche arremetió contra él en su campamento de Zempoala, lo desbarató por entero y al amanecer Narváez estaba tuerto de un lanzazo, prisionero y contemplando cómo la mayoría de sus hombres se habían pasado tan contentos a las tropas de Cortés, dispuestos a irse con él a compartir las riquezas de Tenochtitlán. A él y a los pocos que se quedaron a su lado les quedaron por delante casi cerca de dos años presos.

Al fin fue liberado. Cortés, aunque en ocasiones las había pasado muy crudas y de estar a punto de entregar el alma todos, era el conquistador ya triunfante y señor de todo el imperio de los mexicas, así que Narváez retornó humillado a Cuba y de allí a España. Ni su tío ni él perdonaron nunca a Cortés por aquello. Siguieron conspirando contra el extremeño y hasta lograron sublevar contra él a uno de sus mejores y más cabales capitanes, que desde el principio había seguido a Cortés y que en su expedición por Honduras se decidió a cambiar de bando. A la postre, aquello le costó la vida al bravo Cristóbal de Olid, después de habérsela jugado tantas veces a su lado combatiendo contra los mexicas.

Mientras Pánfilo de Narváez estaba en España, el tío Velázquez había muerto cada vez más gordo en peso y en rencores en Santiago de Cuba, donde no eran poco estimables sus tres mil cerdos, mil reses y la mejor mansión de la isla, así como sus influencias familiares, que unidas a las de los Fonseca eran muy poderosas en la corte del rey Carlos. Buena prueba fue que el monarca le otorgara a Narváez no solo el mando de la expedición de conquista de la Tierra Florida, sino unas condiciones y cargos que supondrían grandes privilegios si lograba sus objetivos.

De ello ya habían hablado en reiteradas ocasiones Álvar y Narváez. Sobre todo, para encauzar a su tesorero y alguacil mayor en el cumplimiento de las instrucciones reales. Dichas instrucciones habían variado desde un inicio hasta que, a mitad de los preparativos, de golpe hubo de cambiarlas de forma trascendental e imperiosa.

—El rey Carlos, que no era antes proclive a que construyéramos asentamientos en la Tierra Florida, sino que decía que nos limitáramos a descubrir y comerciar con los indígenas, ahora nos exige que construyamos dos villas y tres fortalezas en aquellas nuevas tierras. Ello cambia de gran manera las gentes, bastimentos y necesidades de nuestra flota. A tal objeto, Su Majestad me ha hecho el honor de nombrarme gobernador, capitán general, adelantado y superintendente de las fortalezas que levantemos para que ni en lo militar ni en lo civil mi autoridad sea motivo de ninguna discusión, excepto en lo que atañe a las cosas de Dios, que para ello vendrán los frailes con nosotros. Antes que a nadie he deseado hacértelo saber a ti —le comunicó Narváez.

—Es el más alto honor y confianza que Su Majestad podía ofrecerle a vuecencia —convino Álvar—. Por mi parte, no puedo sino agradecer de corazón la consideración que vos depositáis en mí y que procuraré con empeño y diligencia cumplir a vuestras órdenes.

Álvar comprendió que aquello ya no tenía nada que ver con una expedición de trueque y rapiña, sino con algo totalmente diferente que necesitaba de inicio otro tipo de personas que hubieran de embarcar con ellos. El césar Carlos había sido, además, muy preciso. Cada una de las ciudades debía habitarse con al menos cien hombres y algunas mujeres, amén de algunos frailes para que cuidaran de su bienestar espiritual y los funcionarios necesarios de la Hacienda, que se encargarían de que las arcas imperiales recibieran su parte.

Fue justo entonces cuando Trifón apareció en escena y se reveló una ayuda inestimable en la consecución de esas cosas pequeñas que resultan absolutamente imprescindibles, así como de otras más grandes. La tarea de Álvar fue ingente. Hay que reconocer que el poderío de Narváez se hizo notar y mucho, aunque les llevó medio año el conseguir adquirir las cinco naos requeridas para el transporte de las cerca de seiscientas almas que debían embarcar con ellos. La condición previa era que todos ellos fueran cristianos viejos. Estaba terminantemente prohibido que a las Indias fueran musulmanes, judíos y conversos recientes, aunque se abría la mano si eran sirvientes o cautivos. Como el negro Estebanico que trajeron con ellos los hermanos Dorantes, que era moro aunque le habían cristianado.

Narváez puso además especial interés, y en ello se había esforzado Álvar, muy apoyado en Trifón, en procurar no enrolar y que no se les colaran lo que constituía buena parte del paisaje de los puertos y de los barcos que zarpaban:

vagabundos, exconvictos, malandrines y pendencieros. Buscaron agricultores, artesanos, carpinteros, comerciantes, albañiles y también gentes de mayor condición junto a los hidalgos, que eran parte esencial de la tropa armada, como secretarios y médicos. Amén, por supuesto, de marineros y soldados, aunque todos los que embarcaban debían saber esgrimir algún arma y defenderse con ella. Arcabuces había bien pocos, y además no es que importara en demasía, pues en las lides con los indios se había demostrado que, aunque era bueno llevarlos por el miedo que infundían, lo que de verdad desequilibraba la balanza era el acero, la espada, el puñal, la rodela y la coraza, y las mortíferas ballestas. A esto había que unir sobre todo los caballos. Los indios seguían aterrorizados ante ellos. Por eso Pánfilo cargó cuantos pudo.

Los gastos habían sido muchos y Narváez se dolía aún de ellos, pero había transigido en hacerlos. Álvar sabía de las cuentas que echaba y los sueños que albergaba. Si la expedición era un éxito, Pánfilo de Narváez sería un hombre muchísimo más rico incluso de lo que había sido su tío, pues el rey, aunque le cargaba en su totalidad el costo de la aventura, ya que amén de los cargos concedidos y las rentas que ellos suponían, le otorgaba exención de impuestos y la posesión de diez leguas cuadradas de tierra en el lugar que mejor le acomodara. Conquistaría un reino, la Tierra Florida, sería otro Cortés y ya no le dolería tanto su ojo quebrado.

La noche anterior, anclados en la entrada del río Ozama, Narváez lo había reclamado en la nao capitana. Allí, teniendo a la vista las luces de los fuegos de los centinelas y las de algunos fanales de Santo Domingo, habían brindado con los oficiales mayores por el final feliz de aquella primera singladura, que había transcurrido con buen tiempo y sin pérdidas. Narváez les comunicó que se detendrían en ese enclave unos días para adquirir y reponer los bastimentos necesarios, conseguir más caballos y lo que fuera preciso para partir cuanto antes por los mares caribes, primero hasta Cuba y luego ya directos a Florida, donde esperaban poder llegar en breve tiempo.

Al día siguiente, cuando alborozadamente comenzaron el desembarco, no sabían que en Santo Domingo iban a demorarse ciento cuarenta días. Asimismo ignoraban que muchos de los que bajaban ya no volverían a subir a bordo de las naos y que a algunos de los que sí lo harían, y antes de avistar siquiera otra isla, se los tragaría aquel mar que ahora tan manso y plácido les recibía.

10

La calle de las Damas

No consientan ni den lugar que los indios reciban agravio alguno en sus personas y sus bienes, mas manden que sean bien y justamente tratados.

ISABEL LA CATÓLICA, testamento, 1504

Caminaba por la calle de las Damas mientras el crepúsculo caía sobre Santo Domingo. Había sido su primer día y a Álvar aún le envolvía la sensación que le había embargado desde que bajó a tierra. Aquella mezcla de olores, de calor húmedo, de sudores y sabores que parecía haber en el aire, que lo impregnaba todo y que le hacía a cada momento intentar descifrarlo y al aspirarlo, transpirarlo y hasta palparlo le llevaba la certeza de que aquello era por completo diferente; aquello era otro mundo, un nuevo mundo.

La calle empedrada, la única que lo estaba en toda la ciudad, tenía aún bastante trajín, aunque este había disminuido con respecto a la mañana, cuando la llegada de la escuadra la había llenado de gentes que iban y venían, se paraban o corrían. Damas que hicieran honor a su nombre a esas horas ya no había apenas ninguna y la que pasaba, escoltada por el marido o seguida de algún criado indio, lo hacía con rapidez para guardarse ya en su casa.

Tras salir del puerto, esa calle había sido lo primero que Trifón, convertido en su guía, le había enseñado con mucho orgullo.

—Se empedró con el lastre de los barcos que llegan desde España. Es piedra española —le explicó—. Las gentes la llaman así porque las damas fueron desde el primer día sus mayores beneficiarias y quienes más la frecuentan. Merced al empedrado, no se manchan las sayas con los barrizales que aquí se forman día sí y día también y en tiempo de lluvias durante meses enteros.

Álvar notó que el alcarreño hablaba de aquella ciudad como algo propio. Lo cierto era que el otro, aunque no lo acababa de dilucidar del todo y no dejaba de repetir que un día pondría rumbo a su tierra natal y que no se le vería más por aquellos sitios, jamás había hecho ni el más mínimo intento de hacer realidad sus palabras, por mucho que dijera que estaba harto de dar botes sobre las olas siendo tan de secano como él era.

A la calle de las Damas le llamaban también la de la Fortaleza, por el pequeño fuerte levantado a orillas del Ozama por Bartolomé Colón cuando fundó la ciudad en sustitución de La Isabela, que no había quien la sostuviera ante la intemperancia del tiempo y los terribles huracanes. Mientras caminaban, Trifón le señalaba algunas casas. Por la mañana no vieron a aquellas horas tempranas a ninguna elegante dama paseando, sino trajín de gentes que iban o venían desde el puerto, pero Trifón le fue mostrando las casas, muchas de ellas solariegas y levantadas con muy buena piedra tallada.

—Al fondo está el palacio de los Colón, con mucho el más lustroso de la ciudad y de la isla. Don Diego quiso aparentar aquí el ser lo más parejo a un rey. También es buen edificio el que tuvo el gobernador Ovando, pero ese que tenemos enfrente no le va a la zaga. Es de don Rodrigo de Bastidas, que vino con el Almirante en su segundo viaje y luego navegó por tierras de Panamá incluso antes que el propio Almirante. Hizo fortuna, pero fue efímera como la de muchos, pues fue por aquellas tierras donde también pereció muerto por los indios. Culparon a Vasco Núñez de Balboa de no socorrerlo, y con esa excusa le cortaron la cabeza a este. Balboa también tuvo paso y residencia por esta villa. Por aquí, don Álvar, han pasado todos, sin que falte uno solo de quienes ahora tienen nombre y fama en las Españas. Sin ir más lejos, esa otra casa, más humilde pero con su empaque, fue un día de Hernán Cortés. Ya os contaré cosas de todos. Ahora hemos de acercarnos al alojamiento que os he encontrado y ver si es de vuestro agrado.

Aunque la mayor parte de los recién llegados, amén de los que por obligación tenían que hacerlo, se quedaban a dormir en los barcos, los que contaban con posibles intentaron conseguir acomodo en tierra. Don Pánfilo lo había encontrado raudamente gracias a la invitación del propio gobernador, el que había sustituido al hijo de Colón y unía a la doble condición de obispo de la ciudad y gobernador de la misma una tercera: era también el presidente de la

Audiencia. Se llamaba Sebastián Ramírez de Fuenleal y acababa de llegar a la isla nombrado por el rey Carlos, harto de los pleitos de los Colón y en particular de las ínfulas del virrey don Diego, a quien había mandado regresar a España un par de años antes. Por Santo Domingo no faltaba quien decía que, del disgusto, Diego Colón se había muerto nada más llegar a España. El propio Trifón también pensaba lo mismo y no se privó de decirlo. Su lealtad quedaba circunscrita al Almirante y al hijo pequeño, pero al observar que la chanza no le hacía ninguna gracia a Álvar, se abstuvo de repetirla. Era perro viejo; se había aquerenciado al jerezano y se arrimaba a él buscando serle útil y de paso encontrar acomodo y cobijo para él mismo. Que si el interés va aparejado a la querencia es mejor, incluso.

Útil había sido el Viejo en la travesía y ahora estaba demostrando serlo aún más en tierra. No había mejor guía para transitar por la villa, ni mejor conocedor de sus gentes y sus callejas para encontrar solución a las necesidades del jerezano. Este pudo comprobarlo bien pronto con la cuestión del hospedaje, aunque había mucha demanda y poca oferta. Trifón lo llevó directo a una casa pegada a una venta y allí negoció con una viuda también de ciertos años, pero no tantos como él, que les alquiló una habitación a no excesivo precio. Acordaron, con el beneplácito de quien pagaba, Álvar, que con una cortina colgada entre la entrada al aposento y un arco que daba a la cama, se convertiría en dos estancias y en aquel hueco y en un jergón podría aposentarse Trifón, convertido en criado mientras estuvieran en puerto a cambio de techo y comida.

Para llegar hasta el lugar habían pasado ambos, tras adentrarse en la ciudad alejándose del río, por la plaza de la catedral, que ya estaba muy en sazón y con varios de sus muros levantados. Eran sus obras lo primero que había reiniciado el nuevo gobernador con mucho ímpetu, pues se las había encontrado paradas, cosa que no era la primera vez que sucedía desde que se iniciaron hacía ya un cuarto de siglo.

Trifón se mostró convencido de que don Sebastián la concluiría, algo que al igual que la calle empedrada parecía que de alto modo le afectaba e incumbía.

—Siendo obispo y gobernador al tiempo, este seguro que la acaba. La primera catedral de las Américas y es aquí, en La Española, por derecho, donde debe levantarse. Mire vuestra merced qué hermosa va a quedar y qué color saca el sol a los muros de piedra coralina. Ya se va alzando al cielo, ya. No le puede faltar a Nuestro Señor un templo como este en la puerta de las Indias.

El alcarreño, aunque no se había caracterizado por una devoción excesiva, al pasar ante el templo en obras, y aunque no estuviera aún consagrada, se santiguó ante ella. Álvar le acompañó en el gesto.

No quiso decirle al Viejo muchas cosas que él sabía y que entendió que era mejor callarse, pues habían sido confidencias de don Hernando Colón y no era cuestión de irlas desparramando nada más llegar a la isla. Si no se torcía nada, y lo más difícil de torcer era la voluntad de la viuda de don Diego Colón, doña María Álvarez de Toledo, de la casa de Alba, los restos del Almirante y de su hijo y sucesor no tardarían en ser llevados allí. Quizá, si había ocasión y encuentro, algo de ello se podría hablar con el obispo gobernador y enviarle de la manera que fuera alguna buena nueva a su amigo Hernando.[11]

La intención de Narváez era demorarse lo menos posible en La Española y partir cuanto antes hacia Cuba, donde le quedaban muchos amigos, aunque su tío hubiera fallecido, y buenos asideros para poder emprender con garantías la última navegación del viaje y arribar a la Florida. En La Española no le faltaban contactos, pero desde la caída y marcha de Diego Colón, todas las relaciones estaban cambiando y ahora con los clérigos al frente andaban muy trastocadas y sin saber bien a qué atenerse. Él necesitaba sobre todo caballos y bastimentos, pero cada día que pasaba parecía resultar más caro y difícil el conseguirlos y la palabra dada no significaba pronto cumplimiento sino que, como mucho, se alcanzaba una nueva promesa con protesta incluida de que esta vez se cumpliría.

Álvar, en su papel de responsable de la tesorería y alguacil mayor de la armada, se esforzaba en esto más que en nada, sin embargo, al cabo de unas semanas sentía que cada vez que intentaba dar un paso le amarraban la pierna con una liana y que el camino estaba lleno de brozas y pegas.

Pánfilo de Narváez y él estaban a la espera de un prometido encuentro en el que confiaban resolver muchos de los inconvenientes con el obispo gobernador don Sebas-

---

11. Doña María Álvarez de Toledo no conseguiría llevar los restos del Almirante y su hijo Diego hasta ya cerca de 1540. Allí seguirían hasta la conquista francesa, y ahora para los españoles están en Sevilla y para los dominicanos, al menos parte, en el faro de Colón que a tal efecto han levantado.

tián, tras el protocolario al que solo había acudido Narváez, mas dicha audiencia se demoraba de continuo.

El hidalgo jerezano se había ido acostumbrando a que en aquellas latitudes no se producía la misma secuencia de amaneceres y atardeceres, que caían mucho más repentinamente, al igual que no había según las estaciones aquellas diferencias tan señaladas entre noches y días. Además, allí llovía de otra manera. No era la forma de llover de España o de Italia. La lluvia llegaba como una cortina de agua empujada a toda velocidad por el viento que se desplomaba sobre la tierra. La llamaban «palo de agua» y en verdad lo era, pero salvo por tormenta o huracán, en ocasiones llegaba, caía el torrente y se marchaba dejando por unos momentos refrescada y despejada la tarde. Era el agua buena. La mala era cuando venía enrabietada. De esas aún no había catado ninguna pero, como le decía Trifón y le había prevenido Hernando, que tantos ciclones habían sufrido en el viaje que realizaron juntos, se iba a hinchar de hacerlo.

Pasadas ya las dos semanas, Álvar y algunos de los notables de la escuadra se habían aficionado a una taberna en una de las esquinas de la plaza de la catedral, donde estaba plantado un inmenso sicomoro que daba buena sombra y cobijo, y allí se emplazaban cada tarde si no les impedían hacerlo sus ocupaciones. No solía faltar el vino, pero eran protagonistas el ron que ya se destilaba en la isla y los mejores zumos que pudiera imaginarse uno y que a Cabeza de Vaca le gustaban más que nada. Sin embargo, no resultaba muy de castellanos el beber de ellos tan solo, y si no se le daba un tiento al mollate pareciera que no había tertulia.

Los parroquianos fijos, además de Álvar, eran Alfonso

Enríquez, contador, y Alfonso de Solís, factor y veedor de Su Majestad. Algunos capitanes, a veces Castillo y más a menudo Dorantes, junto con su hermano y el negro, que se sentaba alejado pero a la vista de su amo, y en compañía de Trifón, apoyado en una esquina, se unían a la reunión.

También acudía en ocasiones, pero muy brevemente, el franciscano Juan Suárez, nombrado comisario de la expedición para que velara por el trato a los indios según el mandato de la Corona. Fray Juan tenía ya bastante corrido por las Indias. No solía alardear mucho de ello, pero algo habían ido sabiendo los otros de su peripecia. No resultaba raro que no quisiera contarla en demasía. Era muy conocido y amigo de Narváez, pues lo había acompañado a la Nueva España cuando fue a prender a Cortés y acabó tan malparado. El franciscano no lo abandonó en su desgracia, que entre otras cosas se ganó por avaro, pues mientras Cortés repartía con sus capitanes los presentes de los caciques indios, Narváez se los guardaba todos para sí, por lo que el que más y el que menos pensaba que mejor le iría con el extremeño y cuando este les asaltó el campamento poca resistencia opusieron y se pasaron a sus filas.

El clérigo fue de los pocos que le permanecieron fieles y al ser prontamente liberado por su condición de religioso regresó a Cuba para que también pusieran libre de su prisión, aunque llevó su tiempo, a Pánfilo. De ahí venía la buena disposición del gobernador para con él y su complacencia en que fuera el designado como comisario de la expedición. Era el más adicto a Narváez entre el grupo de oficiales al mando y quien más le apoyaba en todas sus decisiones. Y tampoco él estimaba en nada al conquistador de la Nueva España, aunque a él no le hubiera tratado con ninguna inquina y sí con sobrada benevolencia.

Cuando el fraile estaba presente, los contertulios procuraban dejar a un lado los temas más escabrosos y los puntos de desavenencia y se hablaba más de los trabajos de la catedral. Estos parecían andar a buen paso con una capilla, la de don Rodrigo de Bastidas, ya concluida, y fray Juan afirmaba que un hermoso retablo de Nuestra Señora la Virgen de Altagracia estaba ya dispuesto para colocarse en ella.

La conversa no obviaba ningún día la cuestión meteorológica sobre cuándo llegaría el casi cotidiano palo de agua, puesto que era la manera de que no se encendiera demasiado la discusión sobre el asunto de los indios y sus derechos. Si el fraile estaba presente, los dos Alfonsos tendían a la callada ante las admoniciones de este, que mucho confiaba en el nuevo obispo para que enderezara las malas prácticas y abusos que los españoles cometían. Solo Álvar se atrevía a hacerle alguna leve apostilla. Pero en cuanto el clérigo se perdía de vista ambos oficiales daban rienda suelta al verdadero encono que como muchos colonos, encomenderos y conquistadores les tenían a los frailes, aunque coincidían en que los franciscanos no eran los peores. Ese honor quedaba reservado para los dominicos. Era entonces Álvar el que también, y con más vehemencia que con el cura, se salía de la parva. Castillo, cuando estaba con ellos, fiel a sus costumbres, no solía soltar nunca palabra ni en un sentido ni en otro.

Todos conocían y decían acatar las órdenes de la Corona al respecto. Sin embargo, cosa bien diferente era cumplirlas, allá tan lejos, con la mar océana por medio. Los más vehementes en ese asunto eran los del oficio de las armas.

—Las prédicas de los frailes son una cosa y el tener que lidiar con los indios otra muy distinta —argüían—. Sus majestades proclaman las leyes, pero aquí se viene a morir o a conseguir fortuna y gloria. Si no permiten que para ello utilicemos a los indios, que nos digan ellos cómo lograrlo después de haber expuesto nuestros pellejos para ensanchar sus dominios.

Ante esa interpelación, el veedor y el contador del rey callaban y hacían mohín disgustado, pero en el fondo otorgaban.

Álvar no lo hacía y se ponía más bien de parte de los curas y de las leyes de la Corona, en las que estaba bastante ducho, por sus lecturas con Hernando Colón y lo que este le había transmitido de los pesares de su admirado padre precisamente a causa de aquello, aunque siempre lo exculpaba y aseguraba que había tratado bien a los indios sometidos. Los indígenas que hacían la guerra y atacaban ya eran otra harina y cualquier podía comprender que entonces cabía combatirlos y cautivarlos. Eso en cualquier cabeza entraba. A Cabeza de Vaca no se le escapaba que las ansias de riqueza de los conquistadores y encomenderos no hacían distingos, ni aunque fueran muy evidentes, y que con negocio por delante todos los indios eran alzados y por tanto se les podía poner hierros. A los sometidos a las encomiendas tampoco se los trataba nada bien, y lo cierto es que la mortandad entre ellos era mucha.

Álvar no solía entrar en el cogollo de la polémica, sino que prefería prevenir de las consecuencias. Resultaba bien sabido que el miedo guarda la viña.

—Que hoy no esté en su palacio un Colón como virrey y se le niegue tal título a su sucesor y quien sí está en la

Audiencia y como gobernador sea fraile, es algo que vuesas mercedes debieran tener en cuenta —les dijo un día en que el franciscano había dejado un tanto encendidos los ánimos—. Al mismo Almirante fue la reina Isabel la que le cortó las alas y le quitó rangos y honores por haber tratado a los indios como esclavos. Antes de morir, la reina de Castilla lo dejó por escrito para que no cupiera duda. Que los indios eran seres libres, y que al ser súbditos suyos, los que a ello se avinieran no podían ser herrados ni cautivados. Si a don Cristóbal le costó volver en cadenas, aunque luego se las quitaran y le repusieran parte, que no todo, de sus poderes y rentas, mejor que los demás, mucho más bajos en el favor real de lo que lo estuvo el descubridor, lo meditemos antes de dejarnos llevar por tales trochas. Ahora aquellas palabras ya son ordenanza y mejor será cumplirla.[12]

12. Puede resultar sorprendente, pero esa fue la recomendación de la Corona, que puede parecer hoy muy contradictoria con la imagen negativa que se ha querido imponer. Una recomendación muy adelantada a su tiempo y tan diferente a lo que ingleses, holandeses y franceses practicaban y tenían hasta como leyes prohibitivas. Lo cierto es que se llevó a cabo un verdadero esfuerzo por salvaguardar a los «súbditos indios». Tras los primeros viajes de Colón, ya hubo un primer pronunciamiento de la Corona por parte de la reina Isabel (1504), pero fue en 1512, tras el sermón de protesta del dominico Antonio de Montesinos en Santo Domingo, cuando se celebró la Junta de Burgos entre teólogos y juristas, con Montesinos como voz señera, y enfrente encomenderos que dio lugar al primer código legislativo de la monarquía española. Tal código se conoce como las Leyes de Burgos, «Ordenanzas dadas para el buen regimiento y tratamiento de los indios». En ellas se establecían normas para mejorar el trato dado, suavizar sus condiciones de trabajo y velar por su evangelización, si bien manteniendo el repartimiento o encomienda. La cédula de la reina Isabel recomendando los matrimonios mixtos se dio en 1502 y fue en 1514 cuando el rey Fernando amplió sus efectos dándolos por válidos y garantizando la legitimidad de su descendencia.

—Razón en parte no os falta, don Álvar, y bien podemos verlo con nuestros propios ojos en la isla. Pero el cónclave de Burgos no prohibió, sino que confirmó los repartimientos y encomiendas. Aquí mismo don Nicolás de Ovando las suspendió y los indios quedaron tan solo como súbditos de la Corona, con lo cual se produjo una huida masiva de las encomiendas. Lo siguiente fue una guerra abierta entre los conquistadores, y a la postre Ovando hubo de ceder y volver a imponerlas. ¿Cómo van a mantenerse las propiedades si no se puede hacer trabajar a los indios en ellas? Otra cosa es que no se les maltrate, pero de ahí a suprimirlas va un mar por medio —respondió don Alfonso Enríquez, a quien su tocayo, el de Solís, como veedor del rey no pudo dejar de replicar de inmediato.

—Alto ahí, don Alfonso. Lo que los encomenderos pretenden es que los indios sean propiedades suyas y eso es lo que la Corona prohíbe con toda claridad. Cosa bien diferente es lo que por orden del rey impuso a la postre Ovando. Los indios han de ser tutelados, considerando su libertad y otorgándoles la remuneración debida. Al igual que de esa retribución es de la que han de pagar los indígenas a la Corona como tributos.

Aquella salida del contador del rey le abrió definitivamente los ojos a Álvar. Allí cada cual iba a lo suyo y Solís, claro, a los tributos. El sistema de encomiendas, por muchos abusos que se cometieran y por mucho que la Corona amonestara y hasta castigara a los que cometían los mayores excesos, en realidad estaba destinado a que a través de ellas se pagaran los impuestos reales. No iban a conseguir los dominicos, que eran los más empecinados en el intento, suprimirlas.

No lo expresó en voz alta, pues no quería avivar el fuego. Pero Solís no estaba dispuesto tampoco a dejar a Álvar exento de su réplica.

—Quizá, don Álvar, vos simpaticéis con Las Casas. No obstante, ya os digo que antes que fraile fue encomendero y que fue tanto aquí como luego en Cuba uno de los más adelantados en establecerlas y, si no me han mentido quienes no tienen por qué hacerlo, de algunas matanzas de indios no estuvo precisamente lejos, sino que las tocó bien de cerca.

—Ese pasado de fray Bartolomé es bien conocido, don Alfonso, pero quizá por tanta maldad como ha visto y contemplado es por lo que ahora predica en contra de ello.

—Ya no se calló Cabeza de Vaca, pero atemperó raudo. No quería problemas con sus compañeros—. Aunque os acepto que el dominico incurre en exageraciones que no son aceptables y sí muy dañinas para el prestigio del reino.

La coletilla apaciguó la cosa. Eran amigos todos, de buen linaje y más dados a la contención que a la disputa, así que callaron dando un sorbo y luego pasaron a hablar de la catedral y la hermosura de su piedra. Además, todos suscribían en su corazón y en su fe algo en lo que no se permitían duda alguna. Las tierras aquellas habían sido entregadas a los reyes de España por decisión y derecho divino, y como bien había establecido el papa Alejandro VI los monarcas habían quedado investidos del poder temporal y espiritual sobre el territorio descubierto, siempre y cuando su fundamental misión fuera evangelizarlos a los indígenas y convertirlos a todos en creyentes en el Dios verdadero.

Caía la tarde. Cada vez resultaba más preocupante que

no hubiera aún noticias de embarcar los bastimentos necesarios y proseguir el viaje.

Al fin el encuentro con el obispo tuvo fecha. No obstante, fue de nuevo el asunto de las encomiendas y los indios el que protagonizó la cena y la velada, aunque de lo que quería Narváez hablar era de caballos y vituallas.

Don Sebastián Ramírez de Fuenleal envió invitación para Narváez y Álvar de acudir a su residencia y allí se allegaron puntuales y esperanzados. La cena fue larga, aunque frugal, amable pero sin solución alguna. Al despedirse ambos todo seguía más o menos igual, excepto alguna promesa no del todo concreta, si bien con mayor disgusto de Narváez que de Cabeza de Vaca, quien se llevó del obispo gobernador una tan grata sorpresa por sus observaciones y prudentes consejos que en más de una ocasión hubo de hacer esfuerzo para no expresar su plena conformidad con ellos no fuera aquello a disgustar a su jefe. A este, sin embargo, le pareció que el clérigo había antepuesto esa condición suya a la de gobernador y que en vez de darles respuesta a sus problemas lo que les había echado fueron sermones.

—Con eso —dijo Narváez bufando al marcharse—, ni se avituallan escuadras, ni se embarca, ni se conquista, ni se puebla.

Don Sebastián no había ahorrado críticas a muchos comportamientos y había advertido sobre los que habrían de corregirse en el futuro, sin dejar de mencionar tampoco hechos acaecidos en Cuba que afectaban a su propio invitado, aunque evitó hacerlo personalmente. Por tanto, Narváez se vio obligado a contenerse en algunas ocasiones cuando el tiro del obispo le pasaba rozando.

Para no caer en la descortesía y evitar el sofoco del otro, había procurado centrarse sobre todo en lo ocurrido en La Española con los Colón y también con Ovando, porque tampoco su colega de oficio, ambos eran sacerdotes, salió limpio de polvo y paja del asunto. Que no cayeran en sus yerros era lo que les señalaba el obispo, en todo momento intentando evitar el tono imperativo, hablando como quien ofrece un consejo. Al observar la receptividad de Álvar, parecía dirigir más a él sus palabras que a su superior en la armada.

Quedó patente el distanciamiento del actual gobernador con los Colón, a quienes apenas había mencionado sino de pasada, aunque, sabedor de que Narváez y Velázquez habían sido protegidos del último virrey, se guardó de cualquier crítica directa. Sí que las hizo de soslayo, muy frailunamente, enalteciendo de continuo la figura de Nicolás de Ovando como quien en verdad logró pacificar la isla por completo, tras las rebeliones que habían estallado contra los abusos de los encomenderos y la dejadez en el sentido de hacer cumplir con las leyes de Colón y sus hermanos.

—Él fue quien impulsó en verdad la colonia hasta que se pudo hablar ya de cultivos, de ingenios de caña, de minería y de administración. Cierto que hubo en ocasiones de aplicar mano dura, pero el gobierno de Ovando desarrolló La Española, y yo me propongo avanzar por lo que fueron sus pasos. El problema no es tanto el de la disputa por las encomiendas —había sentenciado cuando el asunto una vez más salió con los postres de la cena sobre la mesa—. No hay repartimientos que valgan porque, en realidad, cada vez quedan menos indígenas con que hacerlos. Mi antecesor, el virrey don Diego, quien sustituyó a Ovando, hizo ya lo último que podía hacerse, y lo cierto es que la población nativa ha disminuido tanto que ya quizá no sean muchos más que los españoles. Las enfermedades han quebrado sus poblaciones de tal forma que pareciera que fueran a desaparecer de la faz de la tierra.

El último repartimiento de Diego de Colón había sido ya la puntilla y además motivo de gran riña. Este quería premiar ante todo a sus allegados, los conquistadores veteranos y los hidalgos, dejando aparte a quienes habían arribado después ya como colonos, gentes de oficios, o al servicio de la administración y la Corona. Los dominicos, cada vez más en contra de la encomienda, le fueron más hostiles, y los ligados a la administración real formaron una facción realista que le entorpecía toda acción. Aun así, el hijo del Almirante prosiguió en su quimera y levantó una corte suntuosa en su palacio que quería rivalizar con la propia corte española. Las peticiones de relevo fueron ya continuas y lograron en 1515 un primer juicio de residencia a sus oficiales y su retorno a España, pero ganó los juicios y regresó de nuevo como virrey aunque con mermadas competencias.

A la rebelión que hubo de hacer frente entonces el hijo mayor del Almirante no fue ninguna de indios, sino de esclavos negros cimarrones. Su traída a la isla la había iniciado su admirado Ovando y a su esclavitud, al ser negros, los frailes no parecían poner impedimento alguno. Ni siquiera los dominicos de fray Bartolomé. Diego Colón consiguió meterlos en cintura, aunque no a todos, pues muchos huyeron a partes impenetrables y nada pobladas de la isla, unos pantanales que llamaban los Haitises. Además, el problema lo tenía en su propia casa, con las ínfulas de la virreina y en la que había de gobernar. La oposición contra él fue cada vez mayor y más influyente ante el rey Carlos, por lo que el soberano acabó finalmente por cortar por lo sano y esta vez sin remedio ordenó su regreso a España.

Concluida la velada, Narváez y Cabeza de Vaca volvieron a sus aposentos. El segundo, callado, y el primero, rezongando. Mucho sermón sobre el tratar bien a los indios, pero ni un solo compromiso para que la escuadra pudiera partir en breve. Todo lo más que obtuvo Pánfilo de Narváez fueron palabras de aliento y leves promesas de que interesaría a quienes debían suministrar los pedidos para que lo hiciesen cuanto antes. Iban ya camino de las cuatro semanas las que llevaban allí anclados.

11

Trifón y la viuda

Nos faltaron de nuestra armada más de
ciento cuarenta hombres que se quisieron
quedar allí por los partidos y promesas que
los de la tierra les hicieron.

CABEZA DE VACA, *Naufragios*

La desazón de Narváez tenía buenos motivos. Trifón le contaba a Álvar el estado de ánimo de los hombres que habían llegado con la escuadra, sobre todo las gentes de oficios que no fueran los de las armas, que cada vez parecían tener menos ganas de proseguir viaje.

—Mejor será que el señor Narváez se dé prisa en los embarques, pues como siga demorándose puede que acabe por no tener ni para llenar la mitad de las naves —le dijo el Viejo a Álvar tras haberle puesto este al tanto de la reunión con el obispo y sus pocos avances.

Un día, al pasar por delante de la catedral, viendo cómo avanzaban sus trabajos, Trifón remachó:

—Al paso de don Pánfilo, aún la consagran antes de que nosotros levemos anclas.

Álvar también le habló de los comentarios de don Sebastián sobre sus antecesores, pues quería saber la opinión del marinero, que se conocía muy bien el paño y tal vez pudiera ilustrarle.

—No se crea vuestra merced ni todo lo malo de los Colón ni todo lo bueno de Ovando. A los negros fue este quien los trajo, dado que los indios no podían esclavizarse. Se necesitaban además para la caña, labor en la que hacen mejor faena y tienen más aguante. Sobre el asunto de las encomiendas, todos hablan de endulzarlas pero ninguno se quita el dulce de la boca.

En verdad, y como siempre, de unos y otros se echaban pestes, si bien no faltaba quien les echaba flores. Lo gracioso del asunto era que el tonante Bartolomé de las Casas era quien más olorosas las echaba a ambos; quizá algo tuviera que ver con ello su poder y los favores que le habían otorgado cada cual en su momento, pero de final le ponía una gran tacha al segundo. De Diego Colón, Las Casas había escrito: «Era persona de gran estatura, como su padre, gentil hombre y de miembros bien proporcionados, el rostro luengo y la cabeza empinada. Era muy bien acondicionado y de buenas entrañas, más simple que recatado ni malicioso. Devoto y temeroso de Dios y amigo de religiosos, de los de San Francisco en especial como lo era su padre, aunque ninguno de otra orden pudiera tener queja suya, y menos la de Santo Domingo». De Ovando había manifestado lo siguiente: «Amigo de justicia, era honestísimo en su persona, obras y palabras, gran enemigo de la avaricia y la codicia, y no le faltaba el esmalte de las virtudes que es la humildad». Bartolomé concluía sus elogios señalando que «era varón prudentísimo y digno de gobernar muchas gentes», pero remataba con una sentencia tan dura y culposa como está: «Pero no indios, porque con su gobernación inestimables daños les hizo».

—¿Ve vuestra merced lo que le digo?—apostilló el Viejo—. Que mejor no creerse nada.

Trifón había aprovechado el mes para enseñar a Álvar todo lo enseñable de la ciudad, pero sobre todo a sus gentes, que era lo que más le interesaba al jerezano. Lo primero que observó fue que la gran mayoría de los niños que correteaban por las callejuelas, plazas y vericuetos de la ciudad por donde le llevaba el marinero eran mestizos. El consejo de la reina Isabel de casarse con las indias no es que hubiera sido seguido mayoritariamente, aunque cada vez se daban más casos, pero lo que había era una legión de frutos de los ayuntamientos estuvieran o no consagrados por la Iglesia. La cosa había ido incluso más allá de aquella cédula de la reina Isabel recomendando los casorios. Luego y a su muerte, el rey Fernando había dado un paso más, que era el que de veras estaba haciendo que aquello estuviera tomando cuerpo. Los hijos de aquellos matrimonios eran considerados descendencia legítima y por tanto herederos de pleno derecho, al igual que si fueran españoles, de sus bienes y hacienda.

Paraban por ventorros y tabernas de mucha peor condición que las del centro, pero Álvar logró desatascar algunas cosas para los barcos y sobre todo comenzó a hacerse una imagen muy diferente de la que tenía de todo aquello y a darse cuenta de que lo que tenía por verdades contadas incluso por escrito se tambaleaban en la boca de quienes habían sido testigos de los hechos acaecidos. Acabaron por aquerenciarse a una taberna vieja y bastante maltrecha que había a la caída del palacio de los Colón. Tan vieja que se decía de ella que era la primera que se había abierto en la ciudad y que durante algún tiempo había sido la única. No quedaba nadie de la familia que la había regentado en un principio, cuando amanecía el siglo, pues el propietario había muerto. Su única hija la había saldado, y con el dinero, ella y su marido decidieron regresar a España. Se había hecho con la taberna un mestizo, tal vez un medio hermano, que había trabajado allí desde niño y la seguía manteniendo y viviendo de ella, aunque ahora con la competencia y el pelaje cada vez peor del personal que la frecuentaba ya no daba lo que dio en sus buenos tiempos.

Mantenía, eso sí, el nombre Los Cuatro Vientos y la memoria de las gentes que habían pasado por allí.[13] El dueño era conocido de Trifón y se convirtió en el lugar favorito de Álvar. Luciano, que así se llamaba el tabernero, si se le pagaba bien el vino y él mismo se alumbraba con el ron, gustaba de recordar aquellos tiempos cuando él era poco más que un niño y andaba por allí limpiando los suelos de las sobras, las mesas de porquería y, si podía echarle la uña, algún maravedí distraído.

---

13. La obra *La taberna de los cuatro vientos* del escritor canario Alberto Vázquez-Figueroa retrata aquel momento y los personajes que lo habitaron. El autor, una noche de ron, también creyó encontrarla medio milenio después, pero al día siguiente no consiguió dar de nuevo con ella.

De chico, enviado a la taberna por su madre india antes de que muriera de sarampión como recado al anterior propietario, le dejaron dormir en la trastienda, en un cobertizo donde se aderezó un camastro entre los odres. Le daban algo de comida y poco a poco se fue ganando la estima del dueño y más que posible padre, y acabó por ser quien en verdad llevaba el negocio y más cuando murió la mujer del tabernero, a la que su presencia no le hacía gracia ninguna y en cuanto podía le largaba un escobazo. Desaparecida esta ya tuvo el campo libre, y su medio hermana, bastante más pequeña de edad, se aquerenció a él, así que Luciano aprovechó para ir cogiendo los mandos según envejecía el dueño. Además de los mandos del negocio, estuvo claro que también buena parte de las ganancias. Pues cuando le dieron sepultura al dueño y la chica decidió ponerlo en venta, Luciano sacó los cuartos, que con paciencia y año tras año, había ido guardando en un hoyo excavado y bien oculto, justo donde había tenido su primera cama. Se quedó con la tasca y ella se marchó hacia España, donde no había nacido, pero quería conocer a la familia, que alguna tendría, o, si no, a la de su marido. Este le salió a escape y estaba ansioso de regresar tras haber sobrevivido de milagro a una de las expediciones de Ponce de León. Supusieron que con lo que pagó Luciano por Los Cuatro Vientos y con lo que había sacado él de sus correrías, que era bastante menos, no serían mal recibidos.

El mestizo no había ido a más con el negocio sino a bastante menos, pero este daba para ir tirando y con ello se conformaba. Si bien por allí ya no pasaban las gentes de alcurnia, que frecuentaban otros sitios, el personal de a pie también bebía. Con la llegada de la escuadra de Narváez algo había subido la clientela. Trifón era viejo conocido y, sabedor de las aficiones de Álvar, era hábil en tirar de la lengua a Luciano. No costaba demasiado hacerlo y si no había mucha parroquia y con unos tragos de por medio, acababa por hacerse corrillo.

—Yo vi aquí un día al Almirante —declaró Luciano—. Ya lo creo que lo vi. Siendo muy niño y una vez tan solo. A muy poco de abrirse la taberna. Vino con su hermano Bartolomé. Entonces no existían sus palacios. Una vez tan solo, pero estuvo —porfió el tabernero.

Los más asiduos de la casa, veteranos ya en La Española, conocedores del arcijo y el empeño del mestizo en aseverarlo, comenzaban a contrariarlo diciéndole que no les salía la cuenta, pues de no ser en el último viaje, cuando regresó maltrecho, medio ciego y artrítico de Jamaica para embarcarse como si fuera un pasajero más, y pagando, no parecía posible. Ni en el primero ni en el segundo viaje existía la taberna, y del cuarto, en el que había estado Trifón, don Cristóbal volvió tan consumido que no podía ni levantarse de la cama.

—Viejo estaba y mucho, pero vino una tarde. Que eso lo vieron mis ojos —se encalabrinó Luciano.

Se empeñaba en ello porque desde luego su hijo don Diego Colón por allí no había puesto el pie siquiera. El virrey no se rebajaba a tales cosas ni frecuentaba aquellos antros donde se le podían embarrar las calzas.

Porque en la taberna el Almirante aún tenía algún defensor, pero su hijo Diego no tenía ninguno. Según la opinión general, Ovando era quien había logrado pacificar la isla tras los desaciertos y muchos abusos del Almirante y sus hermanos, Bartolomé sobre todo. Le achacaban hasta haber mandado ajusticiar a uno por el simple motivo de hablar mal de ellos. Otra cosa era la mujer del virrey recién partido. Doña María Álvarez de Toledo, la sobrina del duque de Alba, aún suscitaba encendida controversia entre aquellos que tan solo la habían visto de lejos.

Para unos, quizá mayoría, ella era la culpable del lujo y la ostentación en que se había convertido toda la gobernación de don Diego. No obstante, para otros era y seguía siendo una gran dama digna de admiración, y aseguraban que era la envidia más rastrera lo que levantaba la murmuración.

La expectación había acompañado a doña María desde el primer día en que desembarcó, y fue todo Santo Domingo a verla, con sus espléndidos diecinueve años, al frente de una muy nutrida corte de sirvientes, acompañada de familiares que se daban aún casi mayor aire que ella misma y vestida de tales galas que provocaron tanta admiración como malhablar en toda La Española.

Su llegada inauguró los grandes festejos en el palacio y el gran boato y esplendor. Tanto que a la virreina parecía que le sobraban las primeras letras del título y que aspiraba allí a realeza al completo. Aquello no dejó de levantar ronchas y ampollas. Muchas en el gobernador saliente, Ovando, que no acababa de irse y antes de que lo hiciera lo que llegó fue un huracán terrible, que dejó hecha una ruina a Santo Domingo destrozándolo casi por completo, excepto las casas de buena piedra. Como las de los Colón. Luego, al fin, Ovando se marchó y ella, como el palacio había aguantado los embates del vendaval, pudo seguir dando sus fiestas.

Doña María llegó en algún momento a quedarse al mando de la isla por ausencia de su marido, que hubo de ir a España. Viéndola sola se recrudeció el ataque de quienes se habían sentido postergados. Pero menuda era para arredrarse. A Álvar le resultó sorprendente que entre sus defensores estuviera de nuevo fray Bartolomé de las Casas, que había llegado a proclamar y escribir que toda aquella gente, entre la que no faltaban los oficiales y jueces de la Corona, no dejó de hacer molestias y desvergüenzas a la casa del Almirante, sin miramientos a la dignidad, persona y linaje de doña María. El dominico entendía a don Diego y a su esposa como aliados suyos, en su lucha para dar cumplimiento a las leyes de protección de los indios contra «los que han robado y destruido las Indias y muerto los indios pobladores de ellas».

Cuando el rey Carlos sustituyó al virrey y lo hizo volver a España, no hubo apenas quien lo sintiera. A su muerte, el rey negó a su heredero todo derecho de herencia sobre el virreinato, pues tal condición dependía de la gracia real y no del linaje. Doña María no lo había aceptado y llevaba largos años en una ristra interminable de pleitos en defensa de sus hijos y de lo que consideraba su patrimonio. Su mayor consejero era su cuñado Hernando, y ahora le había salido una aliada en la emperatriz Isabel de Portugal. Además, siempre podía contar con el poder de los Alba. Sin embargo, las cosas judiciales iban desesperadamente despacio y no pintaban nada bien a pesar de los esfuerzos de doña María, lastrados por su condición de mujer, lo que le llevaba a presentarse ante la corte y todo aquel que la quisiera escuchar como la «desdichada virreina». Porque lo de virreina no lo podía dejar de mentar, por desdichada que fuera. Eso no dejaría que se lo arrebataran.[14]

En Santo Domingo se hablaba todavía de ello y ahora corría el rumor de que ella estaba inmersa en lo de traerse los huesos del Almirante y de su marido a la catedral. Eso sí que tenía muchos partidarios en Los Cuatro Vientos, sobre todo por el primero. «Sería lo que fuese, pero donde tiene que estar don Cristóbal es aquí», era opinión unánime. Todos estos personajes eran ya parte del pasado. Como Ojeda, Ponce de León o Balboa, que también habían bebido de su mismo vino, eran ya cosa de lápidas, y el personal estaba en el presente y otros asuntos. No obstante, a todos ellos se les recordaba con admiración y un poso de tristeza. Eran los favoritos de Luciano, Ojeda más que ninguno. Ah, y el perro Becerrillo, que era el héroe, y aquí no se admitían disidencias, de toda la clientela. Porque si hubiera

14. Tras catorce años de pleitos logró algunas cosas. Que dieran a su hijo el título de almirante con carácter hereditario, junto al título, actualmente en vigor, de duque de Veragua, pero se suprimió el virreinato y la gobernación general de las Indias como algo inherente al linaje. Consiguió también que su hijo mayor, Luis, fuera nombrado capitán general de La Española (1540) y que se enterraran los restos de Cristóbal Colón y de su marido, su hijo Diego, en la catedral recién consagrada. En 1544 ella misma, con ayuda económica de la Corona, regresó a la isla y se encontró su antes puntoso palacio hecho un desastre. «Halló su hacienda robada, los hijos ausentes y esto y el ser viuda fue causa de que los vecinos no le hiciesen el acogimiento ni le tuviesen el respeto que al ser quien era ella, sin ser virreina, se le debía» (Antonio de Remesal). Ya no regresó nunca a España, murió pocos años después y fue enterrada también en la catedral a los pies de su marido.

que medir la fama por el nombre más mentado, el capitán de la Virgen solo tenía un rival, y ese no era un hombre, sino un perro alano. Becerrillo, bermejo de pelaje, bocinegro de cara, que unos decían traído de España, donde andaba con las vacas bravas y le pusieron por tal el nombre, y otros con menos empuje querían hacerlo nacer ya en La Española.

Todos tenían claro y en común que Becerrillo era un héroe. Como tal había muerto, y fue el mejor compañero que un hombre podía tener en la aventura y la lidia con los indios. Becerrillo iba en la tropa de Ponce de León y en la compañía del capitán Diego de Salazar, pero el alano solo obedecía a un amo, al que fue leal y fiel toda su vida hasta darla por él como último servicio, Sancho de Arango. Si un consejo le repitieron una y mil veces los parroquianos de la taberna Los Cuatro Vientos a don Álvar fue que se mercara un buen perro, un buen alano, que él, mejor que nadie, le avisaría de los indios emboscados en la foresta, que no había camuflaje posible para su olfato, y que cuando hubiera hambre sería su mejor ayudante para conseguir caza.

—Aunque para eso son mejores los lebreles —le dijo Trifón—. El almirante Colón no iba a ninguna parte sin ellos, y bien se lo oí yo decir que cada uno valía por diez hombres.

De Becerrillo, bravo, fuerte, de poderosa mandíbula, de ferocidad terrible y de olfato fino, se contaba todo. De su valor en la batalla, infundiendo un pavor irrefrenable en los indios; de que «un día con su ayuda, matamos diez venados y multitud de conejos y con ello comimos todos»; hasta que sabía distinguir la belleza de las mujeres: «A las indias guapas se las quedaba mirando en silencio y a las feas les ladraba». Era cruel, carnicero y sanguinario en la lucha, pero alegre para salir cabrioleando por delante de su amo, sobre todo si este salía a caballo y se dirigía al monte. Asimismo, se contaba que era capaz de perdonar la vida a quien estaba indefenso.

Se narraba de él que un día para hacer risas, que las más crueles son las de los soldados, el capitán Diego de Salazar dio una carta a una vieja india, una de los prisioneros que tenía. Luego la soltó y le dijo que la llevara a su poblado y allí la entregara al español que estaba al mando. A poco de partir la vieja, Salazar azuzó a Becerrillo tras sus pasos con la orden de que la capturara, que para el caso era decir que la destrozara a dentelladas. El alano no tardó en darle alcance y se abalanzó sobre la anciana presto a matarla. Esta, indefensa y aterrada, comenzó a suplicar y a enseñar la carta que llevaba. Entonces el perro, tras girar en torno a ella y orinar, no prosiguió su ataque y le perdonó la vida. Cuando el capitán Salazar, Arango y los demás llegaron, se quedaron mudos y alguno hasta pudo pensar que el fiero perro les había dado una lección de compasión y humanidad, de las que ellos habían carecido.

Becerrillo murió en combate, defendiendo a su amo herido de los indios caribes allá por Puerto Rico. Habían llegado en canoas y asaltado la casa donde vivía Arango. Salió este a defenderla y le alcanzaron dos flechas en el muslo. Los caribes lo cogieron para llevárselo y comérselo, pero entonces apareció el alano y comenzó a destrozarlos a mordiscos. Logró contenerlos y que soltaran al amo, y dio lugar a que llegaran refuerzos, si bien el animal pagó con su vida. Una flecha le había atravesado el costado y murió allí mismo en la playa.

Aquel día a Sancho de Arango no le había dado tiempo a colocarle la coraza de algodón que solía ponerle para que los dardos no le penetraran en el cuerpo. Becerrillo murió como un gran soldado, que como tal estaba reconocido y hasta tenía su rango y su sueldo, que cobraba, claro está, su amo, soldada de ballestero y parte y media en los repartos.

Los perros guerreros eran muy habituales desde el principio de la conquista, y los parroquianos de Los Cuatro Vientos se extrañaron de que Narváez no los trajera. En la primera batalla que los españoles habían librado contra los indios en La Española formaron doscientos hombres, veinte caballos y veinte canes. Colón hizo las mayores loas precisamente sobre estos últimos. Pero Becerrillo fue el más celebrado de todos y hasta había dejado lucida descendencia. Un hijo suyo, Leoncico, había sido también famoso, pues se lo quedó Vasco Núñez de Balboa, y con él fue el primero en poner sus patas en el Mar del Sur, aunque no pudo salvarle tampoco la vida, en esta ocasión en el cadalso de Acla a manos del duro Pedrarias.

Con Becerrillo solo podía competir, y en verdad competía y vencía, Alonso de Ojeda. Este era, en la taberna y en el imaginario de las gentes, el más valiente y el más querido. Todos se acordaban del capitán de la Virgen, que te mataba si se te ocurría faltarle a la Virgen. Por otras cosas también, pero por aquella ibas aviado, pues era fama que Ojeda no perdió en su vida un solo duelo a la espada, en cuyo manejo era un maestro. Veloz, certero y letal. Su acero se cobró más de una vida en ellos, amén de las muchas que se cobró de indios. El conquense tenía una gran devoción por Nuestra Señora y no consentía una blasfemia hacia su persona. Si alguien cruzaba aquella raya y tenía la desgracia de que él lo escuchara, ya podía darse por contento si se libraba tan solo con una mojada en un brazo o un muslo. Se recontaban sus hazañas y aún más su amor por la india Isabel, una guaricha de la Pequeña Venecia[15] que trajo de uno de sus viajes a Tierra Firme, y de la que nunca se separó.

Si era Alonso de Ojeda el que salía a relucir en la charla y se arrimaba Luciano, hasta podía acabar invitando a una jarra, pues no había historia que más le conmoviera. Trifón también ponía su parte presumiendo de haberlo conocido.

—Con él vine en el segundo viaje del Almirante —rememoró el Viejo—. Se había curtido en las guerras con los moros de Granada y a nadie he visto blandir así la espada. Atacaba con la velocidad de una serpiente y se movía con la agilidad de un gato. A pesar de que era pequeño de estatura, no había hombre por grande que fuera que le venciera con el acero. El Almirante, nada más llegar a La Española, lo envió al mismo corazón de la isla, en manos del feroz cacique Caonabo, con solo quince hombres en busca de algunos españoles que se decía que habían quedado allí perdidos o prisioneros. No encontró vivo a ninguno, pero consiguió volver con sus hombres a La Isabela. Dijeron las

15. Venezuela. Así la bautizó el propio Ojeda al recordarle a Venecia sus pueblos de palafitos en las orillas del Orinoco y el lago Maracaibo. En la ciudad de ese nombre existe una escultura de la india Isabel reclinada sobre la tumba del conquistador, donde según la leyenda la hallaron muerta a los tres días de fallecer su marido. Pues Ojeda se casó con ella y tuvieron tres hijos.

lenguas que pudo regresar gracias al favor de la mujer del cacique, la hermosa Anacaona, hija a su vez del gran cacique de todo Cibao, que tuvo amores con él, pues era tan galante y cortés con las damas como temerario con sus enemigos y vengativo con quien le infligía ofensa alguna.

Aquello de los amores con Anacaona no convencía a nadie, pero gustaba mucho. Aún pesaba y atormentaba las memorias de muchos el final de la princesa taína que un día dejó mudos a los castellanos con su casi desnuda belleza al presentarse ante Bartolomé Colón y los españoles de su tropa porteada por seis mozos, apenas tapada con una escasa falda y cubierta la cabeza de flores, ahorcada en Santo Domingo por orden del gobernador Ovando. Al llegar por vez primera los españoles y establecerse en La Isabela, simpatizó con ellos, a los que veía como seres sobrenaturales y superiores, pero al comprobar sus abusos alentó a su marido Caonabo a que los atacara. Fueron ellos los que destruyeron el Fuerte Navidad y acabaron con todos los castellanos que allí habían quedado.

Colón ordenó a Ojeda que partiera hacia sus tierras de nuevo y que construyera allí un fuerte. Fue cuando apresó al cacique con el truco de las esposas. En la batalla de la Vega Real, llamada por los taínos la Batalla de Jáquimo, fue él quien más se destacó y se ganó el apodo del Centauro de Jáquimo. Tomaron a Anacaona como prisionera tras una enconada persecución, y ya siendo gobernador Ovando este ordenó ahorcarla a la vista de las gentes en Santo Domingo.

Trifón contaba que a la vuelta del viaje de Colón, las relaciones con Ojeda ya se habían agriado. Se convirtieron en rencor cuando el conquense consiguió permiso de los Reyes Católicos para hacer viajes sin su tutela. Junto al piloto Juan de la Cosa y al navegante florentino Américo Vespucio llegaron a las costas de Venezuela, en el caso de Ojeda, y de Brasil, en el de Vespucio, que se separó con parte de la flota.

De allí, del golfo y del lago de Maracaibo, Ojeda se trajo un cargamento de perlas, bastantes indios cautivos y a quien sería el amor de toda su vida, la Guaricha de Coquivacoa (en la península de La Guajira) Palaaira Jinnuu, a la que puso de nombre Isabel y se casó con ella. No se abandonaron ya nunca en vida y ni siquiera quisieron hacerlo en la muerte.

Eso era lo que más le gustaba contar al mestizo Luciano. Quizá como recurrente reproche a su padre, que no hizo tal cosa con su madre, y a él lo trató como a un mendigo, no como a un hijo, como sí trató el capitán de la Virgen a los tres que tuvo con doña Isabel.

—Cuando Ojeda regresó de su viaje por Venezuela, los Colón lo recibieron con furia acusándole de haber asaltado tierras y cogido riquezas que por derecho les correspondían solo a ellos. Él no se arredró y hubo peleas y sangre. Al fin se llegó a un pacto y hubo de entregar parte de lo conseguido. En su vuelta a España, y ese fue su mayor tesoro, se llevó con él a la Guaricha. Para don Alonso, que había sido muy galán a la hora de obtener el favor de las damas, ya no hubo otra, ni india ni castellana, a quien mirara. Con perdón de vuestras mercedes, señores, y de sus señoras, pues a ella sí la he visto y admirado en vida muchas veces, era la más bella de todas las indias y hasta de las españolas, alta y juncal, esbelta y altiva, de color trigueño claro su cutis y el pelo, de ojos de almendra y de tan elástico andar que se perdía la vista sin querer en su figura.

Ojeda y ella ya no se separaron nunca. Le acompañó siempre, en Santo Domingo, en sus viajes de conquista, donde le servía de intérprete, y en España, donde fue admirada por todos y hasta incluso en la corte, donde destacó por su hermosura y por la devoción a su marido.

—Él la vistió con las sedas y los trajes más costosos y coloridos —siguió relatando Luciano—. Gastó en ella su fortuna, para agasajarla con las mejores telas y las joyas más caras. Ella, en sus momentos de victoria y en los de penuria, siempre estuvo a su lado, y si no lo estaba él le mandaba en cuanto podía recado y mensaje de amor por ella. Cuando a la vuelta de otro de sus viajes por Venezuela fue traicionado por sus socios, encadenado y traído preso a La Española, ella le salvó la vida, pues el temerario Alonso se lanzó desde el barco donde estaba cargado de hierros y cadenas al mar y a punto estuvo de perecer ahogado de no ser por la ayuda de la Guaricha, que lo rescató de un manglar. También lo rescató cuando estaba a punto de perecer en aquella expedición de infinitas penurias, saldada con la muerte de su fiel amigo Juan de la Cosa a manos de los indios y nula recompensa, que realizó con otro capitán, Nicuesa, de mucha mayor hacienda que la suya y que también bebió en esta taberna, y donde con él estuvo además otro que por aquí anduvo, un soldado, un rodelero muy curtido en las guerras de Italia llamado Francisco Pizarro, que mucha fama y mala muerte tendría, y después se cruzó con otro, Vasco Núñez de Balboa. De aquellas y otras aventuras como la última, en la que fue apresado por un pirata y acabaron ambos por naufragar en Cuba, donde lo rescató nada menos que ese al que ahora tienen de jefe vuestras mercedes, don Pánfilo de Narváez, entonces segundo allí del gobernador Velázquez, volvió aquí, pobre y sin posibles, y hubo de cambiar su casa por una choza para poder seguir viviendo. En La Española vivió ya Ojeda hasta el final de sus días con doña Isabel y sus tres hijos. La pobreza no le hizo perder su dignidad, aunque rebajó hasta acabar con él por entero con su orgullo. Se acogió a la fe y a Dios, y como siempre a la Virgen María. Frecuentaba mucho el convento de San Francisco, entre cuyos frailes había viejos compañeros de armas y descubrimientos, a quienes les pidió, sintiendo llegar ya su muerte, que le pusieran una humilde lápida donde estuviera escrito lo siguiente: «Aquí yace Alonso de Ojeda el desgraciado». Asimismo solicitó que se le enterrara a la entrada del templo, para que todo el que entrara o saliera lo pisara. De ese modo quiso humillar él mismo su indomable orgullo. A los tres días de ser enterrado, un amanecer, los frailes encontraron a Isabel tendida y muerta, abrazando su tumba.

Luciano, el tabernero de Los Cuatro Vientos, al llegar a ello daba un sorbo al vino y bajaba los ojos al suelo de mortero de la tasca para que los demás no vieran que los tenía humedecidos de lágrimas. A Trifón, al mirar a Álvar una de aquellas noches de historias y sucedidos, le pareció que el jerezano se mostraba también estremecido, y mientras volvían hacia la plaza de la catedral y a la habitación que tenían, el hidalgo no pronunció una palabra durante todo el recorrido.

Álvar, interesado por aquel relato del tabernero que relacionaba a Narváez con Ojeda, no dudó en preguntarle a su jefe, y este le contó lo que él sabía de aquella historia. Ojeda y Nicuesa habían compartido gobernación, con beneplácito de la Corona, de la Nueva Andalucía, y repartido su territorio por la experimentada mano de Juan de la Cosa. Habían fundado varios asentamientos sin demasiada fortuna, el primero y más importante el de San Sebastián de Urabá,[16] donde Nicuesa le prometió que su segundo Enciso le llevaría ayuda. Esta no llegaba y Ojeda partió en busca de ella, dejando a Francisco Pizarro al mando con la orden de que resistiera durante cincuenta días y si al cabo de estos no llegaba partiera de vuelta a Santo Domingo. No pudo hacerlo, pues fue a embarcar en un bergantín que resultó ser del pirata Bernardino de Talavera, huido de España, que en vez de llevarlo a Santo Domingo lo apresó esperando rescate. Pizarro, cumplido el plazo, decidió el regreso en dos naos que le quedaban con setenta colonos, si bien algunos no quisieron acompañarlo y se quedaron en el poblado. Al fin, y cuando estaban a punto de sucumbir, llegó la ayuda de Enciso, que con Vasco Núñez de Balboa los socorrieron. Mientras, el pirata Talavera vio como su barco era presa de un huracán y naufragaba en la isla de Cuba. Solo se salvaron doce hombres, pero Ojeda consiguió sobrevivir y cargar sobre las olas la imagen de la Virgen que siempre, desde su primer viaje a las Américas en 1493, llevaba con él. Hizo la promesa de que si se salvaba

16. Donde, entre otros lugares, se levantó luego la impresionante y bellísima Urabá, en las costas de Colombia, en la actual Cartagena de Indias.

de la muerte en el mar le dedicaría un templo en el primer poblado que encontrara. Eso hizo. De ello daba fe Narváez cuando, enterado del naufragio y su penosa llegada, alcanzó a socorrerlo.

—También le llevé la buena nueva de que Pizarro había logrado ponerse a salvo y Enciso y Balboa habían llegado a tiempo de amparar a los que quedaban en San Sebastián de Urabá —explicó Narváez—. Balboa, sí, el que encontró el camino hasta el Mar del Sur.

—Ahora todos han muerto —meditó en voz alta Cabeza de Vaca.

Habían muerto Ojeda, La Cosa, Nicuesa, Ponce de León y Balboa, este prendido y ajusticiado por orden de Pedrarias por quien había sido su compañero de armas, Francisco Pizarro. Este era el único del que se suponía estaba aún con vida, y ahora se decía que bajando por las costas de aquel mar recién descubierto había dado con un enorme imperio, tan fuerte y de ejércitos tan poderosos como el que había vencido y conquistado Cortés.

De los muertos se hablaba, pero eran los vivos los que más interesaban. Entre ellos de ninguno tanto como de Hernán Cortés. Si a Ojeda se le recordaba, aunque con un deje de tristeza, a Cortés, al extremeño de Medellín, se le admiraba y se le envidiaba. A él y a otros, los que con él habían partido y logrado conquistar aquel imperio, la fama y más oro y más plata que nadie había logrado jamás. Porque Cortés también había estado y dejado su huella en Santo Domingo. Sus peripecias corrían de boca en boca entre los parroquianos de la taberna Los Cuatro Vientos, los unos alardeando de haberlo conocido y alguno incluso afirmando haber llegado a ir con él en la empresa pero que, por su mala fortuna, no habían conseguido sino heridas y ninguna recompensa. Una noche uno incluso juró cargado de ron que su desgracia había sido permanecer fiel a Narváez cuando fue a apresarle y acabó con el ojo quebrado. Al advertirle algunos que allí estaban ahora quienes formaban parte de su flota, se le aventó la borrachera y salió por la puerta más que al paso. Álvar aprendió, aunque bien lo tenía ya aprendido de sus años por Italia y las batallas comuneras, que si hay alguien que mienta más que un soldado es quien pretende haberlo sido.

Hernán Cortés era quien estaba en la cabeza de todos. Más, incluso, en la de quienes lo detestaban. La envidia corroe de continuo la mente de aquellos a los que ha logrado dar mordisco. En Santo Domingo, el poco recuerdo que había de él se sobaba una y cien veces. El uno decía que había sido plantador de caña casi al ladito suyo y otro que lo había conocido como funcionario de la colonia porque, según él, había estudiado leyes en Salamanca. Y algo de todo ello había habido, aunque lo cierto era que su paso por Santo Domingo fue efímero, si bien dejó huella de su carácter y su gusto por las hembras ajenas. Esos lances no parecía que se le dieran mal, como tampoco los de la espada, que de lo uno y lo otro tuvo. Estos asuntos sí que se contaban con regusto en Los Cuatro Vientos, sobre todo aquel episodio acaecido en la calle de las Damas que Luciano, el tabernero, contaba de corrido a todo el que quería oírlo y en ocasiones aunque no quisiera.

—Andaba el extremeño en requiebros con una dama casada y se hicieron demasiado visibles y ofensivos para el marido sus repasos por delante y por detrás de la casa, hasta que una noche el cornudo le salió al paso en su acercamiento para ver si había vía libre y se le echó encima gritando y acero en mano. Hizo mal en gritar, porque así se enteraron los que no tenían por qué hacerlo de su adorno frontal y encima advirtió a Cortés de la embestida. Le dio tiempo a desenfundar su hierro y a plantar cara, usando la capa enrollada como parapeto. Fallado el primer golpe del agresor, no tardó en ser don Hernán quien le acorraló contra la pared y le propinó una no muy honda mojada, dirigida más a hacer sangre que demasiado daño. Verse herido, soltar su espada, darse por muerto y pedir confesión a gritos fueron cuatro en uno. Se arremolinó algún gentío, pues no era tarde aún para estar acostados, y ya hubo de qué hablar en La Española para semanas, pues la dama y el marido eran lo suficientemente notables y ricos como para tener vivienda en la calle de las Damas. De hecho, allí siguen viviendo. Pero a resultas de aquello, quien puso primero mar por medio fue Cortés, y desde luego no le fue mal con ello —concluía con una risa el mestizo.

Porque Cortés fue prendido por la justicia, pero al quedar la herida del otro en un costado, que no llegó ni a dar en los huesos de las costillas, la cosa judicial se fue apaciguando, aunque no la murmuración, a pesar de que se supo que era reincidente por otro lance parecido sucedido por Sevilla antes de su embarque. El cargo de funcionario, que le proporcionaba algún dinero y relaciones, se lo quitaron, y como lo de plantar caña no era precisamente a lo que se consideraba destinado, con ayuda familiar consiguió pasaje de vuelta para España, tras tan solo un año de estancia.

Ya no le volvieron ganas de afincarse de nuevo en La Española, a donde solo regresó de paso para embarcar de inmediato hacia Cuba. En caso de volver ahora sería, sin duda alguna, mucho mejor recibido y agasajado, quién sabe incluso si por la misma dama o por cualquiera de las otras que paseaban por la calle empedrada.

Se supo después que se había afincado en Cuba y que anduvo por allí conquistando con el gobernador Velázquez, que incluso lo hizo alcalde de Santiago de Cuba y hasta lo casó con su cuñada, Catalina Juárez. Más aún, pues le dio el mando de una escuadra para que partiera a la conquista de tierra firme por el Yucatán.

Lo demás era de sobra sabido por todos. Velázquez y su segundo Narváez no se acababan de fiar de él; de hecho, ya había sido encarcelado, aunque luego liberado y repuesto, cuando era alcalde por sospechas de conspiración contra el gobernador. Se arrepintieron de haberle entregado el mando y quisieron quitárselo. Pero él ya se había dado a la mar cuando fueron a prenderlo, y que por salir tras él don Pánfilo acabó en la Nueva España con el ojo quebrado y tres cuartas partes de su ejército pasado a su enemigo.

Velázquez y su cuñada, esta sin darle un hijo a Cortés, que los tenía de todas, habían muerto, pero Narváez seguía vivo, y el rencor lo alentaba a intentar conseguir su propia gloria y no quedar para siempre como el que quiso truncar la del otro y acabó escaldado.

Desde luego, y eso era cada vez más mortificante, varados en Santo Domingo no era la manera de conseguirlo. Se cumplía ya el mes largo de estancia en La Española y no parecía haber forma de desencallarse de aquel puerto, ni subir un caballo ni reclutar más gentes. Al revés, lo que estaba sucediendo era que muchos de los que habían venido con ellos ya no tenían gana alguna de seguir y, unos por aquí, los otros por allá, iban desapareciendo y buscando su acomodo en la isla.

Álvar le preguntó de nuevo a Trifón por la espantada, pues si alguien podía saber de aquellos movimientos era el viejo marinero al que todos confiaban sus penas y también sus ansiedades. Lo que le dijo era lo que se temía.

—Se junta que los de aquí les hacen reclamos y promesas, les dicen que habrá tierras para ellos y que se les darán indios, y que los que vienen pues no se fían mucho de don Pánfilo, y al llegar también les han contado los peligros de donde vamos. Que se llama Tierra Florida, pero lo que hay son indios flecheros con las puntas de sus flechas infectadas de veneno. Que allí murió Ponce de León y que son muchos los que mueren y que no tienen nombre. De los que han venido pocos son hombres de guerra, son de oficios, y algunos hasta mujer han traído. Ellas les dicen que se queden, que no sigan. Así que, entre lo que rumian ellos mismos y lo que les susurran al oído, muchos de ellos se lo están pensando. O ya se han ido para el interior y que no les echen mano y los vuelvan a la fuerza a las naos. Lo peor de todo, don Álvar, es lo de que los de aquellas tierras si los cogen los asarán y se los comerán vivos. Y que si son mancebos les cortan el miembro para que engorden y estén más tiernos. Eso pone a todos el vello de punta. No es para menos, pues da miedo.

—¿Y no hay manera de que esa sangría se detenga, Trifón? ¿No podrías hablar tú con ellos?

—Mientras más se demore aquí la flota peor será, don Álvar. Además, ¡yo qué quiere que les diga!

Al Cabeza de Vaca le extrañó aquella respuesta de su criado. Un tanto perplejo, no supo qué responderle siquiera cuando Trifón, sin más palabras, se dio media vuelta y se marchó con cierta premura, incómodo ante la presencia del alguacil mayor, a quien había aprendido a respetar y querer.

Álvar no llegó a atisbar entonces lo que ocultaba aquel gesto, pero sí se percató de que desde hacía ya una semana el jergón, entre la cortina y la puerta, donde dormía el alcarreño amanecía vacío y en alguna ocasión había visto a Trifón en cuchicheos muy confianzudos con la patrona viuda. No le dio más importancia y quizá hubiera de haber estado en ello más avisado, pero cuando había resuelto hablar de ello fue cuando ya, en la sexta semana varados en La Española, hubo recado urgente de Narváez y reunión de los que tenían mando en la armada.

—Aquí no podemos seguir —les dijo el gobernador—. Todos los intentos de conseguir caballos y embarcar los bastimentos necesarios no solo se demoran, sino que he comprobado que no se resolverán nunca. En La Española no lo conseguiremos jamás. Así que he decidido que partamos hacia Cuba sin aguardar más. Está en nuestra ruta hacia la Tierra Florida y allí, aunque haya muerto el gobernador Velázquez, soy conocido y respetado y no me faltarán amigos que nos ayuden a completar lo necesario para la escuadra. Deseo añadir a las naos que llevamos algunas más y embarcar más gentes en la flota.

—¿Cuándo salimos? —preguntó Cabeza de Vaca con ansiedad, la que a todos embargaba.

—Si fuera posible, mañana mismo. No lo conseguiremos hasta dentro de unos días, pero que cada uno dé ya la voz a su gente. Vamos a cargar lo poco que hemos logrado de vituallas y bastimentos y que se dispongan todos a subir a bordo.

Álvar se apresuró aquel día de camino a su alojamiento. Deseaba contárselo a Trifón cuanto antes y que él le ayudara a correr la voz, y si había algún indeciso le convenciera de que prosiguiera la travesía. No se esperaba en absoluto su respuesta.

—Don Álvar, yo no partiré con vos. Me quedo aquí. Perdonadme, os lo ruego, pero ya ha llegado mi tiempo de echar ancla definitiva y será aquí en La Española, que para mí es más patria que la propia España.

Aquello era lo que menos podía esperarse Álvar. Trifón el Viejo se había convertido en su guía, su brújula y su confidente. Era ya un amigo y ahora lo abandonaba.

Un golpe de furia fue el primer impulso en las sienes de Cabeza de Vaca. Pero se contuvo y a nada, sobre todo al ver el gesto y la postración del viejo marino al tener la honradez de decírselo, se calmó, y antes de preguntar las razones, el Viejo ya se las estaba relatando.

—La viuda y yo no hemos hecho malas migas. De eso supongo que os habréis dado cuenta. Una cosa llevó a la otra y en vez de jergón ya tengo cama. Además de un negocio y un sustento si me quedo. Hasta su hija ha visto con buenos ojos el que me establezca con ellas. No hay otro hombre en esta casa. Me casaré con Gerarda y aquí pasaré lo que me queda de vida. Ya he tentado demasiadas veces a la suerte y a la muerte. Demasiados huracanes me han respetado y no quiero desafiar más a la providencia y tampoco a los flecheros caribes. Ni quiero que me envenenen ni que me asen, ni me coman como si fuera un tocino. Me da pena no volver a ver mi tierra, mis Alcarrias, pero es que, don Álvar, si ni siquiera he visto amanecer allí desde que era poco más que un crío cuando salí de ella. Si yo ya nunca he tenido tierra sino el mar bajo mis pies y la madera de los barcos. Esta es la que siento más mía, en la que más he estado, más que allí donde nací y de donde tuve que irme. Esta es la mejor oportunidad que la vida me ha dado.

—Pero, Trifón, ¿por qué me lo confiesas? ¿No comprendes que como oficial mayor puedo y debo mandar prenderte y conducirte engrilletado al barco?

—Lo sé, don Álvar, pero no podía haceros a vos traición, que siempre me habéis tratado con el respeto que con los de mi condición pocas veces se tiene. No sería de bien nacido pagar así los favores que me habéis hecho. Sé que me entrego en las manos de vuestra merced. Así que os suplico que no me forcéis a partir. ¿De qué serviría alguien que no quiere ir a tal aventura para afrontar lo que en esos mares y esas tierras nos espera? Siento en el alma dejaros, eso es lo único que en verdad me ha tenido largo tiempo en zozobra y duda. Pero lo cierto es que algo de esto ya tenía previsto cuando me embarqué en Sanlúcar. Tan solo quería llegar a La Española. Luego hasta pensé olvidar mi plan y seguiros, pero la viuda...

Álvar Núñez Cabeza de Vaca, alguacil mayor de la armada de don Pánfilo de Narváez, miró a aquel hombre viejo, delgado, poca cosa, al que apreciaba más que a muchos de estirpe, presencias y haberes y que tantas travesías, mares y muertes había esquivado. Podía mandar prenderlo y llevarlo a la fuerza. Era su deber. Sin embargo, era el propio Trifón quien se había puesto a su merced. Podía haberle engañado, haber huido y haberse escondido para desertar sin que se le pudiera echar la mano encima. Comprendió que no podía ni iba a hacerlo, que Trifón tenía derecho a aquellos últimos años que le quedaran de vida. Así pues, su último acto de lealtad para con él al confesárselo no podía tener aquel pago.

Le puso una mano en el hombro, con afecto, como se le pone a un amigo. Luego dictó su sentencia.

—Yo no puedo saber lo que me has dicho, pero lo guardaré para mí como si a un sacerdote lo hubieras confesado. Nada diré de ello y nada dirás tú a nadie de tus intenciones. La última noche antes de zarpar, vete de aquí y escóndete hasta que hayamos levado las anclas y traspuesto por el Ozama. Así tampoco tendré yo que dar otra explicación, sino que has desaparecido y no hay tiempo para buscarte.

Trifón le miró con los ojos muy fijos y abiertos, humedecidos de lágrimas. Sin poder contenerse hizo un ademán de abrazo, que Álvar, lejos de rechazarlo, aceptó de buen grado.

—Sabía yo, y así se lo aseguré a Gerarda, que era mejor deciros la verdad, puesto que no hacerlo hubiera sido un peso sobre mi conciencia. Conozco bien a los hombres, don Álvar, y de sobra sé yo que vos sois de una pasta y rectitud que ya no se estila.

Aquella noche aún salieron los dos a la taberna Los Cuatro Vientos. Allí, como si fueran a embarcar de inmediato, apuraron en compañía los últimos tragos de vino, que fueron bastantes. Allí, un tanto amoscados y sueltas las lenguas por el mollate, Trifón aún le dio otras sorpresas.

La primera de ellas fue confesarle que la viuda no era tal, sino una de aquellas mujeres llegadas en los primeros viajes. Él la había conocido y tratado al llegar allí en el último con Colón. Como se había encontrado soltera y con una hija sin que el padre quisiera responder de ello ante el altar, se hizo pasar por viuda y buscó en las Indias la manera de sacudirse su condición, que en su tierra natal la perseguiría de por vida, a ella y también a su hija. No fue, desde luego, en la nao la única en semejante circunstancia, ni mucho menos. Al arribar a La Española y luego a las diferentes tierras, cada cual se buscó la vida como pudo o la dejaron. Algunas consiguieron marido, no pocas hubieron de comerciar con lo único que tenían, su propio cuerpo, y en el caso de Gerarda, que traía algún dinero, siguió con su papel de viuda para quien aquello quisiera creer y al final como viuda quedó. En tal condición no se decidió por lo primero, casarse, ni acabó del todo en lo segundo, de puta, aunque por esas trochas rondó, hasta que tuvo la fortuna de conseguir de alguna manera no muy precisa aquella casa, abrir la posada y tener ya una forma digna de ganarse la vida.

—Que no es viuda, don Álvar, ni nunca lo fue, que ya me lo confesó tiempo hace, ahora en los papeles para la boda saldrá. Pero igual me da. Para las gentes es la viuda y ahora será mi mujer, con todas las de la ley y de la Iglesia.

El Cabeza de Vaca se echó a reír. ¡Se la habían dado bien Trifón el Viejo y Gerarda! Los dos llevaban en entendimiento tiempo hacía, y a él ni se le había ocurrido maliciarse tal cosa hasta poco menos que un par de semanas antes, cuando el marinero, ya confiado o decidido a dar el paso, no regresaba al jergón antes de amanecer.

Se echaron al coleto otra jarra para celebrar y acabó por no ser la última, sino que aún cayó otra más, esta a cuenta de Luciano, que desde luego también estaba en el secreto de lo de Trifón. Así que al final salieron de Los Cuatro Vientos dando traspiés y apoyados el uno en el otro, sin importar rango ni condición.

—Bien me la habéis dado, pájaros, tú, la viuda y el tabernero.

Se medio dolió, sin dolerse mucho, el alguacil mayor, a lo que el alcarreño le contestó:

—Que sepáis también, don Álvar, que si hubierais decidido prenderme y llevarme a la fuerza a la nao, en cuanto me hubieran quitado los hierros al mar me habría arrojado de cabeza, que soy buen nadador y hubiera conseguido llegar a la orilla.

—¡Serás truhan! —exclamó el otro con una carcajada mientras le soltaba un pescozón medio en broma.

—La viuda, don Álvar, la viuda...

Cuando al fin, y a los cuarenta y cinco días de estar anclada la escuadra en Santo Domingo, las naos de Narváez partieron, faltaban en la armada más de ciento cuarenta hombres de los seiscientos que habían salido de Sanlúcar. Nadie hizo intención siquiera de pretender dar con ellos y obligarles a embarcar por la fuerza.

SEGUNDA PARTE

Naufragios

1

El huracán

Metímonos por los montes, y andando por
ellos un cuarto de legua de agua hallamos la
barquilla de un navío puesta sobre unos árboles.

CABEZA DE VACA, *Naufragios*

Lo primero que encontró Álvar de los dos barcos que
había dejado amarrados, con las gentes y los caballos a
bordo, en el puerto de Trinidad, fue la barquilla de uno de
los navíos colgada entre las ramas de unos árboles a casi un
cuarto de legua del agua. La fuerza inmensa de la tempestad la había arrojado allí. Tras una angustiosa búsqueda
por la costa, leguas más adelante, dieron con los cadáveres
de dos de los tripulantes, tan desfigurados y deshechos por
los golpes que no pudieron reconocerlos No hallaron ningún cuerpo más. Ni de hombres ni de caballerías. Tan solo
algunas maderas, tapas de cajas, los despojos de una capa y
una colcha hechos jirones. Nada más. Todo, las dos naos,
setenta hombres, veinte caballos, absolutamente todo lo que

a bordo iba fue tragado por la tempestad, llevado a las profundidades, arrebatado y engullido por el océano embravecido y el viento aterrador.

Mientras regresaba playa adelante, Álvar supo que la muerte le había rozado esta vez mucho más que en las guerras de Italia y en las batallas contra los comuneros castellanos. En esta ocasión tan solo un imprevisto y misericordioso azar le había mantenido vivo, pues permaneció en los barcos esperando a los que habían bajado a tierra en busca de los bastimentos que habían venido a recoger. Un milagroso azar le salvó la vida, gracias a que se negó a las reiteradas peticiones de que desembarcara. Desandando el camino, infructuoso, en busca de algún superviviente, con la desolación y la sensación de total impotencia e indefensión ante aquel poder de los cielos, solo supo repetir a veces en voz alta, a veces solo para sí, que había estado en manos de Dios. Solo él había decidido no llevarse su vida y que no estuviera ya en el fondo de aquel mar que ahora iba calmándose y que se había comportado como la bestia más voraz e imposible de domeñar que hubiera podido imaginarse. Álvar ya sabía lo que era un huracán, del que tanto le habían hablado, pero nunca hubiera creído que fuera tan horrible.

Tras la larga y desesperante espera en La Española después de la llegada desde España, la flota de Narváez al fin había zarpado hacia Cuba. Cada día había echado en falta a Trifón y sus saberes y cada día también le había comprendido algo mejor. El viaje, sin embargo, había sido plácido hasta llegar allí, y una vez desembarcados en Santiago, la principal ciudad de la isla, don Pánfilo puso en marcha sus muchas influencias allí. A su alguacil mayor se le alegró el rostro cuando vio como las cosas empezaban a agilizarse y marchar por la buena vereda.

—En tan solo unos días el gobernador se ha rehecho de gentes, armas y caballos —animó a sus compañeros, cuyos ímpetus habían decaído bastante en Santo Domingo—. Son muchos los que quieren unirse a nosotros, y los bastimentos que allí se nos regateaban y parecían imposibles de conseguir aquí se nos ofrecen por doquier.

Uno de aquellos ofrecimientos, hecho por un hidalgo llamado Vasco Porcallo de Figueroa, muy deudor del fallecido gobernador Velázquez y un tanto de Narváez, pues no quiso ir a prender a Cortés a México y le tocó la china a don Pánfilo, fue el que les llevó al puerto de Trinidad, a cien leguas por mar de Santiago y de cuya villa, adentrada un trecho en tierra, había que cargarlos y transportarlos a las naos. Salieron del puerto de Santiago los seis barcos juntos, pues Narváez había comprado uno nuevo y lo había añadido a su flota, pero a mitad de la travesía, en el cabo de Santa Cruz, cambió de parecer y decidió anclar allí con cuatro de ellos, enviando a recoger los pertrechos a los otros dos al mando de un capitán llamado Pantoja, con quien tenía cada vez mayor confianza, y bajo la supervisión de Cabeza de Vaca, su alguacil mayor. Con ellos sería suficiente para transportar todo de vuelta.

Llegados al puerto de Trinidad, Porcallo y Pantoja desembarcaron con un grupo y se acercaron a la villa, sita a una legua del mar. Cabeza de Vaca y los dos pilotos se quedaron en los barcos. Los pilotos, conocedores de aquellas aguas, no tardaron en avisar a Álvar que lo aconsejable era que aquella operación durara lo menos posible.

—Cuanto antes nos despachemos de aquí, mejor será. Mañana mejor que pasado, señor alguacil —le dijo uno señalando primero al mar abierto y luego a la poco protegida ensenada—. Este es mal puerto y aquí ya se han perdido muchas naves.

Al día siguiente no pudieron partir y ya desde el amanecer el tiempo comenzó a dar no buena señal; principió luego a llover y el mar a arreciar. Álvar dio licencia a los que había a bordo para que bajaran a tierra, pero la lluvia, el frío y la lejanía entre el puerto y la villa les quitaron las ganas a la mayoría. Pocos se decidieron, e incluso algunos hicieron viaje de ida y vuelta sin bajarse de los bateles.

Lo que sí llegó de tierra fue una canoa con un reclamo para el alguacil mayor en el que le instaban a que desembarcara y se allegara a donde estaban Pantoja y Porcallo. Álvar rehusó diciendo que su obligación era estar en las naves y los despachó con esa negativa. Pero a poco del mediodía y por escrito porfiaron en ello requiriendo su presencia. Y hasta le indicaron que le habían traído un caballo de silla que le esperaba en la orilla para que esta vez no tuviese excusa para no ir.

Álvar se resistió, pero los dos pilotos le urgieron a que lo hiciera por bien de todos.

—Vaya vuesa merced y nos hará bien a todos, pues aliviará cuanto antes la carga de los bastimentos y podremos salir pronto de aquí —le dijeron, y con esa razón consiguieron torcer su voluntad—. Si nos demoramos mucho más aquí acabaremos por perder los navíos, don Álvar. No porfiéis más e id, señor alguacil.

Se decidió al fin a hacer lo que le pedían y tras celebrar

cónclave con ellos, les dejó mandado que, si el viento arreciaba y se viesen en peligro, diesen con los navíos al través y procuraran salvarse ellos y los caballos. Instó, además, a algunos de quienes permanecían a bordo para que fueran en su compañía hasta la aldea, pero rehusaron y prefirieron acogerse al resguardo de la cubierta de los barcos antes que caminar bajo la lluvia. En todo caso, dijeron, como al siguiente día era domingo entonces lo harían y se acercarían a oír la misa.

Mucho pensó después en aquello Cabeza de Vaca y en cómo el dedo de la providencia lo señaló para procurar su salvación aun contra su deseo. Pues vino a suponer que él viviera y que quienes le habían persuadido de desembarcar y quienes habían rehusado a ir con él acabaran sepultados por el mar.

No había pasado una hora escasa desde que desembarcó cuando la mar comenzó a arreciar hasta ponerse tan brava y del norte que ya los bateles, aunque lo hubieran intentado, tampoco lograron ya salir hacia tierra y los pilotos no pudieron dar con los navíos al través, pues el viento les azotaba por la proa y se lo impedía. No tuvieron otro remedio que aguantar amarrados a las boyas. Así estuvieron soportando la tempestad, en aquel desabrigado puerto, todo el sábado y el domingo hasta la noche, que fue cuando el huracán les alcanzó ya con toda su violencia e incluso en tierra cada cual hubo de hacer lo que pudo por no ser llevado a los infiernos por aquel vendaval. El mar creció tanto que alcanzó un oleaje monstruoso y la tormenta se abatió también sobre el pueblo con tal violencia que nadie pudo siquiera encontrar cobijo seguro, pues cayeron todas las casas y la iglesia. Los hombres se acurrucaban en cualquier rincón y en su desesperación rezaban para que una ráfaga no se los llevara por los aires, o tenían que andar abrazados de ocho en ocho para que no los arrastrara la tormenta. Tampoco daban cobijo los árboles; bajo ellos el peligro era aún mayor, pues se descuajaban y caían con riesgo de matar a los que pillaran debajo.

Con la llegada de la luz, la horrible tempestad amainó; a poco cesó la fortísima lluvia y se fue calmando el vendaval. Se fueron juntando y, abrazándose los unos a los otros, daban gracias a Dios por haberse salvado. Todos temían por los que habían quedado en los barcos a merced del mar. Bajaron hacia la costa y ya desde un altozano vieron que las naos no estaban en el puerto, por lo que sus temores aumentaron. Se llegaron con premura al puerto, pero allí solo pudieron ver como todo rastro de los navíos las boyas a donde habían estado asidos los hombres y ya los dieron por perdidos, como después pudieron comprobar con el máximo dolor. La desolación al regresar de la búsqueda se hizo aún mayor al ver el pueblo arrasado. Casi nada quedaba en pie; daba inmensa lástima contemplar en qué estado había quedado la tierra, los bosques mismos con multitud de árboles caídos y despojados de sus hojas. Provisiones y bastimentos que se habían acumulado se perdieron al igual que muchos ganados, algunas reses ahogadas y otras dispersadas y tal vez también muertas. Contaron los supervivientes y resultó que de todos los llegados tan solo alcanzaban a los treinta las personas que habían bajado a tierra y merced a ello se habían salvado.

Álvar pensó entonces en lo que le había dicho Trifón,

que sus vidas en la mar ya las tenía él gastadas y no quería arriesgarlas más. No pudo por menos que darle la razón al viejo alcarreño en su decisión de vararse para siempre en La Española. Él, por su parte y por la gracia de Dios, ya había gastado la primera en aquel huracán.

Durante casi una semana pasaron muchas fatigas y angustias hasta que al quinto día vieron con esperanza aparecer las velas del resto de la escuadra. Narváez acudía en su rescate. A él también le había azotado la tempestad, pero donde él se había quedado había sido menos dura la embestida y pudieron además lograr meterse con rapidez en una zona más al resguardo.

Todos los que habían conseguido sobrevivir en Trinidad y casi por igual los que no habían sido azotados por tan grande calamidad, que se habían quedado con el gobernador, tenían tan espantado el ánimo y tal pesadumbre y miedo de volver a tener que afrontar aquellas tempestades que deseaban que no se prosiguiera el viaje por el momento. Los pilotos eran también contrarios a arriesgarse por aquellos mares mientras durara el invierno. Entre unos y otros, y sin que para ello hubieran de poner mucho empeño, convencieron a Narváez y este decidió pasar allí la invernada. Narváez dio a Cabeza de Vaca la orden de trasladarse con las cuatro naos al puerto de Xagua, a unas doce leguas de donde habían sufrido el desastre, y allí se dirigió el jerezano mientras el otro fue por tierra hacia Santiago con un elegido grupo de acompañantes para encontrar nuevos pertrechos.

En Xagua, lamiéndose las heridas de aquel primer desastre, permanecieron los demás al mando de Álvar hasta el día 20 de febrero, día en que Narváez regresó con un nuevo bergantín que había comprado en Santiago. Durante aquellas largas jornadas de invernada, Álvar recordó en muchas ocasiones las historias que Hernando Colón le había contado de aquellos huracanes, el pavor y la impotencia que en los hombres causaban y en la que nada eran los hombres y sus naves ante su destrucción. Aún más todavía rememoró las premoniciones de Trifón. Aquellos mares y aquellos vientos ya les habían infligido una dolorosa y terrible derrota, pues sin conseguir haber llegado siquiera a avistar las costas de la Tierra Florida ya habían perdido, entre deserciones y muertos por la tempestad, casi la mitad de la flota que había salido de Sanlúcar de Barrameda el año anterior.

2

El encono del gobernador

Tenía por cierto y sabía que él no había de
ver más los navíos, ni los navíos a él.

CABEZA DE VACA, *Naufragios*

Narváez traía con él un piloto, al que llamaban Miruelo.
Hablaba mucho y alardeaba más. Decía conocer muy bien
toda la costa norte de la isla de Cuba, haber estado en el río
de las Palmas y poder alcanzar en un santiamén la Tierra
Florida. A Cabeza de Vaca le disgustó nada más verlo pero
calló. El gobernador se fiaba mucho de él. Y esta vez tenía
prisa por salir.

A los dos días de su llegada embarcaron en las cinco
naos, cuatro navíos y un bergantín cuatrocientos hombres
y ochenta caballos. Comenzaron a remontar costeando hacia el norte para acercarse a La Habana, donde Narváez
había dejado comprado otro barco, al mando del capitán
Álvaro de la Cerda, con cuarenta hombres de a pie y doce
de a caballo, como reservorio de la expedición.

Estaba previsto alcanzar aquel puerto en apenas unos

días, pero les costó más de un mes. Miruelo metió las naos por los bajíos, las quillas comenzaron a dar en seco y hubo que avanzar penosamente buscando honduras y pasos entre las barras y los arrecifes. Así se les fue el tiempo, agotando víveres y fatigando a hombres y a caballerías, hasta que al fin una tormenta del sur metió para su fortuna mucha agua en aquellos cayos y pudieron salir, aunque con no pocos peligros y jugándose la integridad de las naves. Álvar recordó a aquel paisano de Trifón, aquel Antón de Alaminos del que tan bien hablaba; él sí era conocedor de aquellas costas, y no el fantasmón de Miruelo. Don Pánfilo empezaba a mostrarse en sus decisiones como alguien de voluntad quebradiza. Los capitanes se fueron percatando de lo mudable de su parecer y ello les inquietaba. Tanto es así que en una de las pocas ocasiones en las que el capitán Castillo aventuraba unas palabras se sinceró con Álvar.

—Es su voluntad la del último con quien habla. Y le tienen ocupados los dos oídos por un lado el Pantoja y por el otro el Miruelo.

No contestó el jerezano al salmantino, ni hizo asentimiento alguno con la cabeza, pero le puso una mano en el hombro y los dos miraron al mar con poca alegría en los ojos.

Aquella tormenta en los cayos, aunque les vino bien en esta ocasión, no iba a ser la única que sufrieron, pero ya sin la violencia del huracán que a tantos había llevado a la muerte. Les siguieron golpeando por aguas de Guaniguanico y Corrientes, pero pudieron escapar con bien y conseguir al fin doblar el cabo de San Antón, para ponerse a doce leguas de La Habana. Sin embargo, no llegaron a enlazar con la otra nao que al mando del capitán De la Cerda allí les aguardaba, pues les cogió de nuevo un viento sur que los apartó de tierra y los sacó a mar abierto empujándolos hacia el norte. Decidieron aprovecharlo, ya que los llevaba al fin a la Tierra Florida, a la que consiguieron divisar ya en Semana Santa, el martes 12 de abril.

Fue el día de Jueves Santo cuando dieron vista a una amplísima bahía[17] y nada más asomarse a ella vieron en la costa un poblado indio y a los nativos salir de sus chozas de paja y señalarles con las manos, haciendo grandes aspavientos. Ellos también se hicieron notar dando voces y agitando los brazos. El contador Alfonso Enríquez marchó con unos cuantos a bordo de un batel y se acercó a una isleta que estaba muy cerca de tierra, desde donde llamó a los indígenas. Estos acudieron en sus canoas e hicieron trueque de pescado y un poco de carne de venado por cuentas de cristal y algún cascabel, que era algo que apreciaban mucho.

Al día siguiente, Viernes Santo, Narváez ordenó el desembarco y con todos los que en los bateles pudieron salir de los barcos se dirigió al poblado. Pero los indios habían huido y allí no quedaba nadie. En el bohío más grande, donde podían cobijarse más de trescientas personas, entre las redes abandonadas y los fuegos aún sin apagarse del todo, hallaron una sonaja de oro que les hizo billar los ojos, pero tras registrar toda la aldea y las casas más pequeñas no

17. La bahía de Tampa.

hallaron más y tampoco a indio alguno, pues todos se habían refugiado en la selva y no querían asomar.

El Sábado Santo, don Pánfilo de Narváez, como adelantado y gobernador de aquellas tierras, levantó y plantó en la playa los pendones de Castilla en nombre del rey Carlos. Así tomó posesión de la tierra, acompañado de fray Juan Suárez, que portaba la cruz, y los demás frailes, Juan de Palos y tres más, junto a Álvar y todos los oficiales mayores. Se elevaron las preces hacia el Santísimo. Luego Narváez presentó sus credenciales y provisiones y fue por todos obedecido como gobernador. Los capitanes a su mando le manifestaron de uno en uno sus respetos y acataron su autoridad.

Hecho todo ello, ya se ordenó el desembarco masivo de gentes y caballos. Comprobaron entonces que eran estas bestias las que más habían sufrido la larga travesía y los desatinos de Miruelo por los bajíos, pues de los ochenta embarcados apenas quedaban la mitad, cuarenta y dos para ser exactos, y estos tan flacos y exhaustos que daba pena verlos; por el momento, poco provecho de ellos se podría sacar. Así y todo, el ánimo era bueno por haber llegado a tierra. Los hombres miraban la floresta cercana, de inaudito verdor, y por donde a poco habrían de adentrarse con la esperanza de hallar allí riquezas, tierras generosas, abundante comida e indios a los que hacer cristianos, súbditos de Su Majestad y sirvientes suyos.

Algunos habían estado ya anteriormente en la Nueva España y contaban de las grandes ciudades y los palacios llenos de oro, pero también de los peligros. Especulaban que si los indígenas que vivían en aquellas tierras eran como los otros indios, los tomarían presos y les arrancarían el corazón como ofrenda a sus ídolos, pues tal era su costumbre. Otros, aunque no habían estado nunca anteriormente en las Indias, tenían todavía resonándoles en la cabeza los cuentos de Santo Domingo sobre los caribes, que lo primero que le hacían a uno era rebanarle la hombría para hacerle capón, engordarle y convertirle en asado.

Acampados allí, como los indios del poblado vieron que no se marchaban acabaron por asomar de la selva y se acercaron a los recién llegados. Con temor y mucha agitación, se arrimaban un trecho y retrocedían otro, o corrían a un lado y luego, al contrario. Los castellanos y ellos se hablaban a grandes gritos, pero no se entendían, pues no había entre los desembarcados nadie que entendiera su lengua. Los indios, sin embargo, hacían grandes gestos con los brazos que fácilmente podían interpretarse y era de que se marcharan; eso sí pudieron comprenderlo. Respondieron entonces con otros de amenaza y además de empuñar armas. Al fin los indios dejaron de gritar, dieron la vuelta y se acogieron de nuevo al refugio de la selva.

El gobernador decidió entonces hacer entrada y explorar. De la primera partida, con el fraile mayor y otros más, formó parte Álvar, que, con cuarenta hombres y seis caballos, alcanzó a divisar adentrados ya en la tierra y desde lo alto la espaciosa bahía y por el lado de tierra un bosque interminable, pero nada más vio ni en la costa ni en la selva que no fueran árboles y aves que huían a su paso y en el océano solo olas y mar. Ni rastro alguno de lo que ansiaban encontrar y que era donde les había prometido Miruelo que llegarían con facilidad. El puerto de Pánuco, donde él aseguraba haber atracado y que estaba ya poblado por cristianos.[18]

Regresaron al campamento y Miruelo fue llamado a capítulo, pero nada pudo decir ni en realidad asegurar del lugar en el que se hallaban. Álvar tuvo ya claro para sí que, si aquel hombre había estado en alguna ocasión en el lugar al que supuestamente debían dirigirse, había errado por completo el rumbo y no sabía ni dónde se encontraba ni, aún mucho menos, hacia dónde debía dirigirse. El gobernador seguía confiando en él y dio órdenes al bergantín de que partiese costeando hasta ver de dar con el puerto y que, de no hallarlo, pasados unos días tomase rumbo a La Habana para encontrar el barco del capitán Álvaro de la Cerda, que cargara todos los bastimentos posibles y con el otro barco y con sus hombres y caballos regresaran para reforzarlos. Partió el bergantín y de él, de sus provisiones y sus refuerzos, ya nunca volverían a saber más.

Tras la partida de la nao, Narváez y Cabeza de Vaca entraron de nuevo en la tierra y costeando por la bahía dieron con indígenas e incluso consiguieron retener a cuatro de ellos. Los indios estaban con mucho miedo y temerosos de que los barbudos los mataran, pero lograron calmarlos. Álvar les enseñó maíz que traía con él para preguntarles si allí lo había, pues en el tiempo que llevaban no había visto rastros de plantación alguna y sabía que era de lo que aquellas gentes más se alimentaban. Los nativos, al

18. Cercano a Veracruz, había sido fundado por Cortés en el año 1522. En realidad, Pánuco estaba muy lejos de donde se hallaban, al otro lado del inmenso golfo de México, próximo a la desembocadura del río San Juan, entre los actuales estados de Veracruz y Tamaulipas.

ver la semilla, hicieron gestos de reconocimiento y hasta rieron. Por señas le dijeron que sí, y que en su propio pueblo lo había; ya más tranquilos, se ofrecieron a llevarlos hasta él. Llegados al poblacho, pues no era más que eso, comprobaron que, en efecto, tenían algún pequeño sembrado de maíz aún no apto para recoger. No los recibieron mal y al ver que no les habían hecho daño alguno a los cuatro que habían capturado y que ahora venían con ellos salieron todos de las chozas de paja. Entre ellos no parecía haber jefe, a excepción de uno que mostraba tener alguna ascendencia sobre ellos y que llevaba un extraño tocado y muchos tatuajes. Cabeza de Vaca pensó que debía de ser un brujo, un sanador o algo semejante.

Se dirigió pues muy especialmente a él y este los condujo a un recinto que supusieron era el de sus ritos. Allí se llevaron una gran sorpresa y un todavía mayor sobresalto. En las paredes había muchos penachos de plumas colgados, pero en un rincón había cuatro cajas, construidas a la manera castellana, y castellanas eran porque dentro contenían además unos hombres muertos, barbados, o sea obligadamente españoles, ya muy momificados pero que sin duda eran de los suyos, que tenían envueltos en pieles de venados pintados con muchos símbolos y colores, rojo, negro, azul y amarillo, sobre todo.

Se espantaron mucho, y más cuando algunos de los que habían entrado por la Nueva España les dijeron que los penachos eran muy parecidos a los que allí se ponían para ir a las guerras y a las ceremonias de sacrificio. En nada más encontraban similitud alguna, pues allí no había edificios de piedra, ni paredes, ni nada que se les pareciera, sino tan solo una aldea muy pobre, con apenas unas cuantas cabañas. Desde luego ningún palacio, ningún templo ni ninguna señal de oro.

Fray Juan Suárez, el comisionado real, fue el que más se sobresaltó, pero por otras razones. Vio algunas figuras en barro que le parecieron dioses suyos y por tanto ídolos. Se tomó como una blasfemia que tuvieran allí a los castellanos muertos en las cajas, a los que a saber si ellos mismos habían matado, que sería lo más probable, como si fueran alguna ofrenda a sus dioses. Entendió que su obligación y deber era quemar todo aquello, así que ordenó hacer una pira de cajas, muertos, ídolos y todo lo que quiso pillar y poner también en las llamas.

Los indios hicieron grandes gestos de desagrado y enfado, pero no se atrevieron a más, pues los otros los aventajaban en número. Además, no dejaban de mirar sus armas y armaduras, así como los caballos, que les aterraban. Alguno se acercó a uno de los hombres de a pie y muy medrosamente se atrevió a tocar aquellos extraños vestidos que traían; los había encontrado duros, más que la propia roca, y retiró la mano como si le hubiera quemado. Ellos iban casi desnudos y no llevaban armas a la vista, ni siquiera una lanza o un arco.

Los españoles revolvieron el poblado en busca de comida. En un momento dado, un soldado halló en una choza, la que parecía más grande, alguna traza de oro, un mínimo pendiente, que mostró a los nativos para que le dijeran dónde había más. Los nativos entendieron al fin lo que buscaban aquellos extraños y, con gran alborozo y gesticulando, intentaron decir que sí, que en otro lugar había mucho y que podían indicarles cómo ir hacia aquel sitio. Los que habían encontrado la brizna de oro, pues no era más que eso, llevaron ante Narváez a los indios que les habían dicho que sabían de dónde sacar más. El gobernador los interrogó de nuevo, aunque con la dificultad de no tener lengua que pudiera traducirles y solo a base de muecas y gestos. Por fin algunos y luego ya el brujo, o lo que fuera, se pusieron todos de acuerdo en señalar con el brazo en dirección al norte. Parecían dar a entender que bajo unas montañas que allí se elevaban vivía mucha gente. Señalaban sin cesar el metal dorado que habían localizado los españoles y hacían aspavientos para indicar que allí había a montones de aquello que querían.

Repetían una y otra vez la palabra «Apalache» y entendió el gobernador que era el nombre del lugar, que allí debía hallarse la gran ciudad de palacios, templos y riquezas que buscaban, como las que Cortés había descubierto, y que aquel había de ser sin duda su destino. Les preguntaba Narváez por cosas que allí había, maíz, casas, oro o lo que fuera, y los nativos respondían que de todo ello había en gran cantidad. Para algunos se hizo evidente que pudiera existir el lugar y así lo ansiaban, aunque tenían el temor fundado de que si los indios asentían a todo era porque esperaban que los españoles se marcharan de allí y no les quitaran el maíz ni les quemaran las casas o les hicieran daño a sus mujeres o a ellos, así como que no les obligaran a abandonar la aldea. Al cabo tuvieron que aceptar que algunos les acompañaran y les indicaran el camino porque entendieron que, de lo contrario, no se irían y si lo hacían se harían acompañar por fuerza y tal vez destruyeran antes de irse todo lo que tenían.

Lo primero que hallaron les hizo esperanzarse mucho, porque fue verdad que el primer lugar que encontraron, en poco más de un día, era un poblado algo mejor, con más gente y mayores cultivos. Tenía sembrados de maíz más grandes, ya a punto para recoger, amén de grano seco y guardado en mazorcas colgadas. El pueblo no pasaba de las quince chozas, pero allí siguieron diciendo los indígenas que era más lejos donde estaba Apalache, la palabra que más repetían y que ya todos los castellanos, y Narváez quien más, más ansiaban oír. También les repitieron con gestos muy expresivos que allí era donde había mucho oro, mucho maíz, mucha carne y mucha gente.

Se detuvieron un par de días en aquel pueblo, comieron de lo poco que los indios aquellos tenían, y luego Pánfilo decidió volver al campamento para preparar a su gente y emprender, definitivamente, la conquista con todas las fuerzas disponibles. Estaba convencido de que ya tenía la ruta por la que avanzar y destino al que llegar. Cabeza de Vaca albergaba, sin embargo, muchas dudas. Lo único que habían encontrado era un poblado de quince chozas, pobre y sin otra riqueza que unos campos de maíz que no darían ni para alimentar quince días a la tropa, y los cuentos sobre riquezas lejanas de unos indios asustados que lo único que querían era verlos trasponer cuanto antes. Aquellos indios vivían muy pobremente y apenas poseían nada. Resultaba evidente que les dominaba el miedo a ellos y a sus armas.

Por su parte, Pánfilo de Narváez estaba eufórico. Él también había desembarcado en la Nueva España y había encontrado aldeas miserables como aquellas, pero que eran deudoras de grandes ciudades, de templos y palacios cargados de oro. Quería creer y se había convencido a sí mismo de que aquellos poblachos de la costa no eran sino la antesala de lo que había más allá, tras las selvas, en aquella tierra y que esta vez lo convertiría en afamado conquistador, rico y poderoso, como lo era su enemigo Cortés. En el peor de los casos, si aquel territorio no era como la Nueva España sino más parecido a Cuba, la que con su tío el Velázquez había domeñado, también allí encontraría riquezas y grandes caciques jefes de muchas gentes que le prestarían sumisión y podría gobernar y regresar con oro y fama a España.

Apalache sería su Tenochtitlán. Decidió regresar al campamento en la playa de la gran bahía y disponerlo todo para iniciar de inmediato la gran expedición de conquista. Tras largos años de preparación, demoras y tropiezos, el momento, al fin, había llegado.

Narváez convocó a consejo a Álvar, al fraile, al veedor, al contador y a algún oficial mayor más, amén de a un escribano, de nombre Jerónimo de Alaniz, para que tomara debida nota de lo dicho allí.

—Mi voluntad es entrar con todas las tropas a caballo y a pie para dar con Apalache, el lugar principal de estas tierras. Para cuidar de los navíos quedarán solo los indispensables para hacerlos navegar, y estos se dirigirán hacia Pánuco, el puerto que los pilotos dicen que yendo hacia la desembocadura del río de las Palmas y simplemente costeando han de hallar pronto, pues está muy cerca de aquí.[19]

19. El río de las Palmas, la desembocadura del río Grande, estaba en realidad muy lejos de donde se hallaban, al otro extremo casi del inmenso golfo de México. Cerca del río de las Palmas se encontraba, eso sí, el ansiado Pánuco.

Allí aguardarán nuestras nuevas —expuso el gobernador, y pidió parecer a los demás.

Álvar Núñez Cabeza de Vaca fue el primero en hablar y contestar.

—No creo, señor gobernador, que debamos dejar los navíos sin apenas protección hasta encontrar puerto seguro y poblado por cristianos. Miruelo afirma eso hoy y otra cosa dirá mañana, y ya sabemos cuántas veces ha errado. A mi parecer ni Miruelo ni ninguno de los pilotos saben siquiera dónde estamos y menos aún dónde está Pánuco. No podemos abandonar los barcos al albur. Pero, además, don Pánfilo, tampoco creo que debamos partir tierra adentro con tanta premura y sin saber nada de allí a donde nos dirigimos. Lo que los indios nos han dicho de Apalache más me pareciera que lo hacían por vernos partir cuanto antes. No tenemos lenguas para poder hablar con ellos ni saber dónde vamos. —Tuvo intención de decir que eso debiera haber sido lo primero en haber cuidado y desde luego fue lo que hizo el capitán Cortés, pero se lo calló con prudencia—. Ignoramos quiénes pueblan esta tierra, así como en qué parte de ella estamos, o lo que en realidad nos aguarda. Pero, aun con ello, si decidimos ir tendríamos que esperar a que al menos se nos recuperaran los caballos, que están tan mal y agotados que de poco nos pueden servir. Lo peor, señor Narváez, es que no disponemos de provisiones para emprender tal marcha. Visto lo que hay en los navíos, no podemos dar a cada hombre más de una libra de bizcocho y otra de tocino para toda la andadura, que habrá de ser por fuerza muy larga y fatigosa, y la ración no nos llegará para apenas siquiera comenzar. Mi opinión es que embarquemos todos y busquemos ese puerto, que allí nos llegue el bergantín y la nao del capitán De la Cerda que ha ido a buscar. Una vez repuestos y tras disponer de lenguas que nos indiquen, podremos buscar la mejor tierra para poblar, puesto que esta, a mi parecer, es poco propicia y lo que hemos visto es muy pobre y está muy vacía de gentes.

Fue un largo parlamento, que escucharon todos en completo silencio, aunque la cara de Narváez se iba demudando según hablaba Álvar y estaba ya enrojecida de furia cuando al final concluyó. Cabeza de Vaca calló, consciente del impacto de sus palabras, que estaba seguro de que más de uno compartía, si bien avisado por el rostro y la actitud del gobernador de que se avecinaba tormenta. Había hablado con respeto, pero también con firmeza y como segundo de la expedición. No había tenido a lo largo de aquel año ningún choque importante con Narváez, y había procurado limar las asperezas y obedecido siempre y prestamente sus órdenes. En varias ocasiones había disentido de sus decisiones, pero nunca las había contradicho. Sin embargo, en esta ocasión lo había hecho, pues entendía que era su deber; podían estar muchas vidas en juego y se sentía responsable de lo que pudiera pasarles a todos aquellos que venían con él. Discrepar tan abierta y contundentemente iba a suponer enfrentamiento directo con Pánfilo. Y así pasó.

Aunque no fue el gobernador el primero en replicarle, sino que se le adelantó el fraile, el cual le contestó enfurecido.

—Los pilotos afirman que estamos a no más de diez leguas de Pánuco y ellos saben de estos mares y Álvar no. Toparán con el puerto costeando simplemente y los primeros que den con él esperarán y guiarán a los otros. No veo problema en ello. En cuanto a la entrada por tierra, ¿acaso ahora, tras todas las fatigas pasadas desde que partimos de Castilla, tantas tormentas y navíos y gentes perdidas hasta llegar aquí y en este punto, tras habernos dado la providencia el llegar al fin aquí, ahora embarcarse todos de nuevo no es sino tentar a Dios? Pues eso sería desafiar su voluntad, la voluntad de Dios. Debemos seguir su mandato y el del gobernador.

Al oír al franciscano cambió el aire y todos, unos con mayor vehemencia y otros con más sordina, apoyaron sus palabras. Excepto el escribano, pero apenas alcanzó a decir en apoyo de Álvar que si como decían los pilotos el puerto de Pánuco estaba tan cercano y se metía doce leguas a tierra, bien se podía costear siguiendo con los barcos a la vista y dar con él, pero no debía la tropa, a su entender, desampararlos hasta dejarlos en puerto seguro y poblado.

No hizo ya caso alguno Narváez, muy gratificado y enardecido por el apoyo, quien tomó entonces la palabra para concluir el cónclave y anunciar su decisión de partir de inmediato en cuanto estuviera preparada la tropa y que los barcos irían, con los menos que se pudiera para navegarlos, a buscar puerto.

Viendo su determinación, Cabeza de Vaca quiso que quedara constancia de su oposición.

—Sea así, pero en este punto he de requerir al gobernador de parte de nuestra majestad el rey que no deje los barcos sin protección, sino en puerto y seguros, y solicito al escribano que de tal requerimiento levante testimonio —dijo Cabeza de Vaca en tono grave.

Narváez se encendió.

—El parecer de los otros oficiales y el comisionado de Su Majestad no concuerda con el vuestro ni con el mío de gobernador. ¡No sois parte, don Álvar, para hacerme tal requerimiento! Quede constancia del que hago yo y que se escriba. Que no hay en esta tierra mantenimiento para poblar ni puerto para los navíos, se levanta el asentamiento y se partirá de inmediato en busca de tierra y puerto que sean mejores. Y con ello queda zanjada tal cuestión

Calló ante ello, obedientemente, Cabeza de Vaca. El gobernador mandó entonces que se apercibiera a la gente y se fueran proveyendo todos los que partían por tierra para estar cuanto antes prestos para marchar.

Hecho lo cual se dirigió de nuevo a Álvar, quien había sido para todos su segundo al mando y esperaba en silencio, solo y separado de los demás. Aun así, todos oyeron lo que Narváez le espetó, visiblemente alterado y con una nota de rencor en la voz.

—Y vos, don Álvar, que tanto estorbáis y tanto teméis la entrada por la tierra, quedaos aquí y tomad a vuestro cargo los navíos y la gente que en ellos va.

Aquello era una acusación de cobardía y como tal lo comprendieron todos.

Cabeza de Vaca hubo de sujetarse la ira que le subió por todo el cuerpo, pero logró permanecer sereno. Al cabo respondió, con voz entera, que no aceptaba tal cargo de quedarse en los barcos y mandar en ellos, excusándose por ello; iría con todos los demás a la entrada y conquista del Apalache. Dicho lo cual, y en medio de un gran silencio, salió de la tienda.

Narváez no quiso dejar así las cosas. Se empeñaba ahora en alejarlo de su lado y de las tropas. Por la tarde volvió a insistirle, porfiando en que aceptara aquel cargo y haciéndole zalemas de que de nadie más ni mejor podía fiarse sino de él. Álvar siguió negándose y ya ante tanta insistencia en el porqué de hacerlo, alzó él también la voz hasta tal punto que el capitán Castillo, que andaba cerca, lo oyó y se paró a escuchar.

—Por mi honor, gobernador. Ahora está mi honra en juego por lo que habéis dicho en presencia de todos. Iré a la entrada y eso no me lo podéis impedir ni siquiera vos. No dejaré solas a las gentes que van a partir tierra adentro, pero para mí tengo que no habéis de ver ya nunca más a los navíos ni los navíos a vos.

—Pues aceptad entonces el mando de ellos y partid —insistió Narváez.

Fuera de la tienda, los hermanos Dorantes y otro capitán más, llamado Téllez, se habían unido a Castillo y escuchaban las voces que no decrecían en el interior. Ahora era Álvar quien elevaba la suya.

—No comprendéis, señor. Sin aparejo y sin saber dónde vais, entráis tierra adentro, pero yo me aventuraré al peligro con vos y con los demás y más aún que nadie lo haré. Por mi honra, gobernador, que habéis puesto en duda. Pues no voy a consentir que nadie piense que por haber contradicho la entrada yo me quedo en los barcos por temor y que mi honor quede en disputa. Prefiero aventurar mi vida que poner mi honra en esa condición. Pero os reitero lo dicho, gobernador: no veréis ya nunca más vuestros navíos ni los navíos os verán a vos.

Y en acabando de decirlo, se dio media vuelta y salió, sorprendiendo a los capitanes que escuchaban fuera, pasando raudo a su lado y yendo de inmediato a aparejar su caballo y preparar sus armas e impedimenta para estar listo en cuanto Narváez diera la orden de partir.

Este ni siquiera entonces cejó en su empeño y siguió importunándole. Sabedor de sus relaciones con ellos, le envió primero a Andrés Dorantes y después a Alonso del Castillo para intentar disuadirle y que aceptara el envenado encargo. Ellos así lo hicieron, pero sin convicción alguna y tan solo por no negarse a la petición del gobernador. Tras escuchar la discusión de Álvar con él, eran muy conscientes de que en el asunto no había nada que hacer. Y, aún más, comprendían la decisión de Álvar y acabaron por expresarle su apoyo y respeto.

Tras aquello y a partir de aquel día, el primero de mayo, Narváez dejó de aconsejarse en lo que pudo de Cabeza de Vaca y hacía todo lo posible por dejarle aparte, aunque no podía por su rango, de las decisiones que tomaba. Álvar mantuvo siempre su lealtad y la deferencia y obediencia que le debía como su superior.

Ordenó el gobernador dar a cada uno dos libras de bizcocho y media de tocino. Con tal provisión partieron hacia Apalache, aquel lugar donde Pánfilo de Narváez creía que iba a lograr la fortuna que tantas veces le había sido esquiva y queriéndose convencer de que en aquel enclave estaba escrito su destino. Trescientos hombres de a pie y cuarenta de a caballo fueron con él. Partieron de la playa y se adentraron por la Tierra Florida.

Quince días contados anduvieron por aquellas selvas,

sin hallar indio ni poblado, ni tampoco cosa de comer salvo palmitos parecidos a los que se encuentran en Andalucía. Al cabo llegaron a un gran río que les costó mucho atravesar, un día entero tardaron en cruzarlo a nado, ayudándose con una balsa hasta llegar al otro lado. Fue entonces, tras haberlo conseguido, cuando les salió al encuentro una multitud de indios, pero no parecieron hacer gesto hostil alguno y el gobernador fue hacia donde se hallaban y por señas entendieron que les invitaban a seguirles. Tal hicieron y les llevaron a su poblado, que era el más grande de los que hasta ahora habían visto y donde había, ya recogida, una abundante cosecha de maíz, de la que pudieron comer todos. Ello levantó mucho los decaídos ánimos, y dieron emotivas gracias al Señor por haberlos socorrido en ese trance cuando ya desesperaban.

Posó toda la tropa allí y como por señas algún indio consiguiera hacerse entender e indicarles que el mar no estaba lejos, algunos oficiales comprendieron, y esta vez el fraile también, que no sería malo el poder irlo a buscar y ver si estaba allí el puerto o divisaban los navíos de los que se habían separado.

Narváez se molestó por aquella pretensión, pero viéndose muy en minoría ordenó a Álvar que, ya que era el que siempre importunaba, fuera él mismo a aquella descubierta y viera si lo hallaba. Lo hizo este eligiendo al capitán Castillo y a cuarenta hombres de su compañía, y llevaron con ellos un guía indio. Dieron con el agua del mar, como les habían asegurado, pues esta era salada pero no estaba en abierto sino en unos placeles que se adentraban mucho en tierra sin que se viera costa alguna ni rompientes. Era el mar, sin duda, pero tras andarse rajando las botas pisando los ostiones que alfombraban las rocas terminaron de nuevo por dar con el río que acababan de cruzar y que ya se llegaba hacia su desembocadura, aunque parecía estar todavía bastante trecho más abajo. Volvieron pues a dar las nuevas no sin antes, bien es cierto, haberse dado todos, los cuarenta, el capitán Castillo y Álvar, un festín con los ostiones, después de tantos días de poco comer y pasar tanta hambre.

Con la información recibida Narváez envió a otro de sus capitanes para que fuera hasta la junta del río con el océano. Este regresó a los cuatro días diciendo que había llegado a él y dado con una bahía, pero que tampoco allí había apenas fondo sino unos bajíos donde el agua llegaba por la rodilla y todo lo más a la cintura. Comunicó que había visto atravesar por ella cinco canoas con indios y nada más, pues se perdieron en la jungla por el otro costado.

Mientras, Narváez en el pueblo seguía demandando seguir hacia Apalache y logró, para que partieran cuanto antes, que, además de señalarle con mucho aspaviento la ruta, algunos indígenas fueran con ellos para guiarles en el camino. Salieron del pueblo y emprendieron la marcha, pero pasaban los días en medio de las selvas, avanzando penosamente, sin llegar a ningún sitio habitado. Cuando se preguntaba a los indios, estos se limitaban a señalar hacia delante con el brazo.

Ya no eran días sino semanas las pasadas sin encontrar sitio alguno poblado, sin conseguir de qué aprovisionarse y cada vez con mayor fatiga y hambre. No fue hasta mes y medio de haber dejado atrás los navíos, ya llegado el 17 de junio, cuando al final encontraron gentes que no huyeron furtivamente a su paso, como en alguna ocasión había sucedido. Aquel día fueron los indios quienes se presentaron ante ellos trayendo a hombros a uno que portaba un hermoso penacho emplumado e iba cubierto, al contrario de los demás, que se mostraban casi desnudos, por una piel de venado llena de colores y pinturas.

Venía con él mucha gente que tañía flautas de caña y les pareció un señor muy principal. Por señas y ayudados por los guías, le dijeron que iban a Apalache y él les hizo entender que los de allí eran sus enemigos, que eran malos y que a ellos los herían y cautivaban y que si iban contra ellos él les ayudaría. Aquello llenó de alborozo a Narváez, que le hizo entrega de muchas cuentas y cascabeles. El jefe entonces se desprendió de su piel de venado y se la entregó al gobernador.

Siguiéndolo ya tanto a él como a todos los que le acompañaban, que miraban con gran recelo y miedo a los caballos, y con mucha curiosidad sus armas y armaduras, llegaron casi al caer la noche a otro gran río, este aún más hondo que el anterior. Era muy difícil de pasar y hubo que esperar al día siguiente. Se tardó otro día en lograr atravesarlo y no sin pérdidas, pues un jinete, Juan Velázquez de Cuéllar, pariente del gobernador de Cuba y del propio Narváez, no quiso esperar a los demás, se metió con su montura en el río y la recia corriente lo derribó de ella. Viéndose perdido, se agarró de la rienda del caballo para no ahogarse y lo que logró fue que se ahogaran ambos. La corriente los arrastró aguas abajo. Los indios fueron a buscarlos y solo encontraron al caballo muerto. Se apenaron los castellanos de la pérdida del hombre y también de la del caballo, pero aquella noche dio de cenar a muchos, que no habían catado la carne desde hacía ya meses.

Llegaron al fin al pueblo de aquel señor indio y este les alojó en unas grandes chozas de paja y les mandó llevar maíz; mas cuando bajaron ya casi de noche a un manantial a por agua, unos arqueros que estaban ocultos flecharon a quienes iban a recogerla, aunque por fortuna no lograron acabar con ninguno. Se produjo gran griterío, muchas voces de «¡traición!» y «¡al arma!», y al día siguiente no quedaba un indio en el poblado desierto, del que habían huido todos, incluido, por supuesto, el jefe.

Narváez dio orden de partir de allí de inmediato, detectando que los indios se escurrían entre la maleza, les seguían y les flanqueaban sin dejarse ver apenas, y era claro que venían en guerra contra ellos. Una vez llegaron a ponerse delante, pero ordenó Narváez un tiro de arcabuz y aunque estaban lejos y no pareció alcanzar a nadie, el ruido les hizo huir espantados. No obstante, volvieron. Entonces se decidió ponerles celada y, sabiendo que les venían detrás, algunos castellanos se ocultaron en los flancos de la senda hecha por la tropa, les emboscaron y lograron capturar a algunos. Ya tomados cautivos, les obligaron a mojicones y sin contemplación alguna a mostrarles el camino hacia Apalache, que decían ya no estaba lejos.

Aún tuvieron por delante muchos días de camino y fatiga, por una tierra que, según Álvar le dijo a Castillo, con quien tenía creciente amistad, cuando ascendían por unos montes, pues se había hecho más quebrada, «era muy trabajosa de andar pero maravillosa de ver», asombrándose ambos de los grandes montes cuajados de enormes y altísimos árboles, como nunca los habían contemplado, muchos de ellos caídos en el suelo por las tempestades que embarazaban aún más el paso de la expedición. Álvar había encontrado en el capitán salmantino alguien con quien compartir sus pensamientos y también sus fatigas, y el callado Castillo gustaba también de su compañía y hasta se abría a su manera a la conversación, aunque seguía haciendo de su reserva su seña más distintiva.

El gobernador, sabiendo que andaban cerca, se afanaba en proseguir la marcha. Mandando exploradores por delante lograron llegar a la vista del poblado, el ansiado Apalache, que comprobaron estaba rodeado de grandes campos de maíz, sin que sus habitantes les sintieran llegar. Al día siguiente al de San Juan estaban ya apostados a las puertas del poblado, retranqueados en las selvas para que no los descubrieran. Pese a que les pareció que no era muy grande, ni sobresalía edificio ni templo de piedra alguno, sí vieron que tenía muchos humos y todos quisieron creer que habían llegado al fin de sus sufrimientos y de los grandes trabajos y fatigas que había pasado; que sería verdad lo que de aquella tierra se les había dicho o ellos habían querido entender, y que todo iba a ser a partir de ahora diferente. Por fin tendrían comida en abundancia, lugar donde acampar y que poblar y donde encontrar oro y riquezas.

El gobernador Narváez, exultante, convocó a los oficiales, incluido Álvar, a consejo, para preparar la entrada inmediata antes de que se apercibieran de su llegada.

Al ir hacia allá, Álvar le dijo a Castillo:

—Con vernos llegados donde deseábamos se nos ha quitado la fatiga y el cansancio. El mucho mantenimiento y oro que nos han dicho que aquí hallaremos ya veremos en qué queda. Pero solo por llegar aquí ya hemos calentado el ánimo y las fuerzas. Bien está haberlo logrado.

Narváez saludó a Cabeza de Vaca incluso con cierta efusión, pero sin que le faltara el retintín.

—Al fin llegamos, don Álvar. Llegamos, gracias sean dadas a Dios. Y quiero que la primera entrada en el lugar la mandéis vos.

3

Los flecheros de la floresta inundada

Cuantos indios vimos desde la Florida
aquí, todos son flecheros: y como todos
son tan crecidos de cuerpo y andan desnudos, desde lejos parecen gigantes. Es gente
a maravilla bien dispuesta, muy enjutos y
de muy grandes fuerzas y ligereza. Los arcos que usan son gruesos como el brazo,
de once o doce palmos, que flechan a doscientos pasos con gran tiento, que ninguna
cosa yerran.

CABEZA DE VACA, *Naufragios*

Era una tierra hermosa, pero hostil y despiadada. La propia tierra, la tierra misma hacía la guerra a los conquistadores. Y al igual que ella, sus hijos, aún con mayor saña, la
hacían a quienes la invadían. Aquellos flecheros desnudos,
altos, sombras entre los árboles, serpientes de sus lagunas
que clavaban los colmillos de sus dardos traspasando incluso las corazas o buscando cualquier punto desprotegi-

do. Era una tierra hermosa, pero pareciera querer matar a todos los que habían osado profanarla.

Hasta llegar a Apalache habían venido sin encontrar montañas apreciables a su paso. Todo aquel territorio era llano, con suelo de arena en muchos casos, poblado de grandes árboles, que en ocasiones les recordaban a los que ellos conocían y en otros casos les resultaban extraños; unos parecían nogales y laureles, y otros pinos, cedros, robles y encinas, pero había muchos a los que no encontraban parangón alguno, aunque sí a los numerosos palmitos que crecían por doquier y que a veces les servían de alimento.

Con todo, lo que definía aquella tierra eran las lagunas, los pantanos, los aguazales, más pequeños o más grandes, algunos someros, otros de gran hondura y peligro, aunque siempre presentes, siempre dominando el paisaje. Hasta Apalache habían procurado evitarlas y no les había resultado demasiado difícil, pues no eran excesivamente grandes, pero una vez llegados allí en aquel entorno ya las unas se unían casi a las siguientes, y todo el espacio era un aguazal inmenso y continuo[20] donde los peligros acechaban entre las aguas, escondidos entre las plantas que en ellas crecían u ocultos tras la multitud de árboles caídos, de troncos flotando o varados. Serpientes y grandes lagartos de cuerpo acorazado y mandíbulas llenas de afilados dientes se escurrían y acechaban su avance. También aves, innumerables

20. Una zona al norte de la Florida, más montañosa, que puede responder a ese nombre de Apalache Tallahassee, y unas tribus indígenas que así se nombran hoy mismo. La descripción de Cabeza de Vaca identifica, sin lugar a dudas, el territorio de los Everglades.

aves, que se levantaban a su paso, de todos los colores y gritos, unas con maravillosos plumajes multicolores, otras de blancura inmaculada. Los pájaros fascinaban a Cabeza de Vaca y no podía dejar de admirarlos. Había ánsares y patos de distintos tamaños y colores, grandes garzas y también pequeñas garcillas blancas, flamencos rosados, avocetas, correlimos, agachadizas y toda suerte de avecillas similares a las de las marismas de su Andalucía. Arriba en lo alto, sobrevolándolo todo, poderosas y raudas aves rapaces atentas a cualquier descuido u oportunidad para abalanzarse sobre una presa.

Algunos animales de tierra le asombraron y no solo aquellos que podían resultar peligrosos, pues había leones sin melena y algunos osos; también admiró los esquivos venados, que bien les hubiera servido el lograr cazar algunos, pero que se escondían prestamente y huían, además de otros que jamás había visto parecidos en toda su vida. Le fascinó uno de ellos que observó con atención, pues no era muy grande, pero tenía una particularidad que le dejó perplejo. Cuidaba tan bien de sus crías que si había peligro las recogía en una bolsa que tenía en la barriga y donde las guardaba antes de salir huyendo.[21]

Álvar empapaba sus ojos en toda la belleza de aquella tierra, pero, al tiempo, la sentía latir bajo sus pies y era un latido de ira y de rechazo. Pareciera querer rodearlos, enredarse en sus tobillos, cercarlos con sus aguas, dispuesta a acabar con ellos y sumergirles para siempre en lo más hon-

---

21. Zarigüeyas. Fascinaron al descubridor, que no había visto jamás un marsupial, obviamente.

do de sus lagunas. Porque ahora los españoles se retiraban, intentaban huir de ella y escapar de aquel abrazo angustioso con que parecía querer ahogarles, sin darles tregua ni reposo. No se la daba ni la tierra, ni sus aguas, ni sus plantas, ni sus gentes. Todos los acechaban y querían matarlos.

La venida hasta ella había sido, sufriendo ahora en su vuelta, bastante más fácil y llevadera. Lograron bordear aquellos pantanos, pero ahora estos los tenían atrapados al intentar regresar a la costa y salir vivos de aquella floresta.

Porque tras un mes en aquella tierra, desde el día siguiente al de San Juan, en el que entraron en Apalache, lo que ahora hacían era huir como fuera para intentar salvar la vida.

Aquel primer día, Narváez le había ordenado entrar al pueblo con nueve de a caballo y cincuenta peones. No encontraron resistencia, no había empalizadas ni muros, sino casas de paja y en ellas tan solo mujeres, ancianos y niños. Los hombres se habían refugiado en la selva colindante, pero no tardaron en aparecer en son de guerra y comenzaron a volar las flechas. Aunque pudieron matar al caballo del veedor, una carga, algunos disparos de arcabuz y las cortantes espadas los hicieron huir y esconderse de nuevo.

El pueblo quedó para los castellanos, pero no había allí riquezas, ni oro ni palacios. Lo único que les satisfizo fue que al menos encontraron maíz en abundancia. Mucho que tenían ya seco y guardado y otro para cogerse en los campos. Arramblaron con todo el que pudieron, así como con alguna carne de venado, y hallaron también muchos cueros de estos animales curtidos y algunas prendas de hilo que usaban las mujeres para cubrirse un poco, aunque tanto los varones como las hembras iban casi por entero desnudos. Ese fue todo el botín que consiguieron.

A nadie pudo ocultársele que Apalache no era más que un pueblo y no la gran ciudad que Narváez intentaba encontrar. Nada había allí para aplacar las codicias ni para hacerse merecedor de fama. Cuarenta casas de paja, eso sí, bien construidas y al resguardo para protegerse de los vendavales, y todo ello rodeado de aquel espeso bosque, aquella gran selva que por doquier lo cercaba sembrada de piélagos de agua, árboles caídos y jungla enmarañada donde aventurarse suponía ponerse en grave peligro.

Los indios tampoco estaban dispuestos a entregarles el pueblo y aún menos a su gente. Al poco de retirarse volvieron, ahora en son de paz, y lograron hacerse comprender; querían que les devolvieran a las mujeres y los niños. Lo hicieron, pero Narváez tomó prisionero a quien le pareció que era su cacique, cosa que los airó sobremanera. Tras marcharse, para poner a todos los suyos a cubierto, regresaron furiosos y disparando todas las flechas que podían y usando también el fuego, poniendo estopas encendidas en sus dardos para prender sus propias casas y expulsar a los castellanos de ellas dejándolos sin su refugio. Una nueva embestida contra ellos de las tropas, peones y a caballo, los volvió a hacer huir y acogerse a la selva y las lagunas, donde no pudieron perseguirlos ni los que iban a pie ni los montados.

Desde aquel día, los indios ya no les dejaron de hacer la guerra con continuas emboscadas, ataques desde uno y otro lugar, nunca presentando batalla sino haciéndolo furtivamente, flechando y huyendo. A poco, además, se vieron respaldados por los de otra población vecina a quienes llamaron en su ayuda y lanzaron ataques conjuntos desde el otro costado del poblado. Eran muy hábiles hurtándose y conseguían hacerles más heridas que los castellanos a ellos, pues de aquellas escaramuzas tan solo lograron matar a un par de los atacantes indígenas.

Álvar se fijó en uno de los muertos. Era todavía joven, de buena estatura, muy fibroso y bien formado, pero lo que más le asombró fue que tenía la piel entera, desnuda excepto por un taparrabos, cubierta de tatuajes, en la cara, en los brazos, piernas, hombros, pecho y espalda. Casi no había un espacio de su cuerpo que no estuviera cubierto por aquellas libreas y figuras en espirales que se adaptaban a los pómulos o al contorno de la musculatura. Llevaba un penacho de plumas muy vistosas y le habían visto dirigir y arengar a sus tropas en el asalto. Lo alcanzó un tiro de arcabuz y se desplomó mientras los suyos salían huyendo ante el estruendo y al verlo caer muerto y sangrando, sin entender qué era lo que le había matado que no era dardo ni arma alguna que ellos conocieran. Cabeza de Vaca comprendió que aquel hombre debía de ser uno de sus jefes y todos aquellos tatuajes, el símbolo de su poderío y rango.

Pánfilo de Narváez aguantó en Apalache veinticinco días. Ordenó hacer entradas desde allí a diferentes puntos ascendiendo por las montañas, pero al fin hubo de convencerse de que el lugar donde había llegado no tenía más que ofrecerle y que más lejos aún había menos. Era una tierra muy pobre, despoblada de gentes; todas las aldeas que hallaron más allá de Apalache eran a cual más pequeña y mísera que la anterior. Tanto el cacique que tenían preso como los indios que les habían acompañado, y que eran enemigos de él, le dijeron una vez tras otra que Apalache era el lugar más grande y más rico y que más adelante todo era aún más pobre y con los pobladores repartidos y que no había apenas asentamientos.

Lo más que logró sacarles fue que en dirección al sur, aunque por ruta diferente a la que habían seguido al venir y metiéndose ya por los piélagos, había otro poblado, llamado Aute, que sí era ya más grande y que tenía mucho maíz. Le dijeron que además tenía muchos frijoles y calabazas y que al estar ya muy cerca del mar también tenían pescados. El cacique les decía eso para que se marcharan cuanto antes, y los indios guías y enemigos suyos decían lo mismo, pues también ellos querían escapar de Apalache.

Pánfilo se resignó al fin a su fracaso. El oro ya no importaba, se trataba de salir vivos de allí.

Los españoles también querían partir a toda prisa y retornar hacia la costa, por ver de encontrar de nuevo sus navíos. Ahora era la comida, y ya no el oro, del que no había rastro alguno, lo que ansiaban. En aquel mes casi completo habían acabado con los alimentos que el poblado tenía y ya se habían comido o apropiado y embolsado todo el maíz que quedaba. Los indios no dejaban de hostigarles y no podían responder siquiera a los ataques, cada vez más constantes y mortíferos, con continuas emboscadas, metidos en las lagunas y casi sin que pudieran verles y causando día tras día más heridos, hasta matar a un indio cristianado de Tezcuco que fray Juan había traído de la Nueva España con él. Al fraile los bríos de evangelizar a aquellos indios se le enfriaron mucho con aquello. Sin querer acordarse de las tonantes palabras pronunciadas contra Cabeza de Vaca que profirió en la costa cuando arengaba a los capitanes a que cumplieran la voluntad y designios de la divina providencia o interpretando que estos habían cambiado, fue el primero en dirigirse a Narváez para recomendar la retirada.

El gobernador, desolado y lleno de amargura, cedió al fin comprendiendo que allí no había nada que pudiera merecer continuar adelante y que lo único que se podía hacer era intentar regresar al mar y reencontrar los barcos, aunque ya muchos murmuraban que no los hallarían, como Álvar había profetizado, y otros hasta dudaban que pudieran siquiera retornar vivos a la costa. Aunque confiaban aún en sus fuerzas, pues eran muchos hombres y bien armados los que iban juntos.

El primer día de marcha ya advirtieron que el camino, vadeando de continuo lagunas, iba a resultar penoso, pero no sufrieron ataques si se excluía la insufrible plaga de mosquitos y todo tipo de insectos y bichos que hacían de la marcha un infierno. Al menos los flecheros no les ofendieron.

La mínima tregua duró tan solo hasta el segundo día. Entonces, perfectos conocedores de su tierra y de los lugares por donde habían de pasar con mayor fatiga y peligro los invasores, los nativos les emboscaron y les causaron un gran daño.

Habían tropezado con una laguna que se fue haciendo cada vez de más difícil paso y más profunda, con un agua que les llegaba al pecho, cuando el ataque les sobrevino de todos los lados. Los flecheros,[22] escondidos tras los árboles, camuflados entre los arbustos y palmitos, lanzaban una lluvia de flechas e incluso se atrevieron al ataque cuerpo a cuerpo, pero procurando evitar las espadas de los castellanos y concentrándose en los guías indios. Aunque tuvieron algunas bajas, lograron su objetivo. Mataron a unos y a otros se los llevaron cautivos, consiguiendo dejarles sin ninguno de ellos.

Después centraron su embestida en los cristianos y lograron herir a muchos hombres y caballos antes de que estos consiguieran salir de la laguna. Una vez fuera del agua, pudieron defenderse mejor, y los pocos arcabuceros que llevaban incluso realizaron algunas descargas, ya que les resultaba muy difícil hacerlo chapoteando en el agua. Los escopeteros sabían su trabajo y en cuanto pudieron hallar un lugar mínimamente propicio ejecutaron su labor con rapidez y tino, aunque llevaba su tiempo.

Cada cual, tras clavar en la tierra la horquilla de apoyarlo, había de cargar por la boca su arcabuz de pólvora, después introducir la bola de plomo, taparlo y atacarlo con la baqueta. Con todo, aún no estaba listo. Había que tener candela en la mecha y cebar con los dedos y una pizca de yesca el punto de fuego. Para hacerlo, y más rápido, el más diestro y templado en el oficio sacaba yesca seca de la faltriquera, hacía brotar la chispa con el hierro y el pedernal hasta prenderla y con su llama, tras encender la propia, iba dando fuego a las mechas de todos, cada uno al siguiente,

22. Semínolas. Grandes guerreros, que incluso mucho más tarde pusieron en jaque al ejército norteamericano a pesar de sus armas de fuego más avanzadas y protagonizaron una gran rebelión.

hasta que la fila al completo las tenía ya encendidas. La cuerda, larga y que podía aguantar mucho tiempo y más viva cuanto más aire, solían sujetarla con los dientes. Cuando ya estaba todo listo se apoyaba el arcabuz en la horquilla, se apretaba al hombro, se apuntaba al indio que estaba al descubierto o que se creía a salvo detrás de un matojo y se arrimaba la mecha al cebo. El tirascazo era tan potente que si detrás de uno había otro se llevaba por delante a los dos. Si se les acertaba, claro.[23] Que solían hacerlo, y varios flecheros quedaron flotando en las aguas y otros, malheridos, tuvieron que ser recogidos y arrastrados por los suyos. Los estampidos y el olor acre de la pólvora también contaron. Los flecheros retrocedieron y se ocultaron. Los castellanos lograron contener la acometida, a lo que contribuyeron asimismo los ballesteros y desde luego los caballos y las espadas, porque una vez que habían acabado con los guías indios, a las espadas de los castellanos procuraban no acercarse.

—¡Pie a pie no quieren combatir estos malnacidos paganos! —oyó Álvar gritar al pequeño de los Dorantes, que combatía hombro a hombro con su hermano.

Lo más fuerte del ataque cesó un poco en intensidad, pero el acoso no concluyó y los indios no dejaron de atosigarles ni un momento. Aparecían como sombras, flechaban y como sombras huían sin que pudieran alcanzarlos a pie, aunque Narváez ordenó un ataque para intentar des-

23. Debo la descripción al gran maestro en estas lides de escribanía e historia, Juan Eslava, que incluso tuvo a bien explicármela muy concienzudamente, y cuyas maestrías y enseñanzas agradezco y de ellas quiero dejar constancia.

pegarlos, y aún menos a caballo por entre aquellas aguas; con tantos troncos y obstáculos que había en ellas las caballerías apenas podían avanzar.

Los flecheros, además, habían ido descubriendo los puntos débiles de las corazas y apuntaban cada vez con más precisión. Los castellanos apenas si podían entrever a sus oponentes, desnudos, rapidísimos al moverse y que no daban tiempo para apuntarles las ballestas ni las escopetas. Eran altos, pero a los españoles cada vez les parecían más gigantescos y temibles. Sufrían en sus propias carnes la fuerza de sus grandes arcos. Las flechas tenían tal potencia y capacidad para horadar las defensas que alcanzaban sus blancos hasta a doscientos pasos de distancia y lograban taladrar incluso los troncos de los árboles jóvenes.

Andaban desnudos, sin que ninguna ropa les embarazara, y ahora descubrían también que de todos aquellos guerreros, que en mayor o menor medida tenían cubierto el cuerpo de tatuajes, eran quienes lo llevaban casi al completo lleno de rayas, espirales y todo tipo de marcas y señales, los que mayor arrojo y valentía mostraban. Las lucían en el torso, los brazos, las piernas y todavía más si cabe en el rostro. Su astucia, agilidad, destreza y rapidez infundían pavor mientras ellos se movían como fantasmas entre las lagunas, los árboles y la floresta.

Lograron al cabo y con mucho esfuerzo desembarazarse un tanto de la indiada, más que nada porque pareció que se les habían acabado las flechas. Justo a tiempo, ya que también los arcabuceros, por su parte, tenían cada vez mayores problemas porque en medio de los aguazales mantener la pólvora y la yesca en seco resultaba muy difícil. Los ballesteros sí que sembraron cierto miedo entre los atacantes, que, con prudencia, se guardaban de ellos.

A lo largo de aquella jornada los castellanos también fueron aprendiendo algunas formas y trucos para defenderse y hasta en una ocasión lograron prevenir un ataque. Cabeza de Vaca y Castillo, que iban en vanguardia, vieron rastro de enemigos delante y tras avisar a Narváez, que cubría la retaguardia, permanecieron atentos. De ese modo descubrieron y deshicieron la emboscada e incluso, llegados a una zona seca y llana, con los caballos pudieron dar alcance a una tropilla de ellos y matar a varios, aunque también los castellanos sufrieron heridas, el propio Álvar y dos montados más, pero no fueron daños graves ni tenían ponzoña.

Ocho días duró aquel continuo hostigamiento y al noveno, cuando al fin tuvieron Aute a la vista, porque vieron subir hacia el cielo mucha humareda, los que les acosaban les atacaron con mucha mayor fiereza y violencia. Les entraron ya desde muy cerca y produjeron bastantes heridos. Mataron a un hidalgo de nombre Avellaneda, que era de los más bravos, a quien alcanzó una flecha que rozó el canto superior de la coraza y le atravesó el pescuezo. Con un último apretón los castellanos consiguieron llegar a Aute, aunque comprobaron que la gran humareda que subía por encima de los bosques la habían provocado los indios incendiando sus propias casas y todo lo que pudiera servirles a los otros de comida, incluidos los maizales sin cosechar, así como los sembrados de calabazas y frijoles. Algo sí encontraron sin socarrarse que les aprovechó para comer y sostenerse un par de días. Al menos en aquella zona pudieron acampar con un espacio suficiente libre de boscaje a su alrededor que evitaba el ataque de los flecheros, que para poder alcanzarlos estaban obligados a ponerse al descubierto.

Los indios guías, antes de que los capturaran o mataran, les habían dicho que el mar se hallaba muy próximo a aquel poblado. Narváez, una vez más, envió a Álvar por delante y en esta ocasión este partió con sus dos capitanes amigos, Castillo y Andrés Dorantes, que siempre procuraban acompañarle, y con el fraile, que ahora era quien más ganas tenía de salir de aquello. Encontraron un ancón de entrada al mar y se alegraron mucho. Más aún cuando comprobaron que las aguas someras estaban llenas de ostiones con los que los hombres disfrutaron mucho comiéndoselos y gustando de su carne tras tantos días alimentándose tan solo de maíz.

Álvar regresó al incendiado Aute, dio las nuevas a Narváez y al día siguiente volvió a salir en descubierta con otra veintena de hombres para ver si aquella entrada al mar era buena y hallaban pronto la costa. Sin embargo, se encontró con que era una bahía muy extensa y de aguas muy someras y no consiguió llegar a las olas. A la vuelta halló al gobernador enfermo, al igual que a bastantes hombres de las tropas. Aun con ello, Pánfilo decidió que había que salir de Aute. Había caballos suficientes para llevar a los enfermos y lograron avanzar algo más en dirección a la costa. Encontraron un lugar propicio y despejado para acampar aquella noche, a medio camino entre el pueblo indio y el ancón de entrada a la bahía.

Había gran desazón entre todos y muy turbios ánimos.

Nadie sabía qué camino iba a tomar el gobernador, pues nada decía de ello y en realidad ninguno había. Al llegar al mar, y sin navíos, estarían atrapados. El malestar cundía al tiempo que se agrandaba la angustia de encontrarse perdidos y acorralados por los indios. O morían de hambre o perecerían ensartados por sus flechas.

Castillo y Dorantes avisaron a Álvar de que entre los de a caballo se extendía cada vez más el descontento. Como disponían de montura había bastantes que estaban rumiando la posibilidad de abandonar a Narváez, partir solos y buscar su propia salvación. En cuanto lo supo, Cabeza de Vaca marchó hacia ellos. Se plantó en medio de los que supo más cabecillas de la pretensión de abandonarlos, les afeó de tal forma la conducta y los avergonzó de tal manera en su hombría, que ni siquiera se atrevieron a replicarle. Abochornados, bajaron la cabeza y la vista al suelo ante quien durante todo el viaje se había ganado su respeto y aprecio. Ahora todos recordaron cuál había sido su consejo de no partir de los barcos ni meterse con tan poco juicio por tierra sin saber dónde ir ni contar con lenguas ni apoyos. Entonces Narváez le había llegado a tachar de cobarde, aunque arteramente, ofreciéndole que se quedara en los barcos, y él se había negado a aceptar y eligió compartir la suerte de todos. Pese a que barruntaba lo aciaga que iba a ser dicha suerte. No podían dejarlo abandonado. Ni a él ni a ninguno de los que habían compartido el fuego, la poca comida, la batalla y las heridas. Eran soldados, eran hombres, eran castellanos.

—Podéis salvaros tal vez, pero ¿con qué honra? —dijo Álvar—. ¿A quién, como hidalgos, podréis mirar a la cara tras haber abandonado a vuestro gobernador enfermo y a vuestros compañeros de a pie? El baldón de vuestra cobardía y traición os acompañará de por vida si lográis conservarla. Estoy seguro de que así no querríais vivirla, ni como caballeros ni como cristianos ni como hombres.

Todos, sin excepción alguna, levantaron al fin los rostros y hablaron dando la cara a Álvar.

—No será así, Álvar. Aquí nos quedaremos. Que la suerte de unos sea también la de todos. No desampararemos ni al gobernador ni a vos ni a ningún camarada. Lo que hayamos de padecer, vivir, penar o morir, lo padeceremos juntos.

Se enorgulleció Álvar de ellos y los abrazó a todos, uno a uno. Fue entonces a ver al gobernador. Le contó lo que pasaba y que había de encontrar la manera de salir de allí. Cuanto antes, además, pues los hombres, una tercera parte enfermos y los demás cada vez más débiles, no podrían sostenerse por mucho más tiempo.

Se celebró consejo entre los capitanes. Álvar no hizo mención alguna ni reproche al pasado. Ya no era tiempo de llorar sobre la leche derramada. Decidieron que la mar ofrecía la única salida. Sin embargo, carecían de barcos y además allí no había calado para que pudieran llegar estos a donde ellos estaban. Entonces se propusieron construir las barcas.

4

La construcción de las barcas

A 22 días del mes de septiembre se acabaron de comer los caballos y ese día nos em-
barcamos.

CABEZA DE VACA, *Naufragios*

No disponían de herramientas, ni hierro, ni fragua, ni estopa, ni pez, ni jarcias, ni cosa alguna de las que eran menester para construir una barca por muy rudimentaria que
fuera ni tampoco gente que estuviera avezada en ello. Entre la tropa de Narváez no había nadie que fuera carpintero
de ribera, pues todos los que sabían algo de tales asuntos
los había despachado el gobernador en los barcos. No obstante, no tenían otra forma de intentar escapar de aquella
selva inundada, acosados por los flecheros, enfermos, desalentados, con su líder cada vez más postrado, que conseguir poner a flote barcas y darse a la mar. Porque en aquella
tierra solo les esperaba, más pronto que tarde, la muerte.

No habían llegado a ciudad alguna, solo a poblachos
miserables; no habían hallado riquezas, sino que ni siquie-

ra habían encontrado alimentos con los que mantenerse; no habían conseguido la fama derrotando ejércitos de indios, sino que furtivos flecheros, sombras de las lagunas y los árboles, les habían diezmado. Álvar sabía que estaban apurando sus últimas posibilidades y que solo les quedaba un camino, huir por mar, costear, intentar dar con otros cristianos, bien fuera llegando a Pánuco o topándose con sus propios navíos, que la imprudencia de Narváez había alejado de ellos y que tal vez estuvieran buscándoles.

En los oídos del capitán jerezano resonaban como una profecía sus propias palabras de cuando se enfrentó al gobernador. «No habéis de ver ya nunca más los navíos ni los navíos a vos.» Se encomendó a Dios y le pidió perdón por haberle retado de aquella manera; le suplicó que no fuera cierto lo afirmado y que volvieran a ver sus velas salvadoras en el horizonte. En caso de que no fuera así, rogó que le diera fuerza y le iluminara para conseguir salvar la vida de aquellos hombres, de los que cada vez se sentía más responsable, y apoyado en los capitanes Castillo, Dorantes y Téllez procuraba infundir en ellos ánimo y esperanza.

Quiso entender que el Altísimo, a quien tanto se había encomendado, había escuchado sus súplicas, pues al día siguiente se presentó ante él un hombre de los de a pie para decirle que sabía algo de fragua y que podría hacer algunos cañones de palo y fuelles con los cueros de los venados. Asimismo podría fundirse el hierro que hubiere y comenzar a hacer clavos, sierras, hachas, remaches y todos los utensilios necesarios para conseguir ensamblar y poner en el mar las embarcaciones. Fue la primera buena nueva y se pusieron de inmediato manos a la obra con renacida esperanza.

Construido el horno se comenzó a echar en él y fundir todo el metal que llevaban. Estribos, espuelas, ballestas y todo lo que se encontrara menos las espadas y las corazas para no quedar indefensos, pues los salvajes no dejaban de acecharlos. Tras el herrero se presentó también Dorantes con uno de sus hombres, que resultaba haber sido carpintero, el único que entre toda la tropa había de ese oficio, un portugués llamado Álvaro Fernández. Al menos contaban con un carpintero, y este podía no solo ir comenzando la labor sino enseñando a los otros. Las cuadrillas empezaron a talar árboles, que de ello no les faltaba, y luego, tras desbastarlos, hicieron tablones y tablas, que pulieron, combaron y ensamblaron. En muchas ocasiones Álvar echó de menos al viejo Trifón, que a buen seguro y en aquella circunstancia le hubiera sido de la mayor utilidad y habría puesto remedio a muchas cosas. El alcarreño había tenido, era forzoso reconocérselo, el buen tino de quedarse en Santo Domingo y esposar a la viuda que nunca lo había sido.

Puesta la gente a esa faena y habiendo despejado antes un amplio espacio, donde no quedó árbol ni matorral alguno en el que pudiera un indio emboscarse, y levantar, además, una empalizada alrededor del campamento que les proporcionara alguna seguridad, decidieron también otras medidas para aprovisionarse y una última ya desesperada. Harían con las gentes más sanas y fuertes que quedaban cuatro entradas en el poblado de Aute, de nuevo ocupado por sus pobladores, e intentarían conseguir todo el alimento posible que hubiera tanto allí como en los alrededores. También se tomó la decisión de ir sacrificando a los caballos, uno cada tres días, para írselos comiendo, pues ya de nada más iban a servirles y desde luego no iban a poder meterlos en las barcas. Con que pudieran ir ellos y no se hundieran, ya se daban por muy satisfechos. Al hacerlo renunciaban ya del todo a cualquier posible huida por tierra. Se privaban de su mejor y más disuasoria arma ante los indios, pero no les quedaba otro remedio. Álvar, para su coleto, pensó que también era la forma de evitar nuevas y desesperadas tentaciones de huida de los hombres que dejaran a todos los demás a su suerte.

No obstante, los caballos aún les sirvieron para las postreras incursiones en Aute, que en dos ocasiones capitaneó Álvar y las otras, una Castillo y otra Dorantes. Narváez seguía postrado y apenas se levantaba de su lecho. En las entradas hubieron de vencer la resistencia de los indios, que, si bien no esperaban la intentona, se defendieron como pudieron y les hicieron algunos heridos. Así se consiguieron más de cuatrocientas fanegas de maíz, pues los indios tenían plantaciones que estaban más alejadas de su poblado y no habían quemado. Trasladado todo al campamento, se establecieron también grupos dedicados a recolectar una gran cantidad de palmitos, no solo para comer sus corazones sino para aprovechar sus hebras y con ellas conseguir, tras secarlas y deshilacharlas o trenzarlas, algo que se pareciera a la estopa o a cuerdas. En ello sí había ya más gente ducha, pues bastantes lo habían hecho antes con cáñamo y esparto en las Españas. Como la necesidad era imperiosa, se afanaron para conseguir hacerlo con aquellas plantas de allí y competían los unos con los otros en encontrarlas mejores para hacer fibras más resistentes. De palmitos y otras plantas y arbustos, así como de las colas y las crines de los caballos, se hicieron cuerdas y jarcias, sogas y maromas. Con sus propias camisas y otras telas que llevaban, se confeccionaron las velas y de unas sabinas de madera muy dura que el carpintero consideró la mejor para ello, se fabricaron los remos.

El campamento había pasado en unos días de la postración más grande a una actividad frenética y a una creciente excitación y optimismo al ver la salvación en aquella puerta que estaban abriendo. O, al menos, intentando abrir sin caer en el abatimiento. Los hombres se reían y las carcajadas se juntaban con algún juramento cuando un útil se rompía, algo a medio construir se torcía o lo que estaba a punto de terminarse se quebraba y había que comenzarlo de nuevo. Sin embargo, no se rendía nadie y todos competían por dar buen fin a lo que hacían, aguzando el ingenio, inventando las artes más curiosas para poder resolver las necesidades que surgían a cada paso. Álvar contemplaba su actividad y se le alegraba el corazón al ver cómo había cambiado el ánimo de las gentes. Ya no eran unos derrotados; tenían por delante un objetivo y se esforzaban día y noche para conseguirlo. Escapar de aquella maldita floresta y darse a la mar para salvar sus vidas.

Comían además con regularidad, aunque a poco tocaban, algo de carne de los caballos que iban sacrificando, con gran pesar de sus jinetes, pero todos sabían que era irremediable hacerlo. Álvar no la probó siquiera y solo comía maíz tostado, pues con ello quería dar ejemplo a otros capitanes para ofrecer aquella carne a sus hombres, sobre todo a los heridos y enfermos. No siguió desde luego su ejemplo Narváez, que se había ido recuperando, ni alguno de sus más allegados, el fraile mayor y el capitán Pantoja como los más señalados que exigían para ellos las primeras y mejores raciones.

De los equinos no solo se aprovechó la carne, sino que a uno que sabía el oficio de los curtidores, se le ocurrió el curtir sus cueros y, tras sacarlos enteros de las patas al desollarlos, fabricó con ellos botas en las que luego podrían conservar el agua que habría que embarcarse al comenzar a navegar por la mar salada.

El más grande de los problemas surgió al tratar de encontrar la forma de calafetear y embrear las barcas, pues, aunque habían conseguido hacer algo similar a la estopa para las juntas, pez no tenían y no veían el modo de fabricar algo que se le pareciera. Así estuvieron pesarosos hasta que un griego llamado Teodoro se allegó a Álvar y le expuso lo que él creía que podía resolverlo. Había encontrado unos pinos que daban abundante resina y durante un largo tiempo se puso a sangrarlos con otros que le ayudaron en la tarea. Luego con aquello y haciendo cocimientos y mezclándolo con otras sustancias que el griego añadió, se logró elaborar una brea que les sirvió para dejar bastante bien acondicionadas las barcas y que no les entrara el agua por las rendijas entre las tablas.

El último reto fue el de conseguir con qué lograr sondar y anclar. En cualquier lugar aquello no hubiera parecido nada difícil, pero allí si algo escaseaba, puesto que el terreno era totalmente arenoso, eran piedras. Hubo que realizar varias salidas y hasta arriesgar la vida ante las emboscadas de los flecheros para lograr hacer acopio de ellas y del tamaño preciso que sirvieran para cumplir con su cometido.

Tanta diligencia y esfuerzo pusieron que, habiendo comenzado el 4 de agosto la tarea de construir las barcas, cinco en total de veinte codos cada una de ellas, al llegar el 20 de septiembre, o sea mes y medio más tarde, ya las tenían terminadas. Cuando la última quedó lista, Álvar elevó al cielo su plegaria y agradeció a Dios el favor concedido.

Sin embargo, no todo había sido venturoso. En aquellos cuarenta y cinco días pocos habían pasado sin tener que soportar algún ataque o emboscada de los flecheros, que no dejaban de molestarlos y acosarlos sin cesar. Dentro de la empalizada estaban más o menos a cubierto, pero los indios encontraron sus puntos débiles y en ellos se cebaron. Espiaron los movimientos de los castellanos. Vieron que hacían salidas a coger mariscos y todo animal del mar que se pusiera a su alcance por los charcos de la marea baja, y fue ahí donde más los atacaron. En esas emboscadas mataron a diez en total, que los del campamento vieron caer desde el real sin poder hacer nada por socorrerlos. Cuando al fin los podían recoger se quedaban aún más entristecidos al ver que no les habían servido siquiera los petos y corazas, pues algunas flechas llegaban a traspasarlos. Los arqueros eran tan hábiles que se las clavaban en aquellos puntos y lugares que quedaban al descubierto, el cuello o las junturas. Los flecheros habían ido aprendiendo y cada vez eran más diestros en apuntar y acertar los puntos vulnerables.

Las heridas de flecha se hicieron más temibles. Hasta entonces no habían detectado que untaran las puntas de ponzoña, como hacían muchos de los indios caribes, pero estos cercanos al mar parecía que conocían y empleaban algún tipo de hierba venenosa para que fueran aún más mortales. Lo comprobaron cuando algunas heridas superficiales se infectaron y uno de los heridos murió a causa de ello. El miedo a sufrir simplemente un rasguño se hizo más y más presente. Los españoles se sintieron más cercados dentro de la empalizada y ya no se atrevían a asomarse fuera a no ser que se tratara de una necesidad imperiosa. También se dispuso remedio; en cuanto alguien sufría una herida y se detectaba que la flecha venía impregnada con hierba, se intentaba atajar de inmediato el veneno. Lo primero era cortar sin dilación el trozo de carne afectada. Para ello, el que hacía de físico echaba mano del anzuelo y la navaja. El anzuelo para levantar la carne y la navaja para cortar el cacho. Los alaridos del curado hacían hervir el aire, pero mejor era eso que morirse. Una vez realizada la operación se aplicaba sobre la parte afectada un emplasto, o si era ya un agujero hondo el remedio se metía en forma de bola, a base de harina de maíz tostado, pólvora, sal y ceniza y polvo de tizones de la hoguera; luego se vendaba.

Eso era para las heridas menos graves; para las más profundas solo había una solución, y esa sí que era verdaderamente espantosa. La llamaban los soldados la del capitán de la Virgen en honor a Alonso de Ojeda, pues él fue el primero en usarla al entrarle una flecha enherbolada en el muslo y atravesárselo de parte a parte. Hizo que le aplicaran dos planchas de hierro al rojo vivo a ambos lados, de manera que no solo quemaran el muslo y la pierna expulsando la hierba ponzoñosa, sino que su ardor penetrara por todo su cuerpo. Cura tan brutal como aquella no llegó a practicarse, pero aplicar hierro al rojo en las heridas sí hubo que hacerlo en varias ocasiones. A pesar de ello, a algunos heridos se les metió el veneno en la sangre y acabó por matarlos.

Además, se les sumaba el contratiempo de que no tenían aceite para hacerlo hervir y cauterizar las heridas. Era el mejor remedio, pero no dieron con la manera de conseguir algo parecido que lo supliera hasta que uno de los que habían andado por la Nueva España recordó lo que había visto hacer allí a un maestre de las llagas. Este sacó las mantecas a un cristiano muerto, después las puso al fuego y les dio así el mismo uso. El problema era que, con aquellas hambrunas, los cristianos que habían muerto y aún estaban sin enterrar lo que se dice mantecas no tenían.

—Esas las tenía buenas el gobernador Velázquez, pero lo que es de nosotros, ni vivos ni muertos, no se saca ni un gramo —dijo en zumba y fastidio un ballestero.

No obstante, al día siguiente, en la entrada de Aute, Castillo, que se había quedado con la copla, le echó el ojo a un indígena que parecía estar más metido en carnes que los demás. Así que le soltó un lanzazo al pecho y lo dejó tieso. Cuando los otros corrieron como liebres se bajó del caballo y, ayudado por un compañero, echó al indio encima de la montura y lo condujo hasta el campamento. Allí se lo ofreció al físico.

—Quizá este tenga algo de sebo y os valga.

El físico le pasó rápido el cuchillo justo por encima de sus partes y, aunque no mucha, algo de manteca tenía y raspando, raspando se hizo con un buen puñado. Luego aplicó el remedio a dos hombres que estaban con heridas muy feas de un par de días antes. El proceso era muy simple: primero hirvió la manteca y luego la extendió encima de la llaga. O sea, que los abrasó vivos. Los alaridos eran espantosos, y había que ponerles en la boca una badana de cuero para que no se segaran ellos mismos la lengua con los dientes. No obstante, el remedio resultaba eficaz, pues solía impedir la gangrena y aunque dejaba señal muy fea cicatrizaba bien. Los dos heridos con el unto del indio de aquella se libraron.

Entre los muertos por las flechas indias y otros a resultas de heridas anteriores que se infectaron, sumados a los que sucumbieron por enfermedad o por simple agotamiento provocado por la hambruna y la necesidad que pasaban, cuando ya el 22 de septiembre mataron al último de los caballos que les quedaba, se lo comieron y se dispusieron a hacerse a la mar, resultó que habían perdido en total cuarenta hombres. Pero, al fin, los supervivientes lograron echar las cinco barcas al mar y las cinco flotaron sobre las aguas.

En la primera, la mejor y la más recia, fue el gobernador y cargó cuarenta y nueve hombres, los mismos que en la que fueron los frailes con fray Juan Suárez y el contador, Alfonso Enríquez; de la tercera, que cargaba a cuarenta y siete, se dio el mando a los capitanes Téllez y Peñalosa; la cuarta, con cuarenta y ocho, quedó al mando de Castillo y de Dorantes; la quinta la dirigía Álvar, que embarcó con el veedor y factor del rey Alfonso de Solís, aquel a quien en Apalache le mataron el caballo y casi a él mismo, y llevaba a bordo cuarenta y nueve hombres. En total, doscientas cuarenta y dos almas, que eran los que quedaban, que no eran pocos.

Las barcas iban tan repletas, tan apretados los unos con los otros, y con tanto peso que apenas si su bordo sobresalía un palmo de las aguas. Pero al fin escapaban, salían de aquel lugar infernal, donde nada sino la muerte y el hambre habitaban. Aquel al que habían llegado dándole por nombre la Tierra Florida.

5

El fin de Narváez

El gobernador me respondió que ya no era
tiempo de mandar unos a otros; que cada
uno hiciese lo que mejor le paresciese que
era para salvar la vida.

CABEZA DE VACA, *Naufragios*

A la bahía por la que habían salido a la mar le pusieron el
nombre de los Caballos, en homenaje a las buenas bestias
que habían sido su último sustento, amén de sus monturas en
la marcha y los combates. Con las frágiles barcas tan rudi-
mentariamente construidas y con una peligrosa sobrecar-
ga, se lanzaron a las aguas buscando en ella la oportunidad
de salvar la vida que ya no tenían en la tierra. Siete días costearon por aquellos ancones procurando mantenerse juntos, siete días en que no vieron rastro alguno ni de indios ni
de cristianos y menos todavía de aquel puerto de Pánuco
que desesperadamente trataban de localizar. Al séptimo,
Álvar, cuya barca iba algo adelantada, se dirigió a una isla
que estaba cerca de la tierra, para ver de proveerse de agua

y si fuera posible comida. Observaron entonces que cinco canoas indias estaban llegando a la orilla y se lanzaron hacia allí con toda la velocidad que pudieron agotando sus cada vez más escasas fuerzas con los remos. Los nativos no aguardaron su llegada, sino que tras dejar las canoas en la arena saltaron a tierra y se perdieron corriendo entre los árboles.

Cabeza de Vaca decidió al instante tomar para sí las canoas abandonadas pensando que muy bien le vendrían. Mientras, las otras barcas, que siguieron costeando, divisaron las casas en donde se guarecían los indios. Abandonadas también apresuradamente por los indígenas ante la llegada de los españoles, hallaron un tesoro que ni por oro hubieran cambiado en aquel momento, pues estaban llenas de pescados parecidos a las lisas, puestos a secar, y muchas huevas de ellas. Se apoderaron de todos y pudieron comer y recuperarse un poco de los padecimientos y hambres que soportaban. Con aquellas viandas se mantuvieron un tiempo. Luego dejaron atrás el islote y desembarcaron en una costa accesible, y allí desguazando las canoas, haciendo falcas de ellas y añadiéndolas a las barcas, lograron que las bordas sobresalieran dos palmos más sobre el agua, que como antes iban, no dejaba de entrarles dentro.

Sin embargo, aquella fue la única dicha, pues aunque continuaron navegando siguiendo la costa, y creyendo ilusamente estar en las cercanías del río de las Palmas y se suponía que de Pánuco, ningún rastro de ellos hallaron y cada día lo único que crecía era la sed y el hambre. Para mayor pesar, las botas que habían hecho con los cueros de los caballos se pudrieron y descompusieron el agua que allí habían querido mantener.

Divisaron algunos pescadores indios que huían nada más detectarlos y algún chamizo miserable y pobre en la distancia. Treinta días después de partir de la bahía de los Caballos su necesidad era tanta, pues alcanzaban ya las cinco jornadas de no poder llevarse ni una gota de agua dulce a la boca, que, tras arribar a otra isla y no hallar en ella manantial alguno ni poza que la contuviera, eso les puso en la tesitura de beber agua salada. Algunos hombres lo hicieron de tal forma que cinco de ellos perecieron tras una mala agonía sin que pudieran hacer nada para socorrerlos.

La noche anterior a aquello habían llegado a vislumbrar una canoa que se dirigía a tierra furtivamente, por lo que decidieron que era mejor embarcarse de nuevo, seguir su rumbo hacia tierra y ver dónde había desembarcado y seguirla. Así lo hicieron y, al volver una punta de tierra, dieron con una zona bien abrigada, bonancible y desventada y vieron que hacia ellos acudían multitud de canoas indígenas. Les hacían gestos y les decían palabras y voces que no comprendían, pero parecían invitarles a seguirles.

El gobernador decidió hacerlo y todos estuvieron de acuerdo. Al fin y al cabo, no tenían otra opción si no querían morir de sed. Álvar se percató de que eran gente de buena estatura y fuertes, pero que no llevaban lanzas ni arcos. Les siguieron a tierra y fondearon sus barcas no muy lejos, si bien algo separadas por precaución de donde ellos lo hicieron con sus canoas. Tras dejar a un grupo en la playa, los que estaban en peor estado y algunos más para proteger las embarcaciones, la mayoría con el gobernador al frente les siguió hasta sus casas, delante de las cuales habían dispuesto muchos cántaros con agua y una gran cantidad de pescado que el cacique que los mandaba le ofreció a Narváez. Todos comenzaron a beber primero y a comer con ansia luego. Dejaron para después, aunque sin olvidarlo, el dar gracias a Dios, a la Virgen y a todos los santos por haberles socorrido en aquella necesidad extrema. Quizá lo hicieron antes de tiempo, aunque nada se maliciaron, pues el comportamiento de aquellas gentes más amistoso no podía haberlo, y no se les veía que portaran armas de ningún tipo.

El cacique invitó al gobernador a entrar con él a su casa, que era la más lucida de todas con excepción de otra muy grande donde los indios celebraban sus ritos y consejos. Pánfilo se hizo acompañar de unos pocos, en tanto que Álvar y el resto quedaron fuera e hicieron trueque del maíz que traían por más pescado. Los indios comieron gustosos de su maíz y ellos de sus peces. Los españoles también les entregaron muchos rescates, cuentas, vidrios, cascabeles y abalorios, y todos parecían muy contentos.

Cabeza de Vaca, en medio del jolgorio y las muchas risas y palmadas, se dirigió a Castillo, que andaba a su lado, y le dijo:

—Gracias sean dadas a la divina providencia por habernos amparado en este aprieto, aun así mejor será ser precavidos.

—No veo en ellos mala intención, Álvar.

—Pero lo que yo no veo, Alonso, es ni a mujeres ni a niños. Ninguno. Las mujeres que pude vislumbrar al llegar han desaparecido. Dile a Dorantes que se mantenga alerta.

Se fijó Castillo en lo que Cabeza de Vaca le señalaba y comprobó que era muy cierto. Así que con discreción buscó a Dorantes y le pasó el aviso.

Cayó la tarde; el crepúsculo, como siempre sucedía en aquellas tierras, pasó fugazmente y con serenidad dio lugar a la noche. Los castellanos, por una vez sin hambre, ni encendieron los fuegos. El gobernador y sus acompañantes seguían en casa del cacique. De pronto los indios que se habían separado no hacía ni media hora amistosamente de ellos se abalanzaron, con grandes alaridos y lanzándoles piedras, lanzas y flechas, contra los que estaban dolientes en la playa y los que con Álvar se encontraban al lado de las casas. Otro grupo, al unísono con los dos anteriores, lo hacía contra la mansión del cacique donde se hallaba Narváez. A este lo alcanzaron con una roca en la cara, y cayó conmocionado al suelo, pero los que estaban con él repelieron el ataque e incluso por un momento tomaron preso al cacique. Pero este se les zafó, aunque al hacerlo les dejó en las manos una magnífica capa de pieles de castor que le cubría por entero, y se refugió entre los suyos, que siguieron atacando cada vez con más ímpetu y en mayor número.[24]

Los que guardaban a Narváez lograron llegar con él en brazos a la playa y lo metieron en su barca. Entretanto, Álvar y Castillo, a quienes al igual que a Dorantes y sus hombres el ataque no los había cogido del todo desprevenidos, contenían a la indiada, que no se acercaba en demasía ante los filos de las espadas, que probaron aquellos que osaron ponerse a los alcances del acero. Con cincuenta hombres, Cabeza de Vaca montó una línea defensiva mientras que el

24. Álvar creyó que era de marta cebellina, pero la describió con gran exactitud y haciendo hincapié en el olor a almizcle que desprendía, por lo que resulta evidente que era de castor, un animal que entonces habitaba incluso en tierras de California y Arizona.

resto se acogía a las barcas; con estos se mantuvo el jerezano toda la noche soportando las acometidas, que tres grandes les dieron, y sin cejar en su intento a pesar de las bajas que sufrían y las tripas que desparramaban los hierros. A los castellanos les caía encima de todo y se las veían negras para protegerse con las rodelas y escudos de la lluvia de dardos y piedras que les lanzaban y de quienes, más osados, arremetían con mazas y cuchillos de piedra contra ellos. En cada uno de aquellos envites los hombres de Álvar se veían obligados a ceder terreno, un tiro de piedra en cada arremetida, y de los cincuenta no quedaba ya ninguno que no tuviese heridas. A Cabeza de Vaca lo alcanzaron en la cara con una piedra de las que lanzaban con hondas, pero para su fortuna no le dio de lleno sino que algo le paró el yelmo, pues de no ser por él lo hubiera descalabrado. Aún conmocionado, se dio cuenta, mientras se restañaba la sangre tras lograr contener la última embestida y hacerles retirarse, de que la lluvia de dardos disminuía.

—¡Se están quedando sin flechas! —gritó a sus hombres—. Recogedlas. Que no las recuperen. Así no podrán hacernos tanto daño.

Dorantes se acercó a él con los capitanes Peñalosa y Téllez, que también se habían unido y ocupado la primera línea de la refriega.

—Ya no nos queda mucho espacio para seguir retrocediendo —señaló Téllez—. Tenemos que contraatacar o llegarán hasta las barcazas.

Todos comprendieron que estaba en lo cierto, pues si los indios las alcanzaban y se las tomaban o hundían estarían todos perdidos.

—Les prepararemos una celada. Vosotros dos —dijo Álvar señalando a Castillo y Dorantes—, con una docena más, id al flanco por el que no nos vienen y queda oscuro por estar más alejado de nuestros fuegos; allí tumbaos en el suelo y quedaos al acecho. Nosotros retrocederemos. Cuando ellos avancen y les quedéis a las espaldas, atacadles y nosotros haremos igual para cogerlos entre ambos grupos y así acuchillarlos desde los dos lados.

Los indios no tardaron en volver en una tercera embestida, envalentonados por el retroceso de los barbudos, cada vez más seguros de su victoria y con mayor griterío que nunca. Álvar, Téllez y Peñalosa y los demás de su grupo formaron una fila adelantada y cuadro compacto tras ella. Así aguantaron cuanto pudieron hasta que Castillo y Dorantes, con el grupo de la emboscada, les cayeron por detrás a los indios acuchillando en silencio pero tajando la carne desnuda, dirigiéndoles sobre todo los golpes a las partes blandas y a las piernas. Estos, cogidos entre las dos líneas, no tardaron en descomponerse; perdieron todo su ímpetu y huyeron dejando tras ellos una carnicería entre muertos y heridos que los castellanos remataron sin compasión alguna mientras gritaban insultos a los traidores.

Al amanecer, Álvar comprobó que todos los indígenas habían abandonado el poblado y huido. En la playa habían quedado arrumbadas treinta canoas. Se apoderó de ellas y las hizo quemar para que los hombres se calentaran, pues había entrado un norte muy frío que les estaba congelando hasta los huesos. El relente de la amanecida hacía que les dolieran aún más las heridas. Además, sin ellas, los indios no podrían seguirlos y acosarlos en el mar.

Porque era preciso embarcar sin tardanza, aunque el mar estaba muy feo y bravo con aquel norte que lo encrespaba. Intentaron hacer acopio de agua, pero no llevaban suficientes vasijas para poder guardarla y abastecer a tanta gente. Hubieron de conformarse con transportar tan solo para unos cuantos días, sabedores de que ese sería de nuevo el peor de sus problemas y la mayor de sus necesidades. Aun así, no les quedaba más remedio que partir y, en cuanto amainó un poco la tormenta, volvieron a embarcarse y siguieron costeando en busca de aquel puerto de cristianos que cada vez más desesperaban de encontrar, pues nadie les daba señal de presencia de castellanos, tampoco aquellos indios traidores.

Costearon durante tres días más y el último se vieron de nuevo forzados a buscar tierra para conseguir abastecerse de agua. Entraron por un estero y vieron una gran canoa india a la que el gobernador, que iba adelante, llamó y se acercó. Les pidieron agua a los indios y estos les dijeron que si les daban vasijas se la traerían. Entonces el cristiano griego, Teodoro, aquel que había encontrado la forma de hacer pez para embrear las barcas, dijo que él iría con los indios. Narváez puso muchos impedimentos, pero a la postre el griego porfió afirmando que era la única manera de que la trajeran con seguridad y que se llevaría un negro con él, había varios que eran criados de algunos hidalgos. Pánfilo aceptó con la condición de que los indios dejaran a dos de los suyos como rehenes en las barcas. Así se hizo, y el griego partió con el negro en la canoa.

A ninguno de los dos volvieron a verlos nunca. Los indios sí reaparecieron esa misma noche y aparentemente traían el agua, pero resultó que las vasijas estaban vacías y tampoco traían a los cristianos que se habían llevado con ellos. Los dos indios que tenían los españoles cautivos intentaron echarse al agua y nadar hasta los suyos, pero pudieron agarrarlos a tiempo y no los dejaron escapar. Entonces los de la canoa, al quedar al descubierto su treta, huyeron. En las barcas hubo mucha tristeza por la pérdida de los dos cristianos, sobre todo de Teodoro, que era muy apreciado por todos por haber logrado que pudieran embarcar. Los indios les habían vuelto a traicionar, y estuvieron seguros de que estaban en connivencia con los que les habían llevado con engaños a su poblado y luego les habían atacado, para matarlos o tomarlos como cautivos.

—Quieren apresarnos —le dijo a Álvar un soldado de los que habían estado en la Nueva España—, para llevarnos a los altares de sus dioses y sacrificarnos arrancándonos el corazón con sus cuchillos. Eso hacían y esa es la intención de estos, pues se les parecen mucho.

El que los indios querían apresarlos y sacrificarlos corrió pronto por todas las barcas y muchos tuvieron miedo. En cada una había gente que había ido a la expedición con Pánfilo, aquella en la que perdió el ojo en la batalla con Cortés, y relataban a los demás los sacrificios y las pirámides manchadas de sangre cuando los sacerdotes abrían el pecho de los prisioneros con los puñales de obsidiana negra y les sacaban el corazón para ofrecérselo a sus dioses.

Fondeados en la bahía, muy pocos pudieron dormir aquella noche esperando a cada momento el asalto de los indios en la oscuridad. No sucedió lo que temían, pero al amanecer vieron llegar multitud de canoas, y al frente de ellas parecía haber señores suyos muy principales, a juzgar por sus penachos y actitudes. Prudentemente se fueron retirando hacia la bocana del estero, pues pronto observaron que tras reclamarles a los dos suyos cautivos, aunque ellos no traían a los cristianos, comenzaban a intentar cerrar con sus canoas la salida a mar abierto siguiendo las órdenes de sus caciques, que llevaban abrigos de castor y también unas zamarras de cuero de color leonado con lazos colgantes, que les envidiaban porque hacía ya mucho frío. Los españoles echaron mano a los remos y salieron fuera seguidos por la indiada, que no se atrevía a acercarse en demasía. Hasta el mediodía porfiaron los unos en exigir la devolución de los cristianos y los indios de los suyos; furiosos los nativos por no lograr su propósito de cercarlos, comenzaron a tirarles con las hondas y algunas varas. No obstante, no hubo demasiado peligro, pues entre todos apenas si tres o cuatro llevaban arcos. Finalmente entró buen viento y, viendo la imposibilidad de conseguir recuperar a Teodoro ni al negro, los españoles optaron por seguir y tornaron a costear.

Álvar, al que en esta ocasión tocó ir por delante con su gente, a la hora de vísperas, tras doblar un pequeño cabo, descubrió al otro lado una punta de tierra y tras ella la desembocadura de un enorme río cuya grandiosidad dejó asombrados a todos.[25] Cabeza de Vaca se dirigió a la punta de tierra y a una isleta que allí había para esperar a las otras

25. El río Mississippi. El propio relato de Álvar Núñez Cabeza de Vaca deja claro que el primer blanco que lo contempló fue él. Aunque sin saber dónde se hallaba, había llegado al delta de su desembocadura.

barcas. Sin embargo, el gobernador, que desde la pedrada en el poblado indio había caído en una mayor y casi total postración de ánimo, ni quiso seguirle allí, sino que se metió en una bahía cercana donde también había muchas isletas y a la que los demás, incluido Álvar, hubieron de acudir.

La alegría de todos era que aquel poderoso río metía su agua dulce en el mar y se podía coger de ella cuanta se quisiera sin necesidad de bajar a tierra. No solo aliviaron su sed, sino que por una vez pudieron darse un hartazgo de ella; por otra parte, algunos aprovecharon la coyuntura, aunque hiciera frío, para lavarse y quitarse el salitre que les escocía la piel.

La necesidad de agua estaba cubierta, pero no hallaron leña para poder encender los fuegos en condiciones; entonces Álvar acordó el ir, atravesando la desembocadura del río, hacia el otro lado y procurar traerla de unos bosques que allí se divisaban, si bien no contó con la tremenda corriente que aquel agua traía. La otra orilla estaba como a una legua, pero no pudieron llegar ni con toda la fuerza que pusieron a los remos. La corriente no solo se lo impedía, sino que los iba empujando hacia el mar abierto. Cuando además se levantó norte, que venía desde tierra, ya fue imposible resistir aquella fuerza y se vieron sacados fuera y cada vez más lejos de la orilla. Sondaron, y ni siquiera con treinta brazas que llevaban lograron hacer fondo. Se hizo de noche y no les quedó otro remedio que esperar al alba para saber dónde se hallaban. Al amanecer descubrieron que se habían alejado bastante y les costó dos días, tras lograr hurtarse de la corriente, volver cerca de la costa. Entonces vieron muchos humos y se previnieron de lo que podía aguardarles allí, separados encima de las otras barcas.

Al atardecer ya estaban a solo tres brazas de profundidad, pero el miedo les impidió seguir hacia la costa, por lo que aguardaron de nuevo la luz y ver si divisaban alguna de las otras embarcaciones. No había ninguna en el horizonte. Tras volver a salir al mar abierto y al cabo de dos días, cuando ya daban a todos los demás por perdidos, detectaron dos de las barcas, que iban cercanas la una de la otra. Se llegaron a la que iba más atrás, y en ella viajaba el gobernador, a quien Álvar vio hosco y malencarado con él, y le preguntó, con no muy buenos modos y gesto de hombre ya muy desalentado, qué creía que debían hacer. Cabeza de Vaca le señaló la necesidad de juntarse los tres y buscar a las otras dos barcas. Narváez respondió que no, que la barca que iba delante iba muy metida en el mar y él quería volverse a tierra, e instó a Álvar a seguirlo.

—Tomad los remos y haced uso de ellos. Si trabajan tus hombres y ponen fuerza en los brazos podrán tomar tierra con nosotros.

Insistió Álvar en que se juntaran todos, pero Narváez no le quiso oír. Vio además Álvar que el gobernador ya solo se fiaba de aquel capitán llamado Pantoja, al que había nombrado su segundo y cuyos consejos seguía sin objetarles nada, habiendo despojado de tal rango al contador Alfonso Enríquez, a quien le correspondía ese puesto. El tal Pantoja intervino entonces para cortar la polémica y hacerse valer con mucha brusquedad y mal tono.

—Señor gobernador, si hoy no tomamos tierra, no lo haremos en seis días después. Presto hay que hacerlo o no tendremos más oportunidad. Que don Álvar haga lo que le plazca, pero nosotros nos vamos a tierra.

Viendo Cabeza de Vaca tal voluntad cogió su remo y con él todos los demás, y comenzaron a bogar tras la barca de Narváez. Lograron mantenerse cerca de ella hasta casi ponerse el sol, pero la barca del gobernador llevaba la gente más recia y los iba dejando atrás. A gritos, Álvar les pidió que les echaran un cabo para ayudarles. Pantoja se negó a hacerlo con los peores modos.

—Ya tendremos nosotros gran esfuerzo que hacer para poder llegar solos a tierra. Hacedlo vos también —le gritó por su parte Narváez, confirmando a su segundo.

—Entonces, don Pánfilo, como lo más probable es que no os podamos seguir, tened a bien decirme qué es lo que me mandáis hacer —replicó Álvar—. Vos habéis de dar las órdenes.

Narváez se enfureció.

—Siempre las habéis cuestionado y ahora las pedís. Ya no es tiempo de órdenes, señor Cabeza de Vaca, ni de mandar unos a otros. Es tiempo de que cada cual haga lo mejor que le parezca para salvarse él.

Entendió Álvar que aquel hombre ya no era capitán de nada, ni capaz de liderar ni gobernar tropa alguna, y comprendido esto, con gran pesar y con no poco desprecio e ira se separó de él y de Pantoja. Entretanto, este aseguraba a los que navegaban con él que si arribaban a tierra estarían ya muy cerca de Pánuco, aquel Pánuco de que había comenzado a hablar el piloto Miruelo y que todos decían saber dónde estaba y ninguno sabía en realidad llegar a él.

Aquella fue la última vez que Álvar vio al gobernador.

Liberado ya de su autoridad, el jerezano decidió seguir su propio dictado y razón. Salió de nuevo hacia el mar, y divisó la otra barca y ellos también lo vieron a él. Le esperaron y resultaron ser los capitanes Téllez y Peñalosa, a quienes expuso la situación. Decidieron seguir juntos e intentar dar también si era posible con la otra barca que faltaba.

No les quedaba apenas comida y cada día solo tocaban a un puñado de maíz crudo por hombre, pero así navegaron cuatro jornadas más hasta que en la noche del cuarto día les alcanzó la tormenta fatal. Fue tal su fuerza y estaban tan dentro del mar, que primero los separó. Luego, ya perdido Álvar de Téllez y Peñalosa, el hidalgo jerezano solo pudo intentar que su propia barca no se hundiera, pues eran tales los golpes de mar que náufragos y ahogados se vieron cien veces. Además, su debilidad por la falta de comida era ya tal y el frío tan fuerte que aún les minaban más; al día siguiente, la mayoría de los hombres estaban caídos los unos sobre los otros y solo cinco se mantenían en pie. Llegada la noche ya solo quedaban el maestre que iba al timón y él. A las dos horas, el timonel también sucumbió y le pidió que lo tomara él. Aguantó Álvar el leme durante toda aquella terrible oscuridad, con el ruido ensordecedor de las olas y la tempestad hasta ya la media noche, en que las fuerzas le abandonaron incluso a él.

Se acercó entonces al maestre, creyéndole tal vez ya muerto, para caer a su lado y morir con él, pues en aquel momento era ya casi su voluntad que la muerte lo tomara de una vez y acabara con su sufrimiento. Solo por su fe de cristiano se mantenía vivo y no se arrojaba al mar, pero ni siquiera en esas circunstancias dejó de confiar en Dios.

Sin embargo, resultó que el maestre no había fallecido, sino que le dijo que con el reposo se hallaba mejor y que él tomaría el timón. Que le parecía incluso que la tempestad amainaba un poco. Álvar se echó a reposar, aunque le resultó imposible conciliar el sueño. Se mantuvo en vela hasta el alba, cuando comenzó a parecerle, al oír el tumbo del mar, que la costa estaba cercana.

Con ese sobresalto se incorporó y llamó al maestre.

—El ruido del mar parece indicar que la costa es baja y no está lejana. Oídlo.

—Eso mismo llevo un rato barruntándome yo, don Álvar. Tal vez no haya llegado todavía nuestra hora de morir.

Tentaron el fondo y hallaron que tenían debajo seis brazas de profundidad. Decidieron permanecer en la mar hasta que acabara de amanecer para ver algo mejor dónde llegar. Ya de buenas luces, Álvar tomó un remo y con el maestre al leme comenzó a bogar intentando poner la barca popa al mar para que este los fuera aproximando a la orilla.

Al llegar cerca de la tierra, una ola los tomó y arrojó la barca fuera del agua de un golpe, algo que los marineros llamaban un juego de herradura. Al golpetazo casi toda la gente que parecía estar como muerta tornó en sí y comenzó a rebullir. Cuando ya se vieron varados en la arena empezaron a descolgarse casi a gatas y como animales de cuatro patas, arrastrándose, consiguieron llegar a seco.

Álvar entonces se arrepintió de su desesperación y de haberle pedido la muerte a Dios y le agradeció haber sido salvado por él. Hicieron lumbre, tostaron el maíz que les quedaba y hallaron agua de la que había llovido con la tempestad; con el calor del fuego, la gente tornó en sí y comenzaron algo a esforzarse. El día que llegaron era el sexto del mes de noviembre. Álvar lo recordaría para siempre y así lo anotó en el recado de escribir que acostumbraba llevar consigo.

Estaban vivos todos, aunque muchos parecían espectros. Se encontraban separados de todos los demás, perdidos, sin saber siquiera a dónde dirigirse y sin que a su vista hubiera otra cosa que el mar delante y la tierra hostil detrás. No obstante, estaban vivos y eso era lo que tenían que intentar seguir estando y por lo que daban gracias a Dios.[26]

---

26. En *Naufragios*, el libro que Álvar Núñez Cabeza de Vaca escribió tras su asombroso periplo, la palabra que más se repite con una enorme distancia sobre todas las demás es «Dios».

6

Desnudos

Los que quedamos escapados, desnudos
como nacimos y perdido todo lo que traíamos, y aunque todo valía poco, para entonces valía mucho.

CABEZA DE VACA, *Naufragios*

Lope de Oviedo era un hombre muy fuerte y quien mejor
de todos había aguantado las penalidades y hambrunas.
Llegados a tierra habían hecho fuego, tostado algo de maíz
y comido un poco. Álvar decidió mandar al asturiano a
explorar aquel lugar y este marchó por delante adentrándose solo siguiendo una trocha que le pareció que era fre-
cuentada por gentes; incluso llegó a esperanzarse pensando que podían ser cristianos. Pero a lo que en verdad llegó
fue a unas cabañas indias en las que no había gente alguna,
pues debían haberse ido a sus tareas. Encontró pescado,
una olla que hervía al fuego y restos de un perrillo de los
que solían cebar y se comían, y con ello emprendió el regreso.

Al ver que tardaba en volver, Álvar envió a dos más a buscarlo y a poco toparon ya con él, pero, sobresaltados, vieron que tres indios lo seguían y que iban armados con arcos. Así que se apresuraron todos y consiguieron llegar donde estaban los demás antes de que los nativos los alcanzaran. Los indios se detuvieron y se quedaron a distancia en actitud de espera.

Eran de buen porte y vestían con zamarras de piel. Se mostraban con orgullo y altivez ante los castellanos y a poco llegaron junto a ellos muchos otros, hasta ser casi cien, todos hombres, bien armados y prestos a combatir. De los hombres de Álvar solo seis se podían mantener en pie, así que ni siquiera podían pensar en resistirlos. Cabeza de Vaca se decidió a intentar parlamentar con ellos y, acompañado del veedor Alfonso de Solís, fue a su encuentro. Los indígenas los recibieron con gran curiosidad y aceptaron los cascabeles y cuentas que les llevaron. Álvar observó que cada uno de los que los recibían, lo que hacían con gran dignidad y sin los gestos de adulación acostumbrados, entregaba a cambio una flecha en señal de aceptación, pero también como signo de devolver el favor y el presente.

Álvar se quedó muy impactado por su presencia y serenidad, y como ya había visto hacer a otros y comenzaba a entender algo, no de sus palabras sino de idioma de manos y gestos, pudo hacerse comprender y entender a su vez un poco de lo que los nativos le querían decir. Les pidió comida y ellos le dijeron que no tenían allí pero que irían a buscarla y al día siguiente al salir el sol se la traerían. Tras ello todos se marcharon y los españoles retornaron al campamento de la playa. Álvar no podía dejar de pensar en aquellos indígenas que había conocido. Eran muy diferentes a los que hasta ahora habían encontrado en el viaje. Por presencia y actitud. Podían haber acabado fácilmente con ellos, pero en vez de hacerlo su comportamiento había sido respetuoso y amigable, queriendo hacerse entender y prometiendo ayudarles.[27] Se determinó también a aprender y practicar aquel lenguaje de signos mediante el que parecía que todos ellos, y entre todas las tribus, se entendían. Creyó que sería mucho más útil que intentar aprender sus lenguas, pues aquel parecía un lenguaje común para todos y con el que se podría comunicar con ellos.

Los indios cumplieron su palabra y al salir el sol reaparecieron trayendo mucho pescado y unas raíces comestibles que dijeron sacaban de debajo del agua y con enorme esfuerzo, pero eran muy sabrosas y alimentaban bien. Álvar siguió conversando con ellos en aquel lenguaje con las manos, en el que cada vez avanzaba más y uno de los que parecía tener cierta autoridad puso mucho interés en enseñarle. Se dio cuenta de que los demás le profesaban mucho respeto, al igual que a otro que le acompañaba y estaba siempre a su lado, este mucho mayor que él y ya pasado el umbral de la ancianidad, si bien todavía vigoroso. Quiso entender que uno era un jefe de cazadores y el otro, un brujo o un curandero, un hombre espíritu, o algo similar. Se despidieron todos y él de los dos con gran ceremonia, y el jefe joven le hizo saber que volverían después.

---

27. Esta fue la primera vez que Cabeza de Vaca se topó con los sioux, pertenecientes a la etnia de los lakotas y que en aquel entonces se extendían hasta aquellas latitudes y frecuentaban el oeste de la desembocadura del río Mississippi.

Lo hicieron ya por la tarde, pero esta vez además de alimentos, trajeron con ellos a sus mujeres y sus niños, que se asombraban de ver a aquellas gentes extrañas. Sobre todo los chiquillos, que incluso se atrevían a tocarles y se sorprendían al palpar los hierros. Los españoles se sintieron muy reconfortados y comenzaron a darles a los niños cascabeles y abalorios. Los muchachitos, alborozados, hacían grandes fiestas para alegría de sus madres y sonrisa de los cazadores, que observaban la escena manteniendo siempre la compostura y la dignidad.

Durante varios días las visitas se repitieron y Álvar estableció relación de suma cordialidad con el jefe joven y con el chamán, pues era, en efecto, el hombre espíritu de aquella gente, que se señalaba a sí misma nombrándose «lakota» y que formaban parte de una gran nación de muchas tribus y clanes. Estaban solo de paso por aquella isla y volverían pronto a tierra firme, donde tenían sus grandes campamentos, pues a aquella isla solo acudían para coger pescado, ostiones y otras conchas y aquellas raíces; luego irían a cazar más hacia el norte. Aquella isla estaba casi pegada a tierra y con la marea baja incluso se podía pasar a pie vadeando hasta alcanzar la tierra firme. Les dijeron que en otro extremo de la misma habitaba otra gente que no era de sus clanes, pero que los lakotas no les temían por ser más poderosos y fuertes que ellos, que venían allí tantas veces como les placía y los otros no se atrevían a molestarles; bien al contrario, se escondían de ellos.

Pasaron allí recuperándose algunos días y recibieron alguna visita más de ellos, y ya más reconfortados, y como los indios no les dieron tampoco señal alguna de que había cristianos por aquellos lugares, una mañana se dispusieron a reembarcar y seguir costeando a fin de lograr llegar a Pánuco o a cualquier sitio desde donde poder dar el salto por mar hacia Cuba, o tal vez topar con algún bergantín o alguna de las naos que Narváez había hecho partir.

Con no poco esfuerzo los españoles desenterraron la barca de la arena. Para poder hacerlo, tuvieron que desnudarse todos de sus vestimentas y armaduras, que dejaron a bordo mientras trataban de desembarazar la embarcación y subir finalmente a ella. Lograron al fin ponerla en la mar, pero nada más embarcarse y apenas salidos un par de tiros de ballesta les cogió, antes de que se hubieran secado y vuelto a vestir, un poderoso golpe de mar que les hizo soltar los remos y caer los unos sobre los otros. Sin poder reponerse, otra ola enorme les volvió a coger y volcó la barca dando con todos en el agua. El veedor Alfonso Solís y otros dos quisieron asirse a ella, con tan mala fortuna que los cogió debajo y los hizo ahogarse. Solís había burlado la muerte cuando le mataron el caballo y le hirió luego la flecha, pero no pudo salvarse de aquella ola traidora.

Finalmente, la barca y todo lo que a bordo iba se hundió también y los náufragos quedaron a merced de las olas, que eran muy fuertes en aquella barra y los fueron arrojando, medio ahogados y revueltos con sus espumas, a la misma costa de la que habían partido. Ahora desnudos, sin armas de ningún tipo, con todo perdido, sin nada que poder ponerse en el cuerpo, helados de frío y desesperados. Todo lo que llevaban, que ya era muy poco pero imprescindible para seguir viviendo, la poca comida que les quedaba, sus camisas, zapatos, enseres, utensilios, útiles de hacer fuego, enseres y armas con las que defenderse... todo, absolutamente todo, se había ido al fondo del mar con la barca.

Desmoralizados, se miraban unos a otros y hubo muchos que se derrumbaron sollozando de impotencia. El viento norte, helado, arreciaba y estaban en trance de morir de frío. Desesperados, algunos volvieron a las hogueras que habían hecho la noche anterior en la arena y se afanaron en lograr encontrar algún rescoldo vivo entre los tizones. Plugo a Dios el poder dar con alguno y consiguieron reavivar el fuego, y partiendo de él encender luego grandes hogueras, pues por fortuna la leña no faltaba en los bosques cercanos.

No obstante, ni aquellas lumbres les sacaban ya de su total postración, acurrucados los unos con los otros en aquella playa, sin comida, en cueros y abandonados de todo posible socorro. Álvar y algunos otros que le siguieron comenzaron a pedir al Señor misericordia y que les amparara de alguna forma, pero con todo eso ellos ya se daban por perdidos y muertos; los había incluso que casi suplicaban que la muerte les llegara y acabara con sus sufrimientos.

Quienes les salvaron fueron los indios lakota que reaparecieron aquella tarde sin saber que los españoles habían intentado partir. Cuando los vieron así, en cueros vivos, gimientes y dando gritos hacia los cielos, se espantaron y se retiraron. Álvar salió entonces tras ellos, cuando ya trasponían, llamándolos a gritos y suplicándoles que no se asustaran de ellos, sino que los socorrieran, e intentando explicarles lo que les había pasado y la miserable condición en que habían quedado. Para mostrarlo mejor, les enseñó los dos cadáveres de los ahogados que el mar había depositado en la orilla.

Los indios se compadecieron de ellos. Contemplándolos gemir agrupados junto a las lumbres, desvalidos totalmente, muchos de ellos sin poder contener las lágrimas y sollozando y otros dando grandes gritos, se sentaron a su lado y comenzaron también a llorar y sollozar hasta que todos, españoles y lakotas, lo hacían. Se creó un coro de gritos y llantos que se elevaba al cielo desde aquella playa batida por las olas, el viento helador y la tempestad.

Al cabo de un tiempo, algo más sosegados todos, el llanto cesó y Álvar se dirigió a su gente. Les expuso que no tenían más salida que entregarse a aquellos indios y pedirles que los llevaran con ellos. Dependían por completo de su compasión, pues por ellos mismos ya no se podían valer ni podrían sobrevivir. Los más lo aceptaron como inevitable, pero los que habían estado en la Nueva España se espantaron; estaban convencidos de que si los indios los cogían y los llevaban con ellos luego los sacrificarían a sus ídolos y les arrancarían a todos el corazón. Cabeza de Vaca los acalló, aunque el miedo se apoderó de todos, pues no había ninguna otra posibilidad si no querían morir de hambre y frío incluso aquella misma noche.

Se dirigió tanto al Jefe Joven como al Hombre Espíritu, y logró que comprendieran su petición y propósito. Recibieron con atención sus súplicas y le hicieron entender que sí, que les ayudarían, pues si no, iban a morir. No obstante, debían esperar para que prepararan el traslado. Lo primero que el Jefe Joven ordenó hacer fue que una treintena de ellos recogieran toda la leña posible, la cargaran y se dirigieran a su poblado, que estaba bastante lejos de allí. Hasta casi el anochecer los demás se quedaron con los castellanos, que en ese tiempo aprovecharon para dar sepultura a Solís y al otro ahogado que había devuelto el mar, haciendo con sus propias manos un gran hoyo al final de la arena de la playa. Por fin llegó un emisario de los que habían partido. Los indígenas tomaron a los españoles de uno en uno y entre dos y casi en volandas los fueron sacando de la playa a toda prisa, pues el frío se recrudecía más y más con la llegada de la noche. Para que ninguno lo padeciera hasta el desmayo o la muerte, habían previsto a cada trecho grandes fuegos para que pudieran calentarse un poco y recuperarse; así los fueron llevando de hoguera en hoguera hasta que alcanzaron el poblado. Allí ya estaba también preparado un gran refugio hecho con palos y broza y una generosa lumbre donde se pudieran calentar.

Llegados todos, los indígenas se pusieron muy alegres y alrededor de sus hogueras comenzaron a danzar y a dar grandes alaridos. Algunos de los castellanos, de los que habían estado con Narváez en la Nueva España, dijeron que eran los preparativos que hacían antes de los sacrificios y a muchos les entró gran miedo de que, aunque habían sido tan aparentemente bondadosos con ellos, no estuvieran sino haciéndolo todo para ofrecérselos a sus dioses y comérselos luego. En vez de ello, lo que les trajeron fue comida. Sin embargo, el temor se había apoderado de bastantes, sobre todo al verse incapaces de defenderse ni poderse resistir y, aunque la fiesta de los indios duró toda la noche, los castellanos se recogieron en su refugio y allí, asustados los más, durmieron. A la mañana siguiente les trajeron más pescado, raíces y algo de carne en tasajo que el Jefe Joven le explicó a Álvar que era del gran animal que cazaban en las llanuras, al que llamó repetidas veces *tatanka* con gran admiración; con gestos intentó explicarle cuál era su aspecto. A Cabeza de Vaca le pareció entender que debía ser algo parecido a un toro al simular el otro con sus brazos y manos unos cuernos y el gesto de embestir.

Con el buen trato que les dispensaban, aunque seguían desnudos, pues los indios no tenían ropa que darles o no les quisieron dar, los españoles empezaron a perder el miedo al sacrificio. Álvar quiso regresar a la playa con la luz del día. Como se había calmado la tempestad y el viento helador al lado del mar, pretendía averiguar si algo había devuelto la mar y podían recuperarlo. Se hizo entender y al cabo partió con un pequeño grupo. Sabía que las armas y las corazas estarían en el fondo y que aquello sería imposible de recuperar, pero había una cosa que ansiaba poder encontrar y rescatar. La que siempre había llevado con él, que había metido y sellado muy bien para preservarla del agua y que seguro había vuelto a flote: su recado de escribir.

Lo había guardado todo en una gran caña hueca, cogiendo como base uno de los nudos y colocando en el otro extremo una tapa bien sellada con la brea que el griego había conseguido elaborar. Allí conservaba los escritos y anotaciones que había ido haciendo desde que salieron de Sanlúcar. Deseaba fervientemente recuperarlos, aunque tuviera que recorrer desnudo toda la costa de aquella bahía. Esperaban, además, recoger algo de utilidad, ropa, zapatos o cualquier cosa que les devolviera el mar. Quizá alguna tela u otros materiales, quizá el último cadáver que les quedaba por recuperar.

El cuerpo no apareció, pero algo sí pudieron conseguir, aunque nada en absoluto que les sacara de su indefensión, pues los aceros y las corazas eran lo que antes había caído al fondo. Pudieron hacerse con algunos harapos, camisas y ropas bastante destrozadas y también algún calzado. En verdad, muy poco. Alguna corriente debía existir y la mayor parte de lo que hubiera flotado se lo habría llevado lejos de allí, pues resultaba extraño que muchas cosas livianas no hubieran acabado arrojadas a la arena o enganchadas por las escolleras. Por mucho que recorrió toda la playa, de su recado de escribir no halló ni rastro. Estaría navegando mar adentro, pensó Álvar con gran tristeza.

Ya se marchaban hacia el poblado cuando uno de los indios, el más joven de todos ellos, apenas un muchachito, que les habían acompañado, acudió corriendo hacia él. Se había metido por una zona de rocas y pequeños charcos y venía muy alborozado con un zapato en una mano y en la otra ¡su recado de escribir! Aquel grueso tubo de madera era su tesoro y al hidalgo jerezano se le alborotó el corazón.

Con ansia lo abrió temiendo lo peor, que se hubiera dañado y echado todo a perder. Por fortuna, estaba intacto. Resultaba probable que una ola lo hubiera lanzado de inmediato a lo más escarpado de la costa, en el extremo de la bahía. Se sintió irrefrenablemente contento y no supo siquiera explicárselo a sí mismo, pues aquello no era nada en medio de tamaña y tan terrible adversidad. Su vida corría el mayor de los peligros, él y todos se encontraban totalmente desvalidos y a merced de aquellos indios o de cualquiera que les quisiera atacar y matar. No obstante, sentía una extraña emoción que le hacía sonreír, allí desnudo, tiritando de frío.

El recado de escribir no era nada útil ni vital, en medio de toda su necesidad, pero al menos aquello lo había salvado y aunque ya no le quedaran ni tinta ni hojas en las que escribir, quizá con algún arte de los indios se pudiera valer, pues había visto que en sus zamarras, pieles curtidas y escudos tenían dibujos y signos pintados. Aquel hallazgo y aquellos pensamientos diluyeron por algunos momentos su amargura, si bien al regresar al poblado comprendió lo terrible y angustioso de su situación. No eran sino prisioneros de aquellos indios, que podían hacer de ellos lo que les viniera en gana. Solo les quedaba confiar en su generosidad y en que no cambiaran la intención de ayudarles que hasta el momento parecían tener. Los españoles constituían muchas bocas que alimentar y se podían muy pronto cansar, abandonarlos y marchar. El indio, bien lo sabía, era de mudable parecer, y además los indígenas tenían que velar por los suyos y no por aquellos extraños.

Sin embargo, a los pocos días se abrió un atisbo de esperanza. Álvar se fijó en que un indio llevaba un adorno que era de cristianos, pero no de los que ellos les habían dado en el primer encuentro. No era un abalorio sino un arete de metal. Le preguntó dónde lo había conseguido y él le contestó que lo había trocado con un indio de la tribu que vivía al otro lado, a quien se lo habían dado unos barbudos como ellos que habían llegado días antes allí.

Álvar indagó con otros indios y con sus jefes. Al fin obtuvo más indicios, aunque no la absoluta certeza, de que había más castellanos al otro extremo de la isla.

Corrió a anunciarlo a los suyos.

—Parece que uno de los nuestros ha llegado también aquí. O al menos algunos cristianos han tenido trato con los indios del otro clan de la isla. Hemos de intentar encontrarlos.

Se envió con urgencia hacia allá a dos emisarios y dos indios, entre ellos el que había traído el arete. Corrieron, y por una vez les sonrió la fortuna. A medio día de camino dieron con los otros cristianos, que sabedores también de su existencia por los indios que estaban con ellos iban igualmente a su encuentro. Era un nutrido grupo, la mitad de los tripulantes de una barca al completo que se había conseguido salvar y delante de ellos el capitán Castillo, que apresurándose los venía a encontrar y socorrer; Dorantes, junto a su hermano y los demás, habían quedado custodiando la embarcación.

Llegados a ellos, la alegría de todos se desbordó y Álvar se abrazó a su capitán, su más estrecho compañero a lo largo de la desastrosa expedición. Castillo y sus hombres no pudieron más que espantarse y entristecerse ante lo penoso de su situación. Asimismo, les horrorizó el estado en el que habían quedado, aunque no les pudieron socorrer en mucho. Ropa tenían apenas para ellos mismos, si bien les proporcionaron algunas prendas para que se pudieran tapar un poco; en la cuestión de las armas, solo tenían las que cada uno llevaba consigo, pero les dieron varios instrumentos menores para su protección. Al menos estaban juntos.

Ya no estaban desvalidos y al albur de quien los quisiera apresar o matar. La esperanza de poder sobrevivir resucitó.

Castillo y Álvar hicieron consejo de qué resolución tomar. Les quedaba para todos una barca, pues la habían conseguido salvar, pero en muy mal estado. Había dado de través contra la costa, casi en el otro extremo de la isla, y aunque habían logrado llevarla a tierra no sabían si podría navegar. Además, todos no cabrían en ella. Aunque el grupo de Castillo también había tenido muertos, pasaban en total de los noventa los hombres que habrían de embarcar.

Sea como fuere, decidieron ir hacia donde la habían dejado. Se despidió Álvar de los lakotas y de sus dos amigos y protectores, así como del muchacho que rescató su tesoro, a quien, tras pedírselo a Castillo, regaló un cascabel como recuerdo y agradecimiento, algo que el chico estimó en mucho con una gran sonrisa y entregando a cambio la consabida flecha de devolución del regalo. Castillo le había explicado que los indios con los que ellos habían topado eran muy diferentes a estos y de muy inferior condición. No les gustaban ni les parecían de fiar, pero ahora ellos eran bastantes para no tenerles que temer en demasía, puesto que estaban muy atrasados y solo disponían de muy malas armas.

Se dirigieron sin más hacia el lugar donde habían dejado la barca y a los demás hombres. Tras parlamentar con Dorantes coincidieron en que tenían que intentar repararla y adobarla cuanto antes para que pudiera navegar. Luego la mitad, los que se encontraran en mejor estado, deberían embarcar en ella e intentar llegar a juntarse con otros cristianos y enviarlos en su socorro. Los otros, los que se quedaran allí, procurarían restablecerse en lo posible y quizá pasar a tierra firme y por ella ir costeando, sin perder de vista el mar por si avistaban una nao, hasta poder volver a juntarse o hasta que Dios los llevase de alguna forma a tierra de cristianos.

Se pusieron a la tarea, pero a nada todos los planes se fueron al traste y todo el empeño y el sueño se deshizo en fracaso y pesadilla. Primero uno de los hombres principales que iba con Álvar, un caballero llamado Tavera, que era de los más enteros, enfermó y feneció en tan solo un día. Al siguiente, tras haber reparado la barca en lo posible, a la hora de intentar echarla al mar, sin carga alguna, y ver si le entraba demasiada agua, la embarcación no aguantó; comenzó a coger agua por todos lados, llegó a su fin y se hundió, dejando a los castellanos en la más absoluta desesperación. Aquellas rudimentarias embarcaciones construidas de aquella manera habían dado de sí todo lo que podían dar.

Casi sin ropas, con armas tan solo para la mitad, otros apenas sin poder ya valerse, con el tiempo cada vez peor y más frío, decidieron que no les quedaba otro remedio que invernar allí. Enviarían con un indio que se quiso prestar a ello, a cuatro españoles de los que quedaban con más fuerza y que eran grandes nadadores y podrían atravesar ancones y ríos hasta llegar a Pánuco, pues seguían pensando que no podía estar lejos de donde se hallaban. Una vez allí, se ocuparían de que los fueran a socorrer. Los que partieron fueron Álvaro Fernández, que era el carpintero portugués que tanto había hecho por construir las barcas, un toledano que se llamaba Figueroa, uno de Zafra de nombre

Astudillo y el cuarto era un Méndez, de los más bravos de la expedición.

Abandonaron los cuatro de la isla y, al poco, también supieron los castellanos que los indios lakota que los habían acogido y tratado tan bien habían levantado su campamento y habían marchado hacia tierra firme porque allí en la isla ya no había comida y llegado aquel tiempo ya no podían coger raíces; ni siquiera podían pescar. Al ser los españoles ya tantos, y la mitad armados, debieron pensar o bien que ya se podrían valer por sí mismos o bien que no era seguro para su tribu llevarlos con ellos, o ambas cosas. El caso es que quedaron los cerca aún de noventa que restaban con los otros indios en el otro extremo de la isla, que eran de muy diferente costumbre, trato y pelaje.

Álvar sintió mucho que los lakotas y más que ninguno sus amigos el Jefe Joven y el Hombre Espíritu hubiesen partido y lamentó que no pudieran haber ido todos con ellos.

7

La isla del Mal Hado

Dorantes y Castillo volvieron a la isla, recogieron consigo todos los cristianos, que
estaban algo esparcidos, y hallaron por todos catorce.

CABEZA DE VACA, *Naufragios*

Estuvo acertado, para desgracia suya, el nombre que pusieron a la isla: Mal Hado.[28] No pudo ser peor, allí, su destino. Fue tan terrible la invernada que para sobrevivir llegaron a comerse los unos a los otros, llenando de espanto a
los propios indios. A poco de partir los cuatro en busca de
aquel Pánuco que ya pareciera no haber existido jamás excepto en la imaginación de Miruelo, el frío más intenso se
abatió de golpe sobre los que allí permanecieron y encima
de ellos quedó anclado. Las tempestades se sucedieron, las
raíces de que comían ya no pudieron arrancarse y los peces
desaparecieron de los cañales.

28. Hoy conocida como Galveston.

Hubieron de acogerse a la buena voluntad de los moradores indios, muy diferentes a los que, de inicio, se había encontrado Álvar, y estos les dieron cada vez peor trato. Acabaron por considerarlos sus esclavos, según fue haciéndose mayor su desvalimiento. Los castellanos, además, habían optado por desperdigarse por ver de conseguir así algo de comida con la que subsistir y cinco de ellos que andaban por un rancho donde se habían instalado en la costa, sufrieron de tal hambruna que se comieron los unos a los otros hasta que ya solo quedó uno. Aquello espantó a todos. Tanto habían temido a los caníbales y habían acabado ellos mismos por serlo. La conmoción en los propios compañeros fue atroz, pero no fue menor en los indios, porque aquellos indígenas tan primitivos,[29] que eran parientes de los flecheros que los habían acosado en la floresta inundada, se horrorizaron de aquel comportamiento, que era un gravísimo tabú para ellos, y los despreciaron cada vez más por aquello.

Si algún temor sentían aún hacia ellos, y aunque la mitad conservaban sus armas, este fue difuminándose, pues todos estaban tan débiles que ni siquiera podían blandirlas. Los españoles comenzaron a morir a mansalva y no había día en que no pereciera uno. De los cerca de noventa, el invierno se llevó a todos menos a quince. Estos cogieron algunas ropas de los muertos, pero apenas pudieron hacerse con espadas o corazas, pues los indios se las iban quitando tanto a los muertos como a los que aún estaban vivos, al

29. Muchos de los clanes al este del Mississippi estaban emparentados y tenían un tronco común. Pertenecían a la familia Muskoki y en ellos se encuadraban también los semínolas de los Everglades.

encontrarlos caídos y sin fuerzas ya para valerse. Se las cogían y las escondían para ponerlas fuera de su alcance, así los tenían más a su merced y más sujetos a ellos.

Los indios tampoco se salvaban de la hambruna, y fue peor todavía cuando cogieron una enfermedad que los mataba y que dejaba las chozas vacías de vida, sin respetar a nadie.[30] Tanto se dolieron de aquellas muertes, que fueron aún más que las sufridas por los barbudos de piel blanca, que decidieron matar a los quince que quedaban. El indio que tenía a su servicio a Cabeza de Vaca, reducido como casi todos a una condición pareja a la de esclavo, cuando ya iban a comenzar a matarlos, culpándoles de las muertes, alcanzó a avisárselo, y Álvar le respondió que aquello en nada era verdad. Prueba de ello era que los blancos barbudos también morían como los nativos, y en mayor tasa pues habían perecido más de setenta y ya solo quedaban quince y todos ya tan indefensos que era mejor tenerlos como siervos, puesto que ya ningún daño podían hacerles y sí servirles en lo que quisieran. El que tenía a Álvar y otros que vinieron entendieron, más por interés que por compasión, sus razones, y que mejor era aprovecharse de ellos que matarlos sin obtener beneficio alguno. Lo poco que los barbudos blancos poseían ya se lo habían quitado, pero aún podían trabajar para ellos.

Eran aquellos indios altos, bien formados, pero se deformaban ellos solos atravesándose por debajo de las tetillas con cañas de hasta dos palmos y horadándose también el labio inferior, en el que se colocaban otra caña, esta más

30. Puede que fuera sarampión o viruela.

delgada, de medio dedo. Se armaban con arco y flechas, de punta de piedra, pues no conocían metal alguno, si bien eran con estas bastante diestros, aunque no les llegaban en habilidad a sus parientes del bosque encharcado que tanta muerte les ocasionaron. Álvar, que no tardó en aprender su lengua, además de dominar cada vez mejor la de los signos, observó más allá de las maldades que les hacían algunas cosas que no dejaron de asombrarle. Decía de ellos que no había visto nunca gente en el mundo que amara más a sus hijos y mejor trato les diera, esforzándose tanto por que estuvieran sanos y fuertes que por ellos pasaban ellos toda el hambre y privaciones que hubiera menester. Cuando un niño moría era tan grande el dolor y la pena que el duelo les duraba un año entero. Las mujeres eran quienes más trabajo soportaban, pero eran muy respetadas por los hombres. Cada uno tenía una sola esposa, excepto los chamanes curanderos, que podían tener varias. Enterraban a sus muertos como hacían los cristianos. No obstante, a los hombres sanadores los quemaban y hacían danzas y fiesta alrededor de la hoguera. Luego mezclaban las cenizas de sus huesos con agua y bebían todos.

Quienes tenían a Álvar en su casa acabaron por abandonar la isla, pasando en unas canoas, pues ahora no podían cruzar la franja de agua a nado. Se fueron a la costa de la tierra firme, a unas bahías protegidas que los proveían para comer de los ostiones que criaban y abundaban. Faltaba, sin embargo, la leña para hacer fuego y Álvar era quien había de procurarla, pues si no traía suficiente le golpeaban con dureza y le daban grandes palos en la espalda. Cabeza de Vaca se dolía de aquello, así como de que hubiera aquella falta de leña para las lumbres y sin embargo hubiera tal cantidad de mosquitos que le martirizaban.

Fue allí donde por vez primera un chamán indio pidió a Álvar que también hiciera el rito para sanar a los enfermos, pues suponía que aquel extraño barbudo había de tener algún poder que él no poseía. Cabeza de Vaca al principio se negó, por respeto al Señor, pero al serle exigido se avino a ello. Entendió que nada mejor podía hacer que lo que al físico indio había visto hacer; extender las manos sobre el que estaba malo y soplar, mientras se santiguaba y rezaba un paternóster y un avemaría. El indio enfermo dijo sentirse mucho mejor y estar curado. Como obsequio le trajo un cuero de venado para que se cubriera. A partir de entonces, además de Álvar, otros cristianos también se avinieron a hacer aquellas sanaciones y obtuvieron con ellas algún mayor favor de ellos, pues ya no les pegaban palos y aquellos a los que curaban les traían comida como regalo.

Porque al igual que a Álvar, les pasó a Castillo y a los hermanos Dorantes con los indios que los tenían, que como ellos aún conservaban algún arma no los trataban tan mal como a los desvalidos del grupo del hidalgo jerezano que habían quedado desnudos en su naufragio. Pese a que los indígenas procedían de diferentes familias, eran todos del mismo linaje. Lo de darles rango de curadores solo se lo hicieron a quienes tenían mando y ellos veían que los otros españoles los obedecían. Por ello quizá quienes sobrevivieron fueron ellos, ya que gracias a sus sanaciones consiguieron más comida y mejor trato que los demás.

Mantuvieron a Álvar y a los pocos que con él habían llegado en esa barca separados de los otros, aunque al final trasladaron a todos los demás también a tierra firme. Pero cuando, pasado ya lo peor del tiempo frío, de nuevo regresaron, Álvar no fue con ellos, pues cayó muy enfermo y por eso tampoco pudo seguir a Dorantes y Castillo cuando decidieron escapar de la isla del Mal Hado y aprovechar que conservaban sus armas y valerse de ellas para que los indios no se lo impidieran a la fuerza.

Los dos capitanes juntaron a todos los que estaban dispersos y reunieron en su zona a un total de catorce, entre ellos el hermano pequeño de Andrés Dorantes y otro que habían dado por muerto y luego hallaron vivo. Quisieron encontrar a Álvar, pero no pudieron dar con él cuando fueron a buscarlo a tierra firme. Pasaron cerca de él pero los indios lo ocultaron, y partieron creyéndolo ya fallecido. Dejaron atrás también a dos cristianos más de los que habían ido en la barca de Cabeza de Vaca, el asturiano Lope de Oviedo y el escribano Jerónimo de Alaniz. O sea que, de la barca de Dorantes y Castillo, que habían conservado ropa y algunas armas, sobrevivieron en principio catorce hombres, mientras que de la de Álvar solo quedaban vivos tres, aunque al jerezano los otros dos también lo daban ya por muerto. Cierto que estuvo cerca de fallecer, pues la enfermedad casi lo llevó con Dios y él mismo rogó en muchas ocasiones que ya de una vez así sucediera.

Se recuperó, no supo ni siquiera cómo, y fue sintiéndose algo más entero hasta que pudo incorporarse y caminar. Cogió fuerzas, pero como los otros se habían marchado la vida se hizo aún más gravosa para Cabeza de Vaca. Ya ni los sanamientos le valían, y viéndole solo e indefenso sin compañero alguno los indígenas tornaron a darle el peor de los tratos y obligarle a los trabajos más duros. Sus amos eran muy crueles y disfrutaban con su sufrimiento teniéndole todo el día buscando raíces y peces, con el agua a media cintura por entre las afiladas cañas que de continuo le herían, o cargándole de leña para las hogueras. De comer solo le daban lo que a sus amos les sobraba y se lo tiraban como si de un perro se tratara.

Entendió que no podía hacer otra cosa sino huir de ellos y pasar a tierra firme; irse aunque eso significara entregarse a otros nativos que mejor trato le dieran y poder así seguir vivo; sentía que de continuar allí era seguro que moriría. Tal hizo y no le salió mal, pues logró hurtarse de quienes lo tenían y entregarse a otros de la otra estirpe de ellos que lo acogieron. Cuando fueron los otros a buscarlo, que tal vez lo hubieran matado por huir, se negaron a devolverlo y dijeron que ahora era suyo y que lo querían como sanador y que ellos lo tratarían mejor y le sacarían más provecho. Disputaron, pero eran más con los que había venido y los otros se fueron.

Álvar decidió entonces mejorar su vida con algo que había estado rumiando en su desdicha. Era hacer con sus propias manos baratijas y adornos y andar por entre los diferentes asentamientos de los indios por toda aquella costa trocándolos por otras cosas. Tenía en mente ir subiendo hacia las llanuras de las que le habían hablado los lakotas y donde estaban aquellos toros que le contaron que cazaban. Aquel mercadeo solo lo podía llevar a cabo en el buen tiempo, pues en el invierno aquella tierra si se andaba solo por ella lo mataba a uno sin remedio. Su oficio le proporcionó mejor vida que antes y aún mejoró más su condición entre los diferentes clanes. Los indios aquellos, aun siendo del mismo linaje, siempre estaban en guerra entre ellos; no podían salir de su territorio, pues los otros les mataban. A él sí le dejaban cruzar de unos a otros y andar entre ellos, respetándole la vida y recibiéndole incluso con alegría cuando llegaba.

Así fue como el conquistador don Álvar Núñez Cabeza de Vaca alcanzó la condición y rango de buhonero y medio brujo entre los indios de la Tierra Florida, allá en la desembocadura y territorios adyacentes del gran río, y lo mismo caminaba tierra adentro todo cuanto le placía o se iba costeando hasta cincuenta leguas hacia el oeste y luego regresaba. Comerciaba sobre todo con pedazos de caracoles marinos y con conchas con las que cortaban unas frutillas que parecían frijoles pero que ellos estimaban mucho como medicinas y eran de lo más preciado. También hacía collares de cuentas, con las conchas y los caracolillos; a cambio, los nativos le daban comida, cueros de venado y también almagra con la que untarse la cara, el cuerpo y los cabellos. Además, llevaba y traía por encargo cosas que a unos les faltaban y otros fabricaban, como buenos pedernales para hacer puntas de flechas o estas ya labradas, así como engrudos y cañas para las varas de las flechas y unas borlas que unos hacían con pelo de venado que teñían de rojo y otros apreciaban mucho.

Aquel oficio, con el que sobrevivió años, logró sacarlo de la esclavitud en que había caído, pero él ansiaba salir de aquella tierra y encontrar a los cristianos o dar al menos con los lakotas que tan bien lo habían tratado. Mientras la oportunidad llegaba, aprovechó su quehacer para aprender cosas de todo tipo y saber muchas de las lenguas que hablaban. Era muy bien recibido en los poblados, le daban buena comida y lo agasajaban, pues sabían que les traía cosas que necesitaban y cuentos de lo que por otros lados pasaba. Sonriéndose con su triste suerte, que a veces le recordaba a la de los humildes y pobres recaderos de su tierra, de la que había salido del palacio de los grandes duques de Medina Sidonia, buscando mayor gloria y fortuna para caer en tales extremos y contentarse con sobrevivir cada día, no dejaba de pensar nunca en emprender la ruta por donde podría al fin irse de aquel territorio y encontrar a los cristianos. Eso no dejaba noche alguna de rogárselo a Dios y que le concediera aquel deseo. Aunque le agradecía al Señor la mejora, para nada era buena la vida que llevaba, pues pasaba muchos peligros y numerosas veces le rondó la muerte solo y en los campos, donde cualquiera, animal u hombre, podía matarlo, o hacerlo el frío y el hambre, por lo que, tras intentarlo un año, y acabar medio muerto, hubo de cejar en el intento de proseguir con su oficio en invierno.

Otra causa que lo retenía y por la que volvía siempre cerca de la isla del Mal Hado era que allí se encontraba todavía Lope de Oviedo. Al otro, el escribano don Jerónimo de Alaniz, el único que en la discusión con Narváez que principió el desastre se había unido a él en su oposición al disparate, ya le habían muerto los indios, o se había muerto por sí solo. Álvar instaba al asturiano cada año al iniciarse el buen tiempo y partir a sus buhonerías a que se marchara con él hacia el oeste; ya se sabía algunos caminos y podrían al cabo dejar atrás aquella tierra. Sin embargo, el asturiano no se decidía a hacerlo. Porque no sabía nadar, le decía. Al fin, un año Álvar lo convenció y partieron juntos, aunque de inicio hubo de ayudarlo a pasar por el ancón que separaba la isla de tierra firme y luego a cruzar, uno tras otro, tres ríos.

Se fueron alejando de la zona, pero no lo habían hecho mucho todavía cuando recibieron una nueva inesperada. Durante aquel tiempo Álvar no había tenido noticias de los otros castellanos con ellos naufragados. Encontraron unos indios y estos les dieron señal de los otros barbudos que habían llegado más hacia el oeste que ellos; cuando indagó Álvar un poco más entendió que no podían ser otros que Dorantes y Castillo. Iban a alegrarse cuando las nuevas se convirtieron en malas, pues los indios les dijeron que de todos los que habían partido tan solo tres quedaban. Esto llenó de mucho espanto a Lope de Oviedo. Aún más cuando agregaron que los otros cuatro que habían salido por delante de ellos, los que habían enviado por ser los más fuertes en busca de Pánuco, también los habían muerto. Había por delante unas tribus muy guerreras y malas que eran las que ahora tenían a los cristianos que habían sobrevivido. Le dijeron a Álvar dónde podía hallarlos, pues aunque andaban de un sitio a otro frecuentaban en esa época parte de un río en el que había muchos frutos y nueces de los árboles y solían ir allí a comerlas. Álvar quiso ponerse de inmediato en camino hacia allí, pero Lope de Oviedo dijo que él iba a regresar a Mal Hado, que al menos allí no lo matarían y que ya vería cómo cruzar el ancón hasta la isla, que según avanzaba la estación hasta sin saber nadar podría hacerlo o alguien le ayudaría.

Álvar no entendió su negativa y quiso discutirle aquella

decisión, pues Lope era hombre valiente. Este le acabó por explicar que en Mal Hado él había dejado mujer india, con la que vivía desde hacía tiempo; incluso tenía allí dos hijos de ella. Prefería volver con ellos y que no le mataran esos otros indios y dejarlos desvalidos, porque se arrepentía de haberse marchado y haberlos abandonado sin padre que los cuidara. Cabeza de Vaca lo comprendió entonces y el asturiano volvió sobre sus pasos para reunirse con quienes ya eran a los que quería y vivir y hacer la vida de los indios con ellos. Nunca más volvió a verle, aunque algo sí supo; finalmente Lope de Oviedo había logrado llegar a la isla y allí vivía.

Los indios amigables a los que Álvar conocía de sus mercaderías y en los que él se confió encontraron la forma de que pudiera ver a los cristianos supervivientes sin que los indios hostiles le capturaran. Confabularon que, dado que ellos tenían que celebrar un encuentro y hacer ciertos trueques con aquellos y habían establecido cita, él mientras podría llegarse al lugar donde tenían a los cristianos en unas casas.

Arriesgándose a ser delatado y capturado, confió en ellos y siguió al guía que le pusieron. Se aproximaron a un par de casas de paja y al oírles llegar asomó por una de ellas Andrés Dorantes, quien se espantó al ver a Álvar, pues lo habían dado por muerto hacía ya más de cinco años y eso se lo habían confirmado los indios que lo tenían. Pasado el estupor y la sorpresa, ambos se abrazaron tanto que no querían soltarse; se les saltaban las lágrimas a los dos y casi no podían ni hablar. Daban gracias a Dios por verse juntos. Para Álvar y Andrés fue aquel el momento más feliz de todos los años pasados de penalidades. Fueron luego a ver a Castillo y a este por igual razón que al otro capitán y con mayor emoción todavía se le saltaban las lágrimas y no daba crédito. El que estaba con él no era otro que Estebanico el Negro, el moro cristianado que había sido sirviente de los Dorantes. El antiguo sirviente dio saltos y cabriolas y ponía los ojos en blanco de la alegría. Luego los cuatro se reunieron en cónclave para ver qué hacían. Dorantes le había dicho al ir a buscarles que él había insistido a Castillo y al Negro para que avanzaran hacia el oeste pero que estos, al igual que Lope, aducían que no sabían nadar y que temían mucho a los ancones, los ríos y las muchas aguas que allí había. Ahora que Álvar estaba con ellos y hecho el milagro de que siguiera vivo, se decidieron a hacerlo, pues le tenían en gran valor y estima. Con su guía confiaban en que podrían conseguir huir de aquellos indios, dejarlos atrás y encontrar al fin otros cristianos. Cabeza de Vaca señaló que solo había una ruta y que deberían ya dejar de pensar en ir costeando; subirían primero hacia el norte y luego cogerían rumbo fijo hacia el poniente. Caminando en tal dirección acabarían por encontrar a gentes de Castilla.

Quisieron antes saber los unos y los otros lo que a los demás les hubiera sucedido, pues allí, de todo aquel gentío de centenares de almas que un día habían desembarcado en la Tierra Florida, tan solo quedaban ellos cuatro. Álvar no conocía más que el destino de los que con él se habían quedado en Mal Hado; les contó su suerte y la vuelta allí del asturiano. Castillo, Dorantes y Estebanico sabían mucho más de los otros, los que iban en las otras barcas, y de los doce que con ellos habían escapado de la isla. Todas eran nuevas de desastre y muerte.

De los que con ellos fueron habían encontrado su fin todos, entre ellos el hermano menor de Dorantes. Habían tenido que someterse a la esclavitud de los indios de tierra firme; estos se los habían repartido y los habían ido desperdigando para tenerlos más a su merced y que no pudieran defenderse. Siete habían muerto por enfermedad, hambre y malos tratos, y a los demás los indios los habían matado por puro capricho o por haber intentado escapar de ellos. Ese había sido el caso del pequeño Dorantes, a quien no pudo salvar su hermano el capitán y por el que vertió las más amargas lágrimas, pues se sentía muy culpable de haberlo embarcado con él en aquella desventura.

Habían sabido también de lo que les había acaecido tanto a los cuatro que junto al indio mandaron por delante en busca de Pánuco como a los de la barca del gobernador, y de las dos restantes.

De los primeros dos, el carpintero portugués Álvaro Fernández y el extremeño Astudillo, de Zafra, y el indígena habían perecido de hambre y frío. Los otros dos, el toledano Figueroa y Méndez, habían sido capturados por una tribu. El bravo Méndez, harto de los maltratos que los indios le daban, había huido, pero le alcanzaron y le dieron muerte allí mismo donde le atraparon. Quedó entonces tan solo Figueroa; a este lo encontraron vivo y les había contado a ellos de todos los otros lo que había sabido a través de otro cristiano, Hernando de Esquivel, de Badajoz, que iba en compañía de fray Juan. Este les contó cuál fue el fin del gobernador y de todos los demás.

Pudieron por él saber de dos de las tres barcas restantes. La de los frailes y el contador Alfonso Enríquez, donde iba Esquivel, había dado de través entre dos ríos en la costa de tierra firme. Tras dejarla abandonada allí tiraron adelante por la tierra y fueron a dar con la del gobernador y Pantoja, que también había logrado llegar a ella.

Esquivel le narró a Figueroa, y este a Castillo y Dorantes, que Narváez ya estaba fuera de sí y casi de su razón y que, sin embargo, pretendía mandar ahora de nuevo en todos; se mantenía aparte y solo hacía caso a aquel Pantoja, que le prometía llevarlo en breve a Pánuco. Había desposeído al contador de su puesto de lugarteniente y dado el cargo como su segundo al tal Pantoja. La misma noche del día que lo encontraron, el gobernador se quedó en la barca, que aún se mantenía bien a flote en el agua, pues era la más recia de las construidas en la bahía de los Caballos, con el maestre y un paje suyo para que le atendiese. Se levantó un norte muy fuerte y como la barca solo tenía de ancla una piedra la sacó al mar. De don Pánfilo de Narváez ya jamás nada supieron y todos tuvieron por seguro que en el mar había muerto y el mar se lo había tragado. Pocas lágrimas derramó por él nadie.

Pantoja se hizo con el mando y como jefe ordenó que le siguieran costa adelante hacia Pánuco. Avanzaron cruzando en balsas algunos ríos, pero pasando muchas hambres y comiendo tan solo palmitos y algunos cangrejos que conseguían atrapar. Peor era todavía el maltrato que Pantoja daba a todos, y no pudiéndolo aguantar uno que se llamaba Sotomayor y que era hermano de aquel Vasco Porcallo de la isla de Cuba, agarró un palo y con él le partió la cabeza dejándolo muerto del golpe.

Eran todavía muchos, pero ya no hallaron comida con la que alimentarse; los más débiles se fueron muriendo y los que todavía vivían los hacían tasajos para comer ellos. En grupos más pequeños se desperdigaron por la selva. En el que iba Esquivel el último en morir fue Sotomayor, y Esquivel también lo hizo tasajos y comió de él hasta que vino a hallarlo un indio y lo tomó consigo. El nativo era de los mismos que tenían a Figueroa y al reunirse este le dijo que intentaran ir adelante hacia Pánuco, que ya no podía estar lejos, pero Esquivel no quiso y se quedó con su indio.

Le sucedió que este, estando en su casa su mujer, soñó que el barbudo había de matar a su hijo. Entonces el indio decidió matarlo a él, pero la mujer lo avisó y salió huyendo. Sin embargo, lo alcanzaron y lo mataron. Tal cosa, la de la muerte de Esquivel, vino a saberla a ciencia cierta Dorantes, pues este había huido con el Negro de los indios que habían matado a su hermano y dado con estos, que era con los que ahora estaban y le habían enseñado una espada que Esquivel llevaba, unas cuentas y un libro que era suyo.

O sea que de las barcas tan solo podía quedar vivo el toledano Figueroa si es que aún lo estaba, pues lo último que habían sabido de él era que se había ido hacia la costa cercana al Mal Hado y que los indios le daban muy mal trato, pelándole las barbas y arrastrándole por los suelos. También habían sabido por su lado del asturiano Lope de Oviedo, y que a este, a pesar de tener mujer e hijos indios, tampoco se lo daban bueno. Una vez llegaron a traspasarle un brazo con una flecha para castigarlo tras haberles pegado a él y a Figueroa una gran paliza por haber entendido que querían huir de ellos.

—Estarán quizá vivos, pero lo más seguro es que estén ya muertos y nosotros no podemos ir a buscarlos —sentenció Alonso del Castillo Maldonado.

—¿Y de la quinta barca, la de Téllez y Peñalosa, habéis sabido algo?

—De ella nada —respondió Dorantes.

Entendieron lo mismo los cuatro. Que solo ellos quedaban y que en el caso de que Figueroa y Lope aún vivieran, estos habían quedado ya muy atrás. Era el momento en que debían intentar como pudieran marcharse de allí. Lo más probable es que perecieran a manos de los indios que saldrían en su caza, pero era mejor sucumbir intentando alcanzar la libertad y llegar hasta los suyos que quedarse como esclavos y con la muerte asegurada por un sueño, un simple capricho o porque ya no les sirvieran.

Entonces no podían hacerlo porque llegaba el invierno, no encontrarían comida y morirían de hambre y frío. Tenían que esperar el momento propicio, el de las tunas que les darían alimento. No obstante, habían de lograr que los indios aceptaran a Álvar y no lo mataran al verlo. Entre los cristianos y los indios que tenían en estima a Álvar como buhonero y sanador urdieron la estratagema. Se hicieron ver con él y contaron del jerezano muchas maravillas, que les traía cosas de tierras lejanas y que sanaría a quienes tuvieran dolores y que como ellos ya tenían otros barbudos él quería estar con ellos. Le aceptaron entonces y hasta le tuvieron cierto respeto, más que tenían a los otros tres. Con alguno de ellos hizo incluso un viaje a los confines de su territorio, donde lindaban con una tribu muy belicosa llamada de los camones con la que tenían ciertos tratos una vez al año, y fue entonces cuando pudo saber de la quinta barca que faltaba, la de Téllez y Peñalosa, cuyos tripulantes también habían sucumbido todos.

Habían tomado tierra bastante más al oeste que los demás tras haber pasado muy largos días en la mar sin agua ni comida; muchos habían muerto y los que no llegaron ya moribundos a la costa. Los camones los vieron arribar y al encontrarlos tan desfallecidos, muchos de ellos inconscientes y ninguno pudiéndose valer, los mataron a todos a golpes de maza y de lanza para quitarles lo que traían, en particular las ropas, escudos y corazas y más que nada los cuchillos y las espadas de aquello tan duro y que tanto cortaba. Lo guardaban como su más preciado tesoro, pero aceptaron enseñarle algunas cosas a Álvar como prueba de lo que habían dicho. Cabeza de Vaca supo entonces con certeza que solo ellos quedaban y cuando se lo comunicó a los otros tres todos se juramentaron en la decisión de escapar juntos y morir también unidos si no lo lograban.

De toda aquella nutrida y bien armada escuadra de cerca de medio millar de hombres a pie y de a caballo ya solo vivían ellos, medio desnudos, sin un arma, desvalidos y al albur de lo que los indios quisieran hacerles. Y de ello se lamentaban, y más les pesaba a los capitanes, sin haber dado siquiera una batalla digna de tal nombre, sin haber combatido como soldados y sin haber tenido tampoco posibilidad de conseguir gloria alguna. Culpaban a Narváez por su delirio y su ineptitud; echaban peste contra su nombre y su persona, que los había traído a ellos a ese trance y a todos los demás a una muerte ignominiosa.

Eran solo cuatro en medio de aquella jungla inescrutable sin saber por dónde hallar a otros cristianos y tan solo con la única idea de escapar, aunque fuera hacia la nada, pero al menos hacerlo hacia el oeste, donde cifraban su esperanza. Eran Álvar Núñez Cabeza de Vaca, nieto de Pedro de Vera, conquistador de Canarias, hijo de Francisco de Vera y de doña Teresa Cabeza de Vaca, hidalgo de Jerez de la Frontera, que había sido el segundo de la armada, alguacil mayor y tesorero; Alonso del Castillo Maldonado, capitán, de Salamanca, hidalgo, hijo de un médico doctor y de su esposa, doña Aldonza Maldonado, apellido noble y comunero; Andrés Dorantes de Carranza, también capitán y salmantino, de Béjar, hijo de Pablo Dorantes, noble y con hacienda; Estebanico el Negro, criado de Dorantes, bautizado, comprado a los portugueses, que lo habían adquirido a los esclavistas árabes en Azemmour, en la costa atlántica. El más viejo era Álvar, que ya se acercaba a los cincuenta. Los otros eran más jóvenes pero no mozos, pues todos pasaban con mucha holgura la treintena. Los cuatro solos, en la selva, rodeados de indios, sin arma alguna, sin comida, sin saber siquiera a dónde ir y a quién encontrarían. Solo que hacia donde el sol se ponía podían tal vez encontrarse con cristianos.

8

Tunas, sueños y borrachera de humo

> Para ellos el mejor tiempo es el de las tu-
> nas, porque entonces no tienen hambre, y
> todo el tiempo se les pasa en bailar.
>
> CABEZA DE VACA, *Naufragios*

El hambriento no puede pensar sino en comida. No hay sitio para cosa alguna en su cabeza que no sea el cómo conseguirla. Así había sido desde que se les acabó el maíz en las barcas, cuando cayeron ya desvalidos en manos de los indios e iba a ser ahora cuando ya lograron huirse de ellos y comenzar a caminar hacia el oeste.

En nada, excepto en sus barbas, se diferenciaban de los indígenas. Andaban tan desnudos como ellos, llevaban a cuestas las mismas míseras cosas que ellos transportaban, utilizaban los mismos artes para hacer fuego, los mismos utensilios para escarbar en la tierra, las mismas trampas para conseguir atrapar algunos animales, comían lo que de ellos habían aprendido que podía comerse y cuando se los topaban sabían cómo hurtarse de ser vistos o cómo trabar amistad con ellos y quedarse durante un tiempo en sus poblados y caminar algún trecho juntos si en sus campeos se dirigían hacia el oeste. Como indios pasaban hambre y era el hambre el presente y el pensamiento continuo. Tan solo en contadas ocasiones y por breve espacio era conjurada y podían saciarse hasta reventar. Y entonces reventaban casi.

Pero lo más de la vida era sobrevivir con todo lo que se pusiera a su alcance. Muchas veces eran raíces, que habían aprendido a encontrar bajo tierra y luego cocer para quitarles el veneno que muchas tenían o asarlas durante horas para poder hincarles los dientes. Comían arañas, huevos de hormigas, gusanos, lagartijas, culebras y víboras, huevos cuando los pájaros anidaban y cuando nada encontraban hasta cagarrutas de venado, si las hallaban, se comían. A veces conseguían atrapar algunos pescados o encontrar algunas conchas por los ríos y cuando paraban en algún poblado participaban en las cacerías y compartían la carne si lograban por red, lanza o flecha dar caza a algún venado. Sin embargo, eran estos escasos, muy recelosos y esquivos y los indios con los que ahora se tropezaban distaban mucho de ser aquellos terribles y precisos flecheros de la floresta. Suplían esas carencias con su tesón y resistencia. Tan resistentes eran en la carrera que podían seguir a sus presas desde la mañana hasta la noche, y era de esta forma, agotándolas, como conseguían atraparlas, llegando a ponerles aún estando vivas, pero ya exhaustas, las manos sobre ellas para darles muerte. En ocasiones usaban contra los animales el fuego, prendiendo por diversos sitios y cercándolos o haciéndolos ir aterrados hacia emboscadas o despeñaderos, pero eso solo podían hacerlo en terrenos secos y sin ríos y aguazales.

Poco a poco los castellanos iban viendo que la tierra cambiaba y la floresta ya no era tan tupida e iba dando paso a lugares más secos, donde comenzaban a verse claros y espacios desarbolados, zonas pedregosas y dominadas por hierbas y matorrales. Algunos valles se abrían y ofrecían mejores posibilidades de conseguir alimento y hacia ellos se dirigieron, sobre todo cuando llegó la estación soñada, por indios y blancos. El tiempo de las tunas.

Se pasaban el año anhelando ese momento en que los cactos, de todo tipo y forma, comenzaban a dar sus frutos. Cuando tal sucedía todos se desplazaban hacia donde sabían que más había, lugares que conocían y a los que cada año retornaban desde donde se hallaran, y entonces llegaba la época de la bonanza, el atracón y la alegría.

Comían día y noche, no hacían sino comer y bailar. Las tunas se comían directamente, o se exprimían para beberse su zumo o se abrían y se ponían a secar para luego guardarlas en seras. Aprovechaban todo, hasta las cáscaras, que molían, y si no había otra cosa, asaban incluso las hojas carnosas de los nopales al igual que hacían con las tunas cuando aún estaban verdes y también se las comían. Pero mientras había tunas maduras era tunas y solo tunas lo que comían. Era un tiempo bueno. Tan bueno que había incluso para que se hartaran mujeres y viejos, que eran estos siempre los que más penaban y las mujeres quienes por el contrario más y peores trabajos hacían. Porque eran ellas las que cargaban con todo de la mañana a la noche y desde que amanecía habían de andar a por leña y a por agua y a cavar buscando raíces tan pronto como hubiera luz para ello, cuidando los hornos, y atendiendo a los hijos. El tiempo de las tunas lo disfrutaban todos. Los españoles también aprendieron a esperarlo durante largos meses y a gozarlo cuando llegaba.

Era con seras de tunas con lo que más frecuentemente correspondían a sus oficios como sanadores, pues aunque hasta aquel entonces solo habían ejercido tal oficio Álvar y Castillo, si bien este de manera bastante medrosa en según que casos, comenzaron a hacerlo los otros dos, primero Dorantes y luego ya también el Negro. Todos salmodiaban, rezaban, imponían manos y soplaban el humo si hacía el caso.

Por aquello de soplar vino a caer Dorantes precisamente en el vicio que muchos indios tenían y que al principio les había sorprendido. Aspiraban el humo de unas hojas que tenían en mucha estima y cultivaban cerca de sus chozas, y en ello parecían encontrar mucho deleite, aunque si lo hacían en demasía terminaban por emborracharse con él y concluían en arcadas y vómitos incluso de aquellas borracheras de humo.

A las otras, a las de bebidas eran también algunos y hasta tribus enteras muy grandes aficionados. No había allí ni vides ni uvas, pero ellos utilizaban, los que lo conocían, el maíz, y los que no, todo tipo de bayas y frutas. Las fermentaban y conseguían muy fuertes licores, y no fueron pocas las veces que por probarlos los castellanos acabaron con las cabezas ofuscadas y los cuerpos estragados al otro día. Álvar era en ello el que más se contenía y advertía de ello a sus compañeros. Castillo le hacía algún caso, Dorantes, muy poco y el Negro, ninguno.

La fama de Álvar y de sus acompañantes iba creciendo según avanzaban en su camino. A medida que fueron saliendo de las junglas y adentrándose en espacios más abiertos, fueron siendo cada vez más conocidos y nombrados. Les esperaban al verlos llegar y solían ser muy bien recibidos, pues por delante de ellos llegaban los relatos de sus sanaciones y de que eran hombres venidos del cielo, hijos del sol o enviados de algún dios. Nadie levantaba contra ellos la mano, al revés, todos competían por agasajarles.

Acabaron al fin por salir ya casi por completo de las espesas selvas y se abrieron ante ellos extensiones inmensas de planicies, lomas y montañas. Allí era más fácil divisarles cuando se acercaban y eso que antes los atemorizaba ahora les era placentero. En muchas ocasiones iban además acompañados y poco a poco fueron perdiendo el miedo a que los indios les hicieran daño alguno. Álvar, al dar vista a los poblados, caminaba delante, con su cayado adornado por algunas plumas y sin exhibir arma ninguna.

Notaron que para los indígenas eran cada vez más no solo unos visitantes deseados sino también unos bienes muy apreciados. Lo comprobaron cuando en un poblado, además de recibirlos bien, inauguraron la costumbres de que sus hombres velaran su sueño e hicieran guardia alrededor de donde ellos dormían para que nada ni nadie los turbara.

Cabeza de Vaca, día a día más decidido y seguro de conseguir su objetivo de volver a reencontrarse con los suyos, se afanaba ahora además en intentar conservar en la memoria todos aquellos lugares por los que pasaban y aquellas gentes con las que se cruzaban, cómo eran y qué posibilidades ofrecían. Su recado de escribir hacía mucho tiempo que había dejado de prestar servicio, pero se esforzaba haciendo señales, marcas o figuras en algunos cueros finos que luego pudieran servirle para rememorar lo acontecido.

Intentaba que sus compañeros le ayudaran a recordar lo que hasta entonces les había ocurrido y los nombres de las tribus por las que habían pasado, sus naciones y sus lenguas. Eran muchos nombres y solo Castillo hacía por seguirle. Habían vivido y penado bajo ellas o con ellas, pero iban quedando atrás y con ellas, el recuerdo. Habían conseguido hacerse entender y comprender ellos lo que los otros les decían, aunque en ocasiones cambiaran las palabras y tuvieran que volver a los signos, pero les costaba incluso hacer relación de las diferentes tribus y sus nombres, los dogenes, los mendica, los mariames, que los habían hecho sufrir mucho, y los avavares, que los maltrataron aún más si cabe, y los susolas, que eran también muy crueles y fieros guerreros pero estimaban en mucho a Álvar y no los hostigaron. Luego ya el trato habían sido cada vez mejor, el tiempo en que habían sido tenidos como esclavos había quedado al fin atrás, en Mal Hado y las costas cercanas, para ir pasando a ser más y más respetados e incluso agasajados.

Habían visto y vivido con tantas gentes y visto tantas cosas que de algunas aún no daban crédito a pesar de haberlas visto con sus propios ojos. También habían contemplado atrocidades y costumbres que les habían llenado de repugnancia, pero habían aprendido a no intentar hacer nada contra ellas, ni levantar la voz siquiera. Tampoco cuando en algunos poblados vieron hombres que no ocultaban que tenían coyunda y casamientos con otros hombres y que andaban sin tapujos «amariconados» y tapados como mujeres. Hacían también oficios de mujeres, pero eso no les impedía llevar arco, y algunos eran más membrudos que los otros hombres.

Algo que todas las tribus por las que pasaban tenían en común era su miedo a los sueños. Por su causa habían visto y hasta sufrido cosas terribles. De hecho a un español los indios lo habían degollado por sentirlo como una amenaza tras haber tenido una visión uno de ellos. Si los sueños eran algo que en todos los lugares, y desde luego en España, se tenían en cuenta y atemorizaban, en aquellas tierras se llegaba al pánico y a la postración total a causa de ellos. Vieron a alguno dejarse morir tras tener un sueño y a otros sacrificar incluso a un hijo, a una joven o a algún anciano por habérseles aparecido y haberlo percibido como enemigo y peligroso para sus vidas o sus gentes. Alguna tribu se había lanzado a la guerra, que por otro lado era la situación más frecuente, contra el vecino a consecuencia de un sueño contado e interpretado por un chamán o un jefe.

Muchas cosas aprendieron también de los indígenas, sobre todo Álvar, que era quien más se interesaba en ellas. En particular en las plantas y remedios que utilizaban para las curaciones, tanto emplastos como bebedizos y lavajes, así como sahumerios para quitar del cuerpo los malos humores. Gustaba de hablar con los que ejercían tales oficios en los poblados, y ellos se sentían muy halagados por ello, pues su fama era cada vez mayor y se le consideraba portador de los más desconocidos poderes. Álvar, sin embargo, se guardaba de utilizar esos conocimientos en sus rituales. Comprendió y lo hizo comprender a sus compañeros que ellos debían permanecer en ese otro plano de los rezos y las bendiciones, pues de hacer lo otro se rebajarían a condición humana y similar a la de aquellos brujos. Sus curaciones solo por Dios habían de tener motivo y solo con Dios trato.

Lo importante era seguir avanzando hacia el oeste, seguir adentrándose en aquellos territorios cada vez más abiertos y caminar dando cara al sol poniente. Así encontrarían la huella de los suyos y quizá incluso algún amigo. El caminar por espacios abiertos, tras la obsesiva presión de las selvas umbrías, húmedas y oscuras, les reconfortaba el corazón y sentían la luz como una bendición en su piel y su cara.

9

Las vacas corcovadas

Yo las he visto tres veces y he comido de
ellas, y parésceme que serán del tamaño
de las de España, tienen los cuernos pequeños como moriscas, y el pelo muy largo,
merino, como una bernia: unas son pardi-
llas y otras negras y a mi parecer tienen
mejor y más gruesa carne que las de acá.
De las que no son grandes hacen los indios
mantas para cubrirse y de las mayores hacen zapatos y rodelas.

CABEZA DE VACA, *Naufragios*

Cuando Álvar vio en la llanura el gran rebaño de vacas
corcovadas supo que había llegado a los cazaderos de aquellos indios orgullosos que tan bien les habían tratado, y
con quienes él había hecho particular amistad, antes de
las desgracias que les aguardaban en la isla del Mal Hado.
Desde entonces había pasado largos años de sufrimiento y

muertes, tantas que de los que ellos habían socorrido tras el hundimiento de su barca tan solo quedaban cuatro. No obstante, Cabeza de Vaca estaba seguro de que en caso de reencontrarles los recordarían y los acogerían. Él desde luego recordaba muy bien al Jefe Joven, al Hombre Espíritu y al muchachillo que le había rescatado el tubo donde llevaba sus escritos.

En el poco tiempo que estuvo junto a ellos, esos nativos no habían dejado de hablar de aquellos animales a los que se referían con reverencial respeto y que eran sustento, vivienda, abrigo, defensa y calzado para ellos. «¡Tatanka! ¡Tatanka!», exclamaban mientras con los brazos imitaban un semicírculo cerrándose y con los dedos simulaban las puntas de los cuernos, con un pie haciendo el ademán de escarbar con furia la tierra y la boca profiriendo un bufido. Una gran y poderosa bestia tan determinante en sus vidas que muchos llevaban pintado el animal como símbolo en sus escudos y que también decoraba las pieles curtidas con las que se vestían o con las que cubrían sus tiendas.

Ya entonces, por sus gestos y descripciones, había entendido que eran parecidos a los toros de las dehesas de su tierra, pero que estos caminaban libres por las inmensas llanuras en enormes rebaños. Ahora, tan atónito como sus tres compañeros, los tenía ante sí. Un mar inmenso de animales en movimiento que se extendía por toda la pradera hasta donde abarcaban sus ojos. Eran enormes, sobre todo los grandes machos, más grandes que el más poderoso toro que se hubiera visto, mucho más peludos y de color más oscuro que las hembras, pero ninguno llegaba al negro zaino de los astados hispanos y otros eran más claros, con tonos marrones y toques rojizos. Las hembras y los terneros eran de capa más clara que los machos. Lo que más les chocó a los castellanos fue su giba, que tanto los distinguía de las reses que conocían. A causa de ello, y tras comentar las diferencias y parecidos, y reírse incluso de Cabeza de Vaca haciendo broma de su apellido, pero todos alegres y en chanza porque su sola visión les levantaba el ánimo y les infundía esperanza de lograr sobrevivir a todas sus penurias, acabaron por llamarlas vacas corcovadas, precisamente por aquella joroba que en cuanto dejaban de ser recentales comenzaban a echar y que era enorme sobre todo en los grandes machos que señoreaban el rebaño. Caminaban y pastaban tranquilos, parsimoniosos, dueños de la tierra.

Cabeza de Vaca quiso creer que sus indios amigos no debían estar lejos y confió en dar con ellos y que les acogieran tan bien como la vez anterior. Que atrás fueran quedando las terribles penalidades pasadas, las hambrunas, los golpes, los maltratos, las desnudeces y el frío. Porque desde que huyeron de los últimos indios que los habían tenido cautivos, aunque la vida les había ido algo mejor, estas no habían desaparecido en absoluto y un día tras otro solo había significado un esfuerzo continuo para lograr pasarlo y sobrevivir hasta el siguiente. Y siempre, siempre, el hambre. El hambre como sensación y pensamiento único. Cuando está ahí cada día, de continuo, sin dar tregua al estómago, tampoco la da a la mente y en ninguna otra cosa puede pensarse.

Habían pasado mucha desde que se habían reagrupado

y perpetrado la huida entre los cuatro, tras admitir todos como cosa natural que Álvar llevaría el mando y la dirección del grupo. Fue él quien ideó la fuga y logró poner toda la distancia posible de por medio antes de que la detectaran los indios para que no les dieran caza. Esperaron a que llegara el tiempo de las tunas,[31] a las que son tan querenciosos los indígenas, pues era ese tiempo del año en que no pasaban hambre y se mostraban más contentos. Tenían sus captores sus sitios conocidos de generaciones por la abundancia de frutos a los que cada año acudían, y cuando muchos de ellos se desplazaron hasta un lugar de aquellos y los españoles quedaron en la otra punta más al oeste del territorio con un pequeño grupo, fue cuando decidieron emprender la fuga. Álvar, de sus viajes como buhonero y traficante, conocía ya aquella zona y, lo que era más importante, en otros poblados de otros linajes indios lo conocían también a él. Era preciso poner tierra de por medio con sus actuales amos y topar con las tribus colindantes antes de que les dieran alcance.

La fuga resultó bien y pasaron algunos días y sus noches, en las que no se atrevieron a encender fuego, pues los indios olían a gran distancia los humos. Temiendo que en cualquier momento les cayeran encima dieron ellos al fin, también por los humos que se elevaban en unos claros de

31. Se llama tuna al fruto de los más diversos cactos, chumberas, nopales, etcétera. Esta especie de higo muy sabroso era fuente de alimentación para muchas de las tribus de aquellos territorios, sobre todo de los más áridos, por los que Cabeza de Vaca y los suyos comenzaron a transitar. Durante su momento de maduración se convertían en fuente casi exclusiva de comida para ellas y casi en una obsesión para el hambriento Álvar y sus compañeros.

selva, con otros nativos, y se acercaron a ellos con mucha precaución y antes de dejarse ver comprobaron que no eran de los mismos clanes de aquellos de quienes se habían escapado.

Primero dieron con un indio que iba solo y que al descubrirlos salió huyendo, pero mandaron al Negro tras él. Al comprobar que tan solo le seguía uno, el indígena le esperó y viéndole sin armas y curioso por su color hizo lenguaje de manos con él. Acabó por entender que no tenían intención de hacerles daño y, como eran tan pocos, accedió a guiarlos hasta el poblado y avisar de su llegada para que no salieran contra ellos en guerra. Así lo hizo, y cuando estuvieron al borde de la zona despejada de árboles donde tenían sus chozas comprobaron que los estaban esperando con gestos amistosos y comida preparada en señal de bienvenida.

Unos y otros se mostraban, sin embargo, medrosos y precavidos. Más los castellanos, que eran muchos menos y desarmados. Los indios, aunque no conocían a Álvar, habían oído hablar del brujo blanco que viajaba de tribu en tribu con conchas y collares y que, sobre todo, sanaba a las gentes de sus males. Les habían dicho que viajaba solo, pero ahora venían otros con él y uno de color muy diferente al de todos, al suyo y al de los barbudos.

Pronto se tranquilizaron todos y los indios se hicieron entre ellos muchas muecas alegres. Estaban contentos de tenerlos con ellos. Se sentían muy honrados de que estuvieran en su poblado. Su chamán, que llevaba la voz cantante, fue quien condujo hasta su choza a Álvar y a Castillo, como señal de su rango, mientras que a Dorantes y a

Estebanico les ofrecieron otra de alguien también que parecía más principal entre ellos.

Esos gestos y su manera de comportarse, respetuosa y atenta, como si vieran en ellos seres superiores y benéficos, les hizo entender a los castellanos que eran bien recibidos y estaban a salvo. Pudieron respirar aún más tranquilos cuando les dijeron que aquellos de los que huían eran sus peores enemigos, pero que ellos eran más fuertes que los otros y los protegerían. Asimismo, les explicaron que desde allí hacia el oeste las otras gentes eran de su mismo linaje y no debían temer de ellos.

La voz de que al poblado habían llegado grandes brujos barbudos que curaban corrió por la selva, y primero las gentes del poblado y luego otras que venían por los senderos de los bosques comenzaron, en los siguientes días y semanas, a llegar hasta ellos.

Le tocó al principio a Castillo oficiar con ellos, y el serio salmantino realizó tan bien la ceremonia, rezando el paternóster y el avemaría con las manos extendidas hacia el cielo, que los que habían venido a buscar su remedio quedaron muy impresionados. Cuando uno a uno les fue santiguando e imponiéndoles las manos en nombre de Jesús dijeron sentirse mucho mejor y que sus dolores habían desaparecido.

El indígena brujo, acompañado de Álvar, que se mantuvo en silencio pero pareciendo dirigir todo el rito, también participó en los cultos y les sopló a los pacientes el humo de aquella planta que quemaban en sus pipas y se tragaban con gran fruición, haciéndolo inclusive con los cuatro visitantes en señal de bendición y de limpiar sus cuerpos de malos humores y espíritus malignos.

Los que se sintieron sanados se mostraron muy agradecidos, y tanto los de aquel poblado como más tarde los de los vecinos reaparecieron ante la choza donde estaban Álvar y Castillo portando cestos con frutos, nueces, tunas y hasta un pernil de venado.

En aquel poblado los cuatro se recuperaron mucho, recobraron las fuerzas y echaron algo de cuerpo, pues estaban en los puros huesos. Después de tanto tiempo se sintieron más a salvo y animados en lograr su propósito de volver con los suyos. La noticia de sus curaciones se fue propalando cada vez más lejos y muchos venían pidiéndoles que fueran con ellos hacia sus lugares. Como aquello convenía en mucho con sus planes, decidieron aceptar las invitaciones y se pusieron de nuevo en camino, aunque esta vez con mucho pesar de los que dejaban atrás, que se habían sentido mucho más poderosos que sus vecinos teniéndoles con ellos.

Fueron hacia el oeste, alejándose ya definitivamente de la costa, de los flecheros tatuados de la floresta, de aquellos otros que les habían tenido cautivos tras salir de Mal Hado y de los que después habían acabado con los supervivientes de las otras barcas y los que quedaron de las suyas. Empezaron a transitar por unas tierras de selvas menos impensables y que daban paulatinamente paso a extensiones más abiertas y en ocasiones a grandes espacios alomados de praderas. Lo que más les ayudó fue que desde aquel contacto amistoso con los primeros que les habían acogido y durante todo el tiempo que pasaron entre aquellas tribus[32] nunca les mostraron hostilidad sino creciente respeto. Así, su vida mejoró bastante, llegando incluso a la abundancia, pues al extenderse la noticia de que los dolores desaparecían en las manos de los chamanes blancos cada uno traía lo mejor que tenía y muchos carne, sobre todo de venado, que era lo más preciado, y llegaron a tener tanta que hasta dieron de ella a los indios que los acogían en sus casas.

Hicieron gran fiesta por ello con bailes y músicas, y pasaron días alegres, pero no tardó en volver la necesidad, pues bastante tenían los indios con intentar sobrevivir y encontrar comida.

El alimento era la obsesión continua de aquellas tribus, sobre todo en las épocas peores del frío. Álvar había comprobado que estos indios no tenían plantaciones de maíz como sí las había en Apalache, y que vivían solo de lo que cazaban y de las plantas, raíces y frutos que podían recolectar en su temporada. Ello les suponía estar siempre al albur y a sufrir grandes hambrunas cuando este no les era propicio. Sobre todo cuando llegaba la estación fría y ya no encontraban vegetales que comer y la caza se hacía muy escasa y difícil.

32. Pudieron ser comanches. Miguel de la Quadra estaba convencido de que habían invernado un año con ellos y hasta me daba el nombre de uno de sus jefes más recordados, Arco y Aljaba. Estas tribus formarían luego, tras convertirse, al igual que los siux, en grandes jinetes, excelentes cazadores y temibles guerreros, en la poderosa nación comanche dominadora de extensos territorios. Llegarían a enfrentarse dos siglos largos después con los españoles, a quienes su jefe Cuerno Verde, que llevaba como penacho una testuz de búfalo con los cuernos pintados de ese color, puso en severos aprietos hasta que fue derrotado y muerto por los famosos Dragones de Cuera, la mítica caballería que custodiaba toda aquella inmensa frontera.

Entonces comían todo lo que caía en sus manos y ellos, aunque ya estaban acostumbrados a eso por los años de penuria, aprendieron a comer también cualquier cosa y todo tipo de bichos por inmundos que al principio les parecieran. Como seguían recibiendo obsequios tampoco dudaban en conseguir a través de trueque la poca carne que podían hallar, como cuando adquirieron dos perros que les ofrecieron a cambio de una piel de venado, con los que los cuatro se solazaron mucho.

El invierno se iba echando encima y al preguntar qué otras gentes había por delante de sus tierras los indios les dijeron que ninguna mejor que la suya, donde había muchas tunas y animales, pero que su tiempo ya había pasado, que ya habían recogido todas y había habido gran reunión de todos; quizá antes hubieran podido partir con los que vinieron del oeste, mas ya cada cual se había ido a su casa y ahora se preparaban a invernar. Decidieron entonces quedarse allí con ellos, pues lo otro sería ponerse en grave riesgo, y mejor esperar al buen tiempo para seguir avanzando.

Fue en aquella invernada cuando de nuevo Álvar estuvo a punto de perecer. Los indios les dijeron que iban a dejar su campamento en las montañas en que estaban e instalarlo en otro lugar más propicio, cerca de un caudaloso río, porque en aquel lugar había más caza y más árboles que tenían nueces y frutos secos. Que allí, además, y cercanas, habría gentes de otras lenguas que vivían más hacia el oeste y que llegado luego el buen tiempo podrían ir con ellos.

Desmontaron todo su campamento y caminaron durante cinco días, en los que pasaron bastante necesidad y hambre, pero al fin llegaron al río y plantaron allí sus viviendas. Era territorio muy montaraz y quebrado. Un día cuando salió con un grupo de indios en busca de comida, Álvar se demoró recogiendo frutos en una zona del bosque muy tupida y se perdió. Le llegó la noche sin poder dar con ellos y estuvo a punto de sucumbir de frío, pues ya lo hacía y muy intenso y no llevaba consigo útiles para prender una hoguera. Al día siguiente seguía perdido, pero tuvo la suerte de hallar un árbol que había ardido a causa del impacto de un rayo y mantenía rescoldos en su tocón. Cogió aquellos tizones todavía con ascua sabiendo que eran su mayor tesoro e hizo todo lo preciso para conservarla. Se puso a caminar en la dirección en que creyó que daría con los otros, llevando un recipiente que había hecho para preservar las ascuas y un pequeño haz de leña a cuestas para poder encenderlo si no hallaba después buena leña con qué hacerlo.

Antes de que se pusiera el sol buscó unas matas para resguardarse e hizo un hoyo con un gran pedernal que le habían regalado por una curación. En él echó una gran cantidad de leña, que había en abundancia en aquellos montes, aunque él seguía precavido con su gavilla a cuestas, y la prendió hasta hacer buen rescoldo que mantuviera caliente el agujero. Encendió también otros cuatro fuegos en las esquinas del hoyo, en otros más pequeños, para ahuyentar a fieras y alimañas, y el grande lo cubrió con una capa de tierra. Luego extendió su piel de venado y se echó a dormir tapado además con brazadas de hierbas largas que le ayudaban a resistir la helada. Lo hizo dos noches y pudo dormir sin congelarse, pero la tercera el fuego de una de las esquinas cayó por el viento sobre el hoyo donde estaba acostado y prendió en la paja con la que se cubría. Esta comenzó a arder reciamente y, aunque salió a escape, acabó con los cabellos chamuscados y perdiendo la piel de venado que llevaba y que no pudo salvar del incendio. Hubo entonces de caminar ya sin ningún abrigo y durante un par de días más, hasta que dio con la huella de los otros y al fin logró dar con ellos y con sus tres compañeros. Estos le daban ya por muerto, pensando que alguna víbora de aquellas tan mortales le había mordido, y todos dieron las gracias al Señor por hallarlo vivo aunque hambriento y aterido.

Se cobijó en los fuegos y tuvo desde entonces mucha precaución para no separarse de los demás y nunca ponerse a caminar solo por aquellos lugares. Cuando pasó lo peor del invierno los indios trasladaron un poco más río arriba su campamento a un pequeño valle donde ya comenzaba a anunciarse la primavera y en el que no faltaba el sustento. Los días empezaron a alargarse, el sol a calentar algo más la tierra y con ella su ánimo.

Fue por entonces cuando un sanamiento de alguien a quien se había dado por muerto, estaba ya tapado incluso y aparentemente sin vida puesto que no respiraba, le trajo una gran fama nunca antes conseguida. Álvar detectó en el supuesto cadáver algo de pulso e hizo que lo movieran. Él mismo le dio algunos meneos y masajes mientras hacía sus rezos, y de repente el muerto revivió con gran espanto y, a la vez, alegría de todos. Aquello hizo que se le comenzara a considerar como un enviado de los dioses o algo parecido. Su fama corrió cada vez mayor por todos los asentamientos y les llamaban de continuo. El momento de reiniciar el viaje había llegado, y ahora lo podían proseguir en las mejores condiciones.

Iban de un poblado a otro, pero siempre hacia el oeste, y en todos eran muy bien recibidos y agasajados. Ahora ya no les faltaba la comida, de la que llegaron a tener en abundancia, pues era lo que más les traían a cambio de sus imposiciones de manos y rezos. Otros les entregaban un arco y flechas, y ellos las trocaban por vituallas y algunas pieles, pero lo cierto es que según avanzaba el buen tiempo los indios tendían a la desnudez y ellos mismos también adquirieron esos hábitos.

Ahora su principal tortura, como lo había sido en muchas ocasiones tiempo atrás, eran los mosquitos. Resultaba terrible su acoso y desesperante el agobio. Debían hacer grandes fuegos con brozas húmedas o ramas verdes para que produjeran mucho humo para así lograr sacudirse por algunos momentos su martirio. Sin embargo, si lo hacían en las casas el humo se convertía por sí mismo en un problema. Los mosquitos casi llevaban a la desesperación a los hombres y a las bestias, pues nada parecía escapar a su acoso.

Álvar solía buscar algún remedio embadurnándose la piel con diversos productos que los indios le decían que los ahuyentaban, pero su eficacia era muy limitada y además su efecto duraba poco. Los indígenas los soportaban mejor que los blancos. Parecía que quien mejor y más estoicamente los sufría era el negro Estebanico, o tal vez con su piel se cebaban menos.

Sin embargo, comparadas con las angustias y penas anteriores, estas adversidades les parecían muy menores, aunque eran conscientes de que en aquella forma de vida lo que ahora era un período de cierta abundancia podía ser el preludio de una gran hambruna. Llegaron finalmente a las orillas de un gran río, mucho más extenso que el anterior al lado del cual habían pasado el invierno y como no habían visto otro igual con la excepción de aquel en cuya desembocadura habían estado en la Tierra Florida. Álvar se alegró sobremanera de dar con él, pues era una de las indicaciones que los indios que estaban buscando le habían dado como enclave donde ellos cazaban a las vacas corcovadas.

Preguntaron a la tribu con la que estaban y ellos les confirmaron que aquellos a los que buscaban solían frecuentar aquellas orillas y las praderas que se extendían en sus cercanías. Pero a Cabeza de Vaca le pareció detectar que al tiempo que asentían se turbaban un poco y que, sin querer demostrarlo, se atisbaba en ellos cierto aire de retraimiento y temor. No parecía que tuvieran muchas ganas de encontrarse con los otros. Ello se hizo todavía más patente cuando dieron a entender que estaban llegando a los límites de su territorio, que parecían ser marcados por el propio río, y que no deseaban traspasarlos ni seguir más adelante. Se establecieron en la margen este y estuvo muy claro que no tenían intención de cruzar al otro lado.

Los castellanos se mantuvieron con ellos algunas semanas, pero finalmente Álvar convenció a los otros de que, teniendo cierta provisión de comida para algunas jornadas, debían intentarlo y conectar con la siguiente tribu, que esperaban fuera la de los nativos que buscaban.

—Si en unos días no damos con ellos ni hallamos señal alguna de su presencia, siempre podemos volver atrás y reencontrarnos con los indios que nos han traído hasta aquí.

Estos les habían manifestado su voluntad de permanecer allí durante bastante tiempo, pues el lugar era abundoso en frutas y en caza; también pescaban en algunas pozas con una fórmula que Dorantes aseguró que él había visto hacer a ciertas gentes humildes de su tierra. Cogían unas plantas de los taludes, las machacaban y luego las sumergían en algún lugar donde el agua se remansaba y no tenía corriente. Al rato los peces comenzaban a boquear subiendo hasta la superficie atontados, y los indios los capturaban con cestos o si el pez era grande ensartándolo con una lanza.

—En mi tierra eso se llama embarbascar el agua, porque la planta que allí usan es el barbasco —les dijo Dorantes, quien también les tranquilizó asegurándoles que los peces podían comerse sin cuidado, pues en su pueblo lo hacían sin problemas al igual que aquellos indios.

Al cabo se decidieron a partir y, tras adentrarse por las llanuras, con cierto miedo de perderse y no saber hallar el camino de regreso, fueron viendo aquí y allá muestras de paso de gentes por algunos fuegos ya bastante viejos. Justo comenzaba ya a adueñarse de ellos la idea de emprender la vuelta cuando se toparon no con los indios que buscaban sino con aquel inmenso rebaño de enormes animales.

—Si las vacas corcovadas están aquí, seguro que los indios que los cazan no estarán lejos. Esos fuegos que hemos visto serán de exploradores suyos que también andan buscando a las vacas. Encendamos uno nosotros y quizá vengan a nuestro encuentro.

Tal hicieron, y aquella noche los cuatro pudieron por ello perder sus vidas.

Habían encendido una gran hoguera y se echaron a dormir al raso junto a ella. Quedaba poco tiempo ya para el alba cuando los indios cayeron sobre los españoles, y antes casi de que estos pudieran despertar de su sueño habían sido cogidos presos. Estebanico, que había sido el primero en levantarse, había sido derribado por un golpe en la cabeza de un hacha de piedra, por fortuna para él dada de plano, y Álvar, Castillo y Dorantes fueron inmovilizados antes de poder siquiera incorporarse y atados de pies y manos. Un nutrido grupo de indios, de soberbia estampa y que lanzaban grandes gritos y alaridos, los rodeaban y los amenazaban con clavarles sus lanzas y sus flechas.

También les observaban con curiosidad, les tocaban las barbas y les frotaban la piel al tiempo que lanzaban exclamaciones y gritos señalándose los unos a los otros. El que parecía ser su jefe hizo que los arrastraran al lado del fuego, que avivaron para poder verlos mejor. Luego, ya más calmados, los dejaron allí tirados al cuidado y vigilancia de varios de ellos, mientras que los otros se alejaron, encendieron otros fuegos y allí se sentaron a decidir su suerte en tanto que acababa de asomar la amanecida.

Al reír el alba se acercaron a ellos de nuevo, con el jefe delante. Este los interpeló dándoles perentorias voces en una lengua que ni siquiera Álvar alcanzaba a comprender. Por los gestos entendió que le conminaba a decir de dónde venían y qué hacían en sus tierras. Las voces eran muy estentóreas y amenazadoras, pero Cabeza de Vaca vio que ya no blandían sus armas ni hacían ademanes de asestarlas contra ellos.

Álvar intentó hacerse entender, pese a que no podía utilizar el lenguaje de los signos, pues tenía las manos atadas a la espalda. Al ver el jefe indio sus esfuerzos, pareció comprenderlo. Sacó de su vaina un cuchillo de pedernal y con un tajo le liberó de las ataduras mientras dos de ellos apuntaban hacia él sus lanzas haciéndole ver que se las hincarían en el cuerpo de inmediato en cuanto hiciese cualquier gesto que les pareciera agresivo.

No obstante, Cabeza de Vaca ya estaba trabando entre lengua y manos comunicación con ellos, porque estaba seguro de que pertenecían al mismo linaje que aquellos a quienes habían topado. El jefe indio prestaba cada vez más atención y en algún momento se volvió hacia los suyos y les dijo algo que ellos replicaron con exclamaciones y murmullos.

Aunque los indígenas nunca hubieran visto a uno, alguna cosa sabían de aquellos barbudos pálidos. Gentes de las que nunca antes se había tenido noticia. Que habían llegado por la Gran Agua que no se podía beber, revestidas con protecciones más duras que la piedra y que mataban con otras hechas de aquella misma materia y que atravesaban y cortaban los cuerpos con total facilidad. Incluso decían que mataban con unas cosas que hacían un ruido infernal y soltaban rayos y humo por sus bocas y que venían montadas en unas bestias aterradoras que obedecían su voluntad.

El jefe de los siux tampoco se había topado con ninguno de ellos, pero recordó bien que unos de otra tribu que bajaban en ocasiones muy hacia el sur y hacia el este, a orillas de otro gran río, sí se habían encontrado con ellos y traído extraños regalos que les habían dado. Estos debían de ser de esa gente. Claro que venían desvalidos, habían sido capturados como niños, vestían como los de otras tribus a las que ellos vencían y despreciaban y no parecían tener arma alguna de aquellas tan poderosas que decían que tenían. Quizá no fueran los mismos.

Sin embargo, el jefe se puso a recordar más cosas de lo que habían relatado los que se habían encontrado con aquellos hombres tan diferentes. Como también lo parecían entre ellos, pues uno no era en absoluto pálido, sino muy al contrario, negro como los tizones del fuego. Aquello, sin duda, era todo muy extraño.

El jefe seguía recordando lo que en una reunión de tribus había dicho aquel jefe que iba con su gente hacia el naciente del sol. Contó que había hallado a algunos de ellos y les había socorrido tras haber llegado muchos en una gran canoa y que estaban muy hambrientos y sin agua. Les prestaron auxilio, y cuando ellos intentaron marcharse en lo que habían venido esto se les había hundido y se habían quedado desnudos y sin nada, pues todo, sus armaduras y armas, lo habían perdido, y de no ser por ellos hubieran muerto todos de hambre, sed y frío. Relató también que habían estado un tiempo con ellos y que luego los habían dejado allí y ellos habían regresado a las tierras de caza.

Se lo dijo a los suyos y algunos de ellos también recordaron haber oído hablar de aquello. Por último se adelantó uno y habló. Álvar entendió bien lo que decía, pues también se acompañaba de signos.

—Oí decir a unos comanches que habían llegado hasta ellos unos hombres como estos, que sanaban enfermedades y que pasaron el invierno con algunos de los suyos.

Por ello fue entonces por lo que preguntó a Álvar el jefe y él pudo ya responderle. Poco a poco, y solo en algunas cosas muy sencillas, se fueron haciendo comprender el uno con el otro. Cabeza de Vaca consiguió hacerles entender, lo que era por otro lado bien visible, que ningún daño querían ni podían hacerles y que eran pacíficos y buenos. Poco más, pero al menos sirvió para que les dejaran las manos libres y les dieran algo que comer y de beber. Auxiliaron entonces a Estebanico, al que el golpe con el hacha no había hecho mucho más allá de un buen chichón. El pelo ensortijado, que tenía muy abundante, le había parado un tanto el impacto. Los indios seguían mirando aún con mayor interés que a los otros el color de su piel y se la refrotaban para ver si la llevaba pintada como ellos se hacían a veces en la cara. Pero no se desprendía pringue alguno y se mantenía igual que estaba. Aquellas gentes en verdad eran extrañas. Tres eran pálidos y por el contrario el cuarto era más oscuro que cualquier hombre que hubieran visto.

El jefe decidió que no los mataría, si bien tampoco los iba a soltar. Se los llevaría a los ancianos y al chamán y todos juntos tomarían una decisión sobre qué hacer con ellos. Tendrían que saber de dónde venían y si era verdad que había muchos más. Había que conducirlos al campamento donde se iban a reunir con los de otros poblados diseminados, porque, una vez localizado el gran rebaño, todos participarían en la cacería. Los batidores ya habían salido en todas las direcciones para avisarlos. Quizá si venían los del este pudieran decirles algo más y si eran en verdad los que ellos habían visto y con quienes habían tenido trato.

Se pusieron prestamente en marcha y les desataron los pies para que pudieran caminar, aunque volvieron a atarles las manos. Dos jornadas después llegaron al campamento. Era ya grande y crecía con la llegada continua de más indios. A los cristianos les sorprendió no solo la multitud sino cómo se instalaban y cómo levantaban sus tiendas. Habían visto tipis con anterioridad, pero estos eran de mucho mayor porte y hermosura. Clavaban los enormes palos en tierra y luego los recubrían de pieles, en ocasiones con coloreadas pinturas con figuras de aquel animal que cazaban, o de sus propias manos, que dejaban impresas. Vieron que extendían en el suelo grandes pieles de las vacas corcovadas. Ya sabían que llamaban *tatanka* a este animal y comenzaron a comprender por qué lo mentaban tanto.

En el campamento había mujeres y niños y estos fueron los que salieron en griterío y tropel a contemplarlos. Tras acercarse gritando, al verlos se quedaban callados con los ojos como platos y asombrados. Todos los miraban, los niños con la boca abierta, los hombres muy seriamente y las mujeres, en corros, se echaban a reír señalándoles.

Los condujeron maniatados al centro de las tiendas y allí los hicieron sentarse en el suelo, siempre vigilados por guerreros armados y alerta, aunque todos tenían arco, carcaj de flechas y muy lucidas lanzas. Incluso los niños chicos llevaban pequeños arquitos con los que se paseaban como si fueran ya grandes cazadores. Eran los muchachitos quienes parecían vigilar con más seriedad a aquellos cautivos extraños.

—Estos indios son los mismos que encontramos y nos atendieron al llegar a las costas de Mal Hado. Son de su misma estirpe, no hay duda —les dijo a los demás Cabeza de Vaca.

—Mas no parecen estar aquellos aquí; son parecidos, sí, pero serán de otra tribu. Aquellos estaban muy lejos de donde nos encontramos ahora. Hemos caminado mucho. Y son gentes muy guerreras —señaló Dorantes.

—No nos han hecho ningún daño y tras capturarnos nos han tratado bien. Aunque desconfían —terció Castillo.

—Bueno, a mí casi me parten la cabeza de un hachazo —se quejó Estebanico.

—Calla, Negro, que te dieron de plano y tienes la cabeza muy dura —replicó Dorantes, que gustaba de hacer chanza de todo a quien había sido su sirviente y ahora ya era más un compañero—. No te la parte a ti ni una maza de hierro.

Aunque estuvieran maniatados, todos se echaron a reír, lo que sorprendió a los indios que les rodeaban y no dejaban de observar hasta su más mínimo gesto.

Al rato les quitaron las ataduras de las manos y se las pusieron otra vez en los pies. Les trajeron de nuevo viandas, en esta ocasión en abundancia, y entre ellas tasajo que supieron era de vaca, pues se lo señalaron remarcando aquel *tatanka* que no se les caía de la boca, y agua fresca. Luego se quedaron a verles comer. Les agradó que apreciaran su carne. Lo cierto es que a los castellanos les gustó, y mucho. Así lo manifestaron, con profusos gestos de satisfacción, agrado y gratitud, y ello complació a sus captores. Ellos entonces también se rieron señalándoles a los demás mientras comían y aún les trajeron más.

—Bueno *tatanka*, muy bueno —alcanzó a decir con gestos Álvar, tocándose la tripa cuando acabaron de comérselo todo.

Los indios lo corearon con gran regocijo.

Cabeza de Vaca pensó que no era mala señal ni la risa ni que les dieran de comer carne. Los cuatro se sosegaron mucho y dieron gracias a Dios porque no habían perecido y le pidieron que les ayudara un día más.

No tardó mucho en producirse una cierta conmoción y un inquieto rebullir entre aquellas gentes, y los españoles entendieron que algo estaba por suceder y que les atañía a ellos. Aparecieron, con mucha pausa y ceremonia en su andar, varios hombres, que supieron que eran sus principales. Algunos ancianos, uno con la cabeza y la frente cubiertas por una máscara y otros de imponente porte, entre ellos el jefe de la partida que los había capturado. Habían visto que hombres y mujeres llevaban largas cabelleras sueltas, pero los hombres se hacían una especie de moñete que algunos adornaban con plumas de aves rapaces, una, dos o más, según los casos. El pelo de los jóvenes era muy negro y lo llevaban cuidado y reluciente; el de los ancianos blanqueaba con la edad, pero todos ellos en su andar y gestos denotaban gran dignidad.

Se acercaron despacio, y el que llevaba un copete, con el pericráneo de un lobo que le tapaba la cabeza, donde emergían las orejas del animal y se adelantaba por la frente hasta llegar el hocico a tapar su nariz, comenzó a hablarles con expresivos gestos y ademanes. Álvar comprendió que era su hombre medicina y lo escuchó con mucha atención y respeto, recordando al que había conocido en Mal Hado.

Sabía que su palabra tendría mucha fuerza entre los suyos y su vida podía depender de ella. Consiguió entender que les interrogaba sobre el lugar del cual venían, y si eran ellos los que sanaban y habían estado el pasado invierno con los comanches.

Logró contestar lo que pudo utilizando gestos y algunas palabras aprendidas de los últimos indios con los que habían permanecido. Observó la expresión de sorpresa y comprensión de los indios al oírlas y vio que lo entendían. Sí, dijo, sanaban, tenían ese poder por la gracia de Dios. Acto seguido, Álvar hizo la señal de la cruz, se santiguó y comenzó a rezar en muy alta voz el paternóster en latín, puesto que conocía la antigua lengua. Le contestaron en castellano los otros tres y repitieron la operación con el avemaría. Al final se santiguaron y Álvar los bendijo a todos, indios incluidos, haciendo de nuevo la señal de la cruz.

Se hizo un inmenso silencio que solo fue roto por cuchicheos inquietos. Eran sin duda los que habían estado con los comanches y que tenían gran fama de hombres que sanaban la enfermedad y que poseían inmensos poderes. Uno de los ancianos preguntó si era verdad que antes habían topado con otras de sus gentes. A Cabeza de Vaca se le iluminó la cara e hizo el esfuerzo máximo por que lo entendieran. Su salvación dependía de ello.

—Sí. Gentes como vosotros nos encontraron y compartieron su fuego al lado de la Gran Agua que quema la boca. Hacedlos venir y ellos os dirán de nosotros —respondió.

Los indios asintieron. Además les advirtieron:

—Están viniendo. Ellos dirán si decís verdad.

El cortejo, sin más palabras, emprendió la marcha. Sus captores entonces los levantaron del suelo y los llevaron bajo un cobertizo de piel que les habían dispuesto para que pudieran estar algo mejor. Los dejaron descansar y ellos esperaron con ansiedad que la llegada anunciada se produjera cuanto antes, pero estaban muy cansados, habían comido en abundancia y a nada, allí a la sombra, el sueño los venció y acabaron por dormirse.

Bajaba ya el sol hacia su ocaso cuando vinieron a despertarlos y ante ellos estaba aquel Jefe Joven, que ya no lo era tanto, con el que Álvar había hecho relación en Mal Hado. Se alegró mucho de verlo, sonrió con alivio, pero aún fue mayor su dicha cuando el indio lo señaló con el dedo.

—Álvar —dijo, y con la palma extendida lo saludó.

Cabeza de Vaca le había repetido muchas veces su nombre en el tiempo que pasaron juntos y el indio no lo había olvidado. Tampoco había olvidado aquel encuentro cuando, tras el definitivo naufragio, todos se habían quedado en cueros vivos y hubieron de pasar aquel frío tan espantoso y ellos haciendo lumbre les habían logrado salvar de morir.

Álvar extendió también su mano abierta, con una gran sonrisa iluminándole la cara.

Luego le preguntó por el otro amigo, el Hombre Espíritu.

El rostro del indio se ensombreció de pena. Hizo una mueca triste y señaló con un gesto amplio de partida final hacia el aire y los cielos. Álvar levantó también la cabeza e hizo la señal de bendición que el indio recordaba a la perfección de su despedida.

El comprobar que lo dicho era cierto y que el jefe de la tribu del este era amigo de ellos tranquilizó ya por completo a los indios. Él mismo les quitó las ligaduras que aún les ataban los pies y los invitó a acompañarle al lugar del campamento donde se había instalado con los suyos, si bien antes debían presentarse ante el consejo de ancianos y jefes. Él previamente les había relatado su anterior encuentro y que entonces eran más, pero que su gran canoa había desaparecido, que algunos habían muerto ahogados, que los de su gente habían llorado con ellos su desgracia y les ayudaron; que luego se encontraron con otros más pero que todos estaban muy débiles y se marcharon dejándoles allí porque no los podían llevar con ellos y los barbudos blancos prefirieron quedarse y que los creeks se los llevaron con ellos a la isla.

Álvar completó el relato diciéndoles que de todos ya solo quedaban ellos cuatro, que no tenían arma alguna de las que habían visto y que venían en paz y pedían que los acogieran.

Eso convenció ya del todo a los jefes, que les dejaron ir por completo libres. Los españoles se marcharon con su protector, al que Álvar comenzó a llamar desde aquel momento Socorro de Dios, pues nunca había logrado pronunciar bien su nombre por mucho que el otro se lo había repetido. Él sí que había memorizado el suyo.

Pronto comprendieron que entre aquellos indios no tendrían dificultades, siempre que hicieran, eso sí, lo que ellos les mandaran y que eran por ahora los trabajos que solo realizaban los muchachos y las mujeres. Traer leña fue su principal obligación, y no resultaba fácil encontrarla en aquellas extensas planicies.

Todas las tribus y grupos allí reunidos estaban muy excitados por la perspectiva de ir a cazar *tatanka*. Casi se olvidaron por completo de los barbudos y el negro porque toda su atención e interés estaba centrado en la cacería. Cada día a poco de amanecer regresaban los batidores y la expectación iban creciendo.

A los tres días de estar allí vieron partir a varias escuadras de cazadores, cada una en diferente dirección. Álvar entendió que tenían muy bien localizado el gran rebaño y que pensaban que estaban en el lugar propicio para que la caza fuera buena y estaban preparando las diferentes emboscadas para rodearlo.

Iba a ser una gran cacería; esperaban abatir a muchos animales y conseguir carne para todo el invierno. Durante buena parte de la mañana fueron saliendo cazadores del campamento y a mediodía tan solo quedaba un último grupo de hombres, los ancianos, los niños, las mujeres y los cristianos. Entonces se dio la orden de levantar las tiendas y ponerse en marcha.

Vieron con qué gran rapidez lo hacían. Empaquetaron su impedimenta en fardos que cargaron a la espalda o en angarillas de las que tiraban ellos y los perros que tenían. Los canes con unas correas y ellos con otras más largas, conque entre todos, humanos y bestias, tiraban de la angarilla hecha con una piel sujeta a dos largos palos ligeros cuyas puntas arrastraban por el suelo. Las correas de cuero mordían la piel, y los españoles lo supieron bien porque ellos también hubieron de cargar y no precisamente con las que llevaban los fardos más pequeños y livianos. Se acordaron entonces mucho más que nunca de los caballos y de qué gran utilidad tendrían para aquello, aún más si en vez de reposar los palos en el suelo tuvieran carros y ruedas. Resultaba evidente que los indígenas no conocían aquello. No disponían de caballos, estos ni siquiera los habían visto jamás, y los que sí habían enfrentado a los que ellos montaban antes de su desdichada peripecia les profesaban un gran miedo. Álvar meditó, sin embargo, que si estos con los que ahora estaban aprendían de su utilidad, a domarlos y montarlos, iba a ser muy difícil el imponer dominio alguno sobre ellos. Mejor que de caballos no supieran.

El campamento en marcha guardaba, y como soldados lo contempló con asombro, su disciplina y formación. Unos cuantos guerreros caminaban delante, a cierta distancia, otros flanqueaban la columna y otros, el grupo más fuerte, protegía la retaguardia. Socorro de Dios, que era a quien se había encomendado la dirección de la partida, iba delante de todos con otros jefes y sus mejores cazadores.

Ellos no cargaban fardos, sino que llevaban muy prestas sus lanzas y sus arcos. Entre ellos, en el grupo delantero, Álvar reconoció a uno de los nativos. Era el muchacho que le había rescatado sus escritos. Caminaba muy digno y con el cuerpo muy envarado, pero al verle ya no pudo reprimir su alegría y se vino hacia él, tras hacer un gesto a Socorro de Dios, al que este asintió, para saludarle. Le mostró con mucho orgullo el arete de hierro que le había regalado y que llevaba al cuello como si se tratara de un gran talismán. Luego volvió al trote a su lugar en la cabecera de la marcha, detrás de su jefe.

Los guerreros permanecían muy atentos a que nadie quedara rezagado y si era preciso ayudar a alguno que no pudiera mantener el ritmo de la marcha. Sin embargo, no era preciso. Aunque algunos fueran muy viejos o se les notara que habían de realizar un gran esfuerzo, no mostraban a los demás signos de debilidad.

A los castellanos les asombraban aquellas gentes, tanto los hombres como las mujeres. Ellas iban más tapadas que las de otras tribus que habían visto hasta entonces. Las de los flecheros tatuados iban como ellos casi por completo desnudas, y las otras que habían ido viendo por los diferentes poblados apenas si se ponían una falda para taparse sus partes íntimas, llevando al aire los pechos. Algunos de los españoles cuando llegaron al principio a sus poblados habían tenido coyunda con ellas. De los supervivientes, a Álvar, quizá por su debilidad, hambre y angustia, nada le habían atraído. El Negro y Dorantes sí habían gozado de ellas siempre que habían podido hacerlo, y Castillo, aunque de esto hablaba también poco, reconoció haberlo hecho alguna vez. Ellas solían aceptar con cierta facilidad, como si a ello no le dieran importancia alguna.

Estas indias parecían también en esto diferentes. Vestían camisas y faldas de cuero y calzaban mocasines. Gustaban mucho de adornos, que se ponían en el pelo, en las muñecas y en los tobillos. Tanto las suyas como las zamarras de los hombres estaban muy bien cosidas, eran de cueros finos y suaves. Ellos, además de las plumas, lucían también adornos y se pintaban con pinturas la piel, sobre todo la cara. En ello parecían coincidir muchas tribus, aunque los flecheros eran los que más afición tenían a tatuarse hasta llenarse el cuerpo por completo. Lo que los tatuajes debían significar para ellos en cuanto a rango parecían representarlo allí las plumas que los hombres llevaban prendidas en el pelo o los copetes de los que habían dejado atrás.

Las mujeres que estaban ya emparejadas con un hombre eran las más adustas con los españoles, y las viejas, las peor malcaradas y gritonas con ellos, pero las más jóvenes no dudaban en mirarlos y señalarlos y hasta reírse. Estebanico seguía presto su juego y Dorantes, con menos gracia, también lo hacía. Castillo miraba a hurtadillas y Álvar intentaba mantener cierta gravedad en su andar y mirar, pero lo cierto es que tal y como iban vestidos y cargados bien poca podían mantener.

Caminaron todo lo que restaba del día sin detenerse y cuando el sol ya declinaba llegaron hasta ellos a la carrera algunos exploradores que les ordenaron desviarse un poco y los condujeron a una depresión entre unas lomas, un pequeño valle, donde se detuvieron; se comenzó a volver a montar el campamento, aprovechando que un regato de agua pasaba bastante cerca de allí. Levantaron las tiendas, pero aquella noche no se encendió fuego alguno. Tatanka estaba cerca y podría olerlo y huir. Había que evitar todo lo que pudiera asustarlo. Comieron tasajo y algunos frutos secos y luego durmieron.

Antes del amanecer, el grupo de cazadores que se había quedado en las tiendas salió a juntarse con los demás. Álvar, que había permanecido casi en vela atento a ello, suplicó a su amigo que lo llevara con él. Este se resistió, pero al final cedió, advirtiéndole que si no podía seguirle en la carrera, pues era el paso que iban a llevar, lo dejaría atrás. Tampoco podría participar en la cacería. Tan solo podría contemplarla y se quedaría cerca; se le hacía el honor de permanecer junto al hombre espíritu del clan que lo había capturado, Cabeza de Lobo, y otros ancianos que ya por edad tampoco participaban en la caza.

Álvar aguantó a duras penas el trote, sostenido y rápido, que sus compañeros impusieron nada más salir, y solo a fuerza de orgullo y de sufrimiento lo soportó. Casi sin resuello y echando el bofe consiguió al fin llegar al encuentro con el grueso de los cazadores. Le miraron con estupor y algunos con manifiesto desagrado, pero Cabeza de Lobo, el chamán, lo acogió a su lado y cesaron las malas miradas. Sin mediar apenas palabras todos reiniciaron la marcha, ahora ya cada vez más cautelosamente. Era un paraje de sucesivas ondulaciones que se alzaban un poco más y se elevaban hacia el este, por donde comenzaba a despuntar la alborada y el sol naciente, aún sin asomarse todavía a la tierra, teñía de naranja los cielos. Cada día, como todos desde su desgracia, Álvar elevó una oración a Dios dándole gracias por haberle permitido ver otro amanecer; esa jornada lo hizo con particular gratitud y suplicó en su pensamiento que la caza fuera buena para sus amigos.

Los indios se estaban desplegando. Habían dejado a Álvar y al chamán tras un montículo, tumbados en el suelo, a la vista ya del gran rebaño, del que algún mugido les llegaba al oído y cuyo movimiento y algunas siluetas empezaban a divisarse con las primeras luces del cielo.

Álvar observó cómo sinuosamente los indios se acercaban al rebaño, y entonces se fijó en algo sorprendente. Los que se deslizaban por delante de todos se habían envuelto en pieles de bisontes e incluso sobre la cabeza se habían puestos sus testuces; andaban como si lo hicieran a cuatro patas y aprovechando los pocos arbustos y algún mínimo desnivel se iban acercando cada vez más a los animales. Estos caminaban pastando con poderosa y parsimoniosa tranquilidad, ajenos por el momento a cualquier peligro y confiados en su fuerza y en la del inmenso rebaño.

Todo se desarrollaba en el mayor silencio, aunque se percibía en el suelo el rumor de la gran manada en movimiento. A poco, a Álvar ya le costó mucho distinguir dónde se encontraban los cazadores indios, pues habían ido camuflándose en los escasos accidentes del terreno. Solo prestando mucha atención podía llegar a distinguir a veces alguno aquí o allá por algún movimiento, y a uno de ellos porque un primer rayo de sol hizo brillar una de las plumas que llevaba.

No supo quién disparó la primera flecha ni quién arrojó la primera lanza, ni cuándo lo hicieron, tan solo alcanzó a ver que ya había comenzado la caza cuando un bisonte joven empezó a hacer movimientos extraños, a corvetear, y sobre él llovieron varias flechas más hasta que tras un salto y una carrera se desplomó pataleando en el suelo. Entonces ya vio que otros cazadores se movían, brotaban del suelo y se desplazaban con gran rapidez en pequeños grupos cercando a alguna presa y asestando contra ella sus lanzas. Otros, de rodillas, flechaban hasta que se les acababan todas las saetas del carcaj. La manada para entonces ya había comenzado a correr huyendo del lugar donde se había iniciado el ataque. Cuando los animales intentaron dirigirse hacia el oeste, allí se levantó ante ellos, emergiendo desde detrás de una loma, otra línea de cazadores que ahora gritaban profiriendo largos y agudos alaridos al tiempo que descargaban sus flechas. No detuvieron la estampida de las bestias pero consiguieron hacerles rectificar su dirección y torcerla de nuevo hacia el este, a los montes sobre los que ya salía el sol. El rebaño estaba lanzado, en su totalidad y por todo el espacio que abarcaban los ojos, a una atronadora huida. Álvar comenzó a sentir que el suelo en el que estaba echado retumbaba y temblaba bajo el imponente repicar sobre él de miles de pezuñas. Después ya todo fue polvo, estruendo, indios que saltaban y corrían tras algún animal rezagado para intentar rodearlo o tratando de rematar a alguno herido. A su paso por las onduladas colinas en dirección a naciente, la gran manada se conjuntó y las ensombreció al cruzarlas.

Ensimismado en aquel movimiento, en aquel retemblar de la tierra, sin noción del pasar del tiempo, Álvar Núñez Cabeza de Vaca contempló la cacería hasta que en algún momento toda aquella ingente cantidad de animales desapareció de su vista; ya solo se podía vislumbrar un manchón lejano moviéndose en el horizonte hacia la sombra de los montes tras los que se había levantado definitivamente el sol.

10

Cabeza de Tatanka

Esta es la más presta gente para un arma de
cuantas yo he visto en el mundo.

CABEZA DE VACA, *Naufragios*

Vinieron todos y para todos hubo comida. Todos se har-
taron, incluso los perros, que se llenaron las barrigas de los
menudos y lo que se despreciaba de las reses abatidas. Que
no era apenas nada, pues de *tatanka* se aprovechaba todo.
Para ello hacía falta mucho trabajo y no hubo nadie que no
tuviera tareas que hacer tras la matanza.

En el campamento las mujeres, niños y ancianos estaban
esperando el aviso y en cuanto lo recibieron se pusieron de
inmediato en camino para llegar cuanto antes al lugar de la
cacería, montar las tiendas en el enclave previamente escogi-
do y emplearse a fondo en que no se desperdiciara nada. Ni
carne ni piel, ni siquiera cuernos y pezuñas. Todo les valía.

La cacería había sido buena y los indígenas no habían
sufrido bajas. Ningún cazador había sido alcanzado ni por
la estampida ni por los cuernos de las bestias cuando hu-

bieron de entrar a rematar a las que estaban heridas, que eran cuando en verdad se volvían más peligrosas; una arremetida suya podía acabar con la vida de un hombre o dejarlo lisiado de por vida. La agilidad de los guerreros, su presteza en atacar por los flancos y resguardarse de las embestidas, resultó una lección para Álvar. Eran formidables, y sin duda unos peligrosísimos enemigos si un día había que medir las fuerzas con ellos. Utilizaban con enorme maestría sus arcos, clavando las flechas en los puntos más sensibles de aquellas bestias que podían parecer imposibles de abatir con varas tan livianas. También utilizaban con precisión y habilidad la lanza para horadar los flancos y llegar al corazón en los remates. Socorro de Dios había destacado en ello, al igual que un puñado de cazadores que recibían los parabienes y la admiración de los demás. En especial era alabado el joven al que Álvar regaló en su día la arandela de hierro, que había logrado salvar a un compañero suyo que al retroceder había trastabillado y caído, quedando indefenso ante la bestia que arremetía. El muchacho se había cruzado ante el toro, quebrándole la embestida con un portentoso giro del cuerpo, y tras fijarlo en él le ganó el flanco, le clavó profundamente en el costillar la lanza de larga punta de pedernal y le traspasó la gruesa piel hasta llegarle a la caja.

Tatanka aún intentó proseguir su lucha, pero tras otra arremetida fallida se paró, le temblaron las poderosas patas y finalmente cayó echando sangre por la boca. La punta de sílex le había desgarrado el pulmón.

Tiempo habría de recrear su hazaña. Ahora todos tenían que faenar para aprovechar lo cazado y protegerlo de todos aquellos que no tardarían en venir al olor de la sangre o a la vista de los animales muertos. Los primeros, los lobos y los coyotes. Por fortuna, era más difícil que se presentara el gran oso, y tampoco el puma frecuentaba la llanura. Del cielo vendrían buitres, águilas y cuervos. Todos querían clavar su colmillo o su pico en aquella carne que ellos habían cazado y no estaban dispuestos a consentirlo.

Las mujeres se lanzaron a la carrera hacia los animales muertos. Llevaban preparados los cuchillos y todo tipo de utensilios de sílex para desollar las gruesas pieles y luego ir troceando sus carnes. No resultaba una tarea fácil, pero en ella los hombres, y aún más las mujeres, tenían particular destreza. No obstante, aviar por completo a un animal llevaba muchas horas y el tiempo apremiaba. Para por la noche había que intentar tener todo lo posible a buen recaudo, pues con la oscuridad sería más difícil protegerlo y muchos más los invitados indeseables. Todos los carnívoros se iban a dar cita allí antes de que salieran las estrellas. Había que comenzar sin dilación a custodiar los animales abatidos.

Esa tarea les fue encargada a los cristianos y a los chicos. Se fueron desplegando siguiendo a los cazadores, que les señalaban las piezas muertas y de paso iban recuperando las flechas que aún estuvieran en uso o pudieran ser reparadas. Junto a ellas debían quedarse montando guardia hasta que llegaran los desolladores y quienes después destazaban y abrían al animal para quitarle primero los menudos, que era eso lo que más se desperdiciaba, aunque no todas sus partes y desde luego en absoluto corazón, hígado, bofe y otros elementos de las entrañas. De *tatanka* servía todo, hasta las vejigas, pues con ellas luego se podían confeccionar pequeños odres.

Lo más necesario era extremar la vigilancia en los animales que habían caído más lejos y separados, y no permitir que bicho alguno se acercara. No era nada fácil hacerlo, porque por allí no escaseaban y con los palos podía frenarse a un coyote, pero no a un grupo de lobos. Los jovencillos eran sin embargo duchos en lanzar sus flechas con los arcos, aunque si una manada lupina aparecía amenazante lo mejor era llamar a los guerreros, que de inmediato se desplazaban a la carrera para ahuyentarlos. Por el día con eso bastaba, pero en previsión de la noche también dispusieron hogueras para encenderlas en cuanto oscureciera y defender a tizonazos a sus presas.

Cabeza de Vaca observaba atónito la precisión y rapidez con que se desarrollaba toda la maniobra. Cómo conseguían separar las pieles, cómo luego descuartizaban al animal, cómo le quebraban las patas y le descoyuntaban la gigantesca cabeza de aquel poderosísimo cuello. Para ello, y para todo lo que requería quebrar huesos o descoyuntarlos, los hombres utilizaban con fuerza y precisión las hachas. Las mujeres, con pedernales de diferentes tipos, sajaban, abrían, cortaban y desprendían los pedazos de carne. Era una maravilla verlas. Ni a los mejores matachines de cerdos les había visto hacer aquello con tal maña y sin tener como tenían ellos afilados cuchillos, hachas y sierras de acero. Además, en todo lo que se hacía había una gran alegría. Como el día de la matanza del cerdo en los caseríos de Sanlúcar. Estos no habían matado al cochino, pero habían dado caza a *tatanka* y *tatanka* les mantendría vivos y calientes el invierno entero.

Según iban aviando a la vaca y haciéndola trozos, otros se encargaban de llevársela con la piel recién arrancada como recipiente de transporte rumbo al campamento, donde ya iba habiendo al poco una verdadera alfombra de pieles extendidas con la carne encima de ellas y rodeadas de un círculo de humeantes hogueras. Incluso ya habían comenzado a ahumarse algunos enormes hígados sobre una lumbre hecha con leña y broza verde para que diera todo el humo posible. Que además de ahumar la carne, también venía muy bien para ahuyentar los mosquitos y las moscas.

Trabajaron todo el día. Al atardecer se había cumplido casi por completo su objetivo. Sobre las últimas reses, ya poniéndose el sol se afanaron los destazadores y las mujeres con sus cuchillos y lajas de sílex para rasgar la carne y cortar los tendones, mientras que los que habían terminado ya con los suyos les miraban acabar la tarea. Tras ello recogieron todo lo aprovechable, dejaron allí los desperdicios y partieron hacia el campamento. Entonces, y cayendo ya la oscuridad, los que habían sido una vez tras otra ahuyentados del festín vieron llegado su turno, y la pradera se llenó de gruñidos, regaños, chillidos, aullidos y chascar de huesos.

En el campamento quedaba mucho trabajo por delante. Tenían la carne y las pieles, pero ahora llegaba el momento de secarla, ahumarla, conservarla y curtirlas. Pese a que había mucho que hacer, ahora era el momento de la fiesta. Aquella noche las hogueras ardían más alegres por todo el campamento, protegiéndolo y al tiempo iluminando el centro. Crepitaban risueñas las hogueras lanzando sus chispas hacia lo alto, hacia la oscuridad y hacia las estrellas, que brillaban en el cielo como los fuegos en la tierra.

Hubo gran banquete y celebración. No pocos cazadores se habían comido crudo algún bocado de carne que parecía poseer para ellos algún valor más allá del nutritivo y cuya sangre se les escurría por las comisuras de la boca, que ellos lamían y hasta vieron los castellanos que se bebían haciendo cuenco con la mano. Aun así, quedaba hueco en las barrigas y aquella noche se comerían las lenguas de *tatanka*.

Eso fue lo que pusieron al fuego, sobre las losas de piedra, colocadas encima de las brasas para no socarrarlas. También algunas tiras de los solomillos. Eran algo exquisito. Fue la primera vez que Álvar y sus compañeros probaban aquella carne recién asada y a todos les pareció lo mejor que habían comido nunca. Tal vez porque además en los tiempos pretéritos si algo habían pasado era hambre.

Discutieron incluso sobre sabores, y mientras Álvar daba favor a la carne de la vaca corcovada ante la mejor de las vacas moriscas que se le asemejaban y Dorantes suscribía su gusto, no hubo manera de convencer a Castillo. Para él, donde estuviera el cordero churro o, aún mejor, el cabrito, no había nada por encima.

Se comía alrededor de las hogueras y comenzaron a poco las danzas y los bailes en torno a ellas. Celebraban la cacería como la mejor de sus victorias y los destacados en ella podían hacer alarde de sus hazañas. Lo hizo el joven héroe que había salvado a otro cazador de la embestida y le jalearon para que relatara y hasta representara la escena. Era costumbre hacerlo y no dudaban en expresarle los hombres su admiración y dedicarle miradas y sonrisas algunas jóvenes mujeres. Sin embargo, el relator había de tener cuidado. Aquellas gentes, y bien lo había comprobado Cabeza de Vaca en otras ocasiones, pues el relato y alarde de las hazañas era común a muchos linajes indios, se mostraban en extremo puntillosas con el guerrero que presumía de una proeza. Había de decir ante todo verdad, y si era cogido en exageración flagrante o en una mentira, los parabienes se convertían de inmediato en rechazo y reproches. El jerezano había llegado a ver cómo lo golpeaban expulsándolo del círculo de la hoguera, y no era cosa que luego se olvidara fácilmente. Lo sabían y eran muy escrupulosos con ello.

Álvar pensó que aquel comportamiento vendría muy bien a muchos soldados y gentes castellanas que en no pocas ocasiones se atribuían glorias y hazañas que no tenían ni habían realizado o incluso se apropiaban de las que otros habían hecho mientras ellos no arriesgaban nada. Muchos señores había visto así en las batallas, y más de un capitán le había arrebatado el valor a un soldado para apropiarse de sus méritos y lograr el reconocimiento que no le correspondía. Aquellos salvajes paganos les daban a los cristianos, en según qué cosas, algunas lecciones.

El joven triunfador era ya conocido en la tribu por su carácter y vivacidad. Álvar había ido entendiendo que los indios de aquella tribu a lo largo de su vida llegaban a tener hasta tres nombres, y estos se imponían a partir de momentos decisivos en su vida y su comportamiento. En cada uno de aquellos tres hitos les hacían una incisión en la piel y les otorgaban un nombre, así hasta el último, que era ya el definitivo. Al muchachillo que conoció Álvar, por andar siempre activo, inquiriéndolo todo y sin parar un instante, le habían puesto el Zorrillo. Cuando empezó a formar parte de las expediciones y hasta este momento, se le conoció como Cola Roja, por ser tan rápido como aquel gavilán, y ahora y tras su hazaña iba a pasar su prueba de iniciación y adoptar el nombre que ya llevaría de por vida. Antes, junto a otros guerreros que habían descollado en diferentes acciones, se sometería al rito del sol. Si conseguía pasarlo se le impondría el definitivo nombre que llevaría para siempre y que tendría que ver con lo acaecido.

Poco a poco el hidalgo jerezano iba sabiendo de aquellas cosas y de su significado. Álvar prestaba también mucha atención a los nombres que tenían y al fin logró saber lo que significaba el de su jefe amigo, al que él había bautizado como Socorro de Dios por haberle amparado. Supo que el que su tribu le daba hacía referencia a sus continuos y largos periplos: El Que Siempre Camina. El jefe de todas las tribus era Lanza Larga, por su altura y también por lo lejos que arrojaba aquel arma. El nombre del chamán del casquete de lobo también tenía que ver con aquel animal, pero no era, como había creído, Cabeza de Lobo, sino Hermano de Lobos, porque se contaba que siendo niño había quedado perdido y rodeado por aquellas bestias, y no solo no se lo habían comido sino que lo habían protegido hasta que los humanos lo hallaron.

Tras la gran comida y la fiesta llegó el trabajo de nuevo al otro día. Ahumar y secar las carnes era primordial, si bien seguían los festines. Les gustó especialmente el de los hígados ahumados, además de ser exquisitos, cortándolos con los pedernales en lonchas finas era como mejor se conservaban y de ese modo se evitaba que se pudrieran apenas pasados dos días. Así aguantaban mucho más. Lo importante con la mayor parte de la carne conseguida era intentar secarla y convertirla en tasajo. A ello se dedicaban con particular empeño. De este modo duraría un buen tiempo, para

pasar el invierno entero. Porque Cabeza de Vaca comprobó que, al igual que los anteriores nativos, solo vivían de la
caza y de recolectar algunos frutos. No conocían el maíz ni
cultivo de ningún tipo. Por ello podían pasar de la abundancia, como en aquel momento, a la peor hambruna, siempre deudores de lo que pudieran encontrar y cazar cada no
demasiado tiempo para sobrevivir. Su sustento se basaba
en gran medida en aquellas vacas corcovadas; eran sus rebaños a los que seguían y de los que dependía su vida.

No solo se trataba de su carne. Era también su piel, con
ella se cubrían, con ella se abrigaban, sobre ella dormían y
con ella protegían sus tiendas. Ahora estaban dedicados, en
este caso las mujeres, a rasparlas, limpiarlas, extenderlas, es-
taquillarlas, secarlas y curtirlas. Por doquier en el campamento se afanaban en ello y a cada trecho se veía junto a los
tipis la piel de *tatanka*, ya espolvoreada con ocre y otras
sustancias, extendida y bien tirante al sol, para completar
el proceso. De las pieles de los animales más jóvenes elabora-
ban mantas y abrigos; de las más gruesas de los toros grandes confeccionaban el calzado y también y muy importante
sus escudos, pues eran tan duras y robustas que paraban
algunas flechas. En este sentido, Álvar creía que no podría
hacerlo con las de ballesta y desde luego en absoluto con
un tiro de arcabuz, que atravesaba hasta las armaduras.

El curtido de las pieles era algo que conocían y que en
Castilla realizaban muy bien los curtidores con los cueros
de las vacas, aunque nunca habían visto todo el proceso ni
ello lo hubieran sabido hacer por sí mismos, pero aquellas
gentes tenían una forma de conservar las pieles que Álvar
observó con admiración. Tras limpiarlas bien, remojándo-

las de vez en cuando para que no quedara una brizna, procedían a su estaquillado y al secado final; además, luego las metían en sus tipis y allí las sometían a la acción del humo. Había visto hacerlo así a varias tribus y observó que estos practicaban tal fórmula.

A las pieles de *tatanka* no solían quitarles el pelo, como tampoco a las de otros animales más pequeños y de pieles suaves, como armiños, nutrias o castores, pero a las de los venados sí que lo hacían y era con ellas con las que más gustaban de confeccionar polainas y chaquetas. Tampoco tiraban la testuz y los cuernos, convertidos en trofeo, adornos o vasijas. De *tatanka* todo se utilizaba. Todo les servía.

Pasaron aquel año casi entero con ellos. Contemplaron a Cola Roja, el muchacho, que intimó aún más con Álvar y procuraba siempre su compañía, y a otros jóvenes someterse a la ceremonia del sol. A los jóvenes se les hacían unas incisiones por encima de las tetillas y por ahí se pasaban unas tiras de cuero con las que los colgaban del poste, tocando apenas el suelo con los pies, pero procurando hacer fuerza y tirar de ellas, pues la ceremonia concluía cuando su propia carne se desgarraba y caían. Danzaban mientras girando y elevando los rostros al sol, que entraba por un agujero que se abría en lo alto y los iluminaba. Sonaban los cantos, los propios y de quienes los acompañaban, los tambores, las flautas. Ellos giraban a su ritmo tirando hacia atrás, tensando las cuerdas, casi suspendidos o a veces colgando del todo del poste. Era la prueba definitiva de resistencia al dolor. Los cuatro iniciados lograron superarla. Cuando cayeron exhaustos, desgarrada su carne y su piel, se les condujo junto al chamán. Este los curó y cuidó, ante la atenta mirada de Álvar, aplicándoles emplastos y polvos de piedras diferentes. Algunas eran de color ocre o rojizo y Álvar procuró aprender aquello y cómo lo hacía Hermano de Lobos.

Cuando culminó la ceremonia se celebró una comida ritual en que los jóvenes guerreros, ya con su tercera incisión y su definitivo nombre, a Cola Roja le dieron el de Quebrador de Tatanka, comieron carne de perro, pues estos animales los tenían no para la gran caza, ya que en la de las vacas no los utilizaban y tan solo salían con mujeres y niños del poblado y cogían alguna pequeña presa, ni para defensa, presa o ataque contra enemigos, sino como animales de carga, pues les ponían parihuelas y los cargaban con fardos. Estaban alrededor de los fuegos y para dar alarmas si alguien se acercaba a los campamentos. Los usaban asimismo para las ceremonias y comérselos si llegaba la hambruna.

En el año que pasaron con ellos, el gran grupo que se había reunido para la matanza fue desgajándose. Algunos clanes lo hicieron al poco y siguieron tras las huellas del enorme rebaño, y hubo otras, aunque no tan exitosas, cacerías. Por su parte, El Que Siempre Camina se marchó hacia la costa con su joven y ahora muy orgulloso guerrero. Su despedida resultó muy emocionante, pues recordando aquel terrible naufragio y desnudez en Mal Hado, Álvar no pudo ni quiso reprimir las lágrimas. Sabía que no volvería a ver nunca más al amigo, aunque el otro no quiso hacerse esa idea.

Antes de la separación y fruto de su estrecha compañía y amistad, algo muy importante había sucedido que hizo cambiar aún más y para bien el trato que les daban a los barbudos blancos. Al igual que el otro había logrado enseñarle su nombre, él le hizo comprender el significado del suyo, el de Cabeza de Vaca, y entonces fue ya total el jolgorio. El indio hizo primero un signo de incredulidad y luego de alborozo.

—¡Cabeza de Tatanka! ¡Cabeza de Tatanka! —exclamó, y fue a contarlo a los demás indígenas.

Todos se alegraron. Vieron en ello signo del Gran Espíritu, y la fama de Álvar entre ellos se hizo aún mayor. El propio chamán dijo que aquello formaba parte de la gran profecía y que era señal de buenas venturas para todos ellos, porque sin duda era algo que el Gran Espíritu les enviaba como muestra de buena voluntad para el clan.

Cabeza de Tatanka fue como para siempre sería nombrado con el mayor de los respetos por ellos. Junto a él y por aquel influjo, sus otros tres camaradas tuvieron ya desde entonces no solo su buena compañía y ayuda, sino que los consideraron como iguales y aprendieron de ellos mucho más en aquel tiempo que lo que habían podido hacer entre quienes los esclavizaron y golpearon. Álvar empezó a verlos y a comprenderlos de muy diferente manera, algo que quiso compartir con Castillo y Dorantes, pero estos, contentos con el trato, no alcanzaban a ver y entender del todo lo que él percibía en aquellas gentes.

Cabeza de Tatanka comenzó a fumar tabaco en la pipa del chamán, aprendió muchas palabras, supo de sus ritos y costumbres y hasta tuvo mujer entre ellos. Aunque en esto no hizo sino lo que ya antes habían hecho sus tres compañeros y antes que ninguno Estebanico el Negro.

Álvar, desde que salió de Sanlúcar, no había catado hembra. No lo hizo en Santo Domingo, pues no quiso frecuentar la mancebía, y ya entre los indios intentó conservar su dignidad y consideró que no podía andar en coyundas con algunas de ellas que se prestaban a ello, aunque sus maridos los tuvieran como esclavos y ellas mismas tras holgarse también los apalearan. No había sido hombre de muchas tentaciones carnales y el hambre y la penuria continua tampoco ayudaba a que las ganas de holgar fueran muchas, por no decir ninguna, que bastante tenía con seguir vivo cada día. Sin embargo, en este nuevo tiempo, mejor alimentado y vestido, aunque fuera con ropas indias, percibido como amigo y como tal tratado, otro tipo de relaciones afloraron y tampoco Cabeza de Tatanka fue insensible ni inmune a ellas.

La mujer fue quien lo buscó a poco de la gran cacería. Había perdido a su hombre hacía ya un año. No era joven. Tampoco tenía rango porque no había engendrado hijos. Vivía con una hermana que estaba emparejada y había dado ya niños a la tribu a pesar de ser más joven. El indio cuidaba de las dos, pues esta era la costumbre cuando el marido de una hermana moría, y ellas a su vez lo cuidaban a él. De ambas se servía entre las pieles cuando le placía, pero de ella menos. El blanco barbudo le atrajo, aunque ya era algo viejo, más que sus otros compañeros, que preferían a las indias más jóvenes y todavía no fijadas a un tipi de un hombre sino en casa de sus madres, que gozaban de libertad mayor para tener tratos con otros jóvenes de la tribu.

Ella supo cómo atraerlo, incitarlo y finalmente lograr tener un sitio en la tienda que habían instalado en exclusiva para él. Su relación con el chamán Hermano de Lobos le había llevado a alcanzar un rango importante y le prepararon un pequeño habitáculo para él solo y separado de los otros tres, para los que dispusieron un tipi grande, donde no era infrecuente cierto trasiego de mujeres.

La mujer se fue a vivir con Cabeza de Tatanka y a todos pareció bien, incluso al marido de su hermana. Más aún cuando Álvar como obsequio le hizo llegar algunos regalos en señal de respeto, y el nativo aceptó ceremoniosamente la entrega.

No fue la suya una gran pasión. Álvar nunca la había sentido por ninguna mujer y de la que había quedado en Sevilla no se acordaba en absoluto. No obstante, le era grato tener compañía al lado y encontrar placer en su cuerpo, y agradecía sus risas y sus esfuerzos por enseñarle su lengua. Con Después del Alba, que así se llamaba, aprendió mucho más de aquellos con los que vivía y a su adusta manera supo apreciarla y la quería. La trató siempre bien. Las mujeres trabajaban mucho y cargaban con las peores tareas y fatigas, pero los hombres se guardaban de pegarles, aunque en otras tribus había visto hacerlo. Con esta gente apenas lo había observado, ya que no era cosa que estuviera bien vista si no había graves motivos.

Las parejas podían romperse y separarse y los hombres, abandonar el fuego del linaje de la mujer, pues habían de ser ellos y no al revés quienes se incorporaban al de las hembras, algo que en el caso de Álvar no ocurrió; la madre de Después del Alba había muerto hacía mucho y a ella solo le quedaba la estirpe de su hermana.

Ella estaba muy orgullosa de él y engallaba la cabeza ante las otras, que antes la habían hecho de menos. Era un hombre sabio, un chamán, alguien que tenía conversación con el espíritu de *tatanka*.

11

El gran chamán blanco

Esta cura nos dio entre ellos tanto crédito
por toda la tierra, cuanto ellos podían y
sabían estimar y encarescer.

CABEZA DE VACA, *Naufragios*

Fue aquel un tiempo feliz, un pequeño remanso tras las
tempestades terribles por las que habían pasado. Sin embargo, ya estaba entrando el otoño y en poco empezaría a
asomar el invierno y ya no podrían moverse. Álvar era el
más inclinado a partir cuanto antes, pero los otros remolo-
neaban. Compartían la vida de los indios y con ellos cazaban, pescaban, se ejercitaban. Castillo los admiraba por su
destreza con la lanza, y los castellanos habían conseguido
un rango apreciado en la tribu que los acogía. Tener a los
blancos suponía además para ellos un estatus que los enaltecía sobre los demás, y les dispensaban el mejor trato. Recuperar fuerzas no les haría mal alguno y quizá pudieran
tener alguna noticia de cristianos, pues hasta el momento
carecían de ellas, que les permitiera fijar el rumbo, ya que

tan solo tenían como indicativo el caminar hacia poniente como única referencia.

Cabeza de Vaca lo aceptó. Él también se sentía bien entre ellos y quizá era el que más gustaba de su compañía y de su estancia, pues raro era el día que no aprendía una cosa nueva sobre aquellas gentes, sus costumbres, sus creencias en el Gran Espíritu, que a él le parecía que se asemejaba mucho al Dios cristiano. Entendió, además, que sería mejor partir cuando volviera el tiempo de la hierba nueva, hubiera abundante caza y pudieran marchar bien abastecidos. Sería también cuestión importante indagar en lo posible y en todas las tribus de aquel pueblo, que se nombraban a sí mismos como lakotas, si por algún lugar había señal de barbudos como ellos.

El hecho de quedarse y pasar además el invierno, cuando la actividad decrecía y se hacía vida sobre todo en el campamento, permitió a Álvar aprender de aquellas Gentes de las Vacas[33] muchas cosas y hasta sentirse en ocasiones parte de ellos. Otro tanto sucedía con los dos castellanos y el Negro. Lo primero es que a los tres, menos a Estebanico, les dio por el tabaco. Lo habían visto fumar y hasta probado en ocasiones, pero allí pudieron ya degustarlo a sus anchas. Fumar las pipas les procuraba una sensación de bienestar y, como decía Dorantes, que se hizo más aficionado que ninguno, era como emborracharse con humo. Las hojas que se utilizaban resultaban muy preciadas y los indios daban cualquier cosa por ellas, pues se traían de lugares alejados y no siempre las había, aunque el chamán

---

33. Así les llama en sus escritos Álvar Núñez Cabeza de Vaca.

disponía siempre de una buena provisión, puesto que resultaba imprescindible en los consejos y para iniciar muchas de las ceremonias.

Eran aquellas gentes muy avezadas sobre todo en el arte de la caza y de la guerra, y el arco y las flechas, una prolongación de sus brazos. Permanecían siempre muy alerta y tenían excelentes oído y vista para detectar cualquier movimiento; eran tan diestros en esconderse que cuando se deslizaban entre los matojos y las hierbas acechando a los animales resultaba casi imposible distinguirlos en sus aproximaciones.

Si percibían peligro en el campamento a nada estaban en pie y en el campo con sus armas prestas. Pues también era muy cierto que estaban siempre en guerra con las tribus contrarias; de continuo se hacían entradas y se herían y mataban por robarse cosas y cogerse como cautivos los unos a los otros. Varias de las mujeres del campamento en realidad eran prisioneras de incursiones en otros pueblos de otras lenguas y linajes. Algunas tenían ya hijos con los de la tribu, pero seguían tratándolas, sobre todo las otras mujeres, como a gentes inferiores y ellas si podían huían. No solían escaparse porque si se fugaban solas sabían que o bien las cogerían, y entonces acostumbraban hacerles daño y hasta lisiarlas para que no volvieran a intentarlo, o bien al caminar solas y sin comida morirían. Eso sucedía si eran ya mayores cuando las habían cautivado; si tan solo eran niños o niñas cuando los cogían, los cuidaban como propios y acababan por convertirse en parte de ellos mismos.

Hombres cautivos no había apenas ninguno, pues con los guerreros de otros clanes, sobre todo unos a los que llamaban chippewas, eran mucho más despiadados. Los tenían atados y los sometían a pruebas que solían terminar con su muerte, como la de dejar escapar al prisionero y darle una cierta distancia para cazarlo luego la tribu entera y rendir gran homenaje a quien lo mataba. A los que retenían como prisioneros y no les ofrecían esa prueba, en la que alguno incluso podía salir vivo y escapar de ellos, si lo intentaban por su cuenta, de atraparlos, también solían darles muerte. En el campamento había uno, un chippewa, a quien habían perdonado la vida tras agarrarlo, pero le habían cortado los tendones de una pierna para que no tuviera oportunidad de intentarlo de nuevo. Era ahora un esclavo y las mujeres se cebaban en acosarle de toda forma y manera.

Sobre ello y muchas otras cosas de sus costumbres entendieron Álvar y los demás castellanos que era mejor no decir nada ni poner reparo. Entre otras razones porque entre ellos en España también cocían habas y no había sino que pensar en el Negro.

Hubo una cuestión que levantó entre los castellanos tanto estupor como cierta ira, y el propio Álvar lo consideró cosa del diablo. El asunto era que había algunos hombres casados con otros hombres y que vestían como mujeres y hacían labores propias de ellas. Estos hombres dejaban el arco y cargaban leña, pero no eran en absoluto débiles, al contrario, algunos eran muy membrudos y fuertes y ni el resto de los cazadores ni nadie reprochaba su comportamiento. Los cristianos sí lo hicieron y fueron con la queja de ser contra toda natura y algo que les provocaba asco a Álvar, para que este, con su rango ante los jefes y el chamán, les dijera que aquello era contrario a Dios y a las leyes de los hombres y de la naturaleza. Álvar les respondió que era mejor dejarlo estar, pues eran ellos los que estaban en su casa y no ellos en la suya.

—Cosa del diablo es sin duda, y muy reprochable, pero son sus tierras donde estamos y sus costumbres. Nada podemos nosotros hacer para prohibirlas ni cambiarlas. Y, además, no es pecado que solo estas gentes cometen. ¿O acaso no hemos visto en nuestra Castilla y en todos los lugares tales y nefandos extravíos? Si los frailes todos no hubieran perecido, entonces tal vez pudieran predicarles y conseguir que todas estas gentes fueran bautizadas y entraran a la fe de Cristo. Entonces sería el caso de reprenderles por estas cosas y otras muchas, pero ahora ya bastante hacemos con santiguarlos y bendecirlos, que ellos piensan que es maravilla, y Dios sin duda nos concede tal merced y sanan. Enfrentarnos a ellos por tal cosa no nos acarreará sino disgustos. No quisiera yo verme como el pobre chippewa.

La fama de sanadores, sobre todo de Castillo y aún mucho mayor de Álvar, no había dejado de crecer y esa era su ocupación principal. Las madres solían traer a sus pequeños para que los santiguaran y su nombre iba corriendo de campamento en campamento. De uno llegó precisamente uno de sus jefes y con él portaba en angarilla junto a sus cazadores a su hijo mayor, un joven que debió ser muy recio y vigoroso pero que tras recibir una herida en un combate hacía ya bastantes lunas había ido quedando cada vez más postrado y siempre estaba enfermo y se lo veía muy débil. Moriría aquel invierno, sin duda. Era muy querido y celebrado porque había demostrado desde muchacho ser un cazador bueno y un guerrero valiente. Lanza Larga y Hermano de Lobos les pidieron que lo sanaran, pero su daño tenía muy mal remedio.

Castillo al ver la herida declinó el hacerlo y hubo de ser Álvar quien lo intentara; sin embargo, para aquello no valían santiguos ni rezos. El guerrero había recibido un flechazo por la espalda y la punta de la flecha, que por poco no había tropezado el corazón y lo había matado, se le había quedado un poco por encima de este y sobre la tetilla izquierda, aunque sin llegar a salir por el pecho. Al palpar la zona Cabeza de Vaca la notó y vio que la tenía atravesada por la ternilla.

—Está muy mala de sacar —le reveló a Castillo—. Y puede que al abrirlo se desangre o que le tropiece el corazón y muera.

Eso mismo le dijo a su padre, al jefe y al chamán, temeroso que de morírsele le murieran a él luego. Hermano de Lobos lo tranquilizó y le confesó que él había intentado sanarlo, pero que no se había atrevido y que de no remediarlo todos sabían que moriría. Álvar, a pesar de sus palabras, no las tenía todas consigo y no dejó de pensar que tal vez su vida dependería de salvar la otra.

Con un buen cuchillo de pedernal muy largo, de limpios filos y punta muy fina, entró en su carne y le abrió el pecho hasta el lugar donde estaba la flecha, tras haberle dado antes sustancias que lo adormecieran y un palo para que lo mordiera. Era muy importante que se estuviera bien quieto y Castillo, Dorantes y Hermano de Lobos le sujetaron fuertemente para que no se moviera.

La punta de flecha estaba, en efecto, muy mala de sacar

y ya muy enquistada, y hubo de profundizar aún más dentro, pues además era una punta muy alargada y el haberse pegado ya a la ternilla complicó mucho la labor. Pero al fin, con gran esfuerzo y la frente llena de sudores, Álvar logró soltarla y extrajo la flecha. A continuación, lo que había temido se produjo, la sangre no se detenía y amenazaba con perdérsele por allí el herido. Con un cuero de venado y polvos que había preparado con el chamán y apretando con las manos consiguió al fin que cesara bastante la hemorragia. Aun así, había que hacer algo más para detenerla del todo y para ello, por fortuna en este caso, no hubo que recurrir a la manteca de muerto, como ocurrió en Aute. Ya habían encontrado el modo de hacerlo con las de un venado recién cazado cuyo sebo se había encargado de ir raspando Castillo y luego ponerlo a hervir en cuenco de barro. Cuando la manteca lo hizo hasta licuarse y parecer ya aceite, que era lo que en Castilla se utilizaba para ello, tras haber antes cosido con una aguja de hueso de ave zancuda y dar los puntos para que se juntaran los labios de la herida, se vertió hirviendo sobre el daño para cauterizarlo. Luego se lavó toda aquella parte de su cuerpo y le aplicaron algunos ungüentos antes de vendarlo fuertemente. El muchacho para entonces ya estaba desmayado pero seguía respirando. Álvar entonces enseñó la larga punta ovalada de pedernal que le había extraído y todos quedaron admirados. El padre del enfermo se la pidió y él se la entregó. Lo había hecho, pero de la muerte no estaba ni mucho menos a salvo.

Sin embargo, el herido durmió aquella noche y al amanecer estaba aún vivo. Le dieron de beber y de comer y comió ese día y ya más a los siguientes. Fue recuperándose poco a poco hasta que Álvar comprendió que podía quitarle los dos puntos al indio. Este se levantó enseguida y andaba por el poblado mostrando la herida a todos y que acabó por ser sobre su pecho como una raya que se asemejaba a las de las palmas de la mano, aunque más ancha y larga.

Aquello significó la mayor fama y renombre. La flecha era mostrada a todos y se hicieron fiestas y bailes para celebrarlo. El crédito de Cabeza de Tatanka como gran chamán corrió por toda la tierra entera entre las tribus lakota pero también entre las de sus enemigos. El padre del que había salvado y el joven mismo le agasajaron con todo lo que tenían y le dijeron que habría de ir con ellos porque habían sabido de su viaje y ellos vivían hacia donde el sol se ponía y sabían que era hacia donde querían caminar el hombre blanco y sus compañeros. Con ellos viajarían seguros y en sus poblados les darían el mejor de los recibimientos.

Le preguntó al padre si había oído hablar de otros hombres como ellos y él contestó que nunca; ellos eran los primeros que veía y de los primeros que había oído hablar también. Entonces Álvar sacó el cascabel de oro, aquel que habían cogido en uno de los primeros poblados y que el jerezano había llevado siempre guardado donde tenía sus escritos, y se lo mostró al jefe diciéndole si existía un lugar donde hubiera aquello. Él dijo que más allá de sus gentes y ya en otra tierra que no era como la suya había muchas planchas de aquello enterradas y gentes que vivían en casas de piedra y que llevaban colgantes de aquello que brillaban mucho.

El indio los llevaría en aquella dirección, pero para llegar hasta donde querían, deberían luego pasar el gran río, el mismo pero más arriba, y luego habrían de bajar hacia el sur y hacia el poniente para dar con aquellas gentes que no vivían en los tipis sino en chozas hechas con piedras.

Lo dicho por aquel jefe encendió los ojos de los castellanos. Todos entonces quisieron que llegara cuanto antes el tiempo de partir, pues el ansia del oro había vuelto a aparecer en sus corazones; aquella señal de ciudades y de muchas casas y palacios hizo que volviera a prender en todos ellos la codicia.

Así que ya no les sirvió que por aquella curación su crédito se extendiera por todas las tribus, que todas las madres trajeran a sus hijos y que por doquier acudieran gentes a pedirles que los santiguaran, les soplaran y les dijeran sus rezos y que por ello los obsequiaran con comida, cueros, arcos, flechas, pedernales. Estaban cada vez más ansiosos por partir. El jefe, su hijo y quienes les acompañaban les dijeron que lo harían en cuanto pudieran, ya que ellos también deseaban regresar a su poblado.

Álvar volvió a insistirles sobre las gentes de casas de piedra entendiendo que podían estar cerca de la Nueva España y que de ser así alguna señal de cristianos blancos habrían de tener y quizá no quisieran decírselo. Por más que porfió, encontró siempre la negativa más rotunda. Entonces el hijo del jefe acertó a decir algo. Que tal vez los que vivían en casas de piedra supieran algo de ello, porque sus gentes residían mucho más al norte que ellos. A continuación, contó una novedad que de inmediato hizo que Álvar pusiera toda su atención en sus palabras y que aquello le interesara casi tanto como lo del oro. Era que aquellas gentes que no vivían en tipis ni cambiaban de sitio, y eso lo sabía porque había llegado a verlo ya que fue donde recibió el flechazo, sembraban plantas y comían de ellas.

Álvar comprendió que había reencontrado el camino del maíz, que por él llegaría a los suyos, así que decidió ponerse de nuevo en marcha sin demora.

Dejaron al poco los cuatro a aquellas gentes que tan bien les habían tratado y enseñado tantas cosas, y él la tienda donde había convivido con aquella mujer, que no hizo gesto de tristeza alguno ni él lo tuvo tampoco con ella; era algo que ambos sabían que un día pasaría. Álvar le dejó a ella muchas cosas de las que les habían dado y les seguían ahora trayendo y que no podían llevar con ellos en el viaje.

Al irse con sus nuevos amigos, algunos del poblado, junto a Después del Alba, Lanza Larga y Hermano de Lobos, quisieron acompañarles un poco más allá del campamento, hasta una loma que había. Cuando ya iban a dar la vuelta para retornar hacia los tipis, el chamán indio sacó algo que llevaba enrollado y se lo ofreció a Álvar con mucha gravedad y ceremonia. El jerezano lo desenrolló. Era un cuero de venado, muy fino y bien curtido y alisado. En él habían pintado en vivos colores algo que reconoció de inmediato como su propia historia con ellos; la suya, la de los demás y el Negro, la caza de *tatanka*, sus ritos, sus rezos y la punta de flecha que había sacado. Era la piel la que lo contaba. Allí se contaba todo. Aún había más. Hermano de Lobos le mostró otra igual, gemela de la que le había entregado.

—Guardaremos una cada uno, para nosotros y para

nuestros dos pueblos. Así sabrán por ella lo sucedido y que somos amigos. Déjala en tu pueblo cuando llegues, y si volvéis aquí tú o los tuyos traedla con vosotros. Así seréis recibidos como hermanos.

Dicho esto, y antes de darse la vuelta definitivamente para partir, extrajo una pequeña bolsa de cuero y se la ofreció con una sonrisa.

—Para que no te falte en la pipa. Los que te llevan contigo no tienen tabaco bueno.

12

Río Grande

Pasamos un gran río, que venía del norte;
y pasados unos llanos de treinta leguas,
hallamos mucha gente que de lejos de allí
venía a recibirnos.

CABEZA DE VACA, *Naufragios*

Las hambres dieron paso a la abundancia, la desnudez a tener todas las pieles y cueros que desearan, el maltrato al agasajo y el respeto, y el miedo y el temor a ser muertos a ser ellos los temidos. Se corrió la voz en todas las lenguas y por todas las tribus de que el gran chamán blanco podía tanto devolver la vida como provocar la muerte con tan solo desearlo.

Tras la extracción de la flecha al hijo del jefe lakota, su fama se hizo tan grande que trascendió los límites de los territorios y pasaba de uno a otro y de los tipis a las chozas de tierra y a las casas de adobe y paja cada vez más agrandada y perturbadora. Unos a otros se contaban lo que a su vez a ellos les habían relatado, agigantándolo, y ya muchos no dudaban en decir que eran enviados de los cielos, del

Sol, del Señor de la Gran Agua o del Gran Espíritu del Cielo. Algunos se atrevían a negar que tuvieran divinidad alguna, pero se inclinaban a suponer que eran los dioses quienes les habían dado sus poderes. Por donde pasaban les traían a los enfermos para que los curaran y a los niños recién nacidos para que los bendijeran y les protegieran de todo mal.

Los que iban en su compañía enviaban emisarios por delante para avisar de su llegada y eran cada vez más los que les seguían. Sabedoras las Gentes de las Vacas de que iban hacia el poniente y tenían previsto abandonar para siempre sus tierras, fueron muchos los que acudieron a darles su postrer despedida y alrededor de ellos caminaba una multitud que los custodiaba.

Cuando llegaron a las orillas del gran río, Álvar les dijo que debían avisar a los de la otra orilla. Se mandaron para ello batidores que lo cruzaron y fueron a hablar con los que poblaban la otra ribera y no estaban en guerra con ellos; incluso se fijaron paces momentáneas para que nada turbara el sendero de los chamanes barbudos y su acompañante negro y fueran recibidos con la consideración que su rango merecía.

Los cuatro cristianos fueron así avanzando por aquellas suaves tierras de montes no muy pronunciados y hermosos valles de abundante caza. Los que les flanqueaban se desplegaban en alas formando un enorme arco para así, con sus garrotes, ir cazando al salto los animales que levantaban a su paso, sobre todo liebres, que las había muchas. Estas corrían atolondradas de un lado a otro ante el gentío que les tapaba las salidas y acababan por venirse solas a las manos y a los garrotes. Así cazaron muchas, que luego se llevaron las mujeres para despellejarlas y prepararlas para ser comidas. También cazaban aves y recogían huevos de los nidos. Un grupo, compuesto por los más recios y avezados cazadores, se había marchado por delante hacia las zonas más quebradas y montañosas para allí flechar venados y otras grandes piezas.

Al llegar la noche todo lo cazado, desde los venados hasta las codornices, se lo presentaban a Álvar para que lo bendijera; solo cuando él lo ordenaba se lo repartían entre todos. Luego se preparaban con gran presteza los fuegos y se asaba todo. Cuando ya estaba listo para ser comido, Álvar, Castillo, Dorantes y el Negro cogían un poco de todas aquellas carnes y a continuación los principales de los que los acompañaban se encargaban de distribuirlo entre sus gentes y que lo comieran. Antes de hacerlo, debían ser ellos los que primero masticaran el primer bocado. En caso contrario, los indígenas no comían. Más tarde aún muchos acudían cada uno con su ración para que se la santiguaran y no les dejaban dar bocado tranquilo.

Cuando acampaban, las mujeres les preparaban antes que a nadie, ni siquiera a sus maridos, a cada uno una tienda con esteras y pieles y una hoguera encendida en el pequeño hoyo del centro para que cada cual la disfrutara con aquellos que quisieran invitar a ella. Por la noche muchas jóvenes mujeres deseaban ser ellas las escogidas para pasarla en sus pieles.

Así llegaron a la orilla del río Grande y al otro lado había ya una multitud esperándoles. Cruzaron por un vado con el agua al pecho y con ellos pasaron muchos. Porque ya se había establecido la costumbre de que, por entregarles a los otros a los grandes chamanes, la tribu que los recibía había de dar a quienes los perdían mucha comida, pieles y presentes. El clan receptor se quedaba pobre y el otro volvía rico, pero todos se mostraban felices con el trueque porque cuando ellos a su vez los entregaran a los siguientes recibirían con creces lo que ahora daban.

Los indios del otro lado del río tenían costumbres parecidas, aunque no eran de la misma familia y habían hecho en ocasiones la guerra con estos, pero ahora no se combatían. Los españoles ya se entendían con todos, pues entre las palabras de las lenguas que habían aprendido y el lenguaje de las manos que todos practicaban la charla resultaba cada vez más fluida y las conversaciones más amplias.

Álvar trasladó una vez más a sus nuevos anfitriones que su misión era caminar hacia el sol poniente porque allí estaba su gente y su destino. Ellos entendieron que se refería al propio astro y suscitó murmullos de mucho respeto y gestos de temerosa comprensión sobre el carácter de hijos o enviados del astro que debían de tener aquellos seres. Con todo, les advirtieron que al ir hacia allá iban a encontrar primero una tierra muy áspera, sin comida y despoblada. Además, la poca gente que la habitaba era mala y cruel y muy enemigos suyos. Les aconsejaban por ello que en vez de aquel camino hacia el suroeste tomaran rumbo hacia poniente, pero hacia el norte, por el camino de las vacas, que era el que ellos iban a tomar en breve, y así podrían seguir con ellos.

Mucho les porfiaron para que eso hicieran, pero Álvar se mantuvo inflexible. Ellos tampoco cedían y se prepararon para partir y dejarlos solos o hacer que les siguieran. Sucedió entonces que algunos indios adolecieron y ellos lo achacaron al desagrado de los chamanes e hicieron consejo. Luego acudieron de nuevo junto a Álvar y con mucho temor le repitieron que las gentes siguientes, sus enemigos, estaban muy lejos y que pasarían mucha hambre hasta llegar, pues no había caza. Sería mejor coger el camino de *tatanka*, y que por ello se lo porfiaban. Asimismo, le rogaron que no se enfadaran y le dijeron que si era tal su voluntad, mandarían gentes con ellos y no los dejarían solos bajo ningún concepto. Que no se airaran con ellos, pues en ningún caso habían querido enojarles.

Álvar aceptó sus disculpas, los perdonó y santiguó. Los indígenas se sintieron aliviados y decidieron enviar con ellos para hacer aquella travesía por las malas tierras a algunos de sus hombres jóvenes y fuertes y a dos mujeres, una de su tribu y la otra, una cautiva que habían cogido a la tribu hacia la que se dirigían. Al día siguiente los indios se fueron por el camino de las vacas y los cuatro con sus acompañantes, que no eran pocos pues algunos decidieron también seguirles, se separaron de ellos.

El camino, como les habían advertido, resultó muy largo, áspero, pobre y sin comida. Cuando les escaseó lo que traían, tuvieron que alimentarse de culebras y víboras, sobre todo de una muy gruesa que hacía sonar un cascabel que tenía en el extremo de la cola y cuya mordida era mortal casi siempre. También comieron lagartos y unas arañas muy grandes, tanto que no cabían en la palma de la mano, que también picaban con muy mal veneno y que los indios conseguían sacar de las madrigueras en el suelo donde se ocultaban. Todo en aquella tierra parecía ser venenoso. No obstante, asados, tanto culebras como lagartos y arañas, quitaban el hambre y ellos no pasaron mucha, pues los indios lo que conseguían se lo daban primero a ellos.

Dieron al cabo con algunos de los exploradores enviados de avanzadilla que les aguardaban, pero resultó algo confuso lo que contaban. Habían dado con la huella de aquellos a cuyo encuentro se dirigían y la mujer cautiva, que era de aquellas gentes, había asegurado que estaban cerca. Se habían dividido, la cautiva y la otra mujer habían seguido adelante y ellos se habían quedado esperándoles. Pero de aquello hacía ya cinco días y no habían dado desde entonces señal alguna. No sabían si porque no habían dado con el lugar que buscaban o porque los habían encontrado y aquellos los habían cogido y no les dejaban regresar donde ellos, que eso era lo que barruntaban y temían. Estaban asustados y tenían miedo, pues aquellas gentes eran muy fieras y no gustaban de otras, y porfiaron, como habían hecho a la salida, en que era mejor no seguir hacia allá, sino dar la vuelta y retornar cuanto antes. Que era tierra muy áspera y mala, donde no había comida ni agua, que morirían todos y si topaban con los otros, sin duda los matarían. Álvar entonces se enojó mucho y se salió solo a dormir al campo; no quiso aceptar la compañía de nadie. A los indios les entró tal terror por aquello que de su angustia adolecieron y en una de las noches uno murió incluso.

—Ha sido la voluntad del gran chamán blanco. Si él lo desea, moriremos todos. Debemos hacer lo que nos dice —concluyeron los indios en cónclave, atemorizados.

Acudieron a suplicarle todos y decirle que los perdonara y que los librara de su mala voluntad. Le seguirían por donde los llevara, pero que les levantara el mal que les había echado. No se alejaron de él hasta que lograron que los santiguara y entonces se dispusieron a seguirle. Los dolientes fueron mejorando poco a poco, pero hubieron de detenerse varios días en un lugar donde encontraron agua y algo más de comida, y se acabaron por recuperar casi todos. Menos a quien el mal le había corroído y terminó muriendo. Nadie lo lloró, pues quien hacía de jefe de ellos lo prohibió, no fueran a volver a enfadarse los hijos del sol. A una muchachita que soltó lágrimas la llevaron aparte y con unos dientecillos de roedor le hicieron tajos en la piel hasta hacérsela sangrar mucho.

Álvar, al oírla y verla en tal estado, pues la chiquilla no pudo aguantar los sollozos, se compadeció de ella y a grandes gritos ordenó que no la hirieran. Él mismo la curó con sus manos y ungüentos y la bendijo varias veces, con lo que volvió junto a los suyos sonriente. Tal era el temor que le tenían y el miedo que infundía en ellos.

Aquel suceso hizo reflexionar a los castellanos, porque la creencia en sus mortíferos poderes podía volverse contra ellos.

—No ha de ser bueno que tal cosa corra entre los indios —les dijo Álvar— y sea tal su miedo que hasta les haga morir. Nosotros no tenemos semejante poder ni tal mal les hemos deseado. Solo Dios Nuestro Señor lo tiene sobre sus vidas y las nuestras. Roguemos, pues, y recemos al Señor para que se repongan y sanen. Pero hemos de quitarles esa creencia, pues se nos morirán o huirán y nos dejarán solos. Además, si corriera la voz, al vernos llegar todos escaparían de nosotros y hasta puede que nos mataran a flechazos desde lejos para que no nos acercáramos. Debemos explicarles que no es así, que nuestro Dios no trae ni quiere la muerte de ellos y nosotros tampoco, sino que Dios es misericordioso y sana.

Hablaron con los indios y tras muchos parlamentos poco a poco los persuadieron y se fue restableciendo su confianza y ánimo. Las cosas aún mejoraron más cuando al fin las dos mujeres volvieron y dijeron que habían tardado porque había poca gente, muy dispersos y les había costado encontrarlos. Ahora habían dado aviso para que se juntaran y les estaban ya esperando.

Álvar entonces decidió que las dos mujeres regresaran al poblado, pero que fueran dejando rastro para que las pudieran seguir. Castillo y Estebanico el Negro las acompañarían. Les instruyó a los dos en la conveniencia de que a la gente que fueran hallando la sacaran al camino, la bendijeran, puesto que eran grandes chamanes, y le dijeran que le esperaran a él y a su comitiva.

De los indios que venían con ellos se decidió que los que aún andaban convalecientes se quedaran en aquel pequeño cañón donde tenían agua. Solo los más recios avanzarían con Álvar y Dorantes al encuentro de los otros. No debían temer nada porque los cristianos los ampararían si algún otro clan quisiera hacerles daño.

Partieron el Negro y Castillo y la india cautiva los llevó hasta el valle de un pequeño río donde vivía su padre. Este se alegró mucho de recuperar a la hija dada ya por muerta, pues suponía que quienes se la llevaron la habrían matado hacía ya tiempo. Aquel anciano gozaba de enorme autoridad entre los suyos y concitó a muchos para que acompañaran a los chamanes blancos y no llevaran cuchillo ni flecha ni contra ellos ni contra los indios enemigos que con ellos venían.

A los pocos días Castillo llegó con algunos de estos nuevos indios al encuentro de Álvar y le trajo grandes noticias que alegraron a todos. Esos indígenas, aunque pobres, tenían casas de asiento, cultivaban frijoles y calabazas; sobre todo, para gran esperanza, conocían el maíz. Si bien aquel año la falta de lluvia no lo había permitido, conservaban simiente para sembrarlo cuando pudieran.

—Estamos de nuevo en el camino del maíz, Castillo; era el camino que debíamos seguir y al fin lo hemos hallado —exclamó Álvar—. Por él encontraremos a los nuestros y daremos con cristianos. ¡Loado sea Nuestro Señor Misericordioso!

Castillo también le anunció que tras él venían el Negro, la cautiva liberada, su padre y muchas más gentes que les traían comida y que no harían daño a los indios que los acompañaban. Pero eran acérrimos enemigos los unos de los otros y sería preferible mantenerlos alejados entre sí.

Llegaron pronto, como anunció el salmantino, trayendo comida y presentes y con buenas caras y gestos amables para con los blancos, pero no tan buenas para con los otros de su misma raza.

Entonces Álvar, tras recoger todo lo que le daban, se volvió hacia atrás a donde estaban los indios que hasta allí les habían seguido. Se lo entregó todo y con una bendición última los envió de vuelta con los suyos, cosa que hicieron a toda prisa y sin demorarse, pues no se sentían nada seguros en la cercanía de sus enemigos, a los que habían señalado como guerreros muy fieros de una nación, los apaches. Que estos eran de los clanes lipán, dueños de aquellas agrestes montañas y muy crueles, rápidos en atacar y huir luego tras saquear, quemar y coger cautivos.

Sin embargo, para Álvar aquellas gentes suponían reencontrar el camino, el del maíz, el del sol poniente que les llevaría a reunirse con los suyos, tras tantos años de sufrimientos.

13

El camino del maíz

Determinamos de ir a buscar el maíz y no
quisimos seguir el camino de las vacas [sic]
porque siempre tuvimos por cierto que yendo a la puesta del sol habíamos de hallar lo
que deseábamos.

CABEZA DE VACA, *Naufragios*

Los cuatro conferenciaron aquella noche en la casa donde los habían alojado con mucha ceremonia y ofrecido de
comer lo que tenían, que consistía sobre todo en frijoles y
calabazas. Les sorprendió la forma en que las indias que
los atendían cocían raíces y plantas, que también les dieron
hervidas. No disponían de ollas y lo que utilizaban era una
gran calabaza abierta por arriba que llenaban de agua. Metían piedras en la hoguera, en medio de lo más fuerte del
fuego, hasta que se ponían incandescentes. Acto seguido,
con unos palos preparados para ello las sacaban y las echaban al agua de la calabaza. Y así lo iban haciendo, cambiando las que ya habían perdido el calor al transmitirlo al agua

por otras nuevas de la lumbre, hasta lograr que el líquido hirviera. Entonces ya echaban sus hierbas, raíces y algunos trozos de carne, huevos y a saber qué más cosas y con ello preparaban un guisado al que los españoles no hicieron asco alguno, pues mucha hambre habían pasado y las peores sabandijas se habían comido.

—Estamos en el camino del maíz y debemos seguirlo. Él nos llevará a la costa del sur, que es en la que podemos dar con los cristianos —expuso Álvar cuando estuvieron a solas.

—Pero no hay huella alguna de su paso ni estos indígenas tienen memoria ni noticia de gentes como nosotros. En estos días, Estebanico y yo hemos preguntado a muchos por ello y como en ocasiones anteriores nadie nos ha dado seña alguna del paso de cristianos —dijo Castillo.

—Son ya muchos años los que vagamos por esta tierra y jamás hemos sabido de que hubieran visto alguno. Nos hemos alejado mucho del mar y quizá habría que intentar volver a él. Llevamos muchas leguas, miles, caminando hacia el oeste y no hemos dado con el mar desde que abandonamos sus costas y nos metimos tierra adentro —se quejó Dorantes.

—Estos indios me han dicho, sin embargo, que más adelante hay poblados con muchas gentes y casas muy grandes, hechas enteramente de piedra. Que no son de los suyos. Que allí tienen maíz en abundancia y muchas otras cosas, pero está muy lejos —intervino Estebanico.

—Los indios siempre dicen que más allá hay mucho de todo, oro y lo que se les ocurra. Ya lo vimos con Narváez y lo que encontramos. Siempre le decían lo mismo y por la misma razón. Solo para que nos marcháramos —replicó Dorantes.

Al día siguiente Cabeza de Vaca fue a hablar con los principales del poblado. Observó que eran gente despierta y avisada. Andaban con el torso desnudo y eran de tez y pelo muy negros, pero de rasgos hermosos. Las mujeres se tapaban con cueros de venado bien aderezados y llevaban algunos adornos. Los hombres se sujetaban el pelo con cintas y tan solo se cubrían con un taparrabos, y si no hacía frío iban en cueros, pero calzaban buenos zapatos que confeccionaban muy elásticos y resistentes, que les permitían caminar bien por los peores terrenos. Los apreció tanto Álvar que corrieron todos a prepararle un par como señal de amistad.

De lo que quería saber más que nada Álvar era sobre aquel lugar del que le habían dado noticias al Negro. El padre de la que había estado cautiva se lo dijo prestamente.

—Casas Grandes lo llamamos. Allí viven multitud de gentes. Lo vi desde lejos una vez siendo niño. Pero nosotros por allí no vamos. Está a muchos días y ya en los llanos.[34]

El viejo se quejaba de que aquellas tierras de abajo eran mucho mejores que las suyas. Ahí tenían más caza y podían comer de ella cuando la cosecha era mala o no había. Porque, les explicó, no habían sembrado ese año y prefirieron conservar la poca simiente que les quedaba porque los dos anteriores, y a reo, uno tras el otro, la sequía fue tan

34. Paquimé (Casas Grandes). Las ruinas más importantes del norte de México.

total que no llegó a nacer la planta; los únicos que aprovecharon las semillas fueron los topos, que se las comieron todas. Ahora iban a esperar, y alimentarse de los animales que capturaran y de lo que podían arrancarle a la tierra, hasta que lloviera mucho y empapara bien el terreno. Entonces sembrarían la simiente que les quedaba, pero antes no iban a hacerlo por no perderla ya toda.

Le dijo también que maíz ya lo había por toda la tierra hacia donde se ponía el sol. Pero añadió que el camino hacia Casas Grandes era muy difícil, que una vez salidos del territorio de su gente hacia el oeste, quedaban por delante diecisiete jornadas en que no habría otra cosa que sed y polvo y nada de que alimentarse. No creía que nadie de los suyos quisiera acompañarlos en aquella travesía. No obstante, poblado a poblado de los lipán sí irían con ellos hasta el límite de las montañas.

Los indios cumplieron fielmente su palabra. Enviaban a emisarios por delante y aunque ya las gentes no salían a recibirles a los caminos, sí les aguardaban en sus casas y les daban comida a cambio de que ellos santiguaran desde el más anciano hasta el más niño, sobre todo a las criaturas que aún mamaban y que traían las madres en pequeñas mochilas a sus espaldas. La cautiva había hablado de sus poderes y todos querían que les impusiera las manos para que les protegiera.

Se pusieron en marcha y tras atravesar el territorio de los lipán llegaron al último enclave de la tribu. Allí volvieron a insistirles en la dificultad de hacer el viaje y que mejor harían en ir hacia el norte y volver a dar con el gran río, aunque les advirtieron que tampoco encontrarían buena acogida, ya que los que allí habitaban, y aunque compartían su lengua, eran sus enemigos y estaban en guerra con ellos porque eran muy feroces, no sembraban maíz y se dedicaban al pillaje y a quitárselo a ellos, así como sus mujeres y todo lo que les encontraban.[35]

Aun así, los cuatro decidieron seguir adelante con su propósito de llegar a Casas Grandes y arriesgar aquel viaje de las diecisiete jornadas, porque los lipán les habían proporcionado buenas mantas, así como tasajo y manteca. Álvar midió lo que tenían y concretaron que si no comían por día más que el unto que cabía en una mano tendrían suficiente para llegar. Además, alguna cosa más encontrarían por el camino aunque fueran lagartos o culebras o cualquier otro bicho, araña o sabandija. Habían aprendido a comer lo que fuera y también a hacer fuego frotando palos con la cuerda del arco para que corriera mejor.

35. Apaches mescaleros.

14

Casas Grandes

Hallamos casas de asiento adonde había
mucho maíz allagado.

CABEZA DE VACA, *Naufragios*

A la postre, un puñado de apaches lipán de los más jóvenes
decidieron emprender camino con ellos, pues era mucho el
aprecio que les habían tomado y también por el gusto de ir
a la aventura con aquellos chamanes blancos. Habían oído
hablar de los grandes poblados de casas de piedra y de sus
muchos cultivos y gentes, y deseaban ir a conocerlos. Con
la compañía de los poderosos chamanes blancos no les pasaría nada y volverían como grandes guerreros a sus clanes
de las montañas.

Comenzaron con ellos las diecisiete jornadas que los
viejos de la tribu habían establecido como plazo para divisar el lugar. Cada día, tanto los unos como los otros, comieron cada uno su ración de unto de venado. Cruzaron
unos inmensos llanos donde no había sino malos matojos,
polvaredas y rocas. De haber ido los castellanos solos, y a

pesar de todo lo aprendido y penado en sobrevivir, tal vez hubieran muerto. Sobre todo por la falta de agua, cuya provisión se agotó muy pronto. Por el contrario, los jóvenes apaches parecían olfatearla bajo tierra y al cabo indagando y cavando bajo algunos afloramientos rocosos, en algún mínimo cañón o en la depresión más insospechada lograban encontrarla.

Vieron primeras señales de gentes al pasar aquellas diecisiete jornadas, pero no eran lo que buscaban sino que les parecieron más míseros que nadie y que deambulaban por aquellos desiertos comiendo las sabandijas que encontraban y una especie de paja que machacaban, y al verlos huyeron despavoridos. Nada que ver con lo que les habían dicho y menos aún con grandes vegas llenas de maizales y una gran ciudad construida con piedra. Temieron los castellanos que una vez más habían sido engañados como cuando fueron a Apalache. No obstante, como no tenían otro remedio que seguir adelante, prosiguieron la marcha.

Fue tan solo un día después cuando dos indios que se habían adelantado al amanecer en descubierta por ver de conseguir cazar algo y encontrar agua, que se les estaba de nuevo agotando, volvieron al caer el sol a la carrera y con el semblante alegre. Pese a que no eran gente de gritar excepto cuando cantaban o guerreaban, no podían evitar su excitación cuando se llegaron hasta Álvar.

—¡Casas Grandes, Casas Grandes!

Enseguida contaron lo que habían visto.

—Está la tierra llena de cultivos hasta donde da la vista. Entre ellos reluce el agua y es el campo verde por completo hasta donde comienzan las casas, que están detrás y por entero rodeadas de ellos y brillan.

—¿A qué distancia?

—Poco después de que el sol estuviera en lo más alto es cuando las divisamos en la distancia. Nos acercamos luego para verlo más de cerca, pero no llegamos a entrar en los cultivos; había gente en ellos. No quisimos que nos vieran y regresamos.

Decidieron pues esperar al día siguiente y avanzar. Ellos tardaron más tiempo que los batidores en llegar y ya era por la tarde cuando vieron por vez primera Casas Grandes. En verdad, en esta ocasión no los habían engañado. Desde una estribación rocosa de muy escasa altura divisaron el valle, los cultivos de maíz, frijoles y calabazas, y de algodón y tabaco, con la ciudad en medio de ellos.

Parte del maíz estaba aún verde y otro amarilleaba ya cerca del momento de la recogida, presto. Decidieron que era mejor avanzar al descubierto y que les vieran de lejos. Así no pensarían que se ocultaban porque querían hacerles daño, aunque apenas podían hacérselo siendo tan pocos y viendo que allí habitaban muchas gentes. Se mostraron en lo alto de la colina, acamparon e hicieron fuego. Sería mejor esperar hasta la mañana siguiente y entonces ir a su encuentro, una vez avisados de su presencia.

Los de Casas Grandes no mandaron nadie hacia ellos, pero ellos supieron que los habían visto porque las gentes que estaban más lejanas en los cultivos se sobresaltaron y se fueron deprisa a juntarse con los demás y recogerse todos detrás de los muros.

Con las primeras luces se pusieron en marcha hacia sus

puertas. Álvar iba con los dos castellanos y el Negro delante, y unos pasos tras ellos los jóvenes apaches, que miraban todo furtivamente con tanta inquietud como curiosidad y asombro. Se sorprendieron en particular cuando empezaron a caminar entre los cultivos de las acequias por las que corría el agua o había acabado de hacerlo, pues aún tenían señales de humedad.

No había gente por allí, puesto que ningún habitante había salido a los campos, sino que estaban acogidos a la protección de sus casas, que ya vieron estaban rodeadas de un muro. Las casas tenían todas muy buenos asientos y se comenzaban también en muros de piedra, aunque luego las había que se completaban en adobe; muchas de ellas parecían entrelazarse por los tejados las unas con las otras. Innumerables humos se levantaban hacia el cielo.

Al irse acercando por un camino que estaba muy bien trazado y bordeado con piedras clavadas en el suelo a ambos lados, vieron que había una puerta en la pequeña muralla y que ante ella había un grupo muy numeroso esperando. Les observaron muy serios y en silencio. Los castellanos hicieron lo mismo.

—No muestran armas. Ni lanzas ni arcos les veo en las manos —señaló Dorantes.

—Seamos precavidos. Pueden tenerlas ocultas —opinó Castillo.

—Parecen indios pacíficos, no guerreros. Nuestros apaches sí llevan arcos. Será mejor que se queden aquí detrás y no avancen más con nosotros —dijo Álvar, y ordenó a los lipán que se sentaran en el suelo, a la vista, y que esperaran allí a que él los llamara.

Él mismo se adelantó a sus tres compañeros y se dirigió solo hacia los que aguardaban. Todos los ojos permanecían fijos en aquel extraño ser salido de los desiertos que se acercaba.

Cabeza de Vaca se paró a cierta distancia de ellos y elevando la voz para que todos le oyeran los saludó en cada una de las seis lenguas que de aquella tierra mejor hablaba; en todas hizo el signo de paz que ellos tenían, a lo que añadió la señal de la cruz, que trazó en el aire con un largo gesto.

Debieron entenderle en todo o en parte, pues del grupo se adelantaron tres hacia él. El que iba en el centro, que parecía el más principal, un hombre ya casi anciano que vestía una prenda de algodón que le llegaba hasta media pierna, le respondió con el gesto de paz que el jerezano había utilizado y con palabras de una lengua y signos le dio a entender que les daba la bienvenida y para su estupor le dijo:

—Sabemos quién es el gran chamán que tiene barba en la cara y su piel blanca. Sois bien recibidos.

La noticia de su presencia había llegado también hasta allí. No supieron cómo, pero aquellas gentes habían oído hablar de ellos. Les pareció entender que en algún momento alguien había estado o se había cruzado con gentes del río Grande el año anterior y había traído esas noticias y la fama de que eran hombres que curaban y sanaban los males y que no hacían daño.

El anciano, pues, sabía quiénes eran y les invitó a que entraran, pero no hizo gesto alguno de que lo hicieran los apaches que venían con ellos. Al hacerlos pasar expresó en voz alta a todos los que esperaban en la puerta que se les recibía con mucho agrado, ya que era conocida en la tierra su fama de hombres que curaban y sanaban y que hacían bien a las gentes.

El anciano por su lado había oído también que eran poderosos y que los indios de las vacas, pues tal había sido el origen de las noticias, decían de ellos que eran enviados de los dioses. Los escrutó con muy inquisitiva mirada. Llegó a la conclusión de que no representaban peligro y se congratuló de que hubieran hecho quedarse a los apaches fuera. No estaban dispuestos a consentirles que entraran, y menos con sus arcos y flechas.

Cuando llegó donde el muro se abría los invitó a cruzar tras él con un gesto de la mano. Así, rodeados y flanqueados por los otros dos que los habían recibido y seguidos por todos los que habían esperado fuera, los condujo por entre las casas hasta llegar a una más grande concluida en paredes de adobe y con techo muy bien armado, donde había muchas mujeres que aguardaban. Fueron entonces ellas las que les franquearon la entrada de aquel recinto; allí les mostraron el lugar donde les invitaron a dejar sus cosas, les dieron agua para beber, refrescarse y lavarse. Le trajeron después y de inmediato de comer maíz, frijoles y calabaza y les dieron a fumar tabaco.

Con ellos lo hicieron los hombres principales, pero los españoles se sorprendieron al ver que, en la ceremonia de bienvenida, pues aquello lo era, participaban también las mujeres y que la voz de algunas matriarcas se escuchaba con incluso mayor respeto que la de algunos hombres. Supieron más tarde que las mujeres tenían gran importancia en la comunidad. Eran ellas quienes construían las casas agrupadas unas con otras, tras labrar los canteros levantaban los muros de piedra con adobe y caña.

Donde les habían aposentado supieron era la *kiva*, el recinto comunal donde dormían los mancebos y se reunían los jefes y los sacerdotes. Se señalaron a sí mismos como sumas, tal era el nombre que a ellos mismos se daban, y a aquel poblado que los demás denominaban Casas Grandes ellos lo llamaron Paquimé.[36]

Muchas cosas de aquellos sumas iban a sorprenderles aquel día y los siguientes. Aquellas gentes, sin duda alguna, estaban mucho más adelantadas y eran mucho más sabias y ricas que todas las que hasta aquel momento habían conocido en aquellas tierras desde que desembarcaron. Preguntaron a los sacerdotes por sus dioses y, aunque respondieron con reservas, Álvar alcanzó a comprender que la divinidad del sol era poderosa pero que sus plegarias, danzas y ritos se encaminaban siempre a que les enviara el agua. Que era lo que más ansiaban y mejor atesoraban. Vieron cómo tenían también construidos grandes aljibes y charcas donde la embalsaban y luego la hacían fluir por pequeños regadíos; tenían tanto cultivos de secano como otros que con esa agua regaban.

Vieron que las casas eran hermosas y que tenían paredes bien rematadas y recubiertas incluso por pinturas con

36. Álvar había llegado a los territorios de los indios pueblo. El autor quiere situar esa entrada en Paquimé (Casas Grandes), a donde él llegó también en la expedición de la Ruta Quetzal con Miguel de la Quadra Salcedo en el año 2000. Los pueblo practicaban el matriarcado y los hijos pertenecían al linaje de la madre.

formas espirales o con líneas y cuadrados. También algunas figuras, pero eran todas de barro. No vieron templos con grandes escaleras de subida a las pirámides como les habían dicho que los había en la Nueva España. Eso les tranquilizó, aunque también comprobaron que, si bien tenían abundante comida, no había señal alguna en ellos de adornos de oro. Las pulseras que las mujeres llevaban eran muy bonitas, pero estaban hechas de cuero, crines o hebras vegetales muy bien tejidas, entrelazadas y coloreadas. Si poseían oro o quizá plata, no lo tenían a la vista y desde luego no querían, de poseerlo, que ellos lo vieran. No obstante, algo sí que vieron de valor y era que algunos llevaban piedras muy relucientes. Más tarde, hablando entre ellos, pensaron que podían ser piedras preciosas. Dorantes aseguró que algunas lo eran.

—Las piedras verdes son esmeraldas. —A su vez, Álvar confirmó que lo eran.

Por Estebanico, que era el más vivaz y a poco andaba mezclándose con ellos, que como siempre se quedaron perplejos ante el color de su piel y hacían con ello muchas risas, supieron ya con certeza que no tenían que temer de ellos. No eran gentes que hicieran sacrificios a los dioses y desde luego no humanos y ni siquiera de animales, sino que en sus ceremonias tan solo ofrecían como presente los frutos de la tierra.

Aquello los reconfortó, pero hubo algo que los desanimó todavía más que no ver traza alguna de oro. Tras hacer múltiples requisitorias con quienes eran sus jefes y también con sus sacerdotes, comprobaron que aquellos indios no habían visto ni oído siquiera hablar antes de gentes como ellos. Tampoco allí encontraban señal alguna de cristianos. Hubieron de resolver también la cuestión de los apaches. Los pueblo, como Álvar comenzó a llamarlos por vivir en casas de asiento y tener muros que los rodeaban, seguían negándoles la entrada y los castellanos no tenían tampoco interés alguno en que sus acompañantes lo hicieran. Como les habían dado al recibirlos gran cantidad de viandas, y no solo maíz tostado, frijoles, calabazas y tabaco, sino también carne de ciervo y otros animales y de ello les sobraba, salieron con todo ello, y más que sus aposentadores les ofrecieron si así los lipán se marchaban. Se lo entregaron a los jóvenes que les habían acompañado y que les esperaban sentados pacientemente. Añadieron mantas de algodón con que también los habían obsequiado para que no les faltara de nada en el camino de vuelta. Se mostraron contentos, pero entonces un joven, el más despierto de todos y el primero que había querido acompañarles, se dirigió a Álvar con una súplica.

—Ellos tienen mucho maíz y nos han dado para comer y lo agradecemos. Pero a nosotros nos falta y necesitamos que sea semilla buena, viva, que nazca y haga una planta fuerte y dé muchas mazorcas como las que ellos tienen. ¿Puedes pedirles que nos den de ese maíz, que nos den simiente?

Cabeza de Vaca contempló con admiración al joven apache lipán y comprendió por qué había emprendido el viaje con ellos. Él sí miraba en verdad por su pueblo. Trasladó su petición al anciano jefe y este, sorprendido de que los lipán pidieran tal cosa, se mostró muy complacido en atender su demanda. Creía que todos los apaches se dedicaban solo a cazar, robar y vivir de las alimañas y sabandijas que atrapaban.

Volviéronse entonces ya del todo contentos y emprendieron el regreso con gran alegría y prisa de llegar a sus tierras cuanto antes. Llevaban comida y harina en abundancia, pero sobre todo llevaban el tesoro de aquellas semillas. Cuando llegaran serían muy considerados y respetados y las muchachas solo tendrían ojos para ellos y no para los que cobardemente no habían querido seguirles. Antes de irse pidieron a Álvar que los santiguara y emprendieron el viaje con aquel trote incansable que a poco ya los hizo desaparecer en el horizonte al traspasar las lomas donde habían acampado.

En los días siguientes los castellanos pudieron recorrer la ciudad entera y admirarse de ella. Paquimé se encontraba en el centro de un valle rodeado de pequeñas montañas y abastecido por un río. Estaba muy poblado de casas de mucha grandeza, altura y fortaleza, de seis a siete sobrados, torreadas y cercadas a manera de fuertes para amparo y defensa de sus enemigos. Los conglomerados de casas disponían de amplios y hermosos patios, losados de lindas y grandes piedras a manera de jaspe. En piedra se sostenían también los pilares de gruesa madera. Las paredes de las habitaciones estaban enjalbegadas y pintadas de muchos colores y matices. El río se encauzaba en diferentes canales que iban hacia los pueblos, pues Paquimé era un conjunto de varios de ellos enlazados del norte al sur del valle por caminos empedrados, con los que conducían el agua a las casas. También disponían los edificios de grandes estufas en lo bajo de las casas para amparo de los fríos, que allí eran muchos, pues las nieves eran muy frecuentes y padecían nortes muy duros.[37]

Siguieron sin ver señales de oro, pero sí vieron de diferentes piedras preciosas, en particular esmeraldas, y ello despertó su codicia. Dorantes y Estebanico propusieron quedarse entre aquellas gentes durante algún tiempo, pues además les dijeron que aquel poblado no era ni mucho menos el único, ni siquiera el más grande. Que había otros, hasta el número de siete, y que alguno hasta quería superarlo. Castillo calló y Álvar dijo que debía hablar de ello con los jefes de los pueblo por ver si podían avanzar al mismo tiempo hacia su destino. Finalmente, tras consultarles y enterarse de que podían seguir marchando hacia el oeste yendo a visitar otros poblamientos, decidieron esta vez entre todos que podían seguir caminando así y que sería para ellos lo mejor y más seguro. No obstante, antes celebraron consejo los cuatro y determinaron, por indicación

37. La descripción es de Baltasar de Obregón, compañero del capitán Francisco de Ibarra. Pero para cuando estos llegaron allí bastantes lustros después, ya todo estaba en decadencia y destruido, pues añade: «estaban estas casas la mayor parte de ellas caídas, gastadas de las aguas y desbaratadas, pues demostraba cantidad de años que las dejaron despobladas sus dueños, aunque había cerca de ellas gente silvestre, que dejaban de habitarlas y moraban en chozas de paja y ya no tenían cultivos, sino que se alimentaban de la caza, sabandijas y bellotas». En la vuelta de la expedición, desengañados al encontrarlo despoblado y sin rastro de las riquezas que habían soñado descubrir, Ibarra y los suyos también hubieron de alimentarse de ásperas bellotas, así como a sus propios rucios y caballos, o de sangre que sin matarlos les extraían, así como de magueyes salvajes y hojas de los tunales cocidos o asados en barbacoa. Aun así, Ibarra regresó con todos vivos. No perdió ni un solo hombre. Tampoco encontró oro, si bien la riqueza llegaría después por los descubrimientos mineros, culminados en 1568 por las fabulosas minas de Zacatecas.

de Álvar, marcar y guardar unas pautas de comportamiento para conservar el respeto que les tenían e incrementarlo en la medida que pudieran, pues era palpable que aquellos indios pueblo eran muy perspicaces y se fijaban en todo indagando por procedencia y verdad en lo que se decía de los chamanes blancos.

Para ello se conjuraron todos en que debían ser parcos en palabras y reflejar siempre gravedad en sus semblantes. Ya se había extendido también entre ellos, el propio anciano jefe estaba incluso por aceptarlo, que no podían venir sino del cielo, aunque ellos decían que de un agua tan grande que se navegaba con una gran casa que flotaba en ella, y habían comenzado a acudir para que los santiguaran, les impusieran las manos y les soplaran con humo de tabaco. No había mujer recién parida que no les llevar a la criatura para que se la bendijeran.

Álvar les habló muy solemnemente a todos.

—Nos creen enviados divinos, y en el fondo, como cristianos, aunque no seamos frailes, somos enviados de Cristo. Su amor y respeto por nosotros es mucho y todo nos dan por ello. Por tanto hemos de actuar de acuerdo a ellos. No debemos hablar en demasía ni con cualquiera, antes bien hemos de andarnos con mucho tiento y mesura y como si fueran muy caras nuestras palabras. Igual hemos de hacer con nuestros gestos y no participar ni en fiestas ni en danzas que nos equiparen a ellos. Deben seguir en la idea de que somos enviados del cielo, y para ello nuestras actitudes han de tener siempre la compostura necesaria. Estebanico, que no santigua ni bendice, será quien deba juntarse más con ellos y transmitir lo que nosotros queramos que les diga. Debe tener los ojos y los oídos bien abiertos para enterarse de todo y contárnoslo para que parezca que nosotros todo lo sabemos anticipadamente y tengamos ya la respuesta a lo que van a pedirnos y a lo que nos pregunten o quieran de nosotros. Mantenernos siempre de esta guisa y con tal distancia hará que nos tengan como gran autoridad y obedezcan nuestros deseos.

Comprendieron muy bien Dorantes y Castillo lo que decía Cabeza de Vaca, aunque ambos protestaron, más Dorantes y menos Castillo, en cuanto al no tener trato con las mujeres. De nuevo no había pocas que se mostraban dispuestas y hasta se les ofrecían, pues querían engendrar con ellos. Lo hacían las mancebas sin tapujos y algunas con hombre a hurtadillas. Aunque Álvar se contenía más en ello, tampoco estaba exento de tales tentaciones ni dejaba de caer en ellas, si bien era más discreto que los otros dos. Cedió en ello.

—Siempre puede hacerse, pero sin que ello suponga rebaja en nuestra condición ni perjuicio para nuestra compostura. Recibidlas si queréis y usad de sus servicios y cuerpos, pero no intiméis hasta el punto de que nos tomen por iguales a ellos y seamos parejos en las mismas disputas y pendencias con las hembras que tienen ellos.

Álvar, a pesar de ello, no dejaba de asombrarse de que aquellas indias eran las mujeres más honestamente tratadas de todas las que en su viaje había visto. También de lo que se cuidaban de taparse y de sus cabellos y cuerpos. Llevaban camisas de algodón hasta las rodillas y unas medias mangas sobre ellas, unas faldillas de cuero de venado hasta casi tocar el suelo, que enjabonaban con unas raíces que las dejaban muy limpias. Sus vestidos iban abiertos por delante y cerrados con unos lazos de cuero. Cuidaban mucho de sus cabelleras, que llevaban sueltas las jóvenes y trenzadas las casadas. Para lavarse el pelo se lo untaban con la savia de una planta que producía una espuma blanca y luego de enjuagárselo varias veces se lo peinaban y secaban hasta dejarlo liso y reluciente. A ellos, en medio de mucha risa y broma, también se lo lavaron y se solazaron haciéndolo asimismo con las barbas, de las que gustaban mucho por ser sus hombres lampiños.

Siguiendo los consejos de Cabeza de Vaca, los tres castellanos guardaban, al menos fuera de sus aposentos y a la vista de todo el poblado, las distancias y mantenían su gravedad y apariencias. Cuando caminaban con los indios procuraban no dar muestra alguna de dolor ni de cansancio y no comían apenas, siendo en extremo frugales. Eso hacía que aún los admiraran y tuvieran por más y los trataran con mayor respeto. Mantenían con ellos mucha autoridad y gravedad en sus palabras y actitudes y para conservarla les hablaban muy pocas veces y con muy escasas palabras.

De aquel gran poblado fueron pasando a otros y siempre eran muy bien acompañados en sus caminos y cada vez todavía por más gentío. Según fueron avanzando hacia poniente fueron encontrando más poblamiento, pues toda aquella tierra era rica y tenía, además de cultivos, valles en los que abundaba la caza, y cuando llegó el tiempo fue más fructífera en tunas de lo que nunca habían visto. Iban a ellas los indios en gran romería y se atracaban con sus frutos. También hacían zumo y se lo bebían con mucho deleite. En numerosas ocasiones les pidieron que participaran en sus fiestas y en sus ritos, pero solo consintieron en contemplarlos sin entrometerse. Tan solo aceptaron cuando celebraron los rituales para invocar a la lluvia, pues entendieron que de no hacerlo los considerarían mal por no querer ayudarlos en algo tan prioritario para sus vidas.

La ceremonia tuvo lugar al amanecer. Cuando el sol salió y una vez que ya los chamanes habían finalizado sus conjuros y los indios sus bailes con máscaras de animales y plumas de grandes aves en los brazos, los tres blancos, pues el Negro no intervenía en tales menesteres sino como ayudante, con la cara elevada hacia el cielo, invocaron a Dios Nuestro Señor con las manos abiertas y extendidas hacia lo alto, mientras pronunciaban muy lenta y gravemente el paternóster. Cuando finalizaron y en medio del silencio de todos los indios, cuyos instrumentos eran tambores, pequeñas calabazas con semillas o piedrecillas dentro y flautas, volvieron a juntar las manos y las bajaron apuntando con sus dedos juntos hacia la tierra. Luego, colocándose cada uno como en los vértices de un triángulo, bendijeron a la multitud que les observaba.

Aquello sobrecogió mucho a los indios. Desde que lo hicieron aquel día ya no pudieron negarse en lugar alguno a repetir el conjuro, y en todos les rogaban que lo hicieran; luego les daban todo cuanto poseían y creían que pudiera gustarles. Aún más, las gentes comenzaron a imitarlos y cada día al abrir el alba y al ponerse el sol, se juntaban todos en sus pueblos y con gran griterío abrían las manos juntas y las elevaban al cielo, después las bajaban y las traían por todo su cuerpo desde la cara hasta los muslos y tocaban luego con ellas el suelo.

En uno de aquellos lugares a los que llegaron, el más

poblado y mejor aderezado de todos lo que habían visitado de los siete, fueron aún más señalados todavía el recibimiento y los obsequios. Los condujeron a la casa que les habían preparado para su descanso y vivienda y en una comitiva muy bien dispuesta, además de las mejores comidas, les ofrecieron una gran cantidad de cuentas de vivos colores que no tardaron en ver que eran hechas con corales. Procedían, según les dijeron, del mar que había hacia el sur. También les trajeron muchas turquesas muy bellas que afirmaron que en esta ocasión provenían del norte. A la postre, entregaron como ofrenda especial a Álvar, a quien entendían como el de mayor rango entre los enviados divinos, cinco maravillosas esmeraldas que habían tallado como puntas de flechas.

Se congratularon mucho de saber que estaban cada vez más cerca del mar, pero no menos por aquellas gemas que les habían dado. Así, apareció en ellos de nuevo la codicia y les preguntaron que dónde las obtenían.

—Nosotros no las tenemos en nuestras tierras, pero yendo mucho tiempo hacia el norte hay pueblos de mucha más gente que los nuestros y casas mucho más grandes que las nuestras.[38] Nosotros se las compramos a ellos a cambio de penachos y plumas de papagayos que traemos de los bosques que bajan hacia la gran agua que hay hacia el sol poniente, aunque para llegar hay que cruzar otra sierra y bajar luego por las grandes barrancas —les contestaron.

---

38. El relato de aquellas ciudades y los presentes de piedras preciosas hizo nacer el mito de las Siete Ciudades de Cíbola (algunas tribus llamaban «cíbolos» a los búfalos y de ahí el nombre), en busca de las cuales se embarcarían varios exploradores, el más conocido de todos, Vázquez Coronado.

Los cuatro escucharon con interés la explicación, pues también Estebanico el Negro prestaba toda su atención a aquello, con los ojos muy abiertos; el blanco de ellos le destacaba mucho en la cara oscura.

Aquella noche hubo quien incluso dejó caer que quizá fuera conveniente cambiar el rumbo e intentar llegar a aquellas ciudades. A todos se les apareció la imagen de lo que les habían contado de la Nueva España, las inmensas urbes y las riquezas que había en ellas. Sin embargo, se les apareció también el relato de los terribles y numerosos guerreros que las guardaban y de los sacerdotes que les arrancaban el corazón a los cristianos y se lo ofrecían chorreando a sus ídolos. Eran solo cuatro y prevaleció la idea de seguir intentando reunirse con los suyos, porque hacía ya tanto tiempo que no los veían que habían perdido la cuenta de los años; incluso solían discutir cuántos habían pasado, pues a algunos les parecían más que a otros los que habían transcurrido y penado desde que salieron de Sanlúcar.

Ahora estaban tan bien tratados que nunca lo habían estado tanto. Su vida era buena y ellos procuraban también hacerles el bien a los indios que les acogían. Aunque eran masas de gentes quienes llegaban y a todas horas y momentos les importunaban pidiéndoles bendiciones, entendían que nunca habían gozado en todo aquel tiempo de los privilegios, comida, vestidos, regalos y hasta mujeres de que ahora disponían.

Además, había también algo que tenía muy fascinado a Álvar. Aquellos indios pueblo eran muy medidos y respetuosos con sus leyes y sus costumbres. El jerezano pensó que, de haber habido un fraile entre ellos, la semilla de

Dios hubiera fructificado de inmediato en esos indios. Lo cierto era que ya no se recataban en predicarla, sin ser curas, sobre todo Cabeza de Vaca. Hizo incluso más, pues llamado para dirimir disputas, e incluso en una ocasión en que dos poblados se habían enfrentado y causado grandes daños y muertes, él condujo a los contendientes a que se resarcieran los unos a los otros y se amigaran. Al lograr hacer aquellas paces, creció más su fama. Más incluso que cuando extrajo la flecha al hijo del jefe indio.

Desde entonces en el camino, donde unos los llevaban y otros los acogían, habiendo de dar los receptores a los que los entregaban gran cantidad de valiosos presentes, además de ser señalados como enviados de la divinidad de los cielos se les otorgaba también el poder de juzgar y pacificar a las gentes en sus pleitos y guerras.

Cabeza de Vaca en muchas ocasiones decidía predicarles sobre Dios como si de un fraile se tratara y les decía que él era el Creador de todo, del cielo y la tierra y de todos los seres vivientes y de ellos también. Todos eran hijos suyos, aseguraba. Añadía que debían adorarle solo a él, obedecerlo y hacer lo que él mandaba, ya que él era quien enviaba todas las cosas buenas, pues era todopoderoso y todo lo tenía en su mano. Afirmaba que si ellos hacían eso, él les proporcionaría bienes y gozos.[39]

39. Cuando treinta años después el gobernador de Nueva Vizcaya, el durangués Francisco de Ibarra, verdadero descubridor y consolidador del imperio hispánico en toda la región, pues amén de bautizar a la Durango mexicana pacificó toda la zona, al llegar a Paquimé, ya entonces muy abandonada y casi en ruinas, los sumas salieron a recibirlos recordando que antes habían pasado por allí hombres blancos que hacían milagros y curaciones.

Escuchaban con mucha atención aquellas gentes, aunque no acababan de comprenderlo muy bien, pues el jerezano no era muy diestro en su lengua y no alcanzaba ni él a explicar ni los otros a comprender las alturas celestiales, aunque a ojos de cualquiera parecerían buenos cristianos. No obstante, les complacía sobremanera lo del Dios bueno que les traería el bien a todos y les protegería de las desgracias.

En una de esas ocasiones, con una nutrida multitud reunida, Álvar dijo, no sin cierta tristeza:

—Es de tan buen aparejo esta gente que si lengua supiéramos con la que perfectamente nos entendiéramos a todos ellos dejaríamos cristianos. Y si hubiera entre nosotros un fraile de la escuadra de Narváez que se hubiera salvado, a todos bautizados.

Asintieron los otros tres y Castillo añadió que si Dios lo quería y encontraban cristianos, eso era lo primero que demandarían que se hubiera de hacer con ellos.

15

Los pies ligeros

Están tan usados a correr, que sin descansar ni cansar corren de la mañana a la noche. Siguen a un venado y de esta manera matan muchos de ellos porque los siguen hasta que los cansan y algunas veces los toman vivos.

CABEZA DE VACA, *Naufragios*

Se llamaban a sí mismos raramuri, que en su lengua significa «pies ligeros», vivían en el corazón de la Sierra Madre,[40] cultivaban el maíz, pero no tenían pueblos dignos de tal nombre sino que vivían dispersos por sus montañas, cazando venados y cualquier otro animal que se pusiera a su alcance, desde serpientes hasta coyotes. Se juntaban alrededor del lago Arareko y hacían grandes fiestas para enseñarse a sus hijos nacidos en el año y emborracharse

40. Y allí siguen viviendo sus comunidades, dispersas por toda la región, con su religión mezcla de catolicismo y sincretismo chamánico y su cultura del peyote.

bebiendo tesgüino hasta caer al suelo. Los chamanes celebraban la ceremonia del peyote y entraban en comunicación con los espíritus; estos les sanaban de sus males, les mandaban mensajes y les adelantaban profecías sobre lo que iba a suceder en la tierra y en el cielo.

No obstante, el peyote no había avisado de la aparición de aquellos barbudos blanquecinos y un extraño hombre de piel negra que llegaron a sus confines seguidos por innumerables gentes que decían de ellos que curaban los males y eran enviados del cielo. Luego, después de que se establecieron, un chamán dijo que sí se había profetizado aquella venida, pero que se había olvidado. También predijo que habría mucha conmoción por todo ello, pero los raramuris no hicieron caso. Nadie había tenido nunca interés por apropiarse de sus territorios, pues estos eran muy ásperos, fríos y tan duros que solo ellos se atrevían a vivir allí.

A Álvar Núñez Cabeza de Vaca, por alguna razón que se ocultó incluso a los ojos de sus compañeros, aquellas nuevas gentes le fascinaron desde un principio. No acudieron a ellos en tropel como habían hecho otras en toda la travesía por el territorio de los pueblo, pero los recibieron con adusta curiosidad y los trataron bien. Álvar se había empeñado en dejar la comodidad y agasajos de sus anfitriones e intentar llegar al Mar del Sur antes de que las nieves bloquearan los pasos. Le dijeron qué arriesgaba al hacerlo, pues la sierra era muy dura y heladora, pero él se mantuvo inflexible. Estaba seguro de que allí daría al fin con los cristianos. Se pusieron en camino con abundantes provisiones tanto de maíz como de carne, entre ellas una gran cantidad de corazones de venado que como signo de amistad les habían regalado en una última ofrenda. Media docena de hombres escogidos por los jefes pueblo los acompañaban y entre todos los fueron asando y comiendo; ya casi no les quedaba nada cuando alcanzaron el lago que llamaban Arareko y allí establecieron contacto con los hombres del peyote.

Apareció un puñado de ellos, que se acercaron con cierta prevención pero sin miedo. Eran hombres enjutos, de ojos oscuros y mirada intensa que se parecían a los de muchas otras naciones por las que habían pasado. Sin embargo, tenían algo diferente; quizá lo primero que les sorprendió a los blancos fue su hablar siempre quedo, tanto para dirigirse a los extraños como a los propios. Parecían no gustar del ruido y sí de la soledad. Álvar comenzó a hablar a poco con ellos y consiguió que muy pronto lo llevaran a presencia de uno de sus chamanes más importantes. Con él pasó mucho tiempo y cuando ambos salieron de la pequeña casa que el hombre tenía, hecha de adobe y de techo de ramas, barro y paja, a Cabeza de Vaca le resplandecía la mirada.

Les contó a los otros que había conversado mucho con aquel hombre espíritu y que era tan vivo e inteligente que había podido conversar con él incluso de Dios. Esos indígenas tenían una religión, sobre la que habían platicado. Los raramuris creían que había unos «señores de arriba» y que el padre era el Sol, y que la madre era la Luna; asimismo tenían un hijo que era el Lucero de la Mañana.[41] El hi-

---

41. El culto al lucero estaba muy extendido en los indios del nordeste de México y la región suroccidental de Estados Unidos.

dalgo jerezano le explicó al chamán que ellos creían en un Dios que era padre de todos y creador de las tierras, aguas y cielos y que tenía una madre, que era la Virgen María, y un niño Jesús, que era Dios Hijo. El chamán se había puesto muy alegre al oír aquello de las gentes que los pueblo habían dicho que eran enviados divinos y le invitó a tomar tesgüino, una bebida muy buena que le había reconfortado mucho.

Bebieron aquello y el brujo le siguió contando que también había un «señor de abajo» que vivía en las simas y tinieblas bajo tierra, que tenía forma de lobo y que se comía a los hombres y les traía desgracias. Álvar le dijo que aquel era el diablo. Luego continuaron bebiendo y contándose cosas hasta hacerse amigos. El otro le habló también de que había en su tierra seres malignos y espíritus buenos. Los buenos podían estar en las aguas, los bosques o las cuevas, pero también los había que eran malos, y los más perversos eran unos gigantes terribles que habitaban en las profundidades de ciertos desfiladeros y que se alimentaban de niños. Eso de los gigantes no gustó nada a Álvar, y se enfadó incluso, pues para entonces el tesgüino ya le había hecho efecto. No tardó en volver a sonreír porque le agradó sobremanera saber que no tenían ídolos ni imágenes de sus dioses, ni les hacían sacrificios de niños ni de ningún humano, ni de los suyos ni de sus enemigos, sino tan solo alguna víscera de animal o algún fruto si los creían enojados.

Los raramuris cultivaban el maíz y vivían casi a expensas de él y de la caza. El chamán le regaló un saquito y una güeja para que pudiera prepararlo a su manera. Le llamaban pinole y era maíz tostado muy finamente molido hasta convertirlo en la más delicada harina. Bastaba añadirle agua y le quitaba a uno tanto la sed como el hambre. Un hombre podía estar un día entero caminando o trabajando tan solo con aquella comida. Desde niños todo raramuri salía siempre con su provisión de pinole encima.

También le había mostrado cómo preparaban el tesgüino que estaban bebiendo y del que en señal de amistad envió una calabaza llena a los otros que venían con él y otra para los pueblos que se disponían a regresar a sus tierras. Para elaborarlo ponían granos de maíz sobre un lecho de agujas de pino, lo cubrían con otra capa de ellas y lo humedecían hasta que germinaba. Entonces lo hervían, lo colaban y lo ponían en vasijas hasta que fermentaba añadiéndole algunas plantas que solo ellos conocían para que lo hiciera con rapidez y fuerza. A poco más de un día ya podía beberse y pese a su apariencia, un líquido espeso, y su sabor, un poco amargo, acababa por gustar mucho y hacer que uno quisiera seguir bebiendo. De hecho, los raramuris bebían tanto que se embriagaban. Lo tomaban en los ritos de las grandes ocasiones, pues con él se hacían las ofrendas al sol y se imploraba la lluvia. «Sin tesgüino no se obtiene la lluvia, sin maíz no puede hacerse tesgüino y sin la lluvia no se da el maíz», sentenció el chamán.

Bebían, pero creían que no era bueno beber solos, sino hacerlo juntos, y no estaba mal visto sino bien al contrario, pues era en las tesgüinadas comunes una de las pocas veces que los raramuris se juntaban. Les gustaba tanto que las madres lactantes se untaban la teta de él para que al chuparla el mamoncillo se hiciera al gusto, aunque luego de niños no solían darles hasta que no cumplían los años de ser mozos y andar con mujeres para fundar casa propia.

Pues aunque cultivaban los valles con arroyos o aguas manaderas, no formaban pueblos sino que cada familia vivía en su tierra y en su choza y la vecina apartada por su campo en la siguiente. Todos se conocían en el valle, si bien cada cual se dedicaba a lo suyo y solo se juntaban para la caza, para dar a conocer a los hijos o cuando los jóvenes se casaban. Los hombres podían tener varias mujeres pero no era costumbre que vivieran en la misma casa y el hombre construía una en cada punta de sus cultivos.

Lo que cuidaban mucho más incluso que su vivienda eran sus graneros. Como vivían en la sierra, de valles y muchas cavidades entre rocas, allí en lo alto solían instalar los graneros para almacenar y orear las mazorcas. Los tapaban con esmero para que no pudieran entrar ratas, ni siquiera ratones.

El chamán había hecho llamar y convocado en Arareko a los raramuris de los valles más cercanos, y a poco se fueron concitando bastantes alrededor del lago. Luego, ya presentados a los chamanes blancos, salieron de allí corredores hacia los lugares más alejados y en todas las direcciones para que acudieran todos a saludar también a los visitantes. El chamán les anunció que se haría fiesta, pues eran enviados del Sol padre, de la Luna madre y del Lucero hijo, y además tenían grandes poderes y querían bendecir a los raramuris. Salieron los batidores a la carrera y con paso tan elástico y ligero que admiraron una vez más a los cristianos; parecía que no corrían sobre la tierra sino que flotaban sobre ella.

A los cuatro los repartieron en sus casas y se fijaron mucho en el negro, pero no invitaron a quedarse a los pueblo sino que hicieron lo posible por que se marcharan cuanto antes. Con ese propósito le dijeron a Álvar que les darían pinole siempre que iniciaran el regreso sin dilación. Los pueblo tampoco querían quedarse, y así se separaron contentos todos de hacerlo a la mañana siguiente tras dejarlos dormir en un granero abandonado. A los raramuris no les gustaban nada los de otras tribus y mucho menos el dejarles participar en los ritos que iban a celebrar por la llegada de los barbudos. Los raramuris vivían dispersos, pero si otras gentes se internaban en su territorio se juntaban y les daban caza como a los venados por sus quebradas y desfiladeros.

Al lago Arareko comenzaron a llegar multitud de gentes, que venían de todos los puntos y parecían ir brotando de las tierras y las rocas. Enseguida comenzaron los cantos, que no eran muy altos pero sí muy acompasados y suaves.[42] Tocaban tambores grandes con la imagen del sol pintada en ellos. Los hombres bailaban en círculo y todos llevaban el pelo recogido con unas cintas que gustaban colorear con varios tonos verdes y rojizos. Las mujeres portaban unos aros de madera, grandes y redondos, festoneados de flores y jugaban con ellos.

Los blancos, para acompañarles, elevaron sus manos

42. Los jesuitas, la mayoría vascos, que fueron quienes los cristianizaron, supieron fusionar sus creencias y además les enseñaron a fabricar y sonar violines, con cierto tono de zortxico, algo que ahora siguen haciendo en sus ceremonias, donde al cura no parece que le estorbe que un chamán participe ni le hace ascos a la ceremonia del tesgüino y ni siquiera a la del peyote.

también al sol y rezaron; al final todos los indios los imitaron haciendo lo mismo con los brazos y entonando sus cánticos. Corrió durante todo el día el tesgüino, y aunque no brotó pelea alguna sí hubo enfados y disputa entre las gentes de dos valles, que se retaron a una carrera. Aquella era la manera de resolver las pendencias leves y algo que a todos enardecía. Porque correr era para los raramuris la mayor señal de vida, fortaleza y valía.[43]

La carrera podía durar todo un día y toda una noche, e incluso más. Esta se concretó de amanecida a amanecida y a la siguiente aurora aún había todavía más gente congregada frente al lago; nadie quería perderse la carrera.

Aquella noche, antes de ella, invitaron en exclusiva a Álvar, al que supusieron jefe de los chamanes extranjeros, a una ceremonia aún más secreta, la del peyote. A tal ritual solo podían acudir gentes muy especiales y señaladas por el chamán para ello. Nunca se había hecho con nadie que no fuera de la raza de los raramuris.

Lo llevaron a un lugar apartado, en medio del bosque, y la fortuna hizo que estuviera llena la luna, que se entendió como buen presagio; se hicieron bailes al inicio en círculo en honor a ella, a la madre. Álvar observó que en el círculo donde iba a celebrarse el ritual colgaban de los árboles como ofrendas los pulmones, la tráquea y un cuarto trasero de un venado. En el suelo había platillos de madera con pinole, tortitas de maíz, calabazas y frijoles. Quien llevaba el peso de la ceremonia era el Rascador, que era el propio

43. Los corredores raramuris siguen siendo famosos incluso ahora y algunos han llegado a las élites deportivas. Continúan enfrentándose en tales carreras populares.

chamán amigo, quien hizo un agujero en el suelo y luego depositó en él con sumo cuidado el peyote que iba a consumirse, bien envuelto en hojas. Sobre él colocó una batea de madroño que servía de caja de resonancia para que al apoyar un palo de un brazo de largo con muescas y símbolos y deslizarlo sobre otro redondeado produjera un ruido sordo al frotarlo. El silencio de los asistentes era total. A la luz de unas hogueras que se habían encendido para calentarse bebieron por turno tesgüino, y Álvar lo hacía santiguándose cada vez que vaciaba su cuenco. Se santiguó varias veces.

La noche fue pasando. Se conversaba, se bebía, se salmodiaban cantos y el Rascador frotaba su instrumento cada cierto tiempo. Cuando ya vio que estaba a punto de anunciarse el alba, pues la ceremonia tenía que hacerse al tiempo que el sol se levantaba, sacó de su envoltorio el hongo que había guardado y que estaba seco y arrugado, lo molió finamente y lo vertió en un cuenco con agua. Tras removerlo para que se mezclara con el polvo, ya estuvo listo para ser consumido. Antes todos juntos, ante la inminencia de la salida del astro, bailaron una última danza en su honor, y Álvar con ellos. Cuando el primer rayo acarició la tierra a cada cual se le dio su trago de bebida, siendo el chamán quien lo apuró del todo y en una ración doble que la de los otros. A continuación bailaron de nuevo en círculo en torno a la fogata, el chamán volvió a raspar los palos y luego los purificó a todos uno a uno, ahumándoles. Algunos entraron en trance y en visiones. La de Álvar fue el mar de su tierra y los barcos navegando a toda vela. Cuando fueron despertando hubieron de ir hacia un arroyo cercano a lavarse cabeza, cara, pecho, espalda, brazos y piernas sin importar el frío que hacía, que al amanecer y en las sierras era intenso. Para reconfortarse bebieron un trago más de tesgüino y todos, diciendo que se encontraban muy bien y que ya no les dolía nada, se fueron con cierta prisa a dar la salida a la carrera.

Castillo y Dorantes preguntaron a Álvar dónde había estado y por aquel rito, pero este contestó con evasivas; quería guardar para sí las visiones, los colores y figuras que había visto. Se sentía muy vigoroso y fuerte, tan fresco como si fuera un joven de veinte años, descansado y alegre en grado sumo. Ahora la atención de todos estaba centrada en la carrera. La bola había comenzado a rodar empujada por los pies de los corredores. Se elaboraba de encino o de otra madera dura como el madroño, que allí crecía, y tenían que correr llevándola delante de ellos. Para empujarla solo podían usar los pies, el empeine y los dedos, no estaba permitido hacer nada con las manos. Se había marcado previamente el recorrido, que solía consistir en dar varias grandes vueltas por los terrenos más quebrados y difíciles sin que hubiera por ellos caminos. Se había pactado que el recorrido durara el día y la noche, ya que la luna grande les permitiría hacerlo mejor, y en la carrera no solo participarían los corredores sino también los partidarios de unos y otros, o bien dispuestos a lo largo del recorrido o bien corriendo por turnos a su lado con antorchas resinosas encendidas para alumbrarles el camino y animarlos. Los competidores tenían prohibido haber yacido con mujeres desde días antes y tampoco podían beber tesgüino. Tenían que lavarse el cuerpo y untárselo con cocimiento de corteza, hojas de cedro y grasa de venado. Podían comer legumbres, huevos y pinole.

La pasión desatada por la carrera sorprendió a los cristianos, que no habían visto tal algarabía en sus tierras ni cuando se alanceaban toros. Los habitualmente callados raramuris gritaban enardecidos «¡Wériga, Wériga!» a su favorito. Se perdieron por las montañas y en el lago se quedó la multitud esperándoles. Otros fueron a ver la carrera por donde pasaba, aunque estuviera muy lejos, de este modo también demostraban por qué eran los pies ligeros.

El equipo corría en grupo y los corredores podían relevarse, pero tenían que salir todos juntos. Solo uno podía tocar la bola en su turno, y quien hacía el tramo final, el que se consideraba el más resistente y rápido, debía haber hecho todo el recorrido al completo.

Los cristianos no siguieron la carrera por los montes, pero esperaron con el chamán anhelantes y sin pegar ojo aquella noche hasta que, cuando ya casi amanecía, vieron que por la ladera de enfrente venía hacia ellos como una serpiente de fuego moviéndose. Eran las antorchas de quienes seguían a los corredores. El griterío se elevó aún más entonces según se iban acercando a la meta en la orilla del lago. Un equipo venía un tanto destacado y sus partidarios se mostraron muy alborozados con la victoria de los suyos. Los perdedores se desconsolaron, pero cuando llegaron sus corredores, que habían aguantado hasta el final, estos también fueron vitoreados y recibidos con enorme admiración, pues dijeron que los dos equipos habían corrido una magnífica carrera y que habían sido muy grandes y sin trampas en toda ella. Aun así, los vencedores estaban rodeados por muchos y los vencidos solo tenían el consuelo de los de su valle.

Las mujeres también habían hecho sus competiciones aparte a orillas del lago. Las llevaron a cabo lanzando al aire sus aros de ramas entrelazas con un palo curvo y competían por ver quiénes lo hacían mejor y con mayor tino y soltura.

Castillo y Dorantes instaron a Álvar, a los pocos días de estar entre aquellas gentes, a partir cuanto antes, pero este había sido espoleado por su amigo el chamán, pues se habían hecho grandes amigos, para ir a un lugar que quería enseñarle y que era la más grande maravilla de su tierra, tanto que nunca habría visto nada igual. Un lugar donde el agua caía desde el cielo mismo hasta las profundidades de la tierra. Tanto le insistió en su hermosura que Álvar aceptó, aunque en esta ocasión acompañado por los otros tres. Así iniciaron la expedición hacia lo que los raramuris llamaron Basaseachi, y que les explicaron que en su lengua significaba «lugar de coyotes».

Hubieron de caminar hasta llegar a un poderoso río y seguirlo luego aguas abajo. Estaba rodeado de praderías muy hermosas y grandes bosques de pino. Había muchos ciervos y animales que se escabullían a su paso y, en efecto, también divisaron algún furtivo. Álvar pensó que allí podrían pastar muy buenas caballadas,[44] pero solo se lo comentó a sus capitanes, pues de sobra sabía que su mejor arma contra los indios y lo único con lo que podían sojuz-

44. Allí las vi pastar en el recorrido río abajo con la Ruta Quetzal en el año 2000.

garlos eran los caballos, a los que tanto temían. De tal animal ni al chamán habló siquiera.

Flanqueaban el río grandes paredes de piedra que se elevaban hacia el cielo. Enormes farallones rojizos que competían con su colorido con el azul de las alturas, por donde planeaban las aves de presa. La caminata por la orilla duró medio día. Un rumor muy fuerte del agua desplomándose anunció la catarata y cuando al fin se asomaron a ella quedaron sobrecogidos. Una inmensa cola de espuma se despeñaba hacia la más profunda de las simas, y cuando estaban aún anonadados mirando aquello, el chamán les invitó a que descendieran por un camino, que lo permitía, hasta lo más hondo y donde la cascada iba haciendo grandes pozas.[45] Fue un descenso que no estuvo exento de miedo, pues era tiempo frío, muy empinado y sinuoso el sendero y las piedras resbalaban. Una caída podía matarlos, pero se asieron los unos a los otros y bajaron con extremo cuidado. Las muchas largas caminatas habían fortalecido sus piernas y en un momento dado Estebanico dijo al verlos saltar entre las rocas:

—Bajamos ya como cabras montesinas.

Se rieron todos y al fin llegaron al fondo. Desde allí la vista de la catarata era más impresionante si cabe y parecía caer desde el borde mismo del cielo. El chamán les dijo además que aquellas aguas preservaban de enfermedades y

45. La cascada de Basaseachi tiene 246 metros de caída libre y es una de las más altas de América. No se descubrió hasta el siglo XVIII pero quién puede asegurar que Cabeza de Vaca no pudo verla. Él fue el primero en cruzar la tierra de los raramuris, ahora llamados también, para su disgusto, tarahumaras.

les animó a bañarse y lavarse en ellas, cosa que hicieron entre resoplidos. Luego, nada más ponerse los taparrabos y echarse los cueros encima, comenzaron a subir de nuevo, esta vez por otra trocha diferente para llegar al menos a acampar ya en lo alto de aquel otro desfiladero de empinadas crestas y cantiles que parecían cortados a pico. Iba cayendo la tarde y bajando una bruma. Entonces en aquellos altos empezó a resonar la voz de un coyote y le contestaron otros y luego más. Todo el camino hasta que llegaron arriba los acompañó su cántico.

16

La Barranca del Cobre

La costa no tiene maíz y comen polvo de
bledo y de paja y de pescado que toman en
la mar con balsas, porque no alcanzan canoas.

CABEZA DE VACA, *Naufragios*

Castillo, Dorantes y Estebanico apremiaron a Álvar a partir cuanto antes, pues las nieves no iban a tardar en llegar y
era mejor estar en la costa que en aquellas altas montañas,
en verdad muy frías. Debían comenzar el descenso sin dilación y no podían demorarse ya ni un día si querían llegar
al mar y dar de una vez con los cristianos, de los que seguía
sin haber sin señales. Tampoco los raramuris habían visto
jamás gentes semejantes a ellos.

El chamán aún quiso retener a Álvar. Había llegado a la
conclusión de que era verdad su procedencia de los cielos y
hubiera deseado que se quedara con sus gentes para prote-
gerles. No obstante, hubo de aceptar la despedida. Les dieron pinole para el camino y algo de carne, y no faltó una ca-

labaza con tesgüino. En un aparte, el chamán hizo algo más para Álvar en un envoltorio y de manera muy disimulada le entregó su gran ofrenda. Un hongo de peyote, en cuya ceremonia había participado y cuyas virtudes le enalteció.

—Si un hombre lo lleva en su cinturón, el oso no podrá morderlo, el venado no podrá huir y ni los apaches lograrán encontrarlo. Que el Sol, la Luna y el Lucero de la Mañana te acompañen y que concluyas tu camino —le dijo mientras ya llegaban al punto de la despedida.

Se trataba de una gran barranca desde donde la sierra se desplomaba hacia las tierras cercanas a la costa. Una barranca que al atardecer relucía bajo los rayos de sol como si en vez de piedra fueran sus paredes de cobre. Desde lo alto al asomarse era tal el escenario que ni siquiera aquella cascada que habían contemplado lo superaba.[46]

Era el divisadero más hermoso al que se había asomado en la tierra hombre alguno. Ese nombre le pusieron.[47] La impresionante barranca descendía y en todo su descenso aparecía cuajada de vegetación de árboles, arbustos y plantas de todo tipo de gran verdor y hermosura que expandía y absorbía la mirada. Regatos de agua corrían y brillaban serpenteando por ella. Las plantas trepaban incluso por las paredes logrando aferrarse y crecer en los sitios más inverosímiles.

46. La Barranca del Cobre es un escenario de belleza inigualable en las cercanías de la actual ciudad de Creel.
47. Al lugar de inicio de la bajada y a la población allí existente se los conoce como Divisadero. Y tiene maravillosamente bien puesto el nombre.

—Diríase que es la bajada al paraíso —exclamó en medio del silencio el capitán Castillo.

Como si del paraíso procediera, una mínima avecilla como un moscardón grande, que batía las alas a velocidad increíble, zumbando como una gran abeja, vino a quedarse suspendida en el aire ante sus ojos. Con un giro prodigioso se acercó a una de las pocas flores que aún quedaban en el resguardo de las piedras y se puso a libar en su corola con su largo pico. Los irisados colores del avecilla, verdes, rojos, azules, brillaban como si de relucientes escamas se tratara y variaban de color según la luz que en ellos se posaba.[48]

—Sin duda del mismo paraíso ha de venir por fuerza un ave tan delicada y hermosa —respondió Álvar.

La bajada por la Barranca del Cobre aún fue más bella cuando, al atardecer, el sol poniente iluminó los farallones de piedra. Y en verdad podía parecer ser la puerta del paraíso, pues todo en ella crecía, florecía y fructificaba. Había tunas por doquier y de todas las especies. Miraban los cactus y las chumberas y recordaban sus idas y venidas con los indios mientras las buscaban con ansia, pues solo cuando la tuna estaba en sazón era el único tramo del año en que no pasaban hambre. Allí, cuando estas estuvieran en su colmo, habría suficientes para que se alimentaran tribus y naciones enteras. A Álvar, aunque ahora no era tiempo casi, se le vino a la boca su sabor y el gusto de su zumo.

---

48. Colibrís. Suben por la Barranca del Cobre hasta lo más alto de ella, pues el microclima del que goza se lo permite, así como las flores ya tropicales que crecen en la barranca. Más arriba, ya en la sierra, a la altura de 2.000 metros, solo crecen pinos, sabinas, madroños y encinas, que son las especies propias de tal altitud y clima.

Cuando llevaban bajado ya buen trecho el calor comenzó a sentirse y las ropas fueron estorbo. Si allá arriba las habían precisado, pues durante las noches ya mordía el hielo, aquí estas no hacían sino que hacer sudar a los viajeros tanto que al final se despojaron de ellas y prosiguieron tan solo con sus taparrabos y mocasines.

Acamparon ya puesto el sol, casi a la salida de la barranca, que ya se había ido rebajando desparramándose, ensanchándose y dividiéndose en varias. Hicieron fuego. Comieron pinole y algo de tasajo. Luego durmieron. Los indios les habían dicho que a poco y en apenas unas jornadas se encontrarían a la orilla del Mar del Sur al que tanto ansiaban llegar.

En verdad así fue, pero no estaba precisamente allí el paraíso. Salidos de la barranca, aquella sensación se desbarató de inmediato. Avanzar por la selva resultó penoso y había que andar con cuidado, pues no tardaron en ver que había muchos árboles y plantas ponzoñosos; además, los mosquitos comenzaron a torturarlos de nuevo. Cuando encontraron al fin algunas casas, ya llegados al mar, vieron que eran de gentes que vivían muy pobremente y mostraron tenerles mucho miedo. No tenían plantaciones de maíz y comían en su sustitución polvo de bledo y algunas plantas y pajas que recogían. Sobre todo se alimentaban de pescado, al que iban a coger con unas balsas con las que navegaban. Las mujeres se tapaban sus vergüenzas con hierba y paja. Con palos, cañas, hierba y paja construían también los endebles bohíos donde moraban.

Era aquella tierra muy pobre y nada tenía que ver con la anterior por donde habían pasado, donde los pueblo cultivaban aquel extenso territorio de más de mil leguas. Álvar se decía que en cuanto dieran con los cristianos les comunicaría que había de ser hacia aquella tierra anterior donde debían dirigirse.

De todos los poblados costeros indios que fueron recorriendo, donde les recibían con cierto temor pero sin agresividad alguna y que les parecieron apocados y tristes, tan solo unos indígenas, cuando ya habían decidido dejar la costa y volver a subir y adentrarse en tierra firme, les sorprendieron por su vivacidad y alegría. Llamábanse huicholes y eran de porte esbelto, tanto los hombres como las mujeres, y estas muy lozanas y hermosas. Al igual que todas las de aquella costa solo se tapaban de cintura para abajo y muy escuetamente con hierbas, hojas y paja. Se adornaban el pelo, que llevaban muy largo, con guirnaldas. Estos indios eran de sonrisa siempre a punto y muy hospitalarios. Tenían tratos con los pueblo, que les habían hablado de los sabios chamanes blancos, pues eran con quienes trocaban sus plumas y penachos de aves muy hermosas que valoraban en mucho. A una de las aves especialmente, de hermosísimas plumas en la cola, y además considerada sagrada, la llamaban quetzal y decían que era el ave de los dioses. Dorantes, que había tenido entre los suyos gentes de la Nueva España, les dijo que el gran indio Moctezuma las llevaba y sus hombres daban mucho oro por ellas. Los huicholes no mataban a los quetzales, sino que se limitaban a recoger las plumas que estos perdían. El recibimiento que les dieron fue mucho mejor y más obsequioso que en los poblados anteriores, y los llevaron a unos árboles donde solían posarse aquellos pájaros para que pudieran verlos;

allí iban las aves a alimentarse de aguacatillos, su fruta favorita. Consiguieron entreverlos aunque muy ocultos entre las ramas. Cuando alguno voló pudieron admirar su belleza, pero no encontraron en el suelo pluma alguna suya. Sin embargo, a la noche, el que parecía el principal de ellos le regaló una a Álvar en señal de deferencia, algo que los otros no pudieron dejar de envidiar.

Los huicholes pescaban mejor que los indios anteriores, pues entraban al mar con buenas canoas, tejían muy eficaces redes y construían útiles nasas para los bajíos. Tenían gran gusto por pintar cosas, fueran piedras o cueros, y lo hacían muy lucidamente con bellos colores que extraían de las plantas o haciendo polvo algunas rocas. También se pintaban su propio cuerpo. Tenían dioses parecidos a todos los de los demás indígenas, pero se diferenciaban con una deidad propia a la que veneraban mucho, pues afirmaban que era la más propicia para con ellos. Llamaban Aramara[49] a esa diosa del amor y la fecundidad. Habitaba en una isla que había enfrente de la costa, a muy poca distancia, y a ella iban las parejas a pedirle que les concediera sus placeres y les otorgara descendencia. Los huicholes eran gentes muy dispuestas a la alegría y al amor, y sus jóvenes lo practicaban sin estar casados con desenvoltura y tal desparpajo que a Álvar lo escandalizó un poco, si bien los otros, y él incluso, no tardaron tampoco en disfrutar de la costumbre.

49. El culto a la diosa Aramara persiste, unido al católico, entre los huicholes de la costa, en concreto en San Blas de Nayarit, antes de las Californias, donde las parejas, tras casarse en la iglesia, se acercan a la isla para pedirle a la diosa que les mantenga su amor para siempre.

Dejaron la costa y ascendieron a la planicie, donde también seguían viviendo indios de esa misma lengua. En todos los lugares que cruzaban preguntaban con insistencia por gentes que se les parecieran. Solo obtenían negativas y se desesperaban.

Los huicholes habían comenzado también a tratarlos como enviados de los dioses, a agasajarlos, recibirlos y acompañarlos, y de nuevo les precedía la fama de grandes sanadores y hechiceros, que hacían bienes y bondades a los indios. A poco también, de un poblado a otro, se desplazaban crecientes multitudes con ellos y los seguían por los valles y los montes.

Llegaron fuertes y duraderas lluvias y no pudieron avanzar porque se desbordaron los ríos. Uno les impidió el paso y hubieron de quedarse medio mes allí. Una vez alcanzado de nuevo el altiplano se presentó de repente lo que tanto tiempo habían estado esperando y tanto habían anhelado, rogado al Altísimo y desesperado en ocasiones de no hallar nunca. Con ello había topado Castillo, que se acercaba a ellos con algo en la mano y gritando como un loco: «¡Cristianos, cristianos!».

17

El reencuentro

Castillo vio al cuello de un indio una hebilleta de talabarte de espada, y en ella cosido un clavo de herrar.

CABEZA DE VACA, *Naufragios*

El capitán Alonso del Castillo Maldonado, hidalgo salmantino hijo del doctor Castillo y de su esposa, doña Aldonza, nobles pero de poca fortuna y venida a menos, con algún extraño secreto que parecía pesarles, siempre había sido hombre muy entero y comedido, incluso en los peores trances y hasta soportando las mayores humillaciones y golpes de los indios cuando los tenían cautivos, pero ahora ese hombre de temple de acero venía corriendo desalado, desnudo excepto por el taparrabos, descalzo, pisando los charcos y dando brincos gritando a voz en cuello: «¡Cristianos, cristianos!».

Tal era su exaltación que Álvar, Dorantes y el Negro miraron de inmediato tras él por ver si venían a la zaga. Pero solo vieron indios que contemplaban con asombro su carrera desaforada.

Llegado al fin donde sus compañeros y entre resuellos les mostró lo que tenía en la mano. Era una hebilleta del talabarte de una espada y cosido a ella un clavo de herradura de caballo.

—Los cristianos han estado aquí. Por aquí han pasado. Este indio lo llevaba al cuello —señaló a un joven indígena que le había seguido— y me ha dicho que lo encontró en el suelo tras haberse ellos ido.

Álvar lo interrogó. La emoción alcanzaba a todos. Después de casi nueve años daban al fin con la primera huella de cristianos. El joven indio les contó lo sucedido, que había sido ya antes, muchas estaciones atrás. Que aquellas gentes habían venido del cielo y se habían ido sobre el mar y que no habían regresado jamás.

—Eran unos hombres con barbas como vosotros, que vinieron de los cielos y llegaron a nuestro río. Venían encima de grandes animales y traían largas varas con puntas que herían mucho y también otras que brillaban, no tan largas, con las que cortaban y tajaban a los hombres. A dos de los nuestros los mataron con sus varas largas. Huimos y nos ocultamos, pero yo me quedé escondido para ver qué hacían.

—¿Por dónde partieron? —le preguntó ansiosamente Castillo.

—Fueron hacia el mar. Yo los fui siguiendo y los vi llegar a él y luego meterse por debajo, con sus varas y otras armas. Después volví a verlos por encima de ello hacia la puesta del sol. Vi que sus varas, sus muy largos cuchillos y lo que cubría su cuerpo brillaba y que habían bajado de aquellas grandes bestias que montaban. Se marcharon y nunca más han vuelto. Bajé hasta la arena y encontré esto donde habían estado. Devuélvemelo, pues es mío. Yo lo encontré.

Se lo retornó Castillo y todos se congregaron excitados. Por fin habían dado con huella de cristianos, pero era ya perdida y se habían vuelto a embarcar y partido. A pesar de ello, Álvar hizo que dieran todos gracias al Señor por el hallazgo. Cabeza de Vaca, según había ido avanzando primero en su cautiverio y luego en el viaje, se había vuelto en verdad y de corazón muy fervoroso creyente. A su parecer, todo dependía de la providencia y así se lo recordaba de continuo a sus compañeros, tanto en las dichas como en las desgracias. Al fin habían dado con la huella de los suyos, pero resultaba algo desalentador por otro lado, ya que bien pudiera ser tan solo una gente que había venido por mar, sin haber hecho otra cosa que una bajada a tierra, y luego había seguido para ir descubriendo.

Aun así, habían dado con su rastro y era evidente que habían adoptado la decisión correcta cuando se olvidaron de seguir por la costa rumbo a Pánuco y comenzaron a viajar por las tierras rumbo a poniente.

Les dijeron a los indios que los acompañaban que era su intención dar con los que eran como ellos cuanto antes y que deberían ayudarles. En compensación, los españoles les pedirían que de ahí en adelante no los matasen, ni los cogieran esclavos, ni los sacaran de sus tierras, ni les hiciesen mal alguno. Y como los indios creían mucho en el poder de aquellos chamanes poderosos y tenían mucha confianza en ellos creyeron sus palabras y les ayudaron a encontrar huella más reciente de cristianos.

No tardaron demasiado, ya sobre la pista, en dar con ella de nuevo, pero fue para su desconsuelo y pena, ya que hallaron la tierra por donde iban pasando despoblada, sus moradores huidos a las sierras, sin cultivar sus tierras ni morar en sus casas por miedo precisamente a los castellanos. Pues ya era corrido por todo el territorio que incendiaban las aldeas, les arrebataban todo lo que tenían, les cogían a ellos y a sus mujeres e hijos y se los llevaban. El rastro que los suyos dejaban era de muerte, fuego y tristeza.

La pena se apoderó de todos, y Álvar rezó por ellos y por aquella tierra tan fértil, pues era muy hermosa y llena de aguas y de ríos. Ahora estaba yerta y los lugares, despoblados y quemados, y la poca gente que asomaba por alguno de ellos, flaca, enferma, huidiza y escondida y alimentándose tan solo de cortezas de árboles y raíces.

Siguieron el camino y a ellos se fueron añadiendo otros desventurados, tanto que parecían querer morirse, pero que se aliviaban al juntarse y así incluso algunos, al pasar por pueblos y lugares donde habían vivido, les trajeron mantas y alguna comida que se repartió y con ella fueron subsistiendo. Llegaron a un pueblo bastante grande. Allí algunos de los huidos al verles regresaron y les relataron que los barbudos con sus monturas habían entrado en él varias veces y lo habían dejado medio destruido. Además, se habían llevado, aunque no les opusieron resistencia, a la mitad de los hombres y a todas las mujeres jóvenes y los niños. Explicaron que los que habían podido escaparse estaban por los montes. Ya no pensaban en labrar ni sembrar, sino que estaban decididos a dejarse morir.

Álvar los vio tan atemorizados y tristes que se compadeció de ellos y se avergonzó de quienes siendo de los suyos tales males les causaban. No pudo dejar de pensar que en la entrada con Narváez no menos habían hecho ellos, aunque bien era cierto que aquellos les habían flechado y hecho la guerra y estos eran mansos y en su mansedumbre eran atropellados y esclavizados. Algo que bien habían dicho sus majestades los reyes, desde Isabel hasta Carlos, que los cristianos no podían hacer.

Los indios mostraban con ellos, a pesar de ser de la misma raza que quienes los maltrataban de tal forma, mucha deferencia y respeto y se complacían en estar junto a ellos, pero al hablarlo con Dorantes y Castillo no dejaron de percatarse de que si llegaban a un lugar donde ya hubiera guerra entre ellos y los cristianos no sería nada extraño que a la postre los cogieran y les hicieran pagar lo que otros cristianos les hacían.

No fue así y al cabo de poco y como había sucedido con los indios pueblo, se les hicieron aún más adictos y buscaron junto con ellos su cobijo. Vieron en Álvar y sus compañeros su único amparo y esperanza y entendieron que era junto a ellos donde podrían encontrar alguna protección. Los contemplaban como hombres venidos de los cielos, así que creían que podrían interceder ante los que tanto se les parecían por sus cuerpos pero que con sus actos les aterrorizaban.

Aquel comportamiento emocionó a todos, en especial a Cabeza de Vaca, quien dijo a sus compañeros que si había gentes que en verdad merecían ser atraídas a ser cristianos y a entrar en la obediencia de su imperial majestad, el rey

Carlos, eran ellos, pero que era muy de menester ser llevados con buen tratamiento, y este era el camino, mientras que el que allí se practicaba era el que no debía hacerse. Si se hiciera lo correcto no habría mejores súbditos de la Corona y de España que ellos.

Los que habían ido recogiendo empezaban ya a ser cientos y estos los llevaron a la postre a un pueblo que estaba en un cuchillo, un gran saliente, de la sierra y al que era muy difícil subir, porque había que trepar por escarpaduras muy fuertes y cortados muy ásperos. Allí encontraron a mucha gente recogida y parapetada.

Los cuatro, tras tan largos años viviendo entre las tribus, apenas en nada se diferenciaban de los indios, excepto por la barba, pues el color de la piel ya era casi tan tostado como el suyo. Sin embargo, los que los acompañaban proclamaban quiénes eran y divulgaban la protección que les habían procurado y las promesas que les hicieron, por lo que fueron todos muy bien recibidos y les dieron maíz del que tenían guardado. Lo repartieron entre todos los que les seguían y se quedaron allí a decidir qué camino seguir y qué hacer en la situación en la que se encontraban.

Álvar tomó entonces una decisión, pues entendió que era lo único que podía hacer de acuerdo a su conciencia y a los ojos del Dios que les había preservado la vida durante aquellos años. No sin la reticencia de sus compañeros, en especial de Dorantes, que prefería avanzar hacia los suyos, aunque fuera solos, y desentenderse de quienes los seguían, algo que le reprocharon con mucha viveza Cabeza de Vaca y Castillo. Estebanico, que era a la postre un sirviente suyo, calló. Si llegaban a territorio de Castilla, quién sabe si no seguiría siendo su esclavo, y un esclavo no rechistaba nunca a su amo. Pero en su corazón y aunque hubieran vivido tales peripecias juntos y sufrido por igual, se avergonzó de su falta de gratitud y compasión y se alegró de que Álvar impusiera su criterio.

Envió Álvar por delante a cuatro mensajeros indios, como acostumbraban a hacer, pero esta vez no para que la gente los esperase, sino para que se desplazaran hasta un pueblo cercano que estaba a tres jornadas de allí, donde deberían confluir todos. Una vez juntados irían al encuentro de los cristianos, de los que había que buscar huella reciente para dar con ellos. Cabeza de Vaca y sus compañeros les hablarían y les dirían que no podían hacerles mal ninguno. Asimismo les pedirían que les dejaran seguir cultivando sus tierras y vivir en ellas, y así podrían hacerlos a todos súbditos del rey de las Españas y si querían bautizarse cristianos también.

Los mensajeros volvieron pronto pero no con buenas noticias. Gente habían hallado muy poca, pues andaban todos huidos y escondidos porque los barbudos, a los que los batidores habían llegado a ver la noche anterior en su acampada, ocultos ellos tras unos árboles, estaban cazándolos y poniéndolos en cadenas. Contaron que llevaban presos a muchos a , a los que tenían encadenados.

La multitud que estaba con Álvar y los suyos se alteró mucho. Surgieron gritos y algunos decidieron que no era conveniente seguir con ellos. Salieron corriendo hacia sus tierras a dar el aviso de que los hombres con espadas y lanzas montados en aquellos gigantescos venados sin cuernos venían contra ellos para llevárselos y que debían huir y esconderse. De nuevo Álvar les habló. Les aseguró que él se dirigiría a los cristianos y los que fueran con él estarían a su cuidado: no permitiría que les hicieran daño.

Al día siguiente todos, que eran más de seiscientos, se pusieron en camino. Tras haber rezado Álvar y los otros, y levantado las manos todos al cielo, comenzó la marcha hacia aquellos que les esperaban con los hierros para ponerlos en cadenas. Algunos venían de tierras a decenas de leguas de allá. Caminaban por la planicie, cogieron un camino muy sobado y ya no se ocultaban de la vista, pues iban confiados en el gran chamán y junto a él tenían menos miedo. Álvar iba delante de todos ellos y detrás, Castillo y Dorantes. Estebanico se retrasaba algo más y andaba entre las gentes.

A la hora de vísperas, cuando el sol ya comenzaba a declinar, encontraron el lugar donde los exploradores habían visto a la compañía de jinetes y comprobaron que era cierto lo que decían por las estacas en las que habían estado atadas las caballerías. Acamparon muy cerca de aquel sitio, pues tenía el agua próxima, un río al que llamaban Petatlán[50] y que por allí cruzaba entre sotos y arboledas. Hicieron muchas hogueras, compartieron el maíz y lo tostaron para comerlo mejor. Álvar y los dos capitanes, siguiendo su costumbre, comieron los últimos y menos que los otros. Los indios se admiraron mucho por su actitud.

50. Río Sinaloa.

18

El gran tirano

Si por él fuera se perdiera la Nueva España.

BERNAL DÍAZ DEL CASTILLO

Este gran tirano comenzó a hacer las maldades y crueldades que solía, y que todos allá tienen de costumbre y muchas más, por conseguir el fin que tienen por Dios, que es el oro.

FRAY BARTOLOMÉ DE LAS CASAS,
Brevísima relación de la destrucción
de las Indias

Aquella noche Álvar dijo primero a Castillo y luego a Dorantes, que fueran por la mañana, de amanecida y con algunos indios de andar ligero que les acompañaran, y procuraran alcanzar con presteza a los cristianos que iban por delante y que les dieran aviso para que les esperaran. Álvar, con toda la gente que lo seguía, y con la que continuaría, avanzaba más lentamente y cada vez le sacarían más distancia. Ambos se negaron aduciendo el mucho trabajo y la mucha fatiga que traían, aunque Álvar era más viejo que ellos y ellos más fuertes y más mozos. No porfió Cabeza de Vaca, pues se malició que las excusas de sus compañeros escondían otro pensamiento y comprendió sus razones sin necesidad de que se las dijeran. Alonso del Castillo al final se lo confesó en privado.

—Es más conveniente que seáis vos por rango y apellido quien establezcáis el primer contacto. A vos os tomarán más en cuenta y sabréis explicaros mejor que nosotros.

Lo entendió, pues mucho se temía que aquello iba a ser asaz complicado, no exento de peligro. No cabía duda de que produciría una gran sorpresa ver venir un castellano vestido de aquella guisa, rodeado de indios, tras tanto tiempo desaparecido y después de tan luenga peripecia. Un hidalgo que, además, traía la embajada de que no podían herrar ni cautivar a los indios que con ellos iban sino hacerles promesa de que respetarían sus poblados y cosechas. Así que al amanecer del siguiente día cogió al Negro y a once indios y se puso en camino con toda la velocidad a la que alcanzaba su andada.

La compañía de jinetes no iba rápida, sino que se demoraba mucho y acampaba pronto dejando un rastro muy claro de su paso que los indios seguían con gran facilidad. Pasaron por tres lugares donde los otros habían hecho fuego y dormido. No tardaron sino un par de días en alcanzar a cuatro de ellos a caballo, que iban retrasados de los otros. Álvar les dio gritos en castellano para que se pararan y ellos se volvieron sobresaltados al verlo, pues les pareció que era un indio hasta que se fijaron en sus barbas y su rostro.

Luego aún se quedaron todavía más perplejos al ver al Negro y cuando los contemplaron rodeados de los indios su estupor alcanzó el límite. Lo estuvieron mirando largo tiempo, atónitos y sin saber qué hacer, si acercarse o poner los caballos al galope y alcanzar a los que iban delante. No hablaban ni atinaban a decirle nada y él hubo de caminar hacia ellos y decirles su nombre y su rango.

—Soy Álvar Núñez Cabeza de Vaca, alguacil mayor de la armada que don Pánfilo de Narváez llevó a la Tierra Florida, y este es Estebanico. Dos capitanes castellanos vienen tras nosotros.

Seguían sin reaccionar, y entonces les conminó a que les llevaran ante su capitán, que ya alcanzaron a decir que se llamaba Diego de Alcaraz.

Álvar, utilizando la perentoria manera de hablar de los capitanes a sus soldados, les ordenó que lo condujeran hasta él. Ellos le obedecieron sin rechistar poniendo en marcha al paso sus caballos para que Álvar, el Negro y los indios pudieran seguirles. Uno de los de a caballo se adelantó al rato para ir a avisar a Diego de Alcaraz, así que cuando llegaron este ya estaba sobre aviso y no se sobresaltó tanto.

Todos se hicieron cruces al contar Álvar y Estebanico de dónde venían y quiénes eran. El capitán les dijo que estaban en la Nueva Galicia, que era una gobernación al norte de la Nueva España que mandaba don Beltrán Nuño de Guzmán y que este se encontraba en San Miguel, una localidad que distaba de allí unas treinta leguas. Álvar le pidió que le dijera y diera testimonio del mes y año en que estaban, pues no lo sabía con certeza, y Alcaraz le dijo que estaban ya en abril del año 1536. Álvar entendió que estaban al cumplirse los nueve años desde que salieron de Sanlúcar y los ocho desde que llegaron a la Florida.

Comunicó también a Alcaraz que tras él venían, a poco más de diez leguas, los capitanes Dorantes y Castillo, con gran número de indios a los que no se debía causar daño. Diego de Alcaraz calló a eso y envió hacia allá tres de a caballo y cincuenta de los indios que iban con ellos como aliados en la guerra y que eran de otras sierras, combatían del lado de los castellanos y les ayudaban a cazar a los de estas tierras, con los que tenían pendencias anteriores y muchos rencores.

El negro Estebanico volvió con ellos para guiarlos. Alcaraz se dolió ante Álvar de que estaban muy escasos de víveres y que llevaban días pasando ya necesidad y hambre.

A los cinco días regresaron y con ellos venían Dorantes y Castillo y una multitud de indios que les seguían, aunque no todos ya que no pocos al irse Álvar se habían vuelto a sus tierras y algunos a esconderse en los montes. No se fiaban de los de a caballo y aún menos cuando vieron que otros indios de los que les hacían daños estaban con ellos. Aun así, la mayoría quiso llegar hasta donde se hallaba Álvar porque confiaban en el gran chamán blanco.

Al comienzo Diego de Alcaraz se mostró prudente y respetuoso con Álvar y con los indios. Aún más, le pidió a Cabeza de Vaca al ver su predicamento con ellos que enviara emisarios por los pueblos de las riberas de aquel río y que los indios se volvieran a bajar a ellos y retornaran a sus cultivos y que les llevaran comida; estaban muy necesitados de ella. Y dicho esto por Álvar fueron y al cabo los indios volvieron con muchas ollas de maíz, tapadas con barro, pues las habían enterrado y escondido para que no se las quitaran, y otras viandas. Ahora, por voluntad de Álvar, se las entregaban de a buenas. No obstante, se las daban a Cabeza de Vaca, y este vio que para sus necesidades lo que traían resultaba excesivo y que se quedarían ellos muy escasos. Entonces les hizo recoger parte de lo traído y volvérselo a llevar para su mantenimiento. El resto, que era bastante, se lo dio a los cristianos. Estos se solazaron y comieron.

Sin embargo, a partir de estar comidos y ya viéndose fuertes y al ver lo pacíficos que eran los indios de Álvar y que no tenían armas, perpetraron en secreto el cogerlos y herrarlos. Pudo saberlo Álvar a tiempo por el vivaz Estebanico, que le avisó de aquellas intenciones. Al saber lo que pensaban hacerles se produjo un gran tumulto, griteríos y voces. Álvar, Castillo y Dorantes se enfrentaron bravamente a Alcaraz. Este se atribuló un tanto y comenzó a dar excusas de que no era tal su deseo, sino que eran las órdenes que del gobernador don Beltrán traía y que esperaría a que le fueran confirmadas. Pero ya no se fiaban de él y, además, en medio del alboroto los indios se habían enardecido y aunque apenas sin armas eran muchos y estaban entremezclados. Algunos aún tenían arcos y flechas y en los zurrones de Álvar y los otros había también muchas flechas de las que les regalaban y las cogieron para defenderse.

Cabeza de Vaca intentó a toda costa evitar la contienda, sabedor de que los cristianos a caballo y los indios serranos que los acompañaban harían de producirse gran matanza entre sus protegidos. Álvar, atribulado y temeroso por ellos, incluso les dijo que tal vez lo mejor que podrían hacer en ese trance era alejarse, pero ellos entonces se resistieron a abandonarlo y dejarlo solo. Clamaron que con él como su protector no les tenían miedo a los otros y que estando con él se enfrentarían a sus espadas y sus lanzas. Se negaron a escapar a pesar de que Álvar se lo porfiaba, pues tenía para sí que más pronto o más tarde Alcaraz y sus soldados e indios aliados los atacarían para cautivar al mayor número de ellos que pudieran.

Álvar marchó entonces a parlamentar con Alcaraz y Dorantes y Castillo se quedaron intentando convencer a los indios. Álvar le dio al capitán muchas cosas que tenía, entre ellas mantas de vaca y otras cosas que traían y que también le entregaron para ver si con ello se conformaba. Entre los zurrones que se llevaron estaban incluso las turquesas y las cinco esmeraldas, de las que ya jamás supo e incluso en medio de la confusión y zozobra tampoco las echó en falta. Al cabo se trataba de lo único de algún valor que había atesorado en toda su aventura.

Diego de Alcaraz quiso entonces dirigirse al gentío, que seguía muy arremolinado. Hizo que un lengua que traía les dijera que él y los de a caballo eran de la misma estirpe que los que venían con ellos. Pero que ellos eran de mayor condición y aquellos a los que obedecían, que Álvar y los suyos eran gente de menor suerte, valor y condición. Que ellos eran ahora los señores de aquella tierra y a quienes a partir de ahora debían obedecer y acatar lo que les dijeran.

Aquello no hizo sino airar a los indios, que prorrumpieron en gran griterío. Contestaron al lengua de Alcaraz que era gran falsedad y mentira. Le dijeron también, pues lo habían platicado y acordado entre ellos, que no eran iguales unos blancos y los otros, pues los que con ellos venían habían llegado desde el sol naciente y ellos venían desde otro lado. Los suyos, además, sanaban a los enfermos y ellos mataban a los que estaban sanos; unos venían descalzos y desnudos y ellos a caballo y con lanzas; unos no tenían codicia de las cosas y los otros no querían sino robar todo lo que hallaban y no daban nunca nada a cambio.

Todas esas cosas le respondieron al lengua de Alcaraz y este hubo de ir al capitán a decírselo. Sin embargo, los que venían con Álvar aún hicieron más, pues hablaron con los indios que traían de aliados y les relataron el gran poder que los chamanes tenían y que hasta por su voluntad si quisieran podrían hacer que enfermaran y murieran con solo desearlo. Que lo mismo que sanaban podían matarlos. Los indios serranos, que algunos habían oído hablar de aquello, se asustaron y ya no tenían tantas ganas de atacarlos.

Al fin Álvar, tras mucho hablar y porfiar con Alcaraz, logró que este desistiera de herrarlos. Concluyeron en que Álvar les dijera que volvieran a sus pueblos y a plantar sus cosechas, que bajaran de los montes y volvieran a habitar sus casas. Era una tierra tan fértil que hasta tres cosechas al año se plantaban, pero que aquellas persecuciones la estaban haciendo ser abandonada y cubrirse de matojos. Álvar los bendijo por última vez a todos ellos y con él lo hicieron también Dorantes y Castillo, que elevando las manos al cielo rezaron el padrenuestro. Después santiguaron y bendijeron a la multitud, que elevó también las manos en silencio y comenzaron a marcharse, no sin pena y pesadumbre por tener que abandonarlos.

La tropa de a caballo no pudo sino sobrecogerse ante lo que veía y quedaron mudamente mirándolos mientras desaparecían en diferentes direcciones en triste silencio y volviendo en varias ocasiones la cabeza esperando que tal vez Álvar los seguiría y regresaría con ellos. Al cabo todos se fueron perdiendo para siempre en el horizonte y a quien invadió la mayor pena entonces fue a Cabeza de Vaca, quien no pudo contener las lágrimas y lloró toda la noche, en la que no quiso compartir cena con aquellos cristianos ni ir a la tienda del capitán Alcaraz.

Al día siguiente sí acudió a ella para completar lo hablado y pactado. Los indios regresarían a sus poblados si los cristianos les dejaban hacerlo en su paz, y Álvar le afirmó como cierto y hasta se lo juró por Nuestro Señor Jesucristo que los indios cumplirían el acuerdo y que si no, sería por culpa de los cristianos que ahora tenían aquella provincia.

Diego de Alcaraz calló y convino con su silencio en ello, afirmando con la cabeza, pero ya tenía muy en su corazón e intenciones el no hacer sino sacar tajada de aquello, aunque ahora se le hubiera escapado la presa de la mano cuando ya creía tener a tantos cientos listos para herrarlos y esclavizarlos tal y como quería su señor y gobernador don Beltrán Nuño de Guzmán, pues con él tenía muy buen trato y llevaba ya años cumpliendo sus órdenes y designios.

Lo que hizo después fue enviar a los cuatro españoles, mediante engaños y falsas historias, procurando que fueran por rutas en las que no se toparan con pueblos ni indios ni más gentes, con un tal Cebreros, que era alcalde de un pueblo cercano y con otros cuantos hombres bien armados. A poco Álvar y los suyos comprendieron que más que haber dado con los suyos, la libertad y volver a estar a salvo, como estaban era en sus manos. Más que llevarlos custodiados como los llevaban era presos. Hablaron entre ellos y coincidieron en que aquel Alcaraz no tenía la más mínima intención de dar paz a sus indios, sino que en cuanto los había separado de ellos lo que habría hecho era comenzar a perseguirlos para capturar a todos los que pudiera. Luego supieron que eso era lo que había hecho, aunque no con demasiado fruto porque, escarmentados, los indígenas huyeron a los altos y a las sierras despoblando aquella fértil tierra, que con ello quedó empobrecida y vacía de gentes, de frutos y cultivos. Al gobernador Nuño de Guzmán aquello no le interesaba en absoluto, pues lo que él buscaba era vender los indios que capturaba y aumentar su fortuna en oro, que ya era muy grande. Desde que había llegado a Pánuco, se había dedicado por entero a ello. Álvar eso entonces aún no lo sabía, aunque comenzaba a sospecharlo por la crueldad y acciones de quienes le servían.

Cabizbajo, anduvo el camino Álvar meditando. Al cabo, pesaroso y triste se dirigió al leal Castillo y le dijo:

—En cuánto se engañan los pensamientos de los hombres, Alonso. Nosotros andábamos en buscarles la libertad y cuando pensábamos que la teníamos, sucedió tal al contrario, porque tenían acordado de ir a dar en los indios que enviábamos asegurados y de paz, para ponerles el hierro y así como lo pensaron lo hicieron. Tampoco nosotros podemos en nada sentirnos libres, pues aunque cadenas no nos han puesto vigilados nos llevan. Ansiábamos encontrarnos con los nuestros para recuperar la libertad que en la Tierra Florida perdimos y resulta que es cuando la siento en verdad perdida.

Asintió Castillo sin despegar los labios y en silencio continuaron caminando, sintiendo fijos en ellos los ojos de los jinetes que los conducían, atentos a cualquiera de sus movimientos, más como prisioneros que como compañeros.

Quizá fuera castigo divino, Álvar así lo pensó desde luego, el que se abatió sobre quienes así los llevaban, pues perdieron el rumbo y como no había indios que los guiaran estuvieron días sin encontrar agua. Los cuatro caminantes, acostumbrados a esas y mucho mayores privaciones, aguantaron y hasta fueron los primeros en hallar donde beber, pero otros no lo hicieron y siete hombres murieron antes de encontrar agua y no les dio compasión alguna que ese mal les alcanzara.

Pasado aquel trance, al fin el alcalde, el tal Cebreros, los dejó en un pequeño pueblo, custodiados por algunos soldados, y él siguió adelante hacia Culiacán, donde estaba el alcalde mayor. Este, Melchor Díaz, capitán de aquella provincia, reaccionó de muy diferente manera, sobrecogido ante la noticia de la aparición de aquellos cuatro a quienes como a todos los de Narváez se había dado hacía mucho por muertos. Sabedor del rango de Álvar y de los capitanes, a toda prisa montó en su cabalgadura y se fue a ver a los que acababan de llegar después de tan tremenda peripecia. Era hombre prudente, de buen entender, buenas lecturas y relaciones y no mal corazón. Sabía que de la nefasta expedición de Narváez nadie, excepto los que habían quedado en unos barcos, había regresado. Se quedó atónito al conocer y ver aparecer en aquellas tierras, encabezando unas grandes aglomeraciones de indios que les seguían como si fueran sus pastores, a cuatro supervivientes de aquellos desastres, ocurridos ya tantos años antes, vestidos como los propios indígenas y a quienes todos habían dado por más que muertos.

Lo que Cebreros le contó con algunos balbuceos y contradicciones no le dejó, además, en nada satisfecho. Aunque este le hurtó en buena parte lo que habían tramado él y Alcaraz de ir a herrar a todos los indios que pudiesen, tras haberles prometido dejarlos en paz, Melchor los conocía bien y captó mucho más de lo que quería decirle. Se llegó a uña de caballo y con una escolta donde estaban Álvar y los otros. Tras abrazarlos y dar todos juntos loas a Dios por tan milagrosa salvación, Cabeza de Vaca lo vio pronto como hombre cabal y le relató de inmediato lo sucedido. El alcalde Díaz se dolió de aquella mala acogida que les habían dispensado y el incumplimiento de la palabra dada de no apresar ni esclavizar a los indios. Aseguró a Álvar que de haberse hallado él allí y como alcalde mayor y capitán no hubiera permitido que tal cosa se hiciera con ellos, pues, como Álvar, entendía que no era la manera justa. Además con ello lo único que se conseguía era despoblar la tierra, yermarla y convertirla en erial. Porque todos concluyeron que tras la traición los indios habían vuelto a los montes y ya estarían muy reacios a regresar.

Melchor Díaz dijo hablar en su nombre y en el del gobernador, don Beltrán, pero Álvar se percató de que lo hacía por obligación y no tanto por devoción. Resultaba patente que alguna fuerte reserva tenía, por el tono que empleaba y su empeño en resolver lo que era un verdadero y cruel despropósito que no conduciría a nada bueno ni para cristianos ni para indios.

El alcalde mayor de Culiacán quiso ponerle remedio a lo que Cebreros y Alcaraz habían torcido e intentó buscar una solución. Sabedor del predicamento de Álvar con los huidos, le exhortó a que de nuevo mandara llamarlos y dijo que esta vez el fedatario sería él. Álvar contestó que ningún indio de los suyos tenía ya a su lado, pues los habían separado a todos de él. Don Melchor ofreció entonces liberar dos cautivos que de aquellos pueblos tenían y que fueran estos los emisarios y que hablaran en nombre de Álvar y de él. Otros más del propio Culiacán se unieron a ellos para todos ir en comitiva a las sierras por donde andaban alzados y por las riberas del río y decirles que Álvar y los chamanes que con él iban les llamaban.

—No querrán venir tras lo sucedido, don Melchor —adelantó Castillo y secundó Dorantes—. No se fiarán ya.

Entonces Cabeza de Vaca les entregó una señal, un calabazo que estaba grabado con el signo de la cruz que era una principal insignia que los indios conocían bien. De ese modo sabrían que era Álvar quien los enviaba. Partieron y tardaron siete días en regresar. No venía multitud con ellos sino tres señores de los alzados de los montes y quince que los acompañaban para su protección. Los mensajeros dijeron que a los del río no los pudieron hallar y los pocos a los que encontraron no quisieron venir, pues los cristianos habían ido a cogerlos contra todo lo dicho y se habían refugiado también en las escarpaduras.

Don Melchor les platicó, a través de un lengua, de cosas de Dios, de su premio a los buenos y su castigo a los malos que no cumplieran su voluntad. Y que si tal hacían desobedeciéndole, acabarían debajo de la tierra, arrebatados por demonios y ardiendo en un gran fuego que para siempre les consumiría. Terminó diciéndoles que si ellos quisieran ser cristianos y servir a Dios de la manera que les mandasen, los tendrían entonces por hermanos y los tratarían bien, no los sacarían de las tierras y podrían vivir en paz, pero que de no hacerlo y alzarse los tratarían muy mal y se los llevarían de esclavos a otras tierras.

Esto último los indios, la amenaza, es lo que entendieron mejor y no pusieron buen gesto. Para lo anterior hubo de hablarles Álvar y entonces lo comprendieron un poco más. Álvar les dijo que ellos ya creían en realidad en ese Dios, pues ese mismo era al que ellos imploraban, el que traía la lluvia y todas las cosas buenas que sobre la tierra hay. Eso era lo que les habían enseñado sus padres y sus abuelos y él, Álvar, sabía bien de ello, puesto que lo había hablado con muchos de sus hombres espíritu y llegado a esa conclusión. En suma, aquello que ellos decían y en lo que creían era lo que los cristianos llamaban Dios.

Los tres jefes entonces asintieron con la cabeza, porque Álvar además les hablaba en su lengua y también con los signos que ellos entendían. Don Melchor comprendió que aquel era mejor camino que el que había cogido él. Así que prometió que lo que Álvar decía él lo haría cumplir y que, si bajaban a los pueblos, cultivaban la tierra y vivían en paz, ya no les harían más daño ni los llevarían en cadenas.

A ambos, además, tanto al alcalde como a Cabeza de Vaca, se les ocurrió una forma de identificarlos y protegerlos. Poner a la entrada de sus poblados una cruz y hacer en ellos una casa para el dios cristiano. Esa sería la señal de que estaban en paz. Para ellos sería muy bueno también, les aconsejaron, que los principales trajeran a sus hijos pequeños para bautizarlos; luego sería conveniente que a su tiempo lo fueran haciendo todos los demás. Los tres señores aceptaron y en buena señal se marcharon llevando con ellos a los cautivos liberados, que habían ido como mensajeros en prueba de que se cumpliría lo acordado.

Álvar señaló entonces a don Melchor que como ellos deberían partir pronto, y para que quedara constancia de aquello, debería el escribano del alcalde dar fe de ello, al igual que muchos testigos que allí estaban. Aceptó el alcalde mayor y capitán don Melchor Díaz e hizo pleito en homenaje a Dios de no hacer ni consentir entrada ninguna, ni tomar esclavo por la tierra y de las gentes que allí se había asegurado y que esto guardaría hasta que Su Majestad o el gobernador Nuño de Guzmán o el virrey en su nombre proveyesen después.

Todo quedó avenido, pero Álvar hizo algo más. Obligó a que Alcaraz bajara de donde estaba y se comprometiera a cumplir lo acordado y no hiciera como la vez anterior. Regresó Alcaraz y ante don Melchor mostró muy otra actitud. Contó que al llegar a los pueblos se había encontrado cruces a las entradas y que lejos de huir les dieron de comer y les hicieron dormir dentro del lugar. Alcaraz aseguró que ante ello él no les había causado ya ningún mal y que tampoco lo haría ya en los lugares que tuvieran puesta la cruz.

El hidalgo jerezano empezó a entender entonces un poco el juego que se traía don Melchor, así como a barruntarse que algo más había en la cabeza del alcalde mayor y que él desconocía. Le beneficiaba tener a los pueblos de su distrito activos y poblados, sin guerrear, y además así cumpliría con las leyes de la Corona. Por ahí comenzó a abrírsele la sospecha de que había por parte de esta algo en marcha y cuando don Melchor mencionó en un par de ocasiones al virrey de la Nueva España, don Antonio de Mendoza, como referente máximo le pareció que aquella no era la misma senda que por la que transitaba el gobernador. Algo se estaba cociendo, sin duda.

No obstante, ahora lo importante era poner en lo posible a sus indios a salvo y Cabeza de Vaca entendió la necesidad de que fueran bautizados, pues entonces además de súbditos de la Corona, como ya había dicho la reina Isabel, serían también cristianos y como tal no podían ser esclavizados ni violentados. Porque si, por el contrario, los indios se resistían al dominio, hacían guerra y no se cristianaban ni reconocían al rey de España como señor, entonces podían ser convertidos en esclavos, vendidos y expulsados de sus tierras.

La continua trampa a la Corona de los conquistadores para tener cuantos indios quisieran como esclavos en sus propiedades y dominios o para venderlos era señalarlos como alzados aunque fueran pacíficos; con eso ya tenían resuelto el asunto y podían hacer de ellos lo que les viniese en gana. Los abusos y los desmanes que se cometían se hacían a espaldas de la Corona e intentando burlar sus leyes; de ahí que lo que temieran fueran los juicios de residencia y que se les acusara de tales delitos. En algún trance de esos empezó a sospechar Álvar que podía estar metido, o a punto de meterse, el gobernador, y que don Melchor sabía más de lo que decía, pero como lo urgente era intentar poner remedio a lo inmediato entendió que el único refugio que podía dejarles a sus indios era aquella cruz a la entrada de sus poblados, pues así no podrían aducir que estaban alzados. Su voz se extendió por aquellas tierras y muchos la escucharon.

Álvar y los demás se reconfortaron en parte de los disgustos sufridos al reencontrarse con los suyos, aunque en el jerezano seguía instalada la desazón. Entendía él que aquellas gentes debían ser ellas mismas y sin ser amenazadas y a entera voluntad quienes se sujetaran por propia voluntad al verdadero Dios. Estaba muy seguro de que ello lo harían más por la bondad que por el castigo y el miedo.

Se quedaron bastantes días en Culiacán, hasta ya mediados de mayo, bien atendidos por don Melchor. Álvar aprovechó para en las pláticas con él irse enterando de cosas que entendía debía saber después de tan largo tiempo sin noticia alguna de lo que sucedía ni en España ni en las Indias ni tampoco en aquella Nueva España.

Algunas cosas, a pesar de la prudencia y reticencia de don Melchor, fue conociendo. Confirmó su barrunto sobre lo del virrey y los motivos de su venida; también tuvo noticia de la vuelta de don Hernán Cortés con el título de marqués y tras un juicio de residencia que le había levantado precisamente don Beltrán, muy enemistado con él y al que ahora su regreso tenía en un sinvivir. Al fin el alcalde Díaz y tras mucho circunloquio le vino a confesar que era ahora Nuño de Guzmán quien estaba requerido para ir a México a presentar cuentas y que se resistía a hacerlo; aunque creía que podría convencer a Mendoza, sabía que con Cortés no tendría entrada alguna. Lo cierto era que el capitán Cortés ya había venido una vez contra él porque se había metido en sus dominios y le hizo salir de ellos a escape; ahora le pedía cuentas y reparaciones por los daños causados. Melchor Díaz debía obediencia al gobernador, pero dejaba vislumbrar que la tendría hasta que hubiera de dejarla de tener y que tal vez prefería que esa situación se produjera cuanto antes, pues sin llegar a criticarlos directamente no parecía estar muy de acuerdo con ciertas formas y métodos de don Beltrán.

No le hacía falta a Cabeza de Vaca que le dijeran aquello. Por lo que había visto por sí mismo, aquel gobernador tenía muy arrasada su gobernación y hombres como Alcaraz o Cebreros eran quienes demostraban mejor cuál era su manera de actuar y de tratar a los indios. En verdad, si tardaron en salir de Culiacán tanto tiempo fue porque desde allí hasta Compostela,[51] donde en ese momento residía don Beltrán, el camino estaba peligroso, pues por sus entradas, herrajes y caza de esclavos la zona permanecía levantada. Hubieron de ir con escolta de veinte de a caballo, y esta tardó en poder reunirse. Cuando ya estuvieron cerca de la población lo primero con que toparon fue con una gran recua de indios, no menos de quinientos, que una tropa de soldados a caballo llevaba cautivos hacia allí.

Llegados a Compostela, don Beltrán Nuño de Guzmán, muy informado de sus nombres y hechos, y sabedor de que la noticia había corrido y llegado ya al mismo México, los trató muy bien. Los aposentó en sus propias casas, les proporcionó buenos vestidos y ropas cristianas y les puso buenas camas para dormir. Pero los primeros días no sabían Álvar ni ninguno de los otros dos, ya que Estebanico sí se amoldó desde el primer día, dormir sino en el suelo, y las ropas, tanto tiempo desnudos o acostumbrados a las vestimen-

---

51. Entonces Santiago de Compostela era la residencia del gobernador de la Nueva Galicia. Beltrán Nuño de Guzmán, natural de Guadalajara, había fundado una ciudad con este mismo nombre que acabaría por convertirse en lo que hoy es, la segunda más poblada de todo el México actual.

tas indias, les raspaban y hacían sentir como apretados y que les estorbaban. Tan solo diez días después de llegar a Compostela, y con buen acompañamiento, monturas y vituallas, partieron rumbo a la capital de la Nueva España. Cabeza de Vaca tuvo desde que llegó urgencia por marchar de allí.

Le aliviaba dejar atrás a Beltrán Nuño de Guzmán. En aquellos días y a pesar del buen trato recibido, había percibido que en todo ello había impostura y doblez. Aquel hombre estaba corroído, por un lado, por el temor de que le vinieran a apresar y hacerle rendir cuentas y, por el otro, por una ambición que aún le podía más y se desbordaba en su semblante y gestos por más que procurara embridarla. A pesar de sus esfuerzos, al estar con ellos no podía ocultar del todo su crueldad y ello se notaba sobre todo en el terror que causaba en todos a su alrededor y el pánico total que le tenían los esclavos indios a su servicio.

19

El virrey Mendoza

Del visorrey y del marqués del Valle fuimos muy bien tratados y con gran placer
recibidos. Nos dieron de vestir y ofrecieron todo lo que tenían, y el día de Santiago
hubo fiesta y juego de cañas y toros.

CABEZA DE VACA, *Naufragios*

Quienes ahora, a su paso, salían a verles a los caminos, daban vítores y a Dios loaban eran los cristianos que en cada
lugar querían hacerles agasajos e invitarles a sus casas. La
fama de su hazaña no dejaba de crecer y todos querían, ansiosos, oírla de su boca. Cada alcalde había dispuesto una
fiesta para recibirlos y con ello el viaje hacia la capital fue
lento y en ocasiones ya incomodaba a los cuatro, pero no
podían quejarse tras las calamidades pasadas. Así, se dejaban querer.

Por fin el día 23 de julio de 1536, la antevíspera de la
fiesta del Apóstol Santiago, llegaron a México capital, donde los recibió con mucha deferencia el virrey, que estaba

casi recién llegado, don Antonio de Mendoza. Rivalizó con él en agasajarlos el marqués del Valle de Oaxaca, don Hernán Cortés, el conquistador de Tenochtitlán y de todo el imperio de los mexicas, que fue el primero que quiso tener de ellos el relato completo de sus hazañas. Los convidó a su palacio para cuando la festividad de Santiago hubiera pasado y en la que los cuatro, el negro Estebanico también, tuvieron en la plaza mayor un lugar destacado para que pudieran disfrutar de los festejos y los cristianos de verlos a ellos.

Para ello el virrey les proveyó de vestidos, calzado y dineros para que no les faltara de nada mientras estuvieran en la Nueva España. Al lado de la plaza donde se celebraban los juegos de cañas y se alanceaban los toros, podía verse el templo mayor de los paganos, donde Cortés había derribado los ídolos y donde estos sacrificaban por miles a sus prisioneros arrancándoles el corazón. También lo habían hecho con centenares de castellanos a los que habían podido capturar. Ahora tenía una cruz en lo alto y una estatua de la Virgen, pero el lugar era siniestro y las gentes cristianas no querían ni siquiera pasar junto a él. Estaba ya medio derruido a pesar de que tan solo habían transcurrido diecisiete años desde que los de Cortés se apoderaron de él.

El marqués del Valle hubo de esperar a su turno para poderlos recibir en su casa, pues el virrey, y no era algo de su placer, pero no tenía más remedio que acatarlo, tenía prioridad y la ejerció.

Don Antonio de Mendoza y Pacheco era vástago del largo y poderoso linaje de los Mendoza, duques del Infantado, más largo y encumbrado si se quiere incluso que el de los Medina Sidonia. Era nieto del marqués de Santillana, culto, poeta, diplomático y hábil político, y sobrino de quien fuera llamado el tercer rey de España, Pedro González de Mendoza, el Gran Cardenal. Su padre no quedaba atrás en merecimientos, ya que era el Gran Tendilla, segundo conde de este nombre y primer marqués de Mondéjar, Íñigo de Mendoza y Quiñones, el jefe de las tropas castellanas que tomaron Granada. Fue el Tendilla quien izó el pendón de Castilla en lo alto de la Alhambra y el primer alcaide cristiano de su ciudad. Los Reyes Católicos le nombraron capitán general del reino de Granada. Fue un alcaide bueno y un gobernante tolerante y de su labor quedó rastro de afecto, pues preservó los palacios y jardines de los nazaríes impidiendo que la Alhambra y el Generalife se perdieran.

Antonio, su hijo, el niño de Mondéjar, localidad alcarreña donde nació, señorío de su familia como tantas otras por toda Guadalajara, vivió en aquellos palacios de los reyes musulmanes, rodeado de moriscos recién convertidos, entre arabescos, celosías y fuentes, y forjó, a semejanza de su padre, un talante tolerante y conciliador. Vestía tan al uso moro que vez hubo que hubo de ser avisado a cambiarse de traje, pues venían a ver a su padre eclesiásticos que no veían bien tales costumbres. En la guerra de las Comunidades había tenido, por el motivo aquel de que doña María Pacheco, la mujer de Juan Padilla, era su hermana,[52] sus más y sus menos, pero a la postre formó en el bando realista y capitaneó un ejército de cuatro mil hombres, vestidos al es-

52. Eran hijos ambos de la segunda mujer del Tendilla, Francisca Pacheco y Portocarrero. Hijo de la primera era su hermano mayor, Luis Hurtado de Mendoza, quien heredó los títulos principales de la familia.

tilo morisco, pues moriscos eran; venció a castellanos viejos y eclesiásticos comuneros en las batallas de Huéscar, Baza y la Puebla de Don Fadrique,[53] a los que castigó con dureza.

Discreto y cortés, agradó mucho a la emperatriz Isabel cuando en viaje de bodas y al lado de su augusto esposo Carlos V, recorrió las posesiones andaluzas y tanto su hermano mayor, Luis, nuevo capitán general de Granada, como él se ganaron su gracia y sus favores. Ahí comenzó su carrera diplomática y política, pues fue primero nombrado embajador en Hungría, donde reinaba el hermano menor de Carlos, Fernando I de Habsburgo, criado en Medina del Campo. Su labor fue apreciada, así como su tacto para resolver los más complicados problemas y enfrentamientos. En la Nueva España, al igual que cuando había de lidiar con moriscos recientemente conquistados, esas dotes eran primordiales y aún más la diplomacia, pues no dejaba de ser inmensa la sombra de Cortés, de causar gran daño los desmanes de Beltrán Nuño de Guzmán o de sobrecoger las crueldades que relataba fray Bartolomé de las Casas.

Con Hernán Cortés había logrado un buen ten con ten, tras algunos choques iniciales, pues el extremeño era el conquistador, pero tras pasar juicio de residencia, por la inquina de Nuño Beltrán de Guzmán, primer presidente de la primera Audiencia de México entre los años 1527 y 1529, se le dio tan solo el cargo de capitán general y de marqués del Valle de Oaxaca, pero a Antonio de Mendoza se le otorgó el virreinato y por tanto superior autoridad a la suya.

53. Técnica parecida utilizó en la guerra mexicana del Mixtón, empleando también tropas nativas contra los indios alzados. Pero en ello el maestro de todos había sido Cortés.

Cortés, listo, acató la orden y el virrey lo supo conllevar bien. Propició sus nuevas exploraciones y acabó por escuchar tanto su clamor, en este caso con tintes vengativos, contra su paisano don Nuño, ambos eran guadalajareños, como el de los demás, fray Bartolomé y el primer obispo de México, fray Juan de Zumárraga, y finalmente el del nuevo gobernador de Nueva Galicia, Diego Pérez de la Torre, al que se esperaba que de un momento a otro llegara de España con el nombramiento que desposeía al otro del cargo y con instrucciones del propio rey de juzgar a don Beltrán y a todos sus oficiales.

Precisamente sobre aquello le interesaba en grado sumo al virrey conversar con Álvar y sus compañeros. Así que los llamó de inmediato a palacio. Tras recibirlos con gran cordialidad quiso saber todo lo que les había ocurrido en las tierras de Nueva Galicia, pues ya estaba enterado de muchas cosas pero quería saber más. Aquella situación se le había ido tiempo hacía de las manos y estaba decidido a volverla firmemente a sujetar.

Álvar le hizo un relato completo de lo que les sucedió cuando al entrar y reencontrarse con cristianos fue tan alevosa la felonía con los indios que les acompañaban y tan desabrido el trato con ellos hasta que hallaron a don Melchor, alcalde mayor de Culiacán, a quien salvaron de la acusación, relatándole también la solución paliativa que entre ambos habían hallado y que mucho satisfizo a don Antonio. Por el contrario, incluyeron en su mala opinión a los demás, especialmente al capitán Alcaraz y el alcalde Cebreros. El gobernador, confesaron, a ellos sí los había tratado bien, dado vestidos y escolta, pero que en nada habían de estas cosas conversado con él y que se le veía huidizo y mohíno.

—Tanto que ya no es gobernador. Antes de que lleve a la ruina total a su provincia se ha nombrado, y en estos días de vuestro viaje de allí hasta acá, para ello de manera provisional a don Cristóbal de Oñate. Está viniendo de España y a punto de arribar el licenciado Diego Pérez de la Torre, para hacerse cargo de esa gobernación y de la Audiencia y proceder a juzgar a don Nuño Beltrán de Guzmán y a todos quienes con él han cometido tantas fechorías. Por lo que vos, don Álvar, y los demás es bueno que dejéis testimonio de lo sucedido para yo podérselo dar a ellos cuando se abra la audiencia contra él. Pero don Nuño se resiste a venir aquí, a México, pues se llevan años instándole a que comparezca y él, encastillado en aquellas tierras, se niega a acudir. Sin embargo, habrá de hacerlo o iremos a por él. Aunque tenga que enviar a Cortés.

Les alegró oír tales propósitos. A todos pero muy en particular a Álvar, que seguía sintiéndose responsable de la suerte de los numerosos indios que le habían seguido y la traición y maldad que contra ellos se había cometido; no se olvidaba de la larga recua de ellos que llevaban herrados cuando estaban al llegar a Santiago. Álvar, desde que salieron de allí, había indagado bastante sobre el personaje y su actual situación y cada cosa que le decían sobre él era aún peor que la anterior. Al principio, el propio virrey, por cierto, de la misma edad que Cabeza de Vaca, y a causa del paisanaje y de que su padre había sido en Guadalajara, la ciudad de los Mendoza, el primer corregidor, se mostró condescendiente con él. Pero aquella primera simpatía a nada se disipó, pues el talante y la actitud de los dos no podría ser más dispar, y las noticias que de don Beltrán tenían eran cada vez peores y prueba continua de su mala condición.

El virrey quería tener pruebas de ello y, conocedor de que Álvar había logrado ir apuntando sus peripecias, y tenía escrito de todo ello, le instó a que de lo sucedido en su gobernación creara documento y se lo hiciera llegar. Pero, además, quería saberlo todo también de su increíble viaje y muy excitado por lo que contaban de las ciudades de piedra, grandes cultivos y valles feraces en el norte de su territorio, por el que no había andado cristiano hasta ellos, se hizo repetir el relato en varias ocasiones y llamó incluso a sus capitanes y a varios clérigos para que lo escucharan también.

Muchos de ellos, y hasta quien más el propio virrey, quisieron entender que aquellas tierras podían guardar riquezas y hasta ser réplica de otro gran imperio como el que había conquistado Hernán Cortés. El mito de las Siete Ciudades de Cíbola, así llamadas por el relato de aquellas vacas corcovadas que algunas tribus nombraban como cíbolos, empezó a correr por toda la ciudad de México.

Contaban de aquello Álvar, Dorantes y Castillo, pero quien más énfasis hacía en las maravillas vistas era Estebanico, que seguía siendo siervo de Dorantes, pues a tal condición, de la que no había alcanzado del todo a salir en el viaje, había vuelto a su regreso. El virrey propuso primero a Álvar y luego a Castillo que acompañaran a la expedición que tenía pensado enviar hacia donde ellos habían venido, pero los dos primeros declinaron su oferta. El tercero, Dorantes, también rehusó, pero ofreció en su lugar a Estebanico para que los acompañara. Así fue como este partió con fray Marcos de Niza, a quien aseguró, y Dorantes lo certificó, que había hecho grandes amigos entre todos aquellos indios y todos lo conocían. Por ello serían bien recibidos donde quiera que fueran.

Ambos comenzaron a hacer los preparativos para emprender cuanto antes el viaje. El fraile estaba muy deseoso de partir, al hablarle Álvar del carácter pacífico de aquellas gentes, de su predisposición a hacerse cristianos y cómo habían rezado con ellos elevando las manos a Dios. El virrey anhelaba que le descubrieran y conquistaran toda una gran y rica región y los capitanes solo pensaban en retornar cargados de oro.[54]

54. La expedición de fray Marcos de Niza, con preparativos muy apresurados, acabó en nada y terminó muy mal. Salieron en 1538 y partieron en la dirección que Estebanico había señalado como lugar donde habían encontrado Casas Grandes, pero ni siquiera llegaron hasta allí. Metidos ya en territorio no explorado y apenas poblado, con víveres cada vez más escasos, dependían mucho de Estebanico, y en efecto este les ayudó a que los indios les ampararan y les dieran alimentos. Parecía que estaban tras la pista cuando llegaron a territorio de los indios zuñis. Fue como siempre por delante Estebanico, que llegó a un pueblo y entró en él. Pero ya no lo volvieron a ver más. Los indios dijeron que se había enzarzado en una pelea con algunos de ellos por haber ido con mujeres que eran de otros, liándose presuntamente con varias. Y que los maridos de estas lo habían matado y que había hecho desaparecer su cuerpo. Que les darían a los frailes y a los demás algo de comer pero que les harían la guerra y los flecharían si no se marchaban. El pueblo estaba en un peñón difícil y fray Marcos, además, habiendo visto que nada de valor y provecho había en aquella tierra optó por regresar. Cuando les contaron el final de Estebanico a Dorantes y Castillo, que aún seguían en la Nueva España, lo pusieron muy en duda y hasta se echaron a reír y les dijeron que el Negro estaría muy vivo y holgando entre las indias y haciéndose regalar. Que los había engañado y que así ya se había liberado de cualquier cautividad y trato con los cristianos. Se rio más Castillo que Dorantes, por descontado. Fray Marcos a su vuelta dijo que aunque no las vio, sí le habían dado muchas noticias de aquellas siete ciudades llenas de plata y oro. Poco después salió, bien pertrechado hacia ellas, Vázquez Coronado para cosechar a la postre igual fracaso.

El virrey habría deseado que Álvar, Castillo y Dorantes se embarcaran de nuevo en la aventura, no obstante don Antonio entendió que tras aquella milagrosa supervivencia quisieran reposar. Álvar quería a toda costa retornar cuanto antes a España y lo mismo deseaba Dorantes. Castillo comenzó a encontrarse bien en la ciudad de México y a hacer amigos en la Nueva España y no tenía tan claro el partir. Se acogieron todos a las bondades del virrey, que los mantuvo a su costa y dándoles de todo durante el tiempo que allí se quedaron. Un tiempo que Álvar comenzó a aprovechar en sacar su tubo de madera donde había guardado los escritos y recuerdos que había conseguido salvar. Pidió recado de escribir para empezar a ponerlos en pergamino y a ordenar en lo que pudiera vivencias y pensamientos. Además hubo de visitar, y lo hizo con gran gusto, a todos cuantos le invitaban y querían conocerle. Él también deseaba ir sabiendo qué había pasado en aquellas tierras y en España durante los años en que había estado perdido y sin noticias de su tierra.

Con quien, de inicio, hizo las mejores migas fue con el marqués Hernán Cortés. Entre los dos hombres surgió el placer de conversar y uno y otro se contaron muchas cosas que a ambos les vino muy bien conocer. Para Álvar, además, resultaba un privilegio que el héroe de tan gran empresa como la realizada por Cortés le prestara su atención y fuera su amigo. Pues amigo acabó siendo, salvadas las distancias, que el extremeño redujo a casi nada, por ser el otro también de condición hidalga.

20

El marqués Cortés

Hágole saber que otro más venturoso hombre en el mundo no [ha] habido que Cortés, y tiene tales capitanes y soldados que
se podían nombrar tan en ventura cada uno,
en lo que tuvo entre manos, como Octavio Augusto, y en el vencer, como Julio
César, y en el trabajar y ser en las batallas,
más que Aníbal.

PÁNFILO DE NARVÁEZ

El marqués del Valle de Oaxaca, don Hernán Cortés, podía ser muy marqués y muy cortés si suponía que debía o
le placía serlo, pero era también un soldado; lo había sido
toda su vida y con otros soldados delante aquello acababa
por emerger por encima del marquesado y de la cortesía.
Entonces era cuando se explayaba y salía lo mejor que había en él, la inteligencia y la astucia, pero también su es-
pontaneidad, valentía y cercanía con quienes con él estaban y que hacían, como ocurrió en los momentos decisivos

en los que retó al destino y lo venció, que los hombres estuvieran dispuestos a seguirle donde fuera. Bien lo tenían sus capitanes y él demostrado.

Con Álvar, Castillo y Dorantes se comportó como un compañero de armas y de penalidades que solo los soldados conocían. Les ofreció una gran comida, les dio a beber su mejor vino y acabó por hacerles sentirse si no como en su casa al menos como en un cuartel donde celebraran con su capitán una victoria. El capitán siempre era Cortés, estuviera donde estuviera.

Antes de preguntarles fue él quien les contó muchas cosas que habían pasado y que supuso les interesarían. En especial, que Pizarro había conquistado, como hizo él, un gran imperio. Lo admiraba y lo hacía sin tapujo alguno. Enaltecía a los autores de la hazaña, en particular a Hernando de Soto, el gran jinete de Jerez de los Caballeros, pero por encima de todos a Francisco de Pizarro, enorgulleciéndose de su parentesco.

—El viejo rodelero de Italia, mi paisano de Trujillo, que vale más ese bastardo —lo decía sin desdoro— que todos sus hermanos legítimos, y bien lo ha demostrado. Es pariente mío, no sé si primo o tío abuelo, pero familia por mi madre. Anduvo de teniente con Pedrarias y de compañero con Balboa. Duro como los peñascos. Cuando le ordenaron que prendiera a Vasco, a pesar de que lo apreciaba, lo hizo y cumplió la orden aunque le penara. Fue pena que a Balboa le cortaran la cabeza, pues juntos se hubieran ido al Perú. ¡Seguro! El viejo Pizarro conquistando un imperio. Nada de cuatro indios en un peñón. ¡Un imperio!, con escuadrones de miles de soldados, como los que nosotros derrotamos. Eso es conquistar y no lo que hacen algunos de estos herrando a pobres indios; eso es hacer grande un reino, tomar ciudades y no quemar casuchas de paja. Eso es en verdad lo que ha hecho grande a nuestro rey Carlos y no tanto leguleyo y tanto cura. Que líbreme Dios de ofenderles, pero mejor sería que solo se ocuparan de las cosas de Dios.

Era templado Cortés en el beber, aunque le gustara, y no abusaba del vino ni en camaraderías de soldados. Lo que decía no lo decía sin tino ni atufado por el licor, pero sabía usar de la campechanería que producía en todos para, más a las claras, decirlo. Era seguro, también, que según qué cosas solo las dejaba oír por los oídos que consideraba apropiados y en los cuales entendía que pudieran encontrar buena acogida sus palabras

—Que no digan que le tengo envidia a Pizarro. Le tengo aprecio y no me duele aventar su valía, que fui yo el que le mandé dos naves para que lo socorrieran en Lima. Cómo no va a alegrarme su conquista y su fortuna, siendo como soy su primo, aunque lejano.[55] Mas os pido perdón, señores, que estáis aquí para contarme y no que os cuente yo lo que seguro que ya sabéis. Contadme vuestro viaje y no os importe el tiempo. Que bien sé lo que habéis sufrido y pocos como yo entenderán vuestra hazaña.

No se acordó o no le pareció oportuno decir nada de que su antes capitán Pedro de Alvarado, estando presente e invitado a la velada como estaba, al que llamaron los mexicas Tonatiuh, dios del Sol, y confundieron por su porte,

55. En efecto, Cortés y Pizarro eran primos, aunque ya segundos. Hernán se apellidaba Cortés de Monroy y Pizarro, Altamirano. Otros dicen que era sobrino nieto.

barba y ojos con el mismo y otorgaron a primera vista la jefatura hasta darse cuenta de quién mandaba, también había ido, pero por su cuenta, a Perú a ver qué tajada sacaba. Y la sacó, pero no conquistando sino que Benalcázar, que andaba por el norte y se había adueñado de toda la zona de Quito y Cuenca (Tomebamba), le cargó de oro para que se volviera. No era cuestión de andar revolviendo cosas.

Para recibir a los náufragos de la Florida milagrosamente reaparecidos, Cortés quiso acompañarse de sus hombres más cercanos y leales; así, hizo llamar a todos los que se encontraban por la ciudad o cercanías. Acudieron para gran placer y honra de Álvar y sus compañeros, agradecidos por ser cumplimentados por tan grandes capitanes. La cena fue magnífico desfile de manjares y criados, pero a una señal del marqués se quedaron a solas, sin indios ni sirviente alguno blanco ni negro, que también los tenía por allí merodeando. El vino ya se lo servían ellos y así podían conversar con libertad sin otros oídos que los de sus capitanes. Eran todos hombres de armas y como tal se trataban. Fue por ello por lo que sin tapujos les preguntó primero de nada por su viejo enemigo, Narváez.

Cuando lo mentó, un capitán suyo no pudo reprimir la carcajada. Lo de aquella noche de Pánfilo en Zempoala, con cuatro veces más hombres y pertrechos que los que ellos tenían, era motivo de orgullo, pero también de burla. Sabiendo que el sobrino de Velázquez venía contra ellos, Cortés no lo esperó en Tenochtitlán sino que fue a por él, y con trescientos castellanos y varios cientos más de sus indios, le atacó el campamento en plena noche. Sin apenas derramar sangre cristiana, tenía en sus manos al que venía a prenderle, con el ojo quebrado y a sus gentes rendidas y prestas, la mayoría, a pasarse a sus filas. Lo cogieron prisionero, lo curaron y lo trataron bien hasta que se pactó su libertad.

Una cosa no le perdonaban a Pánfilo, aun estando muerto.

—Pero el muy hi de puta —saltó Alvarado amoscado un tanto por el vino y cuyo genio arrebatado era bien conocido— hizo algo que me hubiera gustado cobrármelo en vida y fue que al llegar lo primero que hizo fue mandar recado a Moctezuma de que éramos rebeldes al rey y que si podía nos matasen a todos. O sea, que nos arrancaran el corazón en lo alto de la pirámide. Que se lo recompensaría. En vida no me dejó el marqués cobrármelo, pero si puedo me lo cobraré en el infierno sacándole el otro ojo.

Cortés detuvo aquella deriva e instó a Álvar a seguir contando su peripecia. No obstante, de nuevo Narváez hubo de salir por fuerza a escena y volver a quedar malparado por sus errores y su escaso arrojo, como fue el derrotarse a sí mismo cuando renunció a la responsabilidad del mando y dejó a todos a su suerte buscando salvar cada uno, pero él antes que nadie, su vida. Aquello sí que en esta ocasión levantó una seca expresión a Cortés, que hasta entonces en lo referente a ello había permanecido en silencio.

—Cobarde no diré que fuera, que supo combatir en Cuba, pero había cosas que le venían grandes y el mandar pesa mucho y a algunos en demasía.

Atemperó luego las críticas de sus propios hombres con cierta chanza.

—Mis señores capitanes, no. Los que le derrotamos y los que le habéis padecido, brindemos en su honor, pues nadie ha hecho más elogios míos, y no lo digo en broma sino que lo dejó por escrito, que Narváez. Oíd esto. —Y les leyó lo que acabó por decir en el propio juicio contra Cortés por mor de aquella desobediencia al gobernador Velázquez—: «A mí peleando me quebraron el ojo y me robaron y me quemaron cuanto tenía y hasta me mataron al alférez y muchos soldados y prendieron a mis capitanes; nunca me han vencido tan descuidado como a vuestra merced le han dicho. Hágole saber que otro más venturoso hombre el mundo no ha habido que Cortés y tiene tales capitanes y soldados que se podían nombrar tan en ventura cada uno, en lo que tuvo entre manos, como Octavio Augusto, en el vencer como Julio César y en el trabajar y ser en las batallas, más que Aníbal». Eso, señores, decía de mí y de vuesas mercedes. Así que no le hagamos desprecio y por su memoria brindemos por él.

Por él brindó Cortés, así como sus capitanes y los tres que le habían acompañado en la escuadra que fue a la Florida. Pensó Álvar que si tal decía Narváez, era más como excusa propia que por enaltecer a los otros, pero brindó con todos.

Una vez acabado el relato de los sufrimientos y peripecias de los náufragos y llegados a tierra que ya sí le incumbía, de lo que en verdad quería saber Cortés era de Nuño Beltrán de Guzmán. Aquella noche este se mencionó de pasada, pero para ello y para conversarlo a solas hizo venir al Cabeza de Vaca otro día.

En esa ocasión, el trato que le dio Cortés fue muy distinto al que le había dado en la anterior cita. Le presentó incluso a su esposa, que había venido hasta México desde su residencia en Cuernavaca. Era esta, doña Juana Ramírez de Arellano, señora muy distinguida hija del conde de Aguilar y sobrina del duque de Béjar y que le había dado seis hijos. Los dos primeros, un varón y una hembra, se le murieron a poco de nacer, pero le sobrevivieron cuatro, el tercero, que fue también varón, por fortuna, Martín, que ya estaba para cumplir cinco años y era la gran esperanza del marqués, y otras tres hijas aún muy chicas, la última casi recién nacida.

Gustaba mucho el marqués de hablar de su prole, la legítima y la que no lo era. Que a todos había reconocido como hijos suyos: la hija que tuvo con una Pizarro, otra prima que había engendrado en su estancia en Cuba; otro Martín Cortés, que era hijo de la Malinche, doña Martina, y que ya era mozo de catorce años; otro, Luis, nacido de una española, y otras dos chicas, Leonor nacida de una nieta del propio Moctezuma, y María, de otra princesa mexica.

Las mujeres siempre le habían gustado mucho a Cortés y Cortés a las mujeres. Ello se había sabido ya en Medellín de muy joven, en Salamanca cuando hacía que estudiaba, en Sevilla, en Santo Domingo, donde más de un duelo tuvo por ello, y en Cuba, donde no se conformó nunca con la propia, aquella con la que se casó, pariente de Velázquez, que dejó en aquella isla y de la que ya no quiso saber nada, doña Catalina. Tenía, sin duda, su don aquel marqués para con las damas, aunque ahora ya parecía haber sentado, no la cabeza, que siempre la tuvo en su sitio, sino otras partes de su organismo.

Sin embargo, de la misma forma que en tiempos era mejor no mentar Narváez a Cortés, a Cortés mejor no mentarle a doña Catalina Suárez, su primera mujer, con quien estuvo casado cinco años y que murió no mucho después de sus conquistas, en el año 1522, sin haberle dado hijos. De su muerte se decían muchas cosas y quien peores las dijo fue Nuño Beltrán de Guzmán, que fue por eso por lo que le quiso, además de por su rebelión y cosas de la conquista, levantarle el juicio que le obligó a ir a España en el año 1529 a defenderse. Desde entonces odiaba a don Beltrán Nuño de Guzmán por sobradas razones y estaba dispuesto a hacérselo pagar. Ahora veía que su venganza tras tantos años podía quedar cumplida.

—Ese esclavista felón, que no ha hecho más que comerciar con esclavos desde que llegó a Pánuco, me quiso manchar la honra y quedarse con lo que había yo conquistado con mi sudor y mi sangre y los de mis capitanes —se encrespó el marqués.

No le faltaban motivos. Nuño de Guzmán había llegado a la Nueva España en 1527 como presidente de la Audiencia y gobernador de Pánuco, aquel puerto al que Álvar y los suyos no consiguieron llegar nunca. Venía con órdenes del rey de cortar un algo las alas a Cortés, pero lo que hizo fue quererle cortar la cabeza y quedarse con todo. Para ello no encontró mejor cosa que acusarle de la muerte de su primera mujer, doña Catalina, acaecida siete años antes. Las otras acusaciones resultaban menores, pero a todas hubo de responder en España el conquistador y, aunque salió libre de ellas, aquello le supuso amargura y también pérdida de poder, pues no logró el virreinato que ansiaba. Aun así, no volvió sin poderes a la Nueva España y desde que llegó no había dejado de rumiar la revancha.

Don Nuño, aunque le habían desposeído de la Audiencia, también había medrado y se había apoderado de una gran cantidad de territorios al norte hasta conseguir la gobernación de la Nueva Galicia. Había fundado ciudades, ocupado cientos de pueblos y saqueados todos. Pues lo que hacía era herrar a todo indio que podía y someterlo a esclavitud. Cosa que alegraba en mucho a bastantes que bajo su gobierno no dejaban de conseguir grandes fortunas con aquel comercio y cautivos para sus encomiendas. Su intención, que estuvo a punto de lograr, era señorear una gran franja de territorio al norte que fuera de costa a costa, desde el Atlántico hasta el Mar del Sur, y así poder independizar a la Nueva Galicia de la Nueva España. No lo consiguió, pero anduvo cerca.

Lo perdieron sus desmanes y crueldades contra los indios y contra los españoles que se le oponían. Fueron tan continuas las quejas y demandas, aunque de muchas logró librarse, que a la postre acabaron con su ambición. Su trato a los indios era tan cruel y despiadado que, hasta los españoles, y no solo los frailes sino muchos capitanes, se lo afearon y denunciaron. Además, había proseguido en su inquina contra Cortés y le tomó gentes de su tierra, incluso una nave, y cobró tributos en la zona que le había sido asignada. Sin embargo, en el fondo le tenía miedo y cuando un día el marqués del Valle avanzó contra él y se le presentó en Compostela, ni le resistió ni le plantó cara, sino que lo trató muy servilmente y no osó rechistarle hasta que siguió adelante con sus tropas.

Quien precisamente había llegado para sustituirle tanto como gobernador de la Nueva España, que lo fue efímeramente, como en la presidencia de la Audiencia era un viejo conocido de Álvar, el religioso Sebastián Ramírez de Fuenleal, a quien había encontrado en Santo Domingo ocupándose allí también de resolver problemas graves, en este caso con el hijo mayor del almirante Colón, don Diego. Don Sebastián, que compartía la crítica de fray Bartolomé al trato con los indios, aunque no tan vehementemente y sí autorizaba que hubiera esclavos negros para las plantaciones y las minas, fue muy sensible a lo que le llegaba del norte y de don Nuño y quiso ponerle coto. Pero no pudo. Sus requisitorias a que don Nuño se presentara ante él se las pasó don Beltrán por la entrepierna. Seguía a lo suyo, enfeudado en su territorio, y no tenía intención ninguna de personarse ante la Audiencia, pues sospechaba lo que podía esperarle.

Así habían andado y ese era el clima enrarecido que Álvar había detectado, ya en su fase final, a su llegada a sus tierras. Justo cuando acababa de arribar a México el nuevo virrey, don Antonio de Mendoza. Don Sebastián había sido sustituido hacía tan solo unos meses, si bien no había regresado a España porque se encontraba enfermo.

Sabedor Cortés de la relación de Álvar con el fraile, le procuró cita. De lo que Cabeza de Vaca le había contado y ya puesto por escrito sobre lo que le acaeció a su llegada le pareció muy relevante y que el fraile lo conociera por su propia boca y después lo hiciera llegar también por su parte al Mendoza lo haría mucho más a tener en cuenta y considerar por parte de este. Don Sebastián no era ya presidente de la Audiencia, pero tenía grandes influencias en ella y además gozaba de predicamento ante el propio virrey. Cortés prefería que a estos las cosas de don Nuño no le llegaran por él y no pudieran objetarle la tacha de la enemistad. Mejor que les llegaran por otros que no tuvieran ninguna. Así que de una manera u otra el Mendoza recibió también las quejas de Álvar, Castillo y Dorantes, ahora los héroes de la Nueva España tras su extraordinario viaje. Aquello iría cada vez más en perjuicio de don Nuño y en beneficio suyo. La jugada era buena y evidenciaba de nuevo la gran habilidad de Cortés para encontrar aliados contra sus enemigos, como bien había demostrado en la conquista.

Durante el tiempo que el marqués estuvo en la ciudad, Cabeza de Vaca y él se frecuentaron y llegaron a considerarse amigos. Cuando ya para octubre Cortés partió para su residencia de Cuernavaca, Álvar ya se había entrevistado no solo con don Sebastián, quien se había alegrado de verle vivo y se había mostrado pesaroso por todos los que habían muerto de aquella expedición, sino que asimismo había hecho llegar su misiva por escrito a fray Bartolomé de las Casas, que andaba a la sazón por tierras de Guatemala con otro de los hombres de Cortés que estaba allí al mando, Bernal Díaz del Castillo, a quien gustaba también el usar del recado de escribir. A fray Bartolomé aquello no hizo sino confirmarle la pésima impresión que tenía de don Nuño, y en este caso con sobradas razones, y aumentar sus ataques contra él. A propósito de ello escribió lo siguiente: «Este gran tirano comenzó a hacer las maldades y crueldades que solía, y que todos allá tienen de costumbre y muchas más, por conseguir el fin que tienen por Dios, que es el oro; quemaba a los pueblos, prendía a los caciques, dábales tormentos, hacía a cuantos tomaba esclavos, llevaba infinitos atados a cadenas; las mujeres paridas yendo cargadas con cargas que de los malos cristianos lle-

vaban, no pudiendo llevar las criaturas por el trabajo y fla-
queza de hambre, arrojábanlas por los caminos, donde
infinitas perecieron. Entre otros muchos, hizo herrar por
esclavos, injustamente, siendo libres como todos lo son,
cuatro mil y quinientos hombres y mujeres y niños de un
año a los pechos de las madres, y de dos y tres y cuatro y
cinco años, aun saliéndole a recibir de paz, sin otros infinitos que no se contaron».

El relato de Álvar, sin entrar en tales calificativos, no
dejaba de ser también muy contundente, pues señalaba
con dureza a los capitanes y alcaldes que cumplían sus órdenes, y ello había acaecido además muy recientemente y
venía avalado por quien era considerado alguien a quien se
debía el máximo respeto y gran admiración por su hazaña.
El escrito de Álvar acabó en muchas y muy señaladas manos, las primeras las del propio virrey Antonio de Mendoza, que se lo había pedido personalmente, y todos hicieron
uso preciso de él contra don Nuño. Sobre todo, cuando
relataba lo sucedido al llegar con todos los indios que le
seguían a sus tierras: «Pasados cinco días, llegaron Andrés
Dorantes y Alonso del Castillo con los que habían ido por
ellos, y traían consigo más de seiscientas personas, que
eran de aquel pueblo que los cristianos habían hecho subir
al monte, y andaban escondidos por la tierra, y los que
hasta allí con nosotros habían venido los habían sacado de
los montes y entregado a los cristianos, y ellos habían despedido todas las otras gentes que hasta allí habían traído. Y
venidos a donde yo estaba, Alcaraz me rogó que enviáse-
mos a llamar la gente de los pueblos que están a la vera del
río, que andaban escondidos por los montes de la tierra, y

que les mandásemos que trajesen de comer, aunque esto no era menester, porque ellos siempre tenían cuidado de traernos todo lo que podían. Y enviamos luego nuestros mensajeros a que los llamasen, y vinieron seiscientas personas, que nos trajeron todo el maíz que alcanzaban, y traíanlo en unas ollas tapadas con barro en que lo habían enterrado y escondido, y nos trajeron todo lo más que tenían; mas nosotros no quisimos tomar de todo ello sino la comida, y dimos todo lo otro a los cristianos para que entre sí la repartiesen. Y después de esto pasamos muchas y grandes pendencias con ellos, porque nos querían hacer los indios que traíamos esclavos, y con este enojo, al partir, dejamos muchos arcos turquescos que traíamos, y muchos zurrones y flechas, y entre ellas las cinco de las esmeraldas, que no se nos acordó de ellas; y así, las perdimos. Dimos a los cristianos muchas mantas de vaca y otras cosas que traíamos; vímonos con los indios en mucho trabajo porque se volviesen a sus casas y se asegurasen y sembrasen su maíz. Ellos no querían sino ir con nosotros hasta dejarnos, como acostumbraban, con otros indios; porque si se volviesen sin hacer esto, temían que se morirían; que para ir con nosotros no temían a los cristianos ni a sus lanzas.

»A los cristianos les pesaba de esto, y hacían que su lengua les dijese que nosotros éramos de ellos mismos, y nos habíamos perdido mucho tiempo había, y que éramos gente de poca suerte y valor, y que ellos eran los señores de aquella tierra, a quien habían de obedecer y servir. Mas todo esto los indios tenían en muy poco o nada de lo que les decían; antes, unos con otros entre sí platicaban, diciendo que los cristianos mentían, porque nosotros veníamos de donde salía el sol, y ellos donde se pone; y que nosotros sanábamos los enfermos y ellos mataban los que estaban sanos; y que nosotros veníamos desnudos y descalzos, y ellos vestidos y en caballos y con lanzas; y que nosotros no teníamos codicia de ninguna cosa, antes todo cuanto nos daban tornábamos luego a dar, y con nada nos quedábamos, y los otros no tenían otro fin sino robar todo cuanto hallaban, y nunca daban nada a nadie. Y de esta manera relataban todas nuestras cosas y las encarecían, por el contrario, de los otros [...]. No acabaron nunca de creer que éramos de los mismos que los otros cristianos».

»Con mucho trabajo e importunación les hicimos volver a sus casas, y les mandamos que se asegurasen, y asentasen sus pueblos, y sembrasen y labrasen la tierra, que, de estar despoblada, estaba ya muy llena de monte; la cual sin duda es la mejor de cuantas en estas Indias hay, y más fértil y abundosa de mantenimientos, y siembran tres veces en el año. Tienen muchas frutas y muy hermosos ríos, y otras muchas aguas muy buenas. Hay muestras grandes y señales de minas de oro y plata; la gente de ella es muy bien acondicionada; sirven a los cristianos (los que son amigos) de muy buena voluntad. Son muy dispuestos, mucho más que los de México, y, finalmente, es tierra que ninguna cosa le falta para ser muy buena.

»Despedidos los indios, nos dijeron que harían lo que mandábamos, y asentarían sus pueblos si los cristianos los dejaban; y yo así lo digo y afirmo por muy cierto, que si no lo hicieren será por culpa de los cristianos.»

El relato de Álvar Cabeza de Vaca concluía con una demoledora acusación que condenaba al capitán Alcaraz y con él al gobernador Beltrán de Guzmán.

«Después que hubimos enviado a los indios en paz, y regraciándoles el trabajo que con nosotros habían pasado, los cristianos nos enviaron, debajo de cautela, a un Cebreros, alcalde, y con él otros dos, los cuales nos llevaron por los montes y despoblados, por apartarnos de la conversación de los indios, y porque no viésemos ni entendiésemos lo que de hecho hicieron; donde parece cuánto se engañan los pensamientos de los hombres, que nosotros andábamos a les buscar libertad, y cuando pensábamos que la teníamos, sucedió tan al contrario, porque tenían acordado de ir a dar en los indios que enviábamos asegurados y de paz. Y así como lo pensaron, lo hicieron.»

Don Nuño no era muy consciente ni sabedor de todo aquello que se estaba tejiendo; confiaba incluso en que su paisanaje con el virrey seguiría teniendo efecto. Cuando tuvo noticias de la inmediata llegada de quien más temía, el licenciado Diego Pérez de la Torre, con el cargo de gobernador de su territorio de la Nueva Galicia y de presidente de la Audiencia, con instrucciones muy precisas de proceder a hacerle juicio muy sumario y conducirlo a España si estimaba indicios y pruebas en su contra, decidió jugarse la carta con Mendoza, salir de su cubil en el norte y presentarse en la capital de la Nueva España. Era no conocer al prudente y avisado virrey, que estaba ya al cabo de la calle de sus tropelías.

En realidad, y aunque no había llegado el licenciado, don Nuño ya había sido desposeído del cargo de gobernador tan solo unos días después de que Álvar hubiera salido de Compostela. Pero su sustituto provisional fue Cristóbal de Oñate, quien había sido su capitán más cercano y segundo al mando aunque procuró no participar en sus peores matanzas y desmanes. Esta circunstancia le otorgó un cierto tiempo, pues Oñate lo respetaba y no procedió contra él. El ir a México era una jugada arriesgada pero casi la única que le quedaba. La hizo y le costó hacienda, prisión y al cabo la vida, aunque no fuera ajusticiado.

Había planeado llegarse a la capital y que el virrey le permitiera partir hacia España para poder defenderse ante la corte. Sin embargo, no pudo hacerlo. El virrey no lo autorizó y antes de que pudiera embarcar quien desembarcó fue el licenciado Pérez de la Torre, que lo primero que hizo fue ordenar apresarlo con el beneplácito de Mendoza. Sin más comenzó su juicio, que se prolongó un año y en el cual fue encontrado culpable y condenado. Entonces regresó a España, pero lo hizo cargado, como tantos indios que él había herrado, de cadenas, de las que ya no se libraría nunca. Fue encerrado en Torrejón de Velasco, repudiado por casi todos y sin amparo de apenas nadie. Murió en esa prisión seis años después, entre la desesperación y la furia, que no le abandonaron nunca.[56]

56. En Guadalajara (España) hay poco que lo recuerde. Tan solo un callejón bastante escondido lleva su nombre. Algunos saben que fue el fundador de Guadalajara de México, pero casi todos coinciden en que fue el más vil de todos cuantos llegaron a las Américas. Vicente Riva Palacio, escritor mexicano del siglo xix (Ciudad de México, 16 de octubre de 1832-Madrid, 22 de noviembre de 1896), dijo lo siguiente de Nuño de Guzmán: «el aborrecible gobernador del Pánuco y quizá el hombre más perverso de cuantos habían pisado la Nueva España».

21

Nadie le esperaba y nada traía...
solo una historia que contar

> Y llegamos al puerto de Lisbona a 9 de
> agosto, víspera del señor San Laurencio,
> año de 1537.
>
> CABEZA DE VACA, *Naufragios*

Álvar quiso volver a España cuanto antes, pero hubo de esperar casi un año para hacerlo. Nada más llegar a la capital mexicana comenzó a organizar los preparativos para embarcarse y lo tenía ya todo listo para hacerlo en octubre en compañía de Dorantes. El capitán Castillo tenía ya decidido no regresar sino fincar allí y en eso estaba; incluso en casarse. Cabeza de Vaca era el más decidido a partir. Sin embargo, el navío en que iban a embarcar dio de través y se hundió y viendo el invierno encima decidió, junto a Dorantes, que mejor pasar allí el invierno y no exponerse gratuitamente a más peligros, que demasiados ya habían sorteado. Bien podían esperar unos meses quienes habían pasado más de nueve años sin saber siquiera si tendrían oportunidad de emprender regreso alguno.

Aprovechó aquello Álvar para intentar descifrar un enigma. ¿Qué había sido de los barcos que Narváez había despedido y que él le había profetizado que no vería ya nunca más en vida? Hubo de indagar un poco porque aquello había sucedido muchos años atrás, pero consiguió al fin enterarse, y no solo eso, sino que pudo hablar con hombres que habían quedado en ellos y sobrevivido. Algunos vivían en la Nueva España y visitó a varios.

Le contaron que habían salido en tres barcos, pues el cuarto se había perdido de inmediato antes casi de separarse de la costa. Que entre todos sumaban un centenar de los que diez eran mujeres casadas, pero cuyos hombres se habían ido metidos en las selvas con Narváez.

Fue una de estas mujeres la que dio a Cabeza de Vaca el mejor relato de lo sucedido a partir de aquello. Era una mujer muy brava y decidida, a la que recordaba bien, pues había venido a decirle al gobernador Narváez, cuando se empeñó en adentrarse en la selva sin saber hacia dónde iba, que no hiciera lo que a la postre hizo y costó tantas vidas, entre ellas la propia. La mujer vino a argüir casi lo mismo que había dicho Álvar, que de aquello no saldría nadie vivo.

Al ver en persona a Álvar entendió, pues sabedora de la noticia de que estaba vivo se había negado a creerla, que aquello era cosa de milagro y rompió a dar grandes gritos pregonándolo. Ya más calmada, Álvar le contó quiénes con él se habían salvado y de los dos que habían visto por última vez vivos y habían quedado atrás, el asturiano Lope y Figueroa, que se volvieron esclavos a la isla del Mal Hado, y de los que tenían muy pocas esperanzas de que siguieran vivos.

La mujer le dijo a Cabeza de Vaca que sabía que morirían tantos porque ya antes de salir de Castilla se lo había profetizado una mora de Hornachuelos que veía el futuro. Eso creyó ella siempre, por mucho que el gobernador se esforzase en decirle que algunos morirían pero que los que consiguieran la conquista volverían ricos y con gran honor y fama, pues él tenía sabido que en aquella tierra había grandes riquezas.

Embarcados en los tres navíos, que fueron al mando de un tal Carvallo, natural de la villa de Huete, en Cuenca, al que Narváez dejó por su teniente y capitán de todas las naos, este demostró tener más juicio que quien antes mandaba. Como le había sido ordenado, puso rumbo a Pánuco, o al menos donde creían que Pánuco se hallaba, costeando y sin perder de vista la tierra. Buscaban el puerto, atracar en él y esperar a los de la entrada. Una vez más no lograron dar con él, y siguieron hasta que Carvallo entendió que era mejor volver atrás y buscar hacia el otro lado. Así fue a dar con un lugar donde toda la hueste de Pánfilo ya había andado, el sitio en el que hallaron las cajas de madera hechas en Castilla, con cristianos muertos dentro, y que entraba unas siete leguas tierra adentro. Allí se quedaron un buen tiempo y se juntaron con el otro barco que había ido a La Habana y el bergantín que fue a buscarlo. En total cinco barcos, pero ahora con mayores bastimentos, pues los que vinieron de Cuba los trajeron.

Fue entonces cuando la mujer esta, que se decía vidente o que tenía una mora que lo era, reunió a las diez casadas que iban con ellos y les dijo que sus maridos no regresarían nunca. Por tanto debían darlos por muertos y amancebarse o casarse con los que había en los barcos; eso era lo mejor que podía hacerse y ella misma lo haría de inmediato. Puesto que sus maridos habían decidido entrar tierra adentro y ponerse en extremo peligro y las habían traído hasta allí para dejarlas así de esta manera, más valía que no hicieran para nada cuenta de ellos, porque tampoco iban a volver a verlos. Ella ya había buscado y apalabrado su emparejamiento y no demoró ni una noche en hacerlo. A poco le fueron siguiendo todas.

Le contó a Álvar que aún duraron un año por aquellas costas, pues Carvallo así decidió que era su deber hacerlo, pero pasado este plazo puso rumbo a la Nueva España y dieron a los que quedaban atrás por bien muertos.

Resuelto aquello, Álvar quiso visitar a Castillo. Algo le rondaba desde hacía muchos años por la cabeza, desde aquel día en los barcos cuando venían desde Sanlúcar rumbo a La Española y que en alguna ocasión el discreto capitán salmantino le había parecido en trance de contarle. La última vez en que a Cabeza de Vaca le pareció que el capitán había estado a punto de sincerarse fue cuando se despidieron pensando que Álvar ya se embarcaba de vuelta a España. Pero tampoco se había decidido y una vez más el capitán se había comido las palabras antes de que brotaran de su boca.

Vivía este ahora por Tehuacán, en Puebla, en una hacienda, casado con una viuda española que había heredado la encomienda de su marido. Le recibió con mucho afecto y cortesía; él era con quien había tenido más y mejor trato de los tres con que había hecho el viaje, y se profesaban una amistad casi fraternal. Como amigos hablaron y Álvar se quedó invitado en su casa varios días. Conversando una noche, al fin el capitán Alonso del Castillo Maldonado descubrió su secreto, aquel por el cual los ojos se le habían humedecido cuando Álvar recordó la batalla y el cadalso de Villalar.

Lo que tanto había callado, y ocultado a todos, brotó de golpe de su boca.

—Muchas veces hemos combatido juntos, muchas hemos conseguido unidos salvar nuestras vidas. Pero hubo un día, Álvar, que tú y yo estuvimos el uno frente al otro. Fue aquel día en Villalar. Quizá uno entonces pudo matar al otro. Nos salvamos ambos. Yo hui. Los tuyos vencieron. Y llevaron al cadalso a mi tío, Francisco Maldonado.

Álvar permaneció en silencio. No era algo que le extrañara sino que se había barruntado. Aun así, no había querido jamás preguntar por ello hasta que el otro decidiera contárselo por su propia voluntad. Alonso, abierta la espita del recuerdo y la tristeza nunca compartida, prosiguió su relato.

—Era el hermano de doña Aldonza, mi madre. Aquel día yo salí con él desde Toro con un pequeño destacamento de caballería para apoyar a Padilla, que venía huyendo de los realistas. Conoces bien lo sucedido. Yo fui de los que lograron escapar. Pude ponerme a salvo con unos pocos retornando a Toro y luego me marché para huir de la cárcel. Era muy joven, nadie relevante y tampoco fui buscado. A mi tío le cortaron la cabeza en vez de a un primo suyo y también pariente, don Pedro Maldonado Pimentel, que con él mandaba las tropas comuneras salmantinas e iba a ser en principio el ajusticiado. No lo fue porque intercedió el conde de Benavente, que era su tío carnal, hermano de su madre, Juana Pimentel. En su lugar ajusticiaron a Francisco, pero eso no salvó la vida a Pedro tampoco. El rey Carlos decretó al año el perdón para todos, excepto para los nobles que habían secundado la rebelión, al considerar que esta condición suya los hacía doblemente traidores, y esta vez Benavente ya no consiguió salvarle el cuello. Lo ajusticiaron en Simancas. Yo encontré entonces primero en Italia y luego en las Indias el único lugar en que poder salir hacia delante. No quiero volver a España, nada me ata a ella. Ahora esta es mi tierra; aquí está mi hogar y aquí haré mi familia.[57]

Se echaron ambos un trago de vino al coleto. Se miraron. Álvar se levantó. También lo hizo Alonso. Luego se abrazaron. El abrazo de dos hermanos. Sin decir palabra, volvieron a sentarse y llenaron de nuevo los vasos.

Rompió el silencio Cabeza de Vaca.

—¡Y te lo has callado diez años!

—No soy de los de dar cuartos al pregonero, Álvar, bien lo sabes. Además, Dorantes también es salmantino, de Béjar, y su familia no estuvo precisamente con los comuneros. A ti había pensado habértelo puesto alguna vez por escrito, aunque percibí que algo de ello te maliciabas. Mejor así, y haberlo hecho en persona. Hacía mucho que quería decírtelo, pero nunca vi el momento.

Aquello último hizo ya brotar la carcajada. Nueve años

---

57. El capitán Alonso del Castillo Maldonado tan solo regresó por una y única vez a España. En 1541, enterado de la muerte de su padre y de que sus parientes, con menor derecho pero dándolo por muerto, se habían repartido su herencia, volvió para hacer valer sus derechos. Vendió de inmediato lo obtenido y retornó a la Nueva España. Y allí se afincó para siempre, hasta que le llegó la muerte.

solos en medio de la nada y entre indios, y Castillo no había encontrado ocasión de contarlo. En fin, así era el salmantino.

Álvar aprovechó el invierno, y empleó casi todo su tiempo en ir ordenando los pocos escritos que había salvado y rebuscando en su memoria para ir añadiendo otros nuevos con que llenar los grandes vacíos que entre ellos había. Confuso en muchas ocasiones, consiguió poco a poco ir aderezando su relato, aunque a veces se le confundían los años en lo que había sido antes o después y en otros casos una y otra tribu de tantas como había conocido. En otras ocasiones no podía siquiera recordar, pues hubo tiempos olvidados a causa de la fiebre o la tortura del hambre. No obstante, consiguió completar al menos un esbozo más o menos fiel, con lo que su memoria alcanzaba a situar, de su recorrido y su peripecia.

Era ya llegada la Cuaresma del año siguiente cuando al fin él y Dorantes dejaron la capital y marcharon a Veracruz, donde les esperaban los barcos con los que retornarían a España. Subieron a bordo el Domingo de Ramos, pero no zarparon. Pasaron quince días de mal tiempo y en el navío que estaban Álvar comprobó que entraba mucha agua, por lo que intentó cambiar de nao y consiguió hacerlo. Dorantes no quiso y se quedó en el que iba. El 10 de abril partieron al fin las tres naos que iban a hacer juntas la travesía y navegaron en escuadra ciento cincuenta leguas, pero las dos que venían detrás de la de Álvar, en una de las cuales iba Dorantes, hacían tanta agua que sus pilotos decidieron dar la vuelta y volver a puerto. No estaban en condiciones de atravesar con ellas el Atlántico. Por la mañana la nave de

Álvar ya no los vio y no supo qué había sido de ellos, aunque mala mar no había ni tampoco tempestad que les hubiera echado a pique. Continuaron hasta La Habana, donde llegaron el 4 de mayo; allí estuvieron esperando a los otros dos navíos hasta el 2 de junio. Visto que no aparecían, cogieron rumbo a las Españas. Álvar sabría más tarde que las dos naos desaparecidas lograron volver a Veracruz y que Dorantes, como un día hizo Trifón, decidió no tentar ya más a su suerte.

Andrés Dorantes, al igual que Castillo, se casó con una viuda española, pues quedaban como tal bastantes, doña María de la Torre, que había heredado de su marido muerto varias encomiendas con indios. Muerta esta, se casó con otra, de la misma condición que la anterior, pero en este caso prima suya, doña Paula Dorantes, viuda de Antonio Gómez de la Corona, a quien tampoco le faltaban bienes.

El viaje de Álvar hacia España estuvo lleno de vicisitudes y poco faltó para que acabara muy mal. Justo cuando tan cerca estaba de poder regresar a España y suponía pasados los peores peligros estuvo en varias ocasiones a punto de caer en ellos e incluso de sucumbir. Ya de inicio partieron de La Habana con mucho temor, pues allí solo se hablaba de piratas franceses que habían apresado tres barcos españoles y acechaban a los que emprendían el viaje de vuelta presuponiendo que iban bien cargados de oro y plata.

De salida no se apreció pirata alguno, pero sí la consabida tormenta al andar por la cercanía de las islas Bermudas, que los tuvo en muy mal trance y que una vez más hizo rezar a Álvar. La noche en que los alcanzó de lleno estuvo en un tris de que se perdiera la nave y ellos ya no vieran más la luz del día. Felizmente les volvió a reír el alba, amainó el temporal y ya pudieron dar a Dios las gracias. Cabeza de Vaca con mayor empeño que nadie, pues le corroía el alma que tras las fatigas vividas fuera a sucederle tan mala cosa precisamente cuando estaba ya cerca de volver a casa. O al menos a la tierra de nacida.

Pasaba justo el mes desde que habían dejado La Habana cuando la amenaza pirata se concretó en unas velas. Eran franceses y traían ya cogida una carabela portuguesa. Los divisaron a mediodía, y los franceses comenzaron la caza. Se fueron acercando, pero antes de que la tarde cayera del todo, vieron en la lejanía nueve velas más que también estaban sobre sus estelas, aunque muy alejadas incluso para distinguir si eran portuguesas y amigas o también de los enemigos que les acosaban. Ya habían conseguido llegar a aguas de las Azores y estaban próximos a la isla que llaman del Cuervo.

Cuando cayó la noche, los piratas los tenían a tiro de lombarda. Pese a que el capitán español buscó en la oscuridad cambiar la derrota y despistar, el francés iba tan cerca que no se les despegaba aunque lo intentaron varias veces. Parecía que jugaba con ellos al gato y el ratón y tan solo esperaba que llegara la alborada para abordarlos.

Quien se llevó la gran sorpresa fue el corsario cuando ya creía que los tenía en sus manos, pues al hacerse la luz sobre el océano, resultó que cazador y presa estaban rodeados por las nueve velas que por la tarde habían divisado en lontananza y que eran de la armada portuguesa que venía sobre el francés.

Una vez más hubo de dar gracias al Altísimo Álvar. De nuevo y viendo ya tierra amiga pensaba que podía destruirse su empeño de llegar a poner pie en la propia si aquellos franceses le tomaban cautivo y volvía a ser preso como lo había sido de los indios.

Sin embargo, ahora quienes estaban en apuros eran los galos. Pero el capitán francés tenía ingenio. Soltó la carabela que tenía prendida y que venía cargada de esclavos negros de África. Después les dijo a su piloto y al maestre que la otra nave española era también de la flota pirata. Cuando la escuadra portuguesa llegó a la carabela sus compatriotas señalaron a la nao donde iba Álvar como enemiga y del mismo negocio que el francés, y los portugueses se lanzaron raudos a abordarla. Es más, al dirigirse la nave española hacia ellos creyeron que iba en ofensiva y estuvieron a punto de liarse a cañonazos. Por fortuna y ya cerca vieron su error al reconocerla española y amiga. Se sintieron burlados, eso también, pues aprovechando aquello el pirata francés había puesto mientras tanto todo el mar que pudo de por medio a fuerza de remos y vela.

El capitán de la armada portuguesa lanzó cuatro de sus carabelas tras él, pero ya fue inútil; el barco francés era muy marinero y los dejó atrás sin demasiado problema. Amuró el portugués a la nao española y se presentó como Diego Silveira. Preguntó de dónde venían y qué mercadería traía el barco. Se le respondió que de la Nueva España y que era de plata y oro la carga. Es más, el maestre señaló que en trescientos mil castellanos estaría valorado el precio del metal que había a bordo. Entonces el capitán portugués, tras soltar una carcajada, no pudo contenerse y espetó a voces y en su particular idioma, que todos en el mar entendían:

—*Boa fe que venis muito ricos, pero tracedes muy ruin navío y muito ruin artilleria. ¡O hi de puta! Can á renegado frances, y que bon bocado perdio, vota Deus. Ora sus pos vos abedes escapado, regime, y non vos apartades de mí, que con ayuda de deus, eu vos porné en Castella.*

Respiraron todos con el mayor alivio y desde luego ninguno pensó en separarse de la estela del galeón portugués y de aquel buen capitán Diego Silveira, a quien Dios concediera las mejores venturas. Se juntaron a su armada, que venía de escolta de tres naos suyas que llegaban de la especiería cargadas también de tantas riquezas como la castellana. Las especias aún más que el oro valían.

Llegaron a una de sus islas, llamada Tercera, y allí esperaron, fondeados y reposando, quince días, pues aguardaban a una cuarta nao de carga que también venía, algo rezagada, desde la India. Llegó al fin y con ello ya hicieron el último cabotaje de la Brescia hasta llegar al puerto de Lisboa, donde arribaron el 9 de agosto de 1537. Habían pasado diez años y cincuenta y tres días desde que Álvar Núñez Cabeza de Vaca salió de Sanlúcar de Barrameda. Él ya había cumplido los cincuenta.

Estaba vivo. Milagrosamente vivo. Gracias a Dios, vivo. Solo a Dios, pensó al pisar tierra, se lo debía. Solo a él estaría por siempre agradecido. Nada tenía, nada había conseguido, ni oro ni plata ni hacienda. Lo que llevaba puesto era lo que le habían regalado quienes sí lo habían conseguido. Tampoco sabía a quién encontraría en su tierra, quién seguiría allí, quién habría muerto, si su abuela, su mujer, su tía, sus primos. Quién estaría al frente de la casa de los Medina Sidonia, quién viviría ahora en la suya de Jerez. Nada sabía. Nada tenía. Sin embargo, en su tubo de madera estaban los escritos, ya casi acabados, ya casi hechos libro. Tenía una historia y la contaría. No a cualquiera sino al rey Carlos, pues solo él podría ponerla en valor y dárselo. El que mereciera su historia y el que mereciera él mismo por haberla vivido. Tenía ya puesto el título: *Naufragios*.

Epílogo

El libro *Naufragios* despertó gran admiración en todos y le supuso la gracia del rey Carlos. Álvar Núñez Cabeza de Vaca regresó por ella a las Américas como gobernador y adelantado. Pero no lo hizo a los territorios que había recorrido, aunque Hernando de Soto le propuso que le acompañara a su expedición a la Florida, donde este acabó por ir a morir donde casi había sucumbido él mismo, a orillas del Mississippi, sino mucho más al sur, al Río de la Plata.

En aquellos territorios del actual Brasil, Paraguay y Argentina descubrió las fabulosas cataratas del Iguazú, que dejan pequeña a su cascada de Basaseachic.

Por seguir fiel y honrado en la defensa de los indios que estaban bajo su gobernación y tutela, se enfrentó a otros conquistadores y fue por ello apresado por estos y enviado encadenado a España. Pudo defenderse de los cargos que le hacían, aunque recibió leve condena, ser desterrado pero al mando de una pequeña tropa en Orán, a donde no llegó a ir siquiera. Al leer el hijo de Carlos, el rey Felipe, la narración de lo sucedido en su segunda aventura americana se conmovió tanto que le rehabilitó del todo y le concedió dineros para su manutención, pues había vuelto tan pobre como de la primera.

Álvar, ya vencido por la edad y la vida, profesó de monje y acabó sus días en un convento en la ciudad en la que había nacido, en Jerez de la Frontera, donde murió «manso, derrotado y solo».

Pero eso sería ya una nueva historia que tal vez haya que contar otro día.

Nota del autor

Este libro se ha nutrido, ante todo, en lo que respecta a su periplo desde Florida hasta México, de los propios escritos de Álvar Núñez Cabeza de Vaca, *Naufragios*, donde él dejó relato de su peripecia y andadura, primero como esclavo de los indios y luego como su gran chamán. Cruzó a pie todo el sur de lo que hoy es Estados Unidos, por tierras de Texas, Nuevo México y Arizona. Atravesó el río Grande y ya en el actual México descendió por tierras de Chihuahua, la Sierra Madre occidental, para bajar al Pacífico y ascender luego hasta Sinaloa, donde topó al fin con sus compatriotas, que para su pesar pretendieron herrar a los indígenas que lo acompañaban.

Debo también especial gratitud a mi añorado maestro Miguel de la Quadra Salcedo, que me llevó con él tras los pasos del gran chamán blanco en la Ruta Quetzal del año 2000 y me enseñó que no se es español del todo hasta que no se siente uno parte también de Hispanoamérica.

TIERRA DE LA FLORIDA
NUEVA ESPAÑA
ITINERARIO DE
CABEZA DE VACA

NAVAJOS

PUEBLO
Casas Grandes   ACOMAS   APACHES   WICHITAS
Paquimé

COMANCHES

Río Grande (Río de Palmas)   SIO

YUMA

Isla California

Mar de Cortés

Río Yaquis

TARAHUMARAS
Cascada de Basaseach
Lago de Arareco
Río Fuerte

NUEVA

ESPAÑA

Culiacán
(Mayo 1536)

Trópico de Cáncer

HUÍCHOLES

Mazatlán

Río Pánuco

ZACATECAS

San Blas
Compostela

Guadalajara

MÉXICO

TENOCHTITLÁN
Ciudad de México
(Junio 1536)
Río Mezcala

Acapulco

MAR DEL
SUR

Te

EXPEDICIÓN DE CABEZA DE VACA
1527-1537

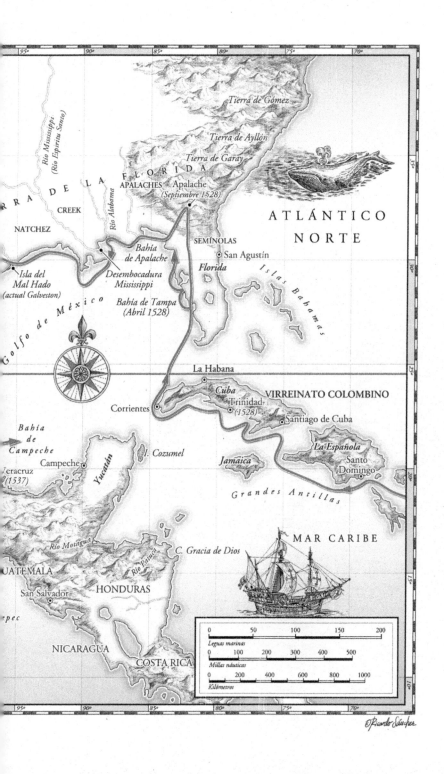

95° 90° 85° 80° 75° 70°

Tierra de Gómez

Tierra de Ayllón

Tierra de Garay

F L O R I D A

APALACHES Apalache
(Septiembre 1528)

CREEK

NATCHEZ

Río Mississippi
(Río Espíritu Santo)

Río Alabama

RRA DE LA

SEMÍNOLAS

Bahía
de Apalache

◦ San Agustín

Florida

ATLÁNTICO

NORTE

Islas Bahamas

• *Isla del*
Mal Hado
(actual Galveston)

Desembocadura
Mississippi

Bahía de Tampa
(Abril 1528)

Golfo de México

La Habana

Bahía
de
Campeche

Corrientes

Cuba
Trinidad
(1528)

VIRREINATO COLOMBINO

Santiago de Cuba

Campeche

Veracruz
(1537)

Yucatán

I. Cozumel

Jamaica

La Española
Santo
Domingo

Grandes Antillas

Río Motagua

Río Patuca

C. Gracia de Dios

MAR CARIBE

UATEMALA

San Salvador

HONDURAS

epec

NICARAGUA

COSTA RICA

0	50	100	150	200

Leguas marinas

0	100	200	300	400	500

Millas náuticas

0	200	400	600	800	1000

Kilómetros

95° 90° 85° 80° 75° 70°

©*Ricardo Sánchez*

«Para viajar lejos no hay mejor nave que un libro».

Emily Dickinson

Gracias por tu lectura de este libro.

En **penguinlibros.club** encontrarás las mejores
recomendaciones de lectura.

Únete a nuestra comunidad y viaja con nosotros.

penguinlibros.club